X

W0339852

KNAUR

Christian Limmer

Saucool

Kriminalroman

KNAUR

Besuchen Sie uns im Internet:
www.knaur.de

FSC
www.fsc.org
MIX
Papier aus verantwortungsvollen Quellen
FSC® C083411

Ein Imprint der Verlagsgruppe
Droemer Knaur GmbH & Co. KG, München

Redaktion: Regine Weisbrod
Umschlaggestaltung: ZERO Werbeagentur, München
Umschlagabbildung: © Gettyimages / Joel Carillet
Satz: Adobe InDesign im Verlag
Druck und Bindung: CPI books GmbH, Leck
ISBN 978-3-426-51553-2

2 4 6 5 3

»Wenn du ein Glückskeks wärst, was tät auf deinem Zettel stehn?«

Ludwig zuzelte nachdenklich an seiner Weißwurst, sein Blick war auf den Horizont gerichtet.

Gisela nippte an ihrem Kaffee, während sie auf die Antwort wartete. Sie liebte es, ihrem Verlobten beim Denken zuzuschauen. Und vor allem jetzt, da die Morgensonne ihm in die Augen schien, so dass er sie leicht zukneifen musste.

»Ich hätte schon was«, brummte Schorsch, der mit seinen beiden Kollegen Erwin und Richie zum sonntäglichen Weißwurstfrühstück auf Giselas Hof eingeladen war. Er war der Einzige, der in Dienstuniform aufgetaucht war.

»Dann heb's dir auf«, sagte Gisela.

Ludwig lächelte. »Folge der Sonne, so wird dir der Regen immer warm erscheinen.«

Erwins Stirn warf Falten. »Und was bedeutet das?«

Ludwig ersparte sich eine Antwort, nahm einen großen Schluck Weißbier.

»Darf ich jetzt?«, fragte Schorsch erwartungsvoll.

»Nur zu«, forderte Gisela ihn auf.

Schorsch richtete sich gerade auf, räusperte sich. »Deine kühnsten Träume werden wahr.«

Er schaute beifallheischend in die Runde. Enttäuscht merkte er, dass keiner wirklich beeindruckt war.

Am ehesten noch Gisela, die anerkennend die Mundwinkel verzog. Sie tat es mehr aus Mitgefühl, denn sie mochte Schorsch und wusste, wie wichtig ihm Streicheleinheiten waren.

Georg »Schorsch« Kramer war Sohn eines Metzgerehepaars und von Geburt an nicht mit Samthandschuhen angefasst worden. Das hatte bleibende Bremsspuren auf seinem Selbstwertgefühl hinterlassen, was wiederum zu übersteigertem Ehrgeiz führte, der ihn in den Augen anderer schnell zu einem Streber werden ließ. Er wollte halt nichts anderes, als geliebt zu werden.

»Das ist kein Glückskeksspruch«, knarrte Richie, der die übernächtigten Augen hinter einer Sonnenbrille verbarg. »Das ist ein Tageshoroskopscheißdreck.«

Der schmale Ohrringträger mit den kurzgeraspelten schwarzen Haaren konnte es nie lassen, seine Meinung zu sagen. Ihm fehlte komplett eine empathische Ader, die ihn auf die Gefühle seiner Mitmenschen hätte Rücksicht nehmen lassen.

Gisela konnte direkt spüren, wie Schorsch zusammenzuckte, als hätte er einen Peitschenhieb erhalten. Seine Wangen röteten sich.

»Von dir hab ich auch nicht erwartet, dass du das verstehst«, entgegnete er. »Mich wundert nur, dass du so ein langes Wort fehlerfrei aussprechen kannst.«

Richie machte sich nicht die Mühe, darauf zu reagieren. Stattdessen tauchte er seine Weißwurst in den Händlmaier-Senf und zuzelte den letzten Rest aus der wabbligen Haut.

»Was wär denn dein Spruch?«, fragte Gisela Richie.

Der zuckte mit den Achseln. Lange kam nichts. Schließlich sagte er: »Ein Euro oder ein Freilos.«

Erwin und Ludwig lachten laut auf, und auch Gisela konnte ein Grinsen nicht unterdrücken.

Nur Schorsch zog ein Zitronengesicht. »Weil das aus einem Glückskeks ist.«

Giselas Handy spielte die Titelmelodie von *Schirm, Charme und Melone*. Sie hatte diesen Klingelton dem Straubinger Hauptkommissar Karl Lederer zugeordnet, weshalb sie nicht sofort reagierte, sondern erst einmal nur aufs Display

starrte. Auch wenn sie sich nach dem letzten Zusammentreffen in freundschaftlichem Einvernehmen getrennt hatten, so war sie sich sicher, dass dies kein privater Anruf war.
»Ist das dein Liebhaber, oder warum gehst nicht ran?«, sagte Ludwig.
»Glaubst du wirklich, die gibt ihm ihre Handynummer? So blöd ist die Gisela nicht«, verteidigte Schorsch seine Vorgesetzte. »Wenn, dann hat die noch ein zweites Handy, was nur für ihr Gschpusi ist.«
»Wer sollte das denn sein?«, fragte Erwin. Der untersetzte Halbglatzkopf hatte seinen Spaß daran, Schorsch zu triezen. »Aus Niedernussdorf ist es auf jeden Fall keiner, weil, das hätt sich längst rumgesprochen.«
»Er ist aus Straubing«, sagte Gisela, um einem blödsinnigen Streit zwischen Erwin und Schorsch den Nährboden zu entziehen. Sie nahm das Handy und entfernte sich vom Tisch.
Die vier Männer schauten ihr nach.
»Auf die musst aufpassen«, sagte Erwin zu Ludwig. »Die macht, was sie will.«
»Drum lieb ich sie ja auch.« Ludwig fischte die nächste Weißwurst aus dem Topf.
Im Schatten eines Apfelbaums nahm Gisela den Anruf an. Den Baum hatte ihr verstorbener Vater vor über achtzig Jahren gepflanzt. Als Kind war sie ständig darin herumgeklettert und hatte die Äpfel vom Ast weg gegessen, oft so viele, dass sie danach Bauchweh hatte. Der Baum war wie ein guter Freund für sie, und wenn sie an ihren Vater dachte und für ihn betete, stand sie oft unter seinen ausladenden Zweigen.
»Polizeihauptmeisterin Gisela Wegmeyer«, meldete sie sich.

»Lederer. Ich hoffe, ich hab Sie nicht geweckt.« Seine geölte Stimme klang zackig wie immer.
»Waren wir nicht schon beim Du?«, fragte Gisela.
Kurz knackte es in der Leitung, als hätte Lederer sich einen Halswirbel ausgerenkt.
»Es geht um ein Anfrageersuchen, Frau Kollegin, ich wäre Ihnen sehr verbunden, wenn Sie diesbezüglich möglichst rasch und konzentriert vorgehen könnten.«
»Rasch heißt gleich, oder?«
»Rasch heißt sofort«, schnarrte es aus dem Hörer. »Ich brauche die Ergebnisse bis spätestens sechzehn Uhr.«
Gisela warf einen Blick auf ihre Armbanduhr. Es war kurz vor zwölf. »Ist es aufwendig?«
»Für jemanden wie mich nicht, in Ihrem Fall würde ich sagen, es wird eng.«
Lederer hatte sich keinen Deut geändert, er musste einfach das Alphatier raushängen lassen.
»Ja, besonders eng wird's, weil ich gerade mitten in meinen eigenen Ermittlungen bin«, sagte Gisela.
Sie schaute zum Tisch, wo die vier Männer sich gerade zuprosteten, um mit dem Weißwurstfrühstück vor dem Zwölfuhrläuten fertig zu sein. »Eine delikate Angelegenheit, Herr Kollege.«
»Ich glaube nicht, dass diese delikate Angelegenheit wichtiger ist als ein Mord. Sie lassen jetzt auf der Stelle alles stehen und liegen und widmen sich der neuen Aufgabenstellung. Danach können Sie meinetwegen weiterwurschteln wie bisher.«
Gisela liebte es, wenn Lederer ungehalten wurde. Dann bekam seine kühle, arrogante Fassade einen Riss, der hoffentlich einmal weit genug werden würde, um sie einen Blick auf den wahren Kern des Kriminalhauptkommissars wer-

fen zu lassen. Gisela ahnte, dass der Anblick nicht schön, aber authentisch sein würde. Und das suchte Gisela privat und beruflich, die Wahrhaftigkeit eines Menschen.

»Ich verlange auch nichts exorbitant Schwieriges, Sie sollen nur Standardfragen stellen. Sollte ich daraus für mich Schlüsse ziehen, die ein weiteres ermittlungstechnisches Vorgehen notwendig machen, so werde ich mich natürlich höchstpersönlich darum kümmern und Sie und Ihre Mitarbeiter nicht weiter belasten.«

»Sehr rücksichtsvoll«, sagte Gisela.

»Haben Sie das ironisch gemeint?«

»Das haben Sie gemerkt? Respekt.«

»Ich maile Ihnen den Fragenkatalog durch. Viel Erfolg.«

Es waren zwanzig Fragen, die sich alle mehr oder weniger um Immobilien drehten, das Hauptgeschäft des Bürgermeisters von Grünharding.

Grünharding hatte etwas über fünftausend Einwohner, Niedernussdorf lag knapp unter dieser Zahl. Jahrzehntelang hatte es Streit zwischen den beiden Dörfern gegeben, wer denn nun die Verwaltung des Landkreises führen sollte. Salomonischerweise wurde im Zuge einer großen Flurbereinigung Ende der achtziger Jahre Grünharding das Anrecht zugestanden, bis auf eine Ausnahme. Die Polizeidienststelle bekam ihren Sitz in Niedernussdorf. Damit war die Angelegenheit zwar für die politischen Kräfte geregelt, auf Einwohnerebene gab es immer noch ein starkes Konkurrenzdenken, wenn nicht gar eine feindliche Einstellung gegenüber dem Nachbarort.

Gisela beschloss, Schorsch zu der Befragung mitzunehmen. Auch wenn der dicke Polizeiobermeister alles andere als schlau war, so war er doch stets bemüht, gute Arbeit zu leisten. Im Gegensatz zu Erwin und Richie wollte er seine Zeit bis zur Pensionierung nicht nur absitzen.

Während der zehnminütigen Fahrt in Giselas Kleinwagen nahm Schorsch kein einziges Mal die Augen von dem Zettel mit den Fragen. Er murmelte sie wie einen Rosenkranz vor sich hin, schloss zwischendurch die Augen, um sich zu prüfen, inwieweit er sie auswendig konnte.

»Wenn du willst, kannst du mit der Fragerei anfangen«, sagte Gisela.

»Echt?«

»Warum nicht?«

Ein breites Lächeln quetschte Schorschs gerötete Bäckchen nach oben.

Das Immobilienbüro des Bürgermeisters Konrad Metzinger befand sich im Erdgeschoss eines Patrizierhauses im Ortskern von Grünharding. Gisela parkte neben einem schwarzen Phaeton. Auf dem überdimensionierten LCD-Bildschirm im Schaufenster lief eine Diashow mit den Verkaufsangeboten.

Ein leiser Gong ertönte, als Gisela und Schorsch das Büro betraten.

Konrad Metzinger schaute von seiner Computertastatur auf.

»Ah, Frau Wegmeyer, nehm ich an.«

Er hatte für seine massige Gestalt eine relativ hohe Stimme. Mit ausgestreckter Hand eilte er hinter seinem Schreibtisch hervor auf Gisela zu.

»Metzinger.«

Gisela schüttelte die feuchte Hand. Sofort fiel ihr auf, wie lasch der Handschlag war. Wenig Selbstbewusstsein, notierte sie automatisch. Auch die verhuschte Körperhaltung

und der ausweichende Blick ließen darauf schließen, dass er Schwierigkeiten im Umgang mit Menschen hatte. Er fühlte sich nicht wohl. Ob es an den Polizeiuniformen lag oder ein grundsätzlicher Charakterzug war, würde Gisela erst einzuschätzen wissen, wenn sie mit ihm redete.
Der Bürgermeister deutete auf einen kleinen Besprechungstisch mit vier Stühlen in einer Ecke. Zwei Thermoskannen, drei Tassen und Teller sowie etwas Gebäck erwarteten die Besucher.
»Bitte, nehmen Sie doch Platz.«
Metzinger zog den Stuhl für Gisela zuvorkommend zurück, wartete, bis sie richtig saß, dann erst nahm er seinen Platz ein. »Kaffee? Tee?«
»Also, ich hätt gern ein Tässchen Kaffee«, sagte Schorsch, »aber nur, wenn's keine Umstände macht.«
»Nein, nein, um Gottes willen«, sagte Metzinger, »dafür hab ich doch alles vorbereitet.«
»Für mich auch einen«, sagte Gisela.
Metzinger schenkte Gisela und Schorsch Kaffee ein, er selbst trank Tee.
»Kaffee verträgt sich nicht mit meinen Betablockern«, sagte er unaufgefordert.
Gisela entging nicht, wie nervös er war. Seine Hände zitterten, auf der Stirn bildeten sich Schweißperlen, obwohl das Büro wegen der Sommerhitze angenehm klimatisiert war.
»Also, was kann ich für Sie tun?«
Metzinger schlug die Beine übereinander, schaute zwischen Gisela und Schorsch hin und her.
Schorsch nahm sich einen Keks mit Schokoladenüberzug, steckte ihn komplett in den Mund.
Gisela warf ihm einen aufmunternden Blick zu.
Schorsch kaute schneller, schluckte hart, spülte mit Kaffee

nach. Er musste husten, als der Brei im Rachen Gefahr lief, die falsche Abzweigung zu nehmen.
Gisela klopfte ihm fest auf den Rücken. Nach ein paar Sekunden hob er die Hand, leerte seine Tasse in einem Zug und atmete tief durch.
»Geht's wieder?«, fragte Gisela.
Schorsch nickte. »Herr Metzinger …« Er schaute dem Bürgermeister direkt in die Augen. Der wich dem Blick sofort aus, indem er sich noch etwas Tee in die halbvolle Tasse nachgoss.
»Wir sind von der Polizei Niedernussdorf«, fuhr Schorsch fort. »Mein Name ist Georg Kramer, ich bin Polizeiobermeister.«
Gisela hätte am liebsten laut aufgeschrien.
»Wenn es Ihnen recht wäre, würde ich Ihnen gerne ein paar Fragen stellen, also, nichts Schlimmes, nur so Routinefragen. Sie müssen auch nicht, das steht Ihnen von Rechts wegen frei.«
Gisela war kurz davor, Schorsch anzubrüllen, sich nicht auf den Rücken zu rollen und Kuschelbär zu spielen.
»Nein, nein«, winkte Metzinger ab, »ich hab Ihnen ja angeboten zu helfen, und ich stehe immer zu meinem Wort.«
Er lehnte sich wieder zurück, schlug die Beine übereinander und säuberte seinen Anzug von Fusseln.
»Gut«, sagte Schorsch. Er leckte sich über die Lippen. »Sie sind als Immobilienmakler tätig, stimmt das?«
Leicht irritiert hob Metzinger seinen Blick.
»Also, natürlich wissen wir das«, sagte Schorsch, »aber manchmal schadet es nicht, da noch mal nachzufragen. Äh, ja, dann, was war da noch …«
»In welcher Geschäftsbeziehung stehen Sie zu Stefan

Meyerbeer?« Gisela hatte sich nicht mehr zurückhalten können. »Es handelt sich um einen Bankkaufmann aus Straubing.«

»Ich hab den Namen nie gehört, tut mir leid.«

Metzinger bemühte sich um ein unverbindliches Lächeln, das ihm etwas verrutschte.

»Er war für Immobilienkredite bei der Sparkasse zuständig«, ergänzte Gisela.

Metzinger schüttelte den Kopf. »Ich arbeite seit Anbeginn mit der Raiffeisenbank vor Ort zusammen.«

»Wann haben Sie Herrn Meyerbeer zum letzten Mal gesehen?«, platzte es aus Schorsch heraus. »Also, wenn Sie ihn gekannt hätten. Ich meine ...«

Er nahm sich schnell noch einen Keks, um jeden weiteren Blödsinn im Keim zu ersticken.

»Mein Kollege will damit sagen, dass der Name Meyerbeer Ihnen zumindest schon einmal untergekommen sein muss, weil er einige der Objekte, die Sie verkauft haben, finanziert hat«, sagte Gisela.

»Wissen Sie, ich biete meinen Kunden eine Finanzierung über die Raiffeisenbank an. Wenn die lieber zu einer anderen Bank gehen, dann ist die Sache damit für mich erledigt. Ich habe keinerlei Einblick, woher die Käufer ihr Geld beziehen. Zu keinem Zeitpunkt.«

Sein Blick schwenkte kurz durch die Glasfront hinaus auf die Straße, wo sich nichts Weltbewegendes abspielte. Trotzdem tat er so, als hätte er etwas entdeckt, das seine volle Aufmerksamkeit erforderte.

Das Knirschen des Kekses in Schorschs Mund war für einen Augenblick das einzige Geräusch im Büro.

»Was sind denn das so für Käufer?«, fragte Gisela.

»Ach, ganz verschieden«, sagte Metzinger. »Seit der Eurokrise hauptsächlich aus dem Ausland. Griechenland, Spanien, also überall, wo die Leute ihr Geld in Sicherheit bringen wollen.«

»Können wir die Unterlagen einsehen?«

Metzinger blinzelte. »Ähm, das würde ich gerne gestatten, aber dazu bräuchte ich einen konkreten Grund.«

»Das weiß ich. Der konkrete Grund ist, dass Herr Meyerbeer stranguliert in einem Waldstück aufgefunden wurde.«

Gisela suchte in Metzingers Augen nach einem Funken Reaktion. Tatsächlich schloss er flüchtig die Augen, als wäre der Blick Giselas eine unerträgliche Belastung.

»Er hat sich erhängt«, ergänzte Schorsch mit vollem Mund.

»Ja«, fuhr Gisela fort, »und die Mordkommission Straubing untersucht, ob es sich wirklich um Selbstmord oder nicht doch um ein Gewaltdelikt handelt. Deshalb wäre es hilfreich, wenn wir wüssten, welche Ihrer Kunden mit Herrn Meyerbeer zu tun hatten.«

»Inwiefern wäre das hilfreich?« Metzingers Stimme rutschte höher. »Ich sehe nicht, was meine Kunden mit einem Selbstmord zu tun hätten.«

»Das sehen wir auch nicht, aber die Mordkommission ist verpflichtet, in einem Selbstmord zu ermitteln, wenn der Hergang nicht eindeutig nachvollzogen werden kann.«

Metzinger glotzte Gisela wie ein Ochse an, wischte sich den Schweiß von der Oberlippe.

»Ich glaube, da brauch ich erst was Schriftliches. Einen Beschluss, oder? Sagt jedenfalls mein Anwalt.«

Es schien ihm fast peinlich, Gisela Widerstand zu bieten. Sie nahm es gelassen hin, es war sein gutes Recht. Und Lederer hatte weder von Dringlichkeit noch von Gefahr in Verzug geredet, es gab also keinen Grund, dem Bürgermeister auf die Zehen zu treten.

»Da hat Ihr Anwalt vollkommen recht«, sagte sie.
Metzinger atmete erleichtert aus. »Nicht dass ich etwas zu verbergen hätte, aber was nicht sein muss, muss ja nicht sein, oder?«
Das ließ Gisela aufhorchen. Menschen, die sagten, sie hätten nichts zu verbergen, hatten meist etwas zu verbergen.
Es war wie bei diesen Typen, die immer über Geld klagten und jammerten, zu Hause aber einen Arschvoll davon hatten. Es war eine Vorsichtsmaßnahme der Angsthasen, um weiteres Nachfragen zu verhindern.
Metzinger war ein Angsthase.
»Müssen nicht, aber es wirft immer ein positives Licht auf einen Zeugen, wenn er mit uns zusammenarbeitet.«
Schorsch hielt mit dem Kauen kurz inne. Er war überrascht, dass Gisela gegenüber Metzinger jetzt einen schärferen Ton anschlug.
Der verfiel auch sofort wieder in eine angespannte Haltung. Gisela redete weiter, sie wollte dem Bürgermeister keine Gelegenheit geben, sich einzuigeln. »Jetzt ist alles noch entspannt, sobald aber ein richterlicher Beschluss erlassen ist, wird's für Sie unangenehmer. Dann fährt hier ein Lkw vor, ein Trupp von vier, fünf Beamten beschlagnahmt Computer und Unterlagen. Bis alles ausgewertet ist, kann das schon mal ein paar Wochen dauern. Erst dann würden Sie wieder alles zurückbekommen, bis dahin wären Ihre Geschäfte wohl nur eingeschränkt oder gar nicht möglich. Aber was nicht sein muss, muss ja nicht sein, oder?«
Zum ersten Mal wich Metzinger Giselas Blick nicht aus. Seine Augen waren starr auf ihre gerichtet. Sie glitzerten feucht, als wäre der Bürgermeister den Tränen nahe.

»Frau Wegmeyer, ehrlich gesagt«, Metzinger holte tief Luft, »komme ich mir gerade wie ein Angeklagter und nicht wie ein Zeuge vor. Wieso drohen Sie mir?«
»Das war keine Drohung, so was schaut bei mir anders aus. Also, können wir die Unterlagen einsehen oder nicht?«
Metzinger blinzelte die Frage weg, deutete zu seinem Schreibtisch. »Ich denke, da muss ich erst meinen Anwalt anrufen.«
Er erhob sich mit einem entschuldigenden Lächeln. »Das darf ich doch, oder?«
Gisela machte eine einladende Geste Richtung Telefon. Metzinger ließ sich nicht zweimal bitten. Er nahm das schnurlose und verzog sich in einen angrenzenden Raum.
Kaum war die Tür zu, wandte sich Schorsch an Gisela. »Das steht aber nicht im Fragenkatalog.«
»Wir müssen ja nicht alles genau so machen, wie der Lederer will.«
»Meinst, der hat was mit dem Mord zu tun?«
Gisela zuckte mit den Achseln. »Keine Ahnung.«
»Dann versteh ich's noch weniger«, seufzte Schorsch und schnappte sich den letzten Keks.
»Ist halt nur so ein Gefühl«, sagte Gisela.
Kurz darauf kam Metzinger zurück. Sein Gesicht glänzte hochrot.
Gisela sah ihm erwartungsvoll entgegen.
Der Bürgermeister kratzte sich verlegen am Kopf, schaute auf seine Schuhspitzen.
»Ich … ich möchte Sie jetzt bitten zu gehen. Ich denke nicht, dass ich Ihnen noch weiterhelfen kann.«
Gisela und Schorsch standen auf.
»Das tut mir leid«, sagte Gisela.
Sie streckte Metzinger die Hand hin, er nahm sie. »Bis

bald.« Sie zwinkerte ihm zu. Er reagierte darauf nur mit einem nervösen Augenzucken.

Ein ebensolches Augenzucken war die nonverbale Antwort Lederers auf Giselas Bericht vom Besuch in Grünharding. Sie hatte es sich nicht nehmen lassen, nach Straubing zu fahren und ihren Verdacht dem Kriminalhauptkommissar persönlich mitzuteilen.

»Und welchen Hinweis haben Sie, dass Herr Metzinger etwas zu verbergen hat?«, fragte Lederer mit sanfter Stimme. Sein rotblonder Pornoschnauzer wackelte hin und her wie ein Schoßhündchen, seine wasserblauen Augen blitzten Gisela an.

Sie tippte mehrmals auf die Stelle zwischen ihren ausladenden Brüsten. »Intuition.«

»Intuition ist hier nicht gefragt. Ich habe Sie nur gebeten, ein paar Fragen zu stellen, und soweit ich das verstanden habe, sind nicht alle beantwortet worden. Es wäre wichtig gewesen, zu erfahren, ob er Kunden auf der Käuferseite hat, die eine Baranzahlung geleistet haben oder leisten wollten.«

»Wenn's dir so wichtig war, dann hättest es auf die Liste ganz oben setzen sollen.« Gisela schaute Lederer offen an. »Ist dir schon recht, wenn wir uns so im privaten Rahmen wieder duzen, oder?«

Lederer räusperte sich. »Wenn du nicht eigenmächtig gehandelt hättest, wäre diese Frage letztendlich beantwortet worden.«

»Oder auch nicht. Herr Metzinger hat sich vor unserem Besuch mit seinem Anwalt verständigt, welche Fragen er wie beantworten soll. Der hätte dazu bestimmt nichts gesagt.«

»Deine Meinung.«

»Ich war schließlich bei dem, nicht du. Ich hab gesehen, wie der reagiert hat, und darauf hab ich halt reagiert. Ich bin keine Maschine, die nur tut, was man ihr sagt.«

»Verstanden. Jetzt hast du gesehen, wie ich reagiert hab, jetzt darfst du darauf reagieren.« Abwartend schaute er Gisela an.

Sie wusste, was er wollte. Sie sollte noch einmal zu Metzinger fahren und die restlichen Fragen stellen. In ihren Augen absolute Zeitverschwendung.

»Kann ich die Leiche mal sehen?«, fragte sie.

»Was?«

»Ich ermittle in einem Fall, wo ich gar nicht weiß, um wen oder was es eigentlich geht. Wenn ich das wüsst, tät ich mich mit der Fragerei ein bisschen leichter.«

»Sie ermitteln nicht, Frau Kollegin.«

»Du.«

Lederer seufzte. »Warum willst du immer mehr machen als nötig?«

»So bin ich halt. Wo liegt er denn? In Regensburg?«

Lederer schüttelte den Kopf. »Auf unserem Parkplatz.«

Gisela glaubte, sich verhört zu haben.

»Die Rechtsmedizin in Regensburg ist voll«, meinte Lederer trocken. »Zu viel passiert in letzter Zeit. Willst du immer noch?«

Gisela nickte.

Lederer führte Gisela breitbeinig auf den Parkplatz des Polizeipräsidiums. Dort stand zwischen einigen Zivilfahrzeugen ein verrosteter Kühllaster.

Der Dieselmotor auf der Fahrerkabine, der den Kühlkreislauf in Bewegung hielt, ratterte lautstark vor sich hin.

Lederer öffnete das Vorhängeschloss an den hinteren Ladetüren und zog den rechten Flügel auf.
Ein eisiger Windhauch traf Gisela ins Gesicht, ein unerwarteter Kälteüberfall an diesem warmen Sommertag. Zuerst sah sie gar nichts, aber ihre Augen gewöhnten sich schnell an das Dämmerlicht im Inneren des Aufbaus.
Am rechten Rand stand eine Krankenliege, die mit Expandern an der Wand fixiert war. Auf der Liege erkannte Gisela eine Erhebung. Es war der Plastiksack eines Bestattungsunternehmens.
Lederer steckte sich einen Kaugummistreifen in den Mund und beobachtete Giselas Gesicht aufmerksam. Sie atmete einmal tief durch, dann hielt sie ihm die Hand hin.
Lederer griff nach einer kleinen Trittleiter, die am hinteren Radkasten lehnte, und baute sie auf.
Gisela nahm seine Hand und kletterte hinauf.
Das Innere des Aufbaus ließ Gisela frösteln. Sie fixierte den Plastiksack, in dem sich die Umrisse eines Körpers abzeichneten.
Lederer war ihr gefolgt. Er schaute sie fragend an, Gisela nickte.
Lederer zog den Reißverschluss des Plastiksacks ein paar Zentimeter nach unten. Das ratschende Geräusch ging Gisela durch und durch.
Ein schmaler Spalt tat sich auf und legte das Gesicht des Toten frei. Es hatte die hellgräuliche Farbe roher Scampi, um den Hals eine verkrustete Aufschürfung, die von dem Seil herrührte, mit dem sich Meyerbeer erhängt haben sollte.
Meyerbeer war Ende vierzig, wirkte im Tod allerdings älter. Er hatte nur wenige Haare, die sich als Kranz um den schmalen Kopf legten. Auf der kahlen Fläche stand etwas in Spiegelschrift geschrieben. Gisela neigte den Kopf etwas, um die drei

Sätze lesen zu können. Ihre Lippen bewegten sich dazu stumm.

»Ich kann nicht mehr«, half Lederer aus. »Ich bitte euch um Entschuldigung. Ihr könnt nichts dafür.«

Gisela schaute auf. »Und warum hat er keinen Brief geschrieben?«

»Er wollte absolut sicher sein, dass seine letzten Worte gefunden werden. Zumindest hat seine Freundin ausgesagt, dass er jemand war, der panische Angst davor hatte, übersehen zu werden.«

»Versteh ich nicht«, murmelte Gisela und schaute erneut auf das Geschriebene. »Das ist doch saukompliziert.«

»Wie meinen?«

Gisela deutete mit ihrer rechten Hand auf ihre Schädeldecke. »Na, das da oben hinzuschreiben. Er muss vor einem Spiegel gestanden haben, aber nein …« Sie senkte das Kinn auf die Brust. »Da sieht man ja nicht, was man schreibt. Wie hat der das gemacht?«

»So.«

Lederer beugte sich so weit nach hinten, dass er an den Plafond des Aufbaus schaute. Seine rechte Hand deutete an, wie der Tote sich die Worte auf den Kopf geschrieben hatte. Lederer richtete sich wieder auf, das Gesicht leicht gerötet durch die Turnübung.

»Dazu braucht es zwei Spiegel, aber es geht.«

»Der hat sich echt Mühe gegeben. Und wieso denkst du dann, er ist umgebracht worden?«

»Das denk ich ja gar nicht«, erwiderte Lederer. »Das hier ist eine reine Routineuntersuchung.«

Gisela musterte den Hauptkommissar aus schmalen Augen. Er zeigte ein unschuldiges Babygesicht mit anschmiegsamem Lächeln.

»Und warum sollt ich dann den Bürgermeister von Grünharding befragen?«

»Ich lass alle Kontakte befragen, mit denen Meyerbeer in den letzten Monaten in Verbindung stand. Möglicherweise hat er dem einen oder anderen gegenüber seine Absicht geäußert, sich das Leben zu nehmen.«

»Das stand aber nicht auf dem Fragenkatalog, weil, das hätt mir eingeleuchtet. Aber du wolltest ja nur was über die Geschäftsbeziehung wissen.« Gisela stieß auffordernd das Kinn vor. »Liegt da ein Hund begraben?«

Der Pornoschnauzer zuckte, wie immer, wenn Lederer etwas unangenehm aufstieß. So gut kannte Gisela den Straubinger inzwischen.

»Jetzt komm schon, Karl.« Sie stieß ihm den Ellbogen leicht in die Seite. »Bleibt auch unter uns.« Sie hatte das mit ihrer zuckersüßesten Stimme gesagt.

»Es war ein Fehler, dir das Du anzubieten«, seufzte Lederer. Gisela grinste. Sie hatte ihn so weit. Unwillkürlich senkte Lederer die Stimme, als er weitersprach.

»Er war nicht allein im Wald. Die Spusi hat am Auto des Toten Hinweise auf eine zweite Person entdeckt.«

»Das heißt ja noch lang nicht, dass das der Mörder war.«

»Natürlich nicht. Aber es legt zumindest nahe, dass es einen Zeugen gab, und natürlich frag ich mich dann, wieso der- oder diejenige sich bisher nicht gemeldet hat. Herr Meyerbeer«, er schaute auf sein Roleximitat, »ist jetzt seit genau siebenunddreißig Stunden verschieden, und die Nachricht darüber steht seit über zwölf Stunden im Netz und ist über die örtlichen Medien im gesamten Landkreis verbreitet worden.«

Seine Handy schlug an. Lederer trat etwas zur Seite, als er das Gespräch annahm.

»Ja?« Er lauschte. »Nein, nichts unternehmen, ich bin gleich da.«
Er steckte das Handy wieder in das Holster an seinem Gürtel.
»Tut mir leid, ich muss gehen. Du kannst gern noch bleiben, schließ aber bitte die Türen ordentlich ab.«
»Was ist denn?« Gisela schaute Lederer neugierig an.
»Meine Männer haben möglicherweise die unbekannte Person aufgespürt, von der wir gerade gesprochen haben.«
»Und da fährst du jetzt hin?«
»Richtig.«
Lederer kletterte auf die Trittleiter, Gisela folgte ihm.
»Ich komm mit.«
»Tust du nicht.«
»Jetzt bin ich schon mal da.« Sie blinzelte in die Sonne, die in Lederers Rücken stand. »Wär doch schad, wenn ich nicht mal sehen könnt, wie du arbeitest.«
»Ich fahr da nur hin und stell ein paar Fragen, das ist total langweilig.«
»Bestimmt nicht langweiliger als in Niedernussdorf. Kann ich bei dir mitfahren?«
Lederer wollte etwas erwidern, brachte aber nur ein resigniertes Seufzen zustande.

Die Fahrt ging zu einer der drei Lidl-Filialen in Straubing. Lederer wurde auf dem Parkplatz des Discounters von einem glatzköpfigen Typen mit Lolli im Mundwinkel erwartet. Sein Blick streifte Gisela nur kurz, als sie aus dem Mercedes des Hauptkommissars stieg.
Der Glatzkopf nickte zu einem viertürigen Maserati, der unter den billigen Kleinwagen reichlich deplaziert wirkte.

»Das ist sein Auto.« Er zog sein Smartphone hervor, entsperrte es und hielt Lederer das Foto eines sonnenstudiofaltigen Rotschopfs vor die Nase.

»Jonathan Gutsohn, vierundvierzig, Besitzer einer Eisdielenkette in ganz Bayern. Umsatz 1,3 Millionen im Jahr.«

Gisela lugte über Lederers Schulter. Gutsohn wirkte älter als Mitte vierzig, seine Nase war schief, hatte zwei scharfe Höcker, am Hals erkannte sie den Ansatz einer Tätowierung. Im rechten Ohr steckte ein goldener Ohrring.

Ein rosa Hemd mit Krawatte sollte ihn seriös erscheinen lassen, aber keine Fassade konnte verstecken, woher er kam. Von unten.

Selbst auf dem Foto wirkte Gutsohn unsympathisch, ein Gefühl, das sich verstärkte, als Gisela ihm mit ihren Kollegen gegenübertrat.

Er wollte gerade seine Einkäufe in den Wagen laden, als Lederer und der Glatzkopf sich links und rechts von ihm aufbauten.

Gutsohn stank nach einem teuren Parfüm, das jede Frau im Umkreis von hundert Metern wissen lassen sollte, wie stinkreich er im wahrsten Sinne des Wortes war.

Viel hilft jedoch nicht immer viel, es machte nur klar, was für ein Protz der Zwerg mit dem maßgeschneiderten Anzug war.

Gutsohn reichte Gisela gerade mal bis zur Achsel, konnte also kaum die eins sechzig erreichen.

Lederer zeigte seinen Ausweis. »Lederer, Mordkommission Straubing.«

Gutsohns Schweinsäuglein huschten von Lederer zu dem Glatzkopf, zu Gisela und wieder zu Lederer. Er war umzingelt.

»Sind Sie wegen dem Hackfleisch hier?«, fragte Gutsohn. »Lohnt sich.«

»Ich ess kein Fleisch mehr, seitdem ich weiß, was die Viecher durchmachen.«

»Die werden doch dafür geboren. Das ist deren ihre Bestimmung, bei uns auf dem Teller zu enden.«

»Die haben sich das nicht ausgesucht«, erwiderte Lederer.

»Ist beim Karma doch immer so«, sagte Gutsohn. »Niemand kann sich sein Schicksal aussuchen, darum kann man's nur akzeptieren. Das macht alles viel leichter.«

»Und das Schicksal hat uns zu Ihnen geführt«, sagte Lederer und lächelte freundlich. »Ihr Wagen wurde vorgestern Nacht um null Uhr dreißig gesehen, als er aus einem Waldstück Nähe Irlbach auf die SR 21 einbog. Waren Sie dort?«

»Nein.«

»Die Aussage stammt von dem Landwirt, dem besagter Wald gehört. Er hat dort wegen der Holzdiebstähle Überwachungskameras aufbauen lassen. Darauf sieht man Ihren Wagen einen kleinen Weg bis zur befestigten Straße fahren.«

»Warum fragen Sie dann, wenn Sie's wissen?«

»Weil es immer schön ist, wenn man einen Tatverdächtigen beim Lügen erwischt«, sagte Lederer.

»Ich bin ein Tatverdächtiger?« Gutsohn schob spöttisch die Augenbrauen hoch.

Lederer deutete auf den Maserati. »Die KTU findet sicher Dreckpartikel in den Reifenprofilen oder unter den Radkästen, die beweisen, dass Sie am Tatort waren.«

»Nur weil mein Auto an einem Tatort war, heißt das noch lange nicht, dass ich dort war.« Gutsohn legte den Kopf leicht schief. »Könnt ich jetzt bitte fahren, weil das Hackfleisch muss heute noch gemacht werden.«

»Sie fahren hinter uns her«, sagte Lederer. Er deutete auf den Glatzkopf. »Der Kollege fährt bei Ihnen mit. Damit Sie auch den Weg zum Präsidium finden.«
Gutsohn seufzte, stieg mit Lederers Kollege in den Maserati.
»Aufregend?«, fragte Lederer Gisela. Sie zuckte mit den Achseln.
»Noch nicht so. Interessant wird's wohl erst bei der Befragung.«
»Willst du da auch dabei sein?«, fragte Lederer.
Gisela schüttelte den Kopf. »Du machst das schon.«
»Danke für dein Vertrauen«, spöttelte Lederer.
»Du kannst immer auf mich zählen.« Gisela grinste.
»Dann fahr zurück und lass dir die letzten Fragen beantworten. Das würde mir wahnsinnig helfen«, sagte Lederer.
Diesmal war von Spott oder Ironie nichts zu spüren.

Auf der Heimfahrt fragte sich Gisela, ob Lederers oftmals distanzierte Art mit seinem Beruf zu tun hatte. Wahrscheinlich konnte man mit dem Tod auf Dauer nur umgehen, indem man Abstand hielt. Und irgendwann war es Teil seiner Persönlichkeit geworden, alles und jeden auf Armlänge von sich wegzuhalten.
Gisela fuhr geradewegs zu Metzingers Büro. In der Tür hing der Hinweis, dass geschlossen sei.
Sie drückte testweise die Klinke, aber es war abgeschlossen.
Gisela wandte sich an eine ältere Dame mit silberfarbener Perücke, die ihre Einkäufe mit ihrem Rollator nach Hause schob.
»Entschuldigung, wissen Sie, wo ich den Herrn Metzinger finden könnt?«

»Heut ist Freitag, oder?«, fragte die Dame. Die Augen hinter den dicken Brillengläsern waren stark vergrößert und gaben ihr das Aussehen einer Eule. »Da müsst er im Rathaus zur Sprechstunde sein.«
Sie deutete mit ihrem gichtbrüchigen Zeigefinger über die Straße auf ein geschmackloses Haus aus den siebziger Jahren.
Das Innere des Gebäudes war genauso hässlich wie das Äußere. Die Wände waren unverputzt, und der graue Beton erinnerte Gisela an die Gesichtsfarbe des Toten.
Sie studierte die Orientierungstafel neben der Treppe. Das Büro des Bürgermeisters befand sich im zweiten Stock, anmelden sollte man sich im Sekretariat bei Frau Hendlmoser.
Anders als der Name vermuten ließ, hatte die Sekretärin des Bürgermeisters keinerlei Ähnlichkeit mit einem dicken, alten Huhn, ganz im Gegenteil.
Henriette Hendlmoser war gerade gewachsen, durch und durch sportlich, und ihre Spargelfigur wurde von einem wuchernden Haarschopf gekrönt, der Tina Turner hätte erblassen lassen. Sie blickte von ihrer Nagelmaniküre auf, als Gisela das Vorzimmer betrat.
»Entschuldigen Sie, wenn ich störe …«
»Sie stören gar nicht«, sagte Frau Hendlmoser, »endlich kommt mal jemand. Und dann auch noch was Uniformiertes.«
Sie lächelte Gisela freudig entgegen, während sie die frisch lackierten Nägel zum Trocknen durch die Gegend wedelte.
»Was kann ich denn für Sie tun, Frau Wachtmeisterin? Ist's was Schlimmes?«
Gisela meinte, einen erwartungsvollen Unterton herauszuhören.

»Der Herr Metzinger hat doch jetzt Sprechstunde, oder?«
»Ja.« Enttäuschung machte sich auf Frau Hendlmosers Gesicht breit. Mit spitzen Fingern nahm sie den Telefonhörer zur Hand. »Um was geht's denn?«
»Um ... die Parkplätze.« Gisela wollte der jungen Frau nicht die Gelegenheit geben, Ratsch und Tratsch über den verstorbenen Bankangestellten zu verbreiten. Vom ersten Eindruck her war Frau Hendlmoser die Bildzeitung Grünhardings. Immer begierig darauf, die neuesten Neuigkeiten unter die Leute zu bringen, auch wenn sie nicht stimmten.
Frau Hendlmoser lauschte dem Freizeichen aus dem Hörer, gleichzeitig hörte Gisela das gedämpfte Klingeln aus dem Büro des Bürgermeisters. Die Unterlippe der Sekretärin rutschte nach vorne.
»Der ist anscheinend nicht da.«
Sie legte auf, nahm die andere Hand mit dem Nagellack in Angriff.
»Wo könnt er denn sein?«, fragte Gisela.
»Mei, der müsst schon da sein, weil der Herr Metzinger, der ist bei seiner Sprechstunde jetzt immer korrekt. Letztes Jahr hat er das nicht so ernst genommen, und ich kann ihm das auch gar nicht verübeln, weil da war alle Daumenlang mal einer da und wollte sich auskotzen. Der Herr Metzinger ist dann lieber in den Grauen Bock gegangen statt ins Büro. Bis es einmal eine Beschwerde gegeben hat, weil der Herr Palenka unbedingt eine Beschwerde gegen seinen Nachbarn einreichen wollte, sich aber geweigert hat, zum Herrn Metzinger ins Wirtshaus zu gehen. Das wär nicht recht, hat er gemeint.«
Sie schüttelte zungeschnalzend die Tina-Turner-Mähne.
»Als würd das einen Unterschied machen, ob er mit ihm hier redet oder im Bock. Erfahren tut's ja eh jeder früher

oder später. So eine Sprechstunde ist ja nichts Geheimes, oder?«

Es war eine rein rhetorische Frage, Frau Hendlmoser schaute nicht mal von ihrer Nägellackiererei auf.

Und so merkte sie auch nicht, dass sich Gisela klammheimlich verabschiedet hatte und zur Tür des Bürgermeisterzimmers geschlichen war.

Sie klopfte, wartete kurz, dann öffnete sie die Tür.

Das Zimmer war geräumig und mit diversen Insignien der Macht geschmückt.

Ein runder Besprechungstisch mit vier Stühlen stand in einer Ecke, an den Wänden Kopien großer deutscher Meister, in der Mitte ein dunkler Eichentisch, an dem gut und gerne zwanzig Leute Platz gehabt hätten. Aber es war kein Konferenztisch, denn dahinter stand nur ein einziger Ledersessel mit orthopädischer Rückenlehne und abgewetzter Sitzfläche. Der Thron Metzingers. Er hatte seinen Namen in goldenen Buchstaben in die Kopfstütze prägen lassen.

Den Tisch dominierte ein goldenes, fein verziertes Kästchen.

Gisela hob den Deckel. Schnupftabak. Sie nahm eine Prise, schnupperte daran. Der würzige Tabakduft war intensiv und erinnerte sie an den feuchten Herbstnebel über abgeernteten Feldern.

Ihr Blick fiel auf eine ledergebundene Dokumentenmappe, die das Logo des Immobilienbüros zierte und auf dessen Etikett das Wort *Projekte* stand.

Gisela schlug die Mappe auf. Das Exposé eines Einfamilienhauses lag obenauf. Giselas Augen huschten über das Foto des Verkaufsobjekts und den begleitenden Text. Nichts Ungewöhnliches.

Sie blätterte um.

Kurz stockte ihr der Atem. Sie kannte das Haus, vor allem den bayerischen Löwen im Garten. Es gehörte Heribert Fassmacher, einem pensionierten Eisenbahner, der zusammen mit ihrem verstorbenen Vater aufgewachsen war.
Eine sechsstellige Zahl sprang ihr ins Auge. Der Verkaufspreis betrug sechshundertfünfzigtausend Euro.
Giselas Kopf wurde federleicht. Es gab ihrer Meinung nach nur wenige Häuser in Niedernussdorf, die mehr als eine halbe Million wert waren. Heriberts renovierungsbedürftiges Schmuckstück gehörte ganz sicher nicht dazu.
»Ach, hier sind Sie«, hörte Gisela es von der Tür her. Frau Hendlmoser schaute sie stirnrunzelnd an. »Dürfen Sie das?«
Gisela klappte den Ordner zu. »Natürlich. Oder haben Sie was zu verbergen?«
Frau Hendlmosers Stirnfalten vertieften sich noch mehr. Gisela schritt mit gewichtigen Schritten auf sie zu.
»Möglicherweise decken Sie Ihren Chef, und Sie wussten genau, dass er heute nicht kommen würde.«
»Was? Ich deck niemanden«, empörte sich die Sekretärin.
Gisela blieb dicht vor ihr stehen. »Wo ist er denn dann, der liebe Herr Bürgermeister?« Ihre Stimme war leise und drohend. »Sagen Sie jetzt bloß nicht, Sie wissen es nicht. Sie sind schließlich seine Sekretärin, oder?«
Frau Hendlmoser klimperte nervös mit den falschen Wimpern.
»Wenn er hier nicht ist und auch nicht im Grauen Bock, wird er wohl im Büro sein. Ab und zu kommt's vor, dass er dort seinen Mittagsschlaf hält. Also, in dem anderen Büro.« Sie deutete über ihre Schulter.
»Mittagsschlaf«, wiederholte Gisela mit prüfendem Blick in die Augen Frau Hendlmosers. »Soso.«

Sie drückte sich an der Frau vorbei in den Gang. »Danke.«
»Bitte«, sagte Frau Hendlmoser. Sie warf noch einen letzten Blick in das Büro Metzingers, dann zog sie die Tür zu.

Das Immobiliengeschäft war immer noch abgeschlossen.
Gisela nahm ihr Handy zur Hand und wählte die Nummer, die auf dem Schild an der Tür angegeben war. Kurz darauf hörte sie es klingeln.
Gisela schaute durch das Fenster. Ein rotes LED-Lämpchen an der Telefonanlage auf Metzingers Schreibtisch blinkte rhythmisch.
Gisela ließ es klingeln und klingeln. Selbst wenn der Mann einen tiefen Schlaf hatte, müsste er davon aufwachen.
Um ganz sicherzugehen, klopfte sie zusätzlich noch gegen die Scheibe und spähte ins Innere.
Fast wäre es ihr entgangen. Sie wollte schon aufgeben und zum Auto gehen, als sie hinter dem Tisch einen Schuh entdeckte.
Gisela ging in die Hocke, um einen besseren Blick darauf zu erhaschen.
Metzinger lag hinter dem Schreibtisch, verdeckt von einem Papierkorb, und rührte sich nicht mehr.
»Scheiße«, entfuhr es ihr.
Sie stemmte sich hoch, schaute sich hilfesuchend um, bis ihr einfiel, dass sie selbst die Polizei war. Sie trat etwas zurück, fixierte das Türschloss und trat mit dem rechten Fuß voll dagegen.
Die Tür erzitterte, gab aber nicht nach.
Sie trat noch einmal zu. Diesmal rutschte ihr Fuß von dem Schloss ab und zerschmetterte das Glas.

Gerade noch fand sie ihr Gleichgewicht wieder, sonst wäre sie mit dem ganzen Körper durch die Scheibe gebrochen.
Mit dem geschützten Ellbogen vergrößerte sie das Loch, bis sie hindurchschlüpfen konnte.
Sie eilte hinter den Schreibtisch und hätte fast aufgeschrien.
Der Teppich rund um Metzinger war blutdurchtränkt, sein Hinterkopf wies ein faustgroßes Loch auf, das sie schwarz anzugähnen schien.
Gisela wusste, der Mann war tot, trotzdem fühlte sie nach seiner Halsschlagader.
Seine Haut war noch nicht gänzlich kalt, er konnte höchstens ein, zwei Stunden tot sein.
Der Blutteppich um Metzinger herum roch metallisch. Gisela spürte, wie ihr die Sinne schwanden.
Sie rettete sich in einen Stuhl in der Besucherecke. Dort erst fiel ihr auf, dass sie immer noch ihr Handy umklammert hielt.
Automatisch drückte sie die Fünf, die Kurzwahl für Lederers Nummer.
Nach einer gefühlten Ewigkeit meldete er sich endlich.
»Lederer.«
Zum ersten Mal hörte Gisela eine Schwingung aus seiner Stimme heraus, die ihr bisher anscheinend entgangen war.
Ihr war, als würde ein warmer Sommerwind ihr Ohr streifen.
»Er ist tot«, brachte sie hervor.
»Wer?«
»Der Metzinger«, sagte sie.
Ihr Blick glitt zu dem Toten, als wollte sie sich versichern, dass er auch wirklich tot war und sie keinen Schmarrn erzählte. »Der hat ein Loch im Kopf.«
»Ich bin in einer halben Stunde da.«

Gisela ließ das Handy sinken. Eine Woge der Erleichterung überrollte sie. Hilfe nahte und würde sie erlösen. Es war nicht schön, in der Nähe einer Leiche zu sein, schon gar nicht alleine.
Lederer kam mit einem Viermannteam der Spurensicherung. Er trug seinen speckigen Ledermantel, dazu passend die abgewetzten Cowboystiefel aus Känguruleder.
Er kümmerte sich um Gisela, während die Kriminaltechniker ihre weißen Overalls anzogen.
»Brauchst du einen Arzt?«, fragte er, während er seine Hand auf Giselas legte. Sie schüttelte den Kopf.
»Mach du deine Arbeit, ich komm schon klar.«
Tatsächlich hatte sie sich von dem Schock einigermaßen erholt, fürchtete aber immer noch, aufzustehen und möglicherweise umzufallen.
Lederer musterte sie eindringlich.
»Nein, wirklich«, sagte sie, »es geht schon.«
Zur Bekräftigung stemmte sie sich hoch und lächelte ihn an. Sie spürte ihren Magen nach unten sacken, das Herz rasen und die Knie zittern. Das Lächeln blieb davon unberührt.
»Ich glaub, ein bisschen frische Luft wird mir ganz guttun.« Sie deutete nach draußen.
Lederer nickte.
»Aber nicht wegfahren, ich brauch dich noch«, sagte er. »Wegen der Aussage.« Er beobachtete sie aufmerksam, als sie den Laden verließ.
Die normale Welt empfing Gisela mit offenen Armen, ein lauer Wind streichelte ihr beruhigend das Gesicht.
Ein gutes Dutzend Schaulustiger hatte sich hinter dem rotweißen Absperrband versammelt, und jeder versuchte, einen Blick auf den Toten zu erhaschen.

Stimmengewirr lag wie Vogelzwitschern in der Luft, hier und da vernahm Gisela einzelne Wörter, die Gerüchteküche brodelte bereits.
Ihr schien es, als würden alle sie anstarren, als sie unter dem Absperrband durchtauchte und zu ihrem Auto stakste.
Sie rutschte in den Fahrersitz und zog die Tür zu. Alle Geräusche verstummten. Sie spürte, dass sie gepresst atmete, als hielte jemand ihre Brust fest umschlungen.
Sie ließ die Luft heraus.
Mit ihr die Anspannung.
Sie senkte den Blick und sah, dass ihre Hände gefaltet waren. Gisela begann zu beten. Sie betete für die Seele Metzingers.
Sie spürte, wie sie mit jedem Vers ruhiger wurde und ihre Muskeln sich entspannten. Schon immer hatte Beten ihr in Stresssituationen geholfen, den Kopf zu bewahren und nicht in Panik zu verfallen.
Es klopfte an die Seitenscheibe.
Gisela zuckte zusammen, schaute auf.
Lederer öffnete die Beifahrertür, setzte sich. Er lehnte den Kopf an die Nackenstütze, schwieg.
Gisela sah ihn lange an. Er machte keine Anstalten, etwas zu sagen.
»Hast du was gefunden?«, fragte Gisela.
Lederer drehte den Kopf zu ihr. »Mehr als genug. Aber wenn du wissen willst, ob es einen Hinweis auf den Mörder gibt, muss ich dich enttäuschen.«
»Der Metzinger ist in den Hinterkopf geschossen worden, oder?«
»Ja. Kleinkaliber. Selten tödlich, aber in so einem Fall, aus kürzester Distanz, absolut sicher.«

»Kürzeste Distanz? Jemand hat die Waffe aufgesetzt?«, fragte sie.
»Ja.«
»Eine Hinrichtung?« Gisela lief die Gänsehaut wie eine Spinne den Rücken hinab.
»Davon ist auszugehen.«
Gisela schaute zu dem Immobilienbüro, das von den Schaulustigen verdeckt wurde. Ein normaler Mord war in Giselas Welt schon bizarr, eine Exekution unvorstellbar. Sofort sah sie vor ihrem geistigen Auge einen derben, süditalienischen Auftragskiller vor sich, der eine Pistole mit Schalldämpfer auf den Hinterkopf Metzingers richtete. Sie wollte dieses Bild verdrängen und wandte sich schnell Lederer zu.
»Dann war's ein Profi?«, fragte sie.
Lederer wiegte den Kopf, schürzte die Lippen. »Es war zumindest jemand, den Metzinger gekannt hat.«
»Wie kommst du darauf?«
»Du hast gesagt, die Tür war abgeschlossen.«
Gisela nickte leicht.
»Der Mörder hat also beim Verlassen des Büros zugesperrt. Und er muss vorne raus sein, denn es existiert kein weiterer Zu- oder Ausgang.«
»Dann hat er Metzingers Schlüssel benutzt.«
»Hat er nicht. Die Schlüssel waren in seiner Hosentasche.«
Gisela stockte der Atem. »Der Mörder hatte seinen eigenen Schlüssel.«
»Genau.« Lederers Blick wurde nachdenklich. »Wer kommt da als Erstes in Frage?«
»Mitarbeiter?«
»Hatte er keine.«
»Ehefrau?«
»Junggeselle.«

»Die Sekretärin im Rathaus?«
»Warum sollte sie einen Schlüssel haben?« Lederers Blick war prüfend.
»Weil immer eine Vertrauensperson einen Ersatzschlüssel hat. Falls man sich mal aussperrt oder ihn verlegt. Bei mir ist es der Ludwig.«
Lederer runzelte die Stirn, sein Blick wurde gedankenverloren.
»Du kennst doch den Ludwig, oder? Das ist mein Verlobter.«
Zu ihrer Verblüffung öffnete Lederer die Tür und stieg aus. Er strebte schnellen Schrittes auf das Rathaus zu.
Eine unsichtbare Schnur zog an Gisela und zwang sie, dem Straubinger zu folgen.
Frau Hendlmoser glotzte Lederer mit großen Augen an, als der ihr seinen Ausweis unter die Nase hielt und sie mit knappen Worten schockierte, dass ihr Chef mit einem Kopfschuss das Zeitliche gesegnet habe.
»Haben Sie einen Schlüssel zum Laden von Herrn Metzinger?«, fragte er abschließend.
Die Sekretärin schüttelte langsam ihren Palmenkopf. Sie war kreidebleich und unfähig, auch nur irgendeinen Satz zu formulieren. Ihre Glubschaugen klebten an Lederer wie Post-its an einem Kühlschrank.
»Sie wissen, dass jegliche Unwahrheit in einer Mordsache strafrechtliche Konsequenzen nach sich zieht?«
Frau Hendlmoser nickte.
Lederer beugte sich vor, stützte die Hände auf der Kante ihres Schreibtisches ab und fixierte sie. »Wer hat dann einen Ersatzschlüssel?«, fragte er mit leiser, aber nachdrücklicher Stimme.
»Der Jo«, hauchte Frau Hendlmoser.

»Wer ist der Jo, und wo finde ich ihn?«
»Das weiß ich nicht.«
Wäre Gisela jetzt erst dazugestoßen, hätte sie vermutet, dass Frau Hendlmoser hypnotisiert war und ganz im Banne Lederers stand. Seitdem der Hauptkommissar den Raum betreten hatte, hatte die Sekretärin nicht einen Lidschlag getan.
Es war die pure Magie.
Lederer hätte alles von ihr verlangen können, so sehr hatte der Schock ihr Gehirn außer Gefecht gesetzt. Er war ihre Bezugsperson, die verhinderte, dass sie hysterisch rumschrie und einen Kreislaufkollaps erlitt.
»Woher wissen Sie dann, dass der Jo den Schlüssel hat?«, fragte Lederer weiter.
»Er hat mit ihm telefoniert. Da hat er's gesagt.«
»Wann hat er mit Jo telefoniert?«
»Oft.«
»Heute auch?«
Frau Hendlmoser nickte.
»Von seinem Amtszimmer aus?«, fragte Lederer.
Sie nickte.
»Können Sie mir die Rufnummer geben?«
Nicken. Sie blieb hypnotisiert und rührte sich nicht.
»Jetzt. Bitte.« Lederer lächelte verbindlich.
Frau Hendlmoser blinzelte sich zurück in die Realität, ihre Finger rasten über die Computertastatur.
Lederer schaute beifallheischend über die Schulter zu Gisela.
Sie deutete ein applaudierendes Händeklatschen an. So viele Streicheleinheiten mussten sein.
Frau Hendlmoser notierte etwas vom Monitor auf einen Zettel.

»Bitte.« Sie reichte Lederer den Zettel.
»Danke.«
Kaum hatten Lederer und Gisela das Rathaus verlassen, wählte Lederer die aufgeschriebene Handynummer.
Gisela hörte das Freizeichen, danach die automatische Ansage der Mailbox.
Lederer drückte die rote Hörertaste. »Kein Name, nur der Roboter«, sagte er zu Gisela, während er die Eins drückte.
»Und du glaubst, dieser Jo ist der Mörder?«, fragte sie.
Lederer zuckte mit den Achseln.
Am anderen Ende meldete sich jemand. »Ich brauch eine Rufnummerermittlung.« Er schaute auf den Zettel und las die Nummer ab. »Ich wart.«
»Wann willst du meine Aussage aufnehmen?«, fragte Gisela.
»Sobald ich hier aufgelegt hab.« Er konzentrierte sich wieder auf seinen Telefonpartner. »Ja, ich hör.«
Lederer stoppte mitten auf der Straße.
Gisela erkannte in seinem Blick Ungläubigkeit, dann Zufriedenheit.
»Danke. Bis später.« Er beendete das Gespräch, wandte sich Gisela zu. »Der liebe Jo heißt mit vollem Namen Jonathan Gutsohn.«
Zuerst konnte Gisela mit dem Namen nichts anfangen, bis Lederer sie an den Mann erinnerte, den sie am Morgen festgenommen hatten.
»Aber wie kann der dann den Metzinger erschossen haben?«, fragte sie.
»Diese Frage stell ich mir jetzt noch nicht. Er hatte Zugang zu dem Laden. Das ist alles, was im Moment zählt. Alles andere wird sich in der Befragung herausstellen.«
Lederer steckte sein Handy in die Manteltasche. »So, jetzt

nehm ich noch deine Aussage auf, und dann kannst du heimfahren zu deinem Ludwig und dich von dem ganzen Trara erholen.«

Obwohl die Fahrt von Grünharding nach Niedernussdorf nicht länger als zehn Minuten dauerte, fühlte Gisela sich wie eine Heimkehrerin nach einem Jahr im Ausland.

Sie liebte ihr Dorf, kannte jedes Detail, die kleinen Geschäfte rund um den Marktbrunnen, die Kirche, die auf einer Anhöhe thronte, und die Menschen, die ihr grüßend zunickten, als sie an ihnen vorbeifuhr.

Es war eine ländliche Postkartenidylle, inklusive weißblauem Himmel.

Die Fahrt führte sie zu Heribert Fassmachers Haus, einem ehemaligen Pferdestall, der kurz nach dem Zweiten Weltkrieg in ein Wohnhaus umgebaut worden war.

Seit damals war das Gebäude anscheinend nicht mehr renoviert worden, denn an allen Ecken und Enden bröckelte der Putz, die Holzfenster hatten fingerdicke Risse, und dem Dach fehlten einige Ziegel.

Heribert war in den Siebzigern mit seiner Familie eingezogen, die drei Kinder hatten nach und nach das Zuhause verlassen, und vor vier Jahren war dann auch noch seine Frau gestorben. Sie hatte Haus und Garten gepflegt, seit ihrem Tod verkam alles.

Der Garten war ein wild wucherndes Biotop für Kleintiere, Tauben hatten das Dach in Besitz genommen, gurrten und kackten den lieben langen Tag, und nachts huschten Ratten auf der Suche nach Essbarem herum.

Seine Nachbarn hatten ihn schon öfters darauf angesprochen, aber der Siebenundsiebzigjährige war erstens auf ei-

nem Ohr komplett taub, und zweitens interessierte es ihn kein bisschen, was andere Leute ihm rieten.
Er war ein Sturschädel, der nur seine eigene Meinung gelten ließ und dem die Welt ziemlich egal war. Nach dem Tod seiner Frau schien er in seiner Haltung noch extremer geworden zu sein, und so hatten sich in der letzten Zeit bei Gisela die Anzeigen wegen Beleidigung gehäuft.
»Hat sich wieder jemand beschwert?«, empfing Heribert Gisela.
Er saß in einem ausgebleichten Liegestuhl und las einen Schmöker aus der Leihbibliothek. Von Büchern konnte er nicht genug bekommen, das war schon als Kind so gewesen. Jakob, Giselas Vater, hatte ihr erzählt, dass Heribert immer und überall gelesen hatte. Sogar während des Unterrichts hatte er ein Buch unter die Oberschenkel geklemmt und jede freie Sekunde genutzt, um ein paar Sätze zu verschlingen.
»Nein«, sagte Gisela, »ich bin wegen deinem Haus hier.«
Gisela blieb am Zaun stehen, lehnte sich mit ihrer ausladenden Brust daran an. »Ich hab gehört, du willst verkaufen?«
»Mei, mich hält hier nix mehr«, sagte Heribert und schaute wieder in sein Buch.
»Hast schon einen Käufer?«
»Schon«, sagte Heribert, ohne aufzusehen.
»Und wen?«
»Irgend so eine Firma.«
Heribert blätterte um. Er antwortete, ohne mit dem Lesen aufzuhören, Giselas Fragen schienen ihn nicht weiter abzulenken.
»Weißt du, wie die heißt?«
»Da musst den Metzinger fragen, der hat die aufgetan.«

»Der Metzinger ist tot.«
Jetzt schaute Heribert auf, die Ungläubigkeit stand ihm ins Gesicht geschrieben.
»Erschossen«, sagte Gisela. »Mehr darf ich nicht sagen.«
»Wieso?«
»Weil ich zu laufenden Ermittlungen keine Auskunft geben darf.«
»Nein, ich mein, wieso der erschossen worden ist.«
»Deshalb bin ich hier«, sagte Gisela, »ich hab gehofft, du könntest mir weiterhelfen.«
»Ich?« Heribert erschrak. »Wieso ich?«
»Vielleicht kannst mir ja was über den Metzinger erzählen. Wieso bist du gerade zu dem gegangen?«
»Ich bin nicht zu dem gegangen, der ist zu mir gekommen.«
Gisela war überrascht. Sie hatte noch nie gehört, dass ein Immobilienmakler zu einem Hauseigentümer gekommen ist, um ihn zu einem Verkauf zu bewegen. Aber was wusste sie schon über die Welt außerhalb ihrer eigenen.
»Dabei wollt ich gar nicht verkaufen«, fuhr Heribert fort.
»Ja, wieso kommt der dann auf dich?«, fragte Gisela.
»Jemand hat ihm gesteckt, dass ich Geld brauch.« Heribert versenkte seinen Blick wieder in das Buch. Es schien so, als sei mit dieser Antwort das Thema erledigt.
Giselas Neugier hatte jedoch erst Feuer gefangen.
»Hat das gestimmt?«, fragte sie.
»Ich will weg«, sagte Heribert, während er las. »In die Karibik. Da wollt ich schon immer hin. Bisserl ein Startkapital schadet da nicht.«
»Wer hat denn davon gewusst?«, fragte Gisela.
»Meine Kinder.«
»Und wer von denen kennt den Metzinger?«

»Keiner.«
»Bist du sicher?«
»Ja.« Heribert klang verärgert. »Kann ich jetzt weiterlesen?«
»Was liest denn da?«
Heribert hielt das Buch hoch, damit Gisela das Cover sehen konnte. *Inseln im Wind* von Elena Santiago.
»Ich dachte, das ist nur was für Frauen?«, sagte Gisela und grinste.
Heribert seufzte. »Du schaust doch sicher auch Fußball. Und das ist doch auch nur was für Männer.«
Er widmete sich wieder dem Roman.
Gisela wusste nicht, was sie noch hätte weiterfragen können, und die Dringlichkeit erschien ihr nicht hoch genug, um Heribert weiter zu belästigen.
Sie stieg in ihren Wagen, um zur Dienststelle zurückzufahren.
Gisela bremste hart, als sie um die Kurve bei der Grundschule bog. Für einen Moment hatte sie ein Déjà-vu.
Auf der Straße standen Schaulustige an einem rot-weißen Absperrband. Richie hockte halb im Streifenwagen, ein Handy in der Hand. Er drückte eine Nummer.
Giselas Handy klingelte. Sie entzifferte auf dem Display Richies Namen und machte sich nicht die Mühe ranzugehen.
Richie bemerkte Giselas Wagen nicht, der hinter ihm hielt. Fluchend drückte er die Mailbox weg und schlängelte seine schmächtige Statur aus dem Streifenwagen. Schorsch kam wie Götterspeise auf ihn zugewackelt.
»Die Chefin geht nicht ran«, sagte Richie zu ihm.
Schorsch ignorierte ihn, streifte ihn im Vorbeigehen und eilte auf Gisela zu.
»Wir haben einen Toten«, sagte er zu seiner Vorgesetzten.

»Wen?« Gisela folgte Schorsch zu dem zweistöckigen Haus, an dessen Klingelleiste sechs Namen standen.
»Sebastian Meyer mit E Ypsilon.«
Das profillose Haus war Mitte der Siebziger entstanden, die Wände im Treppenhaus verschmutzt, die Steinstufen an den Kanten teilweise abgebrochen. Es roch nach Blumenkohl.
Erwin bewachte die Tür zu Meyers Wohnung im ersten Stock.
»Unfall«, sagte er grinsend, als Gisela und Schorsch an ihm vorbei in die Zweizimmerwohnung traten.
»Depp«, zischte Schorsch seinem Kollegen zu.
Die Wohnung war düster, alle Vorhänge zugezogen. Was Gisela sehen konnte, gefiel ihr.
Ein gepflegter Parkettboden, gerahmte Fotografien an den Wänden, schlichte Möbel. Alles wirkte sehr ordentlich und aufgeräumt.
Darum war der Mann im schwarzen Latexanzug ein unerwarteter Anblick. Er lag auf dem großzügigen Doppelbett, die Hände waren mit Handschellen auf den Rücken gefesselt, um den Kopf hatte er eine Art Knebel: ein Lederband, an dessen einem Ende sich ein Verschluss befand, am anderen ein faustgroßer Gummiball. Diesen hatte der Tote im Mund.
Sein Kinn und die Bettdecke waren mit Erbrochenem verschmiert, die Luft roch säuerlich.
Schorsch deutete auf eine Bang-&-Olufsen-Anlage, die an der Wand hing. Zwei hüfthohe Lautsprecherboxen standen in den Ecken des Schlafzimmers.
»Die Musik war so laut, dass die Nachbarn sich beschwert haben. Erst haben wir geklingelt, dann haben wir den Schlosser Toni gerufen, dass er uns aufmacht«, sagte er. Er vermied es, die Leiche anzuschauen.

Gisela hingegen beugte sich vor, um den jungen Mann genauer in Augenschein nehmen zu können.
»Sebastian Meyer ist achtundzwanzig Jahre alt, vor einem Jahr hergezogen. Er war zuvor in Straubing bei einer Baufirma als Lkw-Fahrer beschäftigt, die haben ihn dann rausgeworfen, und seitdem bezieht er ALG«, ratterte Schorsch die Daten runter. »Bezog«, verbesserte er sich heiser.
»Du kannst draußen warten«, sagte Gisela.
Schorsch ließ sich das nicht zweimal sagen. Er flüchtete aus dem Zimmer.
Gisela nahm die Fernbedienung der Stereoanlage und drückte die Play-Taste. Eine wummernde und kreischende Heavy-Metal-Musik schob sich wie eine Kreissäge durch Giselas Kopf. Panisch suchte sie den Power-Knopf, fand ihn erst, als das ohrenbetäubende Crescendo seinen Höhepunkt erreichte.
In die jähe Stille hinein dachte Gisela, dass die Musik hervorragend zu dem Sadomaso-Outfit des Herrn Meyer passte. Wer den Masoteil übernommen hatte, war offensichtlich, jetzt galt es, den Sadopartner ausfindig zu machen.
In Niedernussdorf kamen dafür nicht viele in Frage. Genau genommen niemand.
Natürlich wusste Gisela, dass auch die Niedernussdorfer ihre Abgründe hatten, aber von Männern in Latexanzügen war noch nie die Rede gewesen. Nicht mal am Stammtisch, und die wussten wirklich über jeden Bescheid.
Abseitige Neigungen waren eines der Lieblingsthemen, das hatte der Saubauer Hias zu spüren bekommen, als angedeutet wurde, er hätte was mit seinen Viechern.
Über den Metzger Franz Kramer wurde gemunkelt, er hätte vor zig Jahren die Nachhilfelehrerin des damals kleinen Schorsch unsittlich berührt.

Und dann war da noch der Kegelverein, der zwecks medizinischer Fangopackungen immer wieder ein halbseidenes Wellnessparadies im Kurort Bad Reibach aufsuchte.
Gisela beauftragte Schorsch und Erwin, die Nachbarn nach Personen zu befragen, mit denen Herr Meyer Kontakt hatte, während sie sich auf den Weg zu Franz Kramer machte. Wenn jemand etwas über Sadomaso wusste, dann der Metzger, der dem Stammtisch vorstand und von allen die größten Ohren hatte. Er wusste stets als Erster, wer wo mit wem was hatte.

Das Glöckchen über der Tür der Metzgerei klingelte lieblich, als Gisela den gefliesten Laden betrat. Franz Kramer schaute kurz auf, ohne im Entbeinen einer blassen Gans innezuhalten.
»Servus, Gisela«, sagte er. »Privat oder beruflich?«
»Beruflich.«
»Brauchst wieder einen Presssack für alle?«
»Ich wollt eigentlich wissen, ob du den Meyer Sebastian kennst.«
»Den langen Lulatsch, der jeden Tag in der Eisdiele hockt?«
»Von der Eisdiele weiß ich nichts. Der ist vor einem knappen Jahr hergezogen.«
»Was ist denn mit dem?«, fragte Kramer und entfernte fachmännisch schnell die Geflügelknochen.
»Der liegt erstickt in seiner Wohnung.«
»Aha.«
»Der hat's mit den Sadomasospielchen etwas übertrieben, glaub ich.«
Franz Kramer unterbrach seine Arbeit. Ein leises Lächeln. »Also doch.«

»Was meinst?« Gisela schaute den Metzger abwartend an.
»Mei, als ich den zum ersten Mal gesehen hab, da hab ich mir nur gedacht, ganz sauber ist der nicht.«
»Inwiefern?«
»Hast du dem seine Brustwarzen gesehen?«
Gisela schüttelte den Kopf. »Der Anzug geht bis hierher.« Sie legte die Handkante an ihren Kehlkopf.
Kramer machte mit dem Zeigefinger kreisende Bewegungen um eine seiner Brustwarzen. »Der hat links und rechts so Metallringe gehabt. Und nicht nur einen, also, das waren mehr – wie an meinem Duschvorhang.«
»Und da hast du sofort gewusst, auf was der steht?«
»Nicht sofort, aber als ich den dann mal beim Einkaufen gesehen hab, da war mir das schon schnell klar.«
»Wieso?«
Franz Kramer wandte sich wieder seiner Gans zu. Er kniff die Lippen zusammen, als müsste er sich daran hindern, loszuplappern.
Gisela legte abwartend den Kopf schief und fixierte den Metzger. Er zuckte mit den Achseln, während er die letzten Knochen löste.
»Der hat sich Handschellen und eine Gasmaske gekauft«, murmelte Kramer.
Gisela beugte sich vor. »Was hat der?«
Das Glöckchen bimmelte.
Schwester Doris, die Sozialarbeiterin aus dem Altenheim in Bad Reibach, betrat die Metzgerei. »Servus, alle miteinander.«
»Servus, Doris«, sagte Gisela.
Kramer setzte sofort sein Verkäufergesicht auf, legte das Messer weg und wischte sich die blutigen Finger an seiner Schürze ab. »Grüß dich. Was darf's denn sein?«

Schwester Doris schaute zu Gisela. Die machte eine einladende Geste. »Bei mir dauert's ein bisschen länger.«
»Nein, ich glaub, wir waren schon fertig«, meinte Kramer. Ohne eine Antwort von Gisela abzuwarten, kümmerte er sich wieder um Schwester Doris.
Gisela konnte nur vermuten, dass es Kramer unangenehm war, mehr über den Laden zu erzählen, wo er Meyer getroffen hatte. Aber die Kombination Handschellen und Gasmaske ließ auf einen Sexshop schließen.
Was immer Kramer dort zu suchen hatte … Das ging Gisela nichts an. Was die Niedernussdorfer privat trieben, war ihr wurscht, solange sie ihr keine Arbeit machten.
»Kannst mir nur noch sagen, wo der Laden ist?«, fragte sie. »Dann bin ich auch schon weg.«
»In Straubing. Gibt's nur einen«, knurrte Kramer, während sein Gesicht rot anlief.

In Straubing betrat Lederer zu dieser Zeit den Befragungsraum.
Gutsohn hockte an dem Tisch in der Mitte, rauchte und nippte an seinem Plastikbecher Kaffee. Die Klimaanlage rauschte und transportierte den Qualm ab.
Lederer setzte sich auf den Stuhl gegenüber. Er verschränkte die Finger, legte sie auf die Tischplatte.
»Herr Gutsohn, alles, was Sie sagen, wird aufgezeichnet und kann vor Gericht gegen Sie verwendet werden.«
Gutsohn nahm einen langen Zug aus der Zigarette, drückte sie in dem Aluaschenbecher aus, in dem schon vier Kippen lagen.
»Ich möchte Sie noch einmal darauf hinweisen, dass Ihnen das Recht auf einen Anwalt zusteht«, fuhr Lederer fort.

Gutsohn zündete sich die nächste Zigarette an. Seine dunklen Augen ruhten kalt auf dem Hauptkommissar.
»Gut, dann können wir ja anfangen«, sagte Lederer. »Ihr Name ist Jonathan Gutsohn, geboren am 22. Juli 1971 und wohnhaft in der Mühlsteingasse 44 in Straubing. Stimmt das?«
Gutsohn nickte, trank seinen Becher leer. Er hielt ihn hoch. »Ich hätt gern noch einen.«
Lederer bestellte über die Gegensprechanlage einen Milchkaffee für Gutsohn.
»Ich bin kein Mann der großen Worte, Herr Gutsohn, darum komme ich gleich zum Kern unseres Zusammentreffens.« Lederer erwiderte den Blick seines Gegenübers ruhig. »Die ersten vorläufigen Ergebnisse der Rechtsmedizin haben ergeben, dass Herr Meyerbeer ein starkes Antidepressivum im Blut hatte. Es handelt sich um ein rezeptpflichtiges Medikament, das in keiner Krankengeschichte des Verstorbenen auftaucht. Will sagen, meine Vermutung geht dahin, dass Herrn Meyerbeer das Mittel verabreicht wurde, um ihn zu dem Selbstmord zu zwingen oder zumindest leichtes Spiel mit ihm zu haben. Er war nur schwerlich in der Lage, sich selbst aufzuknüpfen.«
Gutsohn zog an seiner Zigarette und betrachtete die glimmende Asche wie ein fremdartiges Insekt.
»Sie«, fuhr Lederer fort, »bekommen seit etwa zehn Jahren dieses Antidepressivum verschrieben.«
»Nach dem Tod meiner Tochter konnte ich nicht mehr schlafen«, sagte Gutsohn, ohne Lederer anzuschauen. »Sie ist von der Zugspitze nicht mehr zurückgekommen. Sie war eine gute Bergsteigerin.«
Seine Stimme war leise geworden. Die Asche fiel auf den Tisch, Gutsohn schien es nicht zu bemerken.

Ein Beamter brachte den Kaffee.
Lederer wartete, bis der Mann den Raum verlassen hatte.
»Ihr Wagen wurde zur fraglichen Zeit am Tatort gesehen und eindeutig identifiziert.«
»Dann muss jemand anders damit gefahren sein, ich hab geschlafen.«
»Aber der Wagen wurde nicht gestohlen?«
»Nein.«
»Wer, außer Ihnen, fährt denn sonst noch damit?«
»Niemand. Ich leih nichts her, hab keine guten Erfahrungen damit gemacht.« Gutsohn nahm einen kleinen Schluck aus dem Plastikbecher.
»Irgendjemand muss aber damit gefahren sein.«
»Sieht so aus.« Die kalten Augen fixierten Lederer. »Aber ich weiß von nichts.«
Lederer biss die Zähne zusammen. Er spürte eine Lavawelle durch seinen Kopf schwappen. »Sie können aber nicht nachweisen, dass Sie geschlafen haben.«
»Das muss ich auch nicht. Sie müssen mir nachweisen, dass ich nicht geschlafen hab.«
Er hielt Lederer seine Zigarettenpackung hin. Der ignorierte das Angebot.
»Es gibt keinen Mord, bei dem der Mörder nicht Spuren seiner DNA hinterlassen hat. Wir werden etwas finden«, sagte Lederer.
Gutsohn inhalierte den Rauch tief, sein Blick war auf die Hände gerichtet. Er drehte die Zigarette nachdenklich zwischen den Fingern, dann drückte er sie auf seinen Handrücken.
Es dauerte einen Moment, bis Lederer kapierte, dass Gutsohn sich gerade selbst eine Brandwunde zufügte.
Erst als ihm der Geruch von verbranntem Fleisch in die Nase drang, kam Bewegung in ihn.

Er sprang auf, packte Gutsohns Hand und entwand ihm die Zigarette. Die Kippe fiel auf den Boden.
»Was zum Teufel soll denn das?« Lederers Entsetzen schwang in seiner Stimme mit.
Gutsohn sah ihn mit seinen glitzernden Äuglein an, öffnete den Mund und schrie um Hilfe.
Er warf sich auf den Boden, hielt sich die Hand und schrie, als würde er abgestochen.
Lederer war so verdattert, dass er regungslos dastand, als die Tür aufgerissen wurde.
Kaum hatte der Streifenbeamte einen Fuß in den Raum gesetzt, hielt Gutsohn die verletzte Hand hoch.
»Schauen Sie, was der Typ mit mir gemacht hat. Wir sind doch nicht in Somalia«, schrie er und deutete anklagend auf Lederer. »So jemanden muss man doch wegsperren, das kann doch nicht sein, dass der Polizist sein darf.«
Der Streifenbeamte half Gutsohn auf die Beine, begutachtete kurz die Wunde. »Das muss versorgt werden.«
»Natürlich muss das versorgt werden – und zwar sofort.«
Der Streifenbeamte legte Gutsohn Handschellen an. »Ich bring Sie in die Zelle zurück. Dort wird sich ein Arzt um Sie kümmern.«
Im Hinausgehen wandte sich Gutsohn an den versteinerten Lederer. »Ich verklag Sie, und wenn es das Letzte ist, was ich tu.«
Die Stille des leeren Raums legte sich wie eine bleierne Decke auf Lederer.
Er wusste, was der Vorfall bedeutete. Sein Chef würde unangenehme Fragen stellen, und bis alles geklärt wäre, würde Lederer die Hände in den Schoß legen und zuschauen müssen.
Ein Kollege der Mordkommission würde den Fall weiterbe-

arbeiten, und Gutsohn dürfte erst mal nach Hause. Natürlich unter der Auflage, sich jeden Tag bei einer Dienststelle zu melden, um eine Flucht auszuschließen. Aber warum sollte er fliehen, wo er doch unschuldig war, wie er zum Abschied noch einmal beteuerte.
Lederer hatte Gutsohn kein Wort geglaubt, und dass er so weit ging, sich selbst zu verstümmeln, bewies ihm, dass er sehr wohl etwas mit dem Mord an Stefan Meyerbeer zu tun hatte. Dieser verfluchte Drecksack. Aber von dem würde Lederer sich nicht kleinmachen lassen.

Eine Stunde später sah das ganz anders aus.
Lederer saß im bequemen Ledersessel im Büro seines Chefs und musste sich fünf Minuten lang anbrüllen lassen, was für ein dummes Arschloch er wäre, und selbst wenn Lederers Angaben stimmten, bliebe ihm keine andere Wahl, er müsse dem Staatsanwalt die Anzeige Gutsohns weiterleiten, und dann werde der ein Ermittlungsverfahren gegen Lederer einleiten. Bis dahin verbiete er ihm, auch nur den kleinsten Finger in dem Fall zu rühren.
Lederer hatte den Anschiss mit stoischer Miene über sich ergehen lassen.
Erst als sein Chef ihm erklärte, er werde vorerst aus der Schusslinie genommen und in ein kleines Dorf versetzt, das er ganz gut kenne, zuckte sein Schnauzer protestierend.
»Nicht Niedernussdorf«, sagte er, »alles andere, nur das nicht.«
Ein sadistisches Lächeln legte sich auf das zornesrote Gesicht des Chefs. »Nur Niedernussdorf. Das ist eine Anordnung, und noch habe ich das Sagen. Oder sehen Sie das anders?«

Lederer schüttelte den Kopf.
»Ich werde die Kollegen vor Ort informieren, und am Montag schon fangen Sie dort mit dem Dienst an.«
Der Chef holte eine E-Zigarette aus seiner Sakkotasche, nuckelte zufrieden daran.
»Aber nicht in Uniform, oder?«, fragte Lederer.
Sein Chef hielt einen Moment inne, brummte, als würde er diesen Gedanken ernsthaft in Erwägung ziehen.
»In Zivil«, sagte er schließlich zur Erleichterung Lederers. »Aber wenn noch irgendein Scheißdreck passiert, nehm ich Ihnen das auch noch weg. Dann laufen Sie Streife bis zur Pensionierung.«
Lederer versprach, dass er alles tun werde, um jeglichen Scheißdreck zu vermeiden.
Er schluckte seine Befürchtung hinunter, dass nicht er, sondern seine neuen Kollegen für zukünftige Katastrophen verantwortlich sein könnten.
Er fügte sich schweigsam in sein Schicksal und vertraute auf Gott. Er hoffte, den großen Meister nicht mit irgendwas verärgert zu haben, so dass der ihm gewaltig in den Hintern trat.

Die Nachricht, dass Kriminalhauptkommissar Karl Lederer als Koleiter der Dienststelle nach Niedernussdorf versetzt wurde, rief weder bei den Polizisten noch bei der Bevölkerung Begeisterungsstürme hervor.
»Das ist reine Schikane«, sagte Erwin beim morgendlichen Bürokaffee. »Da steht ja noch nicht mal, warum der zu uns versetzt wird.«
Er reichte das Schreiben an Richie weiter. Der tat sein Bestes, um die verschwollenen Augen aufzumachen, scheiter-

te aber an der Morgensonne, deren Helligkeit einen unerträglichen Kopfschmerz auslöste. Es konnte unmöglich von dem Kasten Bier herrühren, den er gestern vernichtet hatte. Er gab den Schrieb an Schorsch weiter, der ihn aufmerksam durchlas.

»Zu uns ist noch nie jemand versetzt worden«, fuhr Erwin grummelnd fort. »Und dann gleich der Depp.«

»Das hat alles seine Ordnung«, sagte Schorsch.

»Der wird irgendwas ausgefressen haben«, sagte Gisela, die mit einer Tüte vom Bäcker die Dienststelle betrat. »Wahrscheinlich ist er irgendeinem Großkopferten mit seiner Besserwisserei auf den Schlips getreten.«

Sie verteilte die warmen Brezen an ihre Mitarbeiter. Richie lehnte dankend ab.

»Aber wieso zu uns?« Erwins Skepsis vertiefte sich wie die Sorgenfalten auf seiner Stirn. »Bei uns ist doch gar nichts los.«

»Hast den Zugereisten schon vergessen?«, fragte Schorsch. »Den Meyer.«

»Das war ein Freizeitunfall«, sagte Erwin.

»Wer immer den geknebelt hat, der ist wegen unterlassener Hilfeleistung dran«, erwiderte Schorsch.

»Und wenn er's selber war?«, fragte Richie.

»Der soll sich selber den Gummiball in den Mund gesteckt und sich dann mit den Handschellen gefesselt haben?«

»Warum nicht?« Richie sah Schorsch aus schmalen Augen an. Eigentlich war ihm die Antwort wurscht, aber es kam immer gut an, wenn man so tat, als würde man an einem Gespräch teilnehmen.

»Das geht doch gar nicht«, sagte Schorsch.

»Woher willst du denn das wissen?«, fragte Erwin. Sein Ton wurde aggressiv, wie immer, wenn Schorsch das

Gscheithaferl rauskehrte. »Kann doch sein. Heutzutage ist doch alles möglich.«
»Ah, da redet der postmoderne Mann der feministischen Destruktion? Was hast du denn schon für Erfahrung in dem Bereich?«, schoss Schorsch zurück.
Erwins Gesicht lief dunkelrot an. Es war Scham, nicht Zorn. Schorsch grinste breit. »Aha, da schau her.«
»Gar nix schau her«, knurrte Erwin und riss von seiner Brezen ein dickes Stück ab. »Mich regt's bloß auf, dass du so blöd daherredest. Das machst du immer, wenn du wieder irgendwas gelesen hast, was keine Sau versteht.«
»Oder interessiert«, fügte Richie hinzu.
»Ihr hört's jetzt alle drei auf, so blöd daherzureden«, mischte sich Gisela ein. Am Anfang war so ein Wortwechsel zwischen ihren Mitarbeitern ganz lustig, aber irgendwann kippte das Ganze, und am Ende hatte immer einer eine blutende Lippe.
»Wir besorgen dem Lederer ein schönes Zimmer im Wilden Bock, so viel Gastfreundschaft muss sein«, sagte sie.
»Du glaubst, der wohnt auch noch hier?« Erwin stand das Entsetzen ins Gesicht geschrieben.
»Weiß ich nicht. Aber anbieten sollten wir's ihm zumindest.«
»Ich find, man kann's auch übertreiben.« Richies Stimme war nicht mehr als ein Flüstern. »Der hat bisher nur Ärger gemacht, der wird auch weiterhin Ärger machen.«
Erwin und Schorsch nickten. Beide kauten nun einträchtig auf ihren Brezen herum.
»Wenn er sowieso Ärger macht, können wir auch nett zu ihm sein.« Gisela fasste ihre Mitarbeiter scharf ins Auge. »Das erwarte ich von jedem von euch.«
Ihr Ton ließ keinen Widerspruch zu.

Sie nickte zu Erwin. »Du kümmerst dich gleich nach dem Frühstück drum.«
»Ich? Wieso ich?«
»Weil du deine Klappe gar so weit aufgehabt hast. Du hast es am nötigsten, ein bisschen Respekt zu lernen«, sagte Gisela.
Schorsch grinste hämisch.
»Und du«, Gisela deutete auf den Dicken, »du richtest ihm einen zweiten Schreibtisch in meinem Büro ein.« Schorschs Grinsen fiel zusammen.
Gisela schaute Richie an. Der schien mit der Tasse in der Hand vor sich hin zu dösen. Sein Kinn lag auf der Brust, sein Atem ging gleichmäßig.
»Richie«, sagte Gisela.
Keine Antwort.
Sie schlug mit der flachen Hand auf den Schreibtisch. Richie hob langsam den Kopf, blinzelte.
»Wenn der Lederer da ist, führst ihn ein bisschen rum und machst ihn mit den Örtlichkeiten vertraut. Bringst ihn vor allem zum Kramer Franz. Schau, dass ihr für vierzig, fünfzig Euro einkauft, dann wird ihm der Straubinger gleich sympathischer.«
»Warum soll der sympathisch werden?«
»Weil, wenn der Kramer den sympathisch findet, dann trägt der das zum Stammtisch, und von dort geht das dann innerhalb von vierundzwanzig Stunden durchs ganze Dorf«, sagte Gisela.
»Was soll das denn bringen?« Richie klang gequält. Jetzt hatte er sich schon an einem Gespräch beteiligt, sich danach schlafend gestellt und immer noch nicht seine Ruhe.
»Weniger Scherereien. Noch Fragen?«
Ihre Männer schüttelten den Kopf. Gisela war zufrieden. »Gut, dann kümmern wir uns mal um den Meyer.«

»Ich kann nicht«, meldete sich Schorsch, »ich muss das Büro herrichten.«
»Und ich geh zum Wilden Bock. Nicht dass das schönste Zimmer sonst weg ist.« Erwin verließ eilig die Dienststelle.
Gisela schaute Richie an. Dessen Kopf war schon wieder nach unten gesunken, ein leises Schnarchen war zu hören, um seiner totalen Arbeitsverweigerung eine Stimme zu verleihen.
Gisela seufzte. Es blieb ihr wohl nichts anderes übrig, als allein zu gehen. Sie wollte noch einmal zur Wohnung von Meyer, um mit den Nachbarn zu sprechen. Gestern hatten sie niemanden erwischt. Heute war Samstag, da könnte das anders aussehen.

In dem Haus wohnten sechs Parteien, inklusive Meyer.
Gisela klingelte im Parterre, erst links, dann rechts. Niemand antwortete.
Sie probierte weiter, und erst bei dem Namensschild mit den Initialen W.B. kam eine männliche Stimme aus der Gegensprechanlage. »Hallo?«
»Wegmeyer, ich bin von der Polizei.«
Kurz darauf erklang der Summer, und Gisela drückte die Haustür auf.
Ein älterer Mann mit wirrem grauen Haar und einer Knollennase erwartete Gisela, als sie die letzten Stufen unter das Dach emporkletterte.
Schnaufend streckte sie dem Alten die Hand entgegen. Der nahm sie freudestrahlend.
»Braun. Werner«, stellte er sich vor.
Er winkte Gisela in seine Wohnung. »Kommen Sie, kommen Sie, nur nicht schüchtern, nicht schüchtern.«

Er hielt Gisela die Tür auf.
Die Wohnung war klein und gemütlich. An den weißen Rauhfasertapeten hingen gerahmte Puzzles, vorwiegend Landschaften und das Meer.
Braun führte Gisela ins Wohnzimmer. Es war sonnendurchflutet, und auf dem niedrigen Couchtisch stand eine Vase mit gelben Tulpen.
Auf der Couch saß eine gut gekleidete Schaufensterpuppe und starrte Gisela mit einem schmalen Lächeln und weit aufgerissenen Augen an.
Sie starrte zurück.
»Das ist Marie«, sagte Braun. »Meine Lebensgefährtin, Lebensgefährtin, ja.«
Gisela war zu keiner Antwort fähig.
»Meine Frau ist vor zwanzig Jahren gestorben, und seitdem lebe ich alleine, alleine. Es ist schwer, einen neuen Partner zu finden, zu finden in meinem Alter.«
Er lächelte schüchtern. »Kann ich Ihnen etwas zu trinken anbieten? Was zu trinken?«
Gisela schüttelte den Kopf.
Braun schob ihr einen Ohrensessel hin. »Bitte, setzen Sie sich, bitte.«
Gisela nahm Platz, Braun setzte sich neben Marie.
»Sie wissen sicher, dass der Herr Meyer aus dem zweiten Stock vorgestern Nacht ums Leben gekommen ist«, sagte sie.
Braun nickte, seine Hände verschränken sich ineinander.
»Tragisch, ja, tragisch. War ein netter Kerl, junger Mann.«
»Haben Sie ihn näher gekannt?«
»Er hat für mich eingekauft. Wissen Sie, meine Hüfte spielt nicht mehr so mit, die Hüfte. Am besten geht's mir, wenn ich zu Hause bleibe. My home is my castle, ist mein Zuhause.«

Er deutete weit ausholend herum. »Ich liebe es hier, wohne seit über vierzig Jahren hier, wohne ich, ja. Gleich nach der Hochzeit sind wir hier eingezogen, war noch alles neu, neu, neu. Jetzt riecht man davon nichts mehr, aber am Anfang hat man den Beton gerochen, den Beton, der war frisch. Ich kenn mich da aus, war Bauingenieur, war ich. Und die Hilde war bei einem Architekten angestellt, so haben wir uns kennengelernt, so war das, ja.«
Versonnen knetete er die Hände.
»Die Hilde hatte viele Verehrer, und ausgerechnet mich hat sie sich ausgesucht. Wegen der Hände, dieser hier.«
Er hielt die Hände hoch, zarte Hände mit filigranen Fingern und manikürten Nägeln. Am Ringfinger steckte ein dünner, goldener Ehering.
»Klavierspieler hätt ich sein sollen, meinte sie, die Hilde, aber ich bin absolut unmusikalisch. Wenn ich singe, rennen sogar die Mäuse weg, wusch, sind sie weg, wenn ich singe.«
»Haben Sie die Musik gehört, die vorgestern beim Herrn Meyer gespielt wurde?«, fragte Gisela.
»Ich mag Musik, aber das war wirklich laut, laut war das. Ich mag den Herrn Meyer, der bringt mir meine Einkäufe und hat auch netten Umgang, aber gestern, das war zu viel. Zu laut. Die Musik.«
»Mit wem hatte er denn so Umgang?«, fragte Gisela nach.
»Frauen. Und Männern. Jedes Wochenende hatte er Besuch von Frauen und Männern, Frauen oder Männern. Nur immer einer. Eine. Nie mehrere. Also, kein Gruppensex, nur eine. Einer.«
Brauns Augen blitzten verschmitzt auf, und er deutete auf den Boden. »Der Herr Meyer wohnt ja in der Wohnung unter mir. Sein Schlafzimmer ist direkt unter meinem, das

Schlafzimmer. Beton überträgt Schall sehr gut, überträgt der den. Am Wochenende hab ich immer zugehört.«
Gisela stand die Verblüffung ins Gesicht geschrieben.
Braun musste kichern, hielt sich eine Hand vor den Mund.
»Ich hab keinen Fernseher, schauen Sie, kein Fernseher. Ich mag nicht mehr schauen, ich hör lieber Radio. Ich wär ein guter Klavierspieler geworden, wenn ich nicht so unmusikalisch wär. Ich hab gute Ohren.«
Er kicherte wieder.
»Jedes Wochenende hab ich mich mit Marie ins Bett gelegt, und dann haben wir zugehört beim Herrn Meyer, bei ihm.«
»Und da haben Sie trotz der Musik was gehört?«
»Der hatte nie Musik, nur vorgestern«, sagte Braun. »Vorgestern war das anders. Alles war anders, weil normalerweise ist der Herr Meyer am Donnerstagabend nie daheim.«
»Wissen Sie, wo er da immer ist?«
»In so einem Sadomasoclub in der Nähe von Dingolfing.«
»Woher wissen Sie das denn?«
»Er hat mir Fotos auf seinem Handy gezeigt. Da war er an so ein Kreuz gefesselt, war er, oder auf so einer Liege. Aber man hat das alles schlecht gesehen, weil's so dunkel war, die Fotos, dunkel, ja.«
»Sie scheinen ein sehr vertrauensvolles Verhältnis zum Herrn Meyer gehabt zu haben.«
»Er war halt auch einsam.« Braun rückte näher an Marie heran, so dass er sie berührte. »Da versteht man sich halt, tut man.«
»Haben Sie jemals einen der Bekannten gesehen, die am Wochenende bei ihm waren?«, fragte Gisela.
Braun schüttelte den Kopf. »Die sind erst gegen zehn Uhr

gekommen, da bin ich grad ins Bett, bin ich. Hab sie nur gehört, Frauen und Männer, oder Männer.«

Braun legte verstohlen die Hand auf Maries Oberschenkel.

Eine Welle des Mitgefühls schwappte durch Giselas Körper. Es war, als würde Brauns Einsamkeit ihr einen elektrischen Schlag versetzen.

»Wissen Sie, wie dieser Club heißt?«, fragte sie.

Braun schüttelte den Kopf. »So was interessiert mich nicht, gar nicht. Ich mag's eher klassisch.«

Er zwinkerte Gisela zu.

Sie beschloss, es als nervöses Lidzucken zu betrachten, und ignorierte es.

»Das war alles sehr hilfreich, Herr Braun«, verabschiedete sich Gisela und stand auf.

Braun erhob sich ebenfalls. »Wollen Sie nicht noch bleiben? Es könnte doch sein, dass mir noch etwas einfällt, etwas.«

Gisela zog eine Visitenkarte aus der Brusttasche ihrer Uniform und reichte sie dem Alten.

»Wenn dem so ist, dann rufen Sie mich einfach an. Ich bin ja quasi gleich ums Eck.«

Mit leichter Enttäuschung huschten Brauns Augen über die Visitenkarte.

Gisela nutzte diesen Moment, um sich auf den Weg zur Tür zu machen.

»Schönes Wochenende noch«, sagte sie.

»Am Wochenende ist's immer besonders schlimm, immer, immer«, sagte Braun und folgte ihr. »Da tut's am meisten weh, wenn man keinen zum Reden hat, am meisten.«

Wieder zwinkerte er ihr zu.

Gisela lächelte unverbindlich zurück und eilte die Treppe hinunter, hinaus an die frische Luft.

Ihr war, als kehrte sie wie Alice aus dem Wunderland zurück in die Realität. Im ersten Moment wirkte das Leben um sie herum wie ein fremdes Land, nur um mit dem nächsten Wimpernschlag wieder vertraut zu werden.
Sie war sich nicht sicher, ob sie noch tiefer in die Welt des Herrn Meyer eintauchen wollte. Es sprach schließlich nichts für einen Mord, und niemand würde ihr einen Vorwurf machen, es darauf beruhen zu lassen.
Doch tief in ihrem Inneren spürte Gisela einen kleinen Mühlstein, der sich drehte und drehte. Sie wusste, er würde erst aufhören, sich zu drehen, wenn sie wusste, was vorgestern Nacht passiert war.
Es war nicht die Neugier, sondern das Pflichtbewusstsein, das ihr keine Ruhe ließ. Sie wollte sich später nicht vorwerfen lassen müssen, sie hätte etwas übersehen.

»Gehst du mit in einen SM-Club?«, fragte sie abends Ludwig beim Essen.
Der hielt kurz inne, schaute Gisela mit vollen Backen an, schluckte hart. Schließlich zuckte er mit den Achseln. »Freilich.« Er aß weiter.
Gisela lächelte. »Es ist beruflich.«
»Hab ich mir schon gedacht.«
»Ehrlich?«
»Logisch.«
»Privat tät dich so was nicht reizen?«
Ihr Blick war herausfordernd.
Ludwig erwiderte ihn stoisch. »Wenn's dir was gibt, tät ich mit dir auch privat da hingehen.«
Beide aßen schweigend.
»Du mit mir auch?«, fragte Ludwig.

»Nur, wenn ich dich auspeitschen dürfte«, sagte Gisela.

»Dann bleibt's wohl beim Beruflichen.«

Nach dem Essen googelte Gisela den Club. Es dauerte nicht lange, und sie landete auf einer speziellen Seite, auf der die verschiedensten SM-Adressen bundesweit gelistet waren.

In der Nähe von Dingolfing gab es nur eine, sie befand sich im Gewerbegebiet, in der Nähe der BMW-Werke. Das Panthero.

Auf der amateurhaften Homepage des Clubs gab es einige Bilder zu sehen, außerdem Verhaltensregeln, Dresscode und Preise.

Am Samstag war der Club von zwanzig Uhr bis fünf Uhr morgens geöffnet. Genug Zeit, um sich umzusehen.

Gisela wandte sich an Ludwig, der gemütlich auf der Couch lag und die Sportschau guckte.

»Wir müssen uns umziehen«, sagte sie. »Lack und Leder. Und spätestens in einer Stunde will ich fahren, damit wir rechtzeitig ins Bett kommen.«

Ludwig antwortete, ohne den Blick vom Fernseher zu nehmen.

»Lack hab ich nicht.«

»Da find ich dir schon was.« Gisela machte sich auf den Weg zum Schlafzimmer. »Ich leg's dir raus.«

Eine Stunde später stiegen die beiden in Giselas Smart.

Sie trug einen Lederrock, der die üppigen Hüften nur mühsam im Griff hatte, dazu ein schwarzes Hemd mit roter Krawatte und schwarze Stiefeletten.

Eingehüllt war sie in einen schwarzen Ledermantel, den sie aus dem Fundus ihres verstorbenen Vaters gekramt hatte.

Geschminkt war sie mit schwarzem Lippenstift und dunkelblauem Lidschatten. Sie wirkte wie einer Gruft entstiegen.
Ludwigs Outfit ergänzte Giselas zu einem Gesamtkunstwerk. Er steckte in einem weißen Anzug, der ihm an allen Rundungen des Körpers etwas eng war.
Zum letzten Mal hatte er ihn zur Hochzeit seines besten Freundes Ferdinand getragen. Das war zwanzig Jahre her, inzwischen hatte die Zeit ihren Tribut gefordert und das Depot an Hüftgold gut aufgefüllt. Ludwig war alles andere als glücklich.
»Meinst du wirklich, dass man da so auffahren muss?«, fragte er.
»Elegant verrucht, stand auf der Homepage.«
»Verrucht schau ich aber nicht aus.«
»Aber elegant«, sagte Gisela und drückte ihm ein Küsschen auf die Lippen. »Fürs Verruchte bin ich zuständig.«
Die Fahrt dauerte eine knappe halbe Stunde, während der Ludwig keine Sekunde ruhig sitzen konnte. Ständig schimpfte er, dass es hier zwickte und dort einschnürte.
Gisela hörte ihm mitfühlend zu, sie wusste, dass er lieber zu Hause auf dem Sofa liegen würde, als zu so später Stunde unterwegs zu sein. Am Nachtleben nahmen sie und er schon jahrzehntelang nicht mehr teil. Sie genügten sich selbst.
Das Gewerbegebiet Dingolfings war hässlich, selbst im romantischen Licht der untergehenden Sonne.
Die Adresse des Clubs führte Gisela zu einem gesichtslosen Neubau am Ende einer Sackgasse. Auf dem Parkplatz standen vier Mittelklassewagen. Die Kennzeichen waren nicht aus der Gegend.
Zwanzig Meter hinter dem Haus befand sich ein Weiher,

Frösche und Zikaden lieferten sich einen lautstarken Wettstreit um die Vorherrschaft.

»Wart«, sagte Ludwig, als Gisela klingeln wollte. Er zog sich die Hose aus der Poritze, knöpfte seinen Anzug zu und hielt sich so aufrecht wie möglich.

»Gut schaust aus, richtig zum Niederknutschen«, sagte Gisela.

Auf ihr Klingeln hin dauerte es nicht lange, bis sich die Tür öffnete. Eine junge Frau im schwarzen Trainingsanzug strahlte die Besucher an.

»Hallo, schön, dass ihr da seid«, sagte sie mit samtiger Stimme.

»Hallo«, sagte Gisela, während Ludwig stumm hinter ihr das Etablissement betrat.

»Ich bin die Heidi«, stellte sich die junge Frau vor. »Ist das euer erstes Mal?« Sie ging um einen kleinen Tisch herum, auf dem eine Kassenbox stand.

»Ja«, sagte Gisela.

»Hundert Euro macht das.«

»Zahl!«, forderte Gisela Ludwig mit forscher Stimme auf.

»Ja, Herrin«, sagte Ludwig und zog sein Portemonnaie aus der Gesäßtasche.

Gisela schaute sich um. Es war duster in dem engen Flur, die Wände waren mit rotem Samt verkleidet, zwei Pseudofackeln mit schwachen Birnen beleuchteten gerade mal den Zugang zu den anderen Räumen, die durch einen schweren schwarzen Vorhang vom Eingangsbereich abgetrennt waren.

Dumpfe sphärische Musik war zu hören, leises Gläserklirren und undeutliches Stimmengewirr.

»Dann viel Spaß«, sagte Heidi.

»Geh voran!«, herrschte Gisela Ludwig an.

»Ja, Herrin.«
Er hielt Gisela den Vorhang auf, sofort wurden die Geräusche deutlicher.
»Übertreib's nicht«, raunte Ludwig ihr zu, als sie an ihm vorbeischritt. »Sonst bleibt's mir.«
»Da musst heute durch«, flüsterte sie zurück. »Verneig dich, wenn ich an dir vorbeigeh, du Wurm!«
Sie hatte es so laut gesagt, dass das Pärchen, das an der Bar rechts neben dem Vorhang saß, sie sofort anschaute.
Ludwig stieß ein heiseres Knurren aus, blieb aber in seiner Rolle als gehorsamer Diener und neigte demütig den Kopf.
»Ja, Herrin.«
Gisela betrat den quadratischen Raum wie die Königin von Saba. Erhobenen Hauptes musterte sie die Anwesenden. Es handelte sich um zwei Paare, das an der Bar schenkte sich gegenseitig nichts an Körperfülle, das andere auf einer gemütlichen Eckcouch war an Unterschiedlichkeit kaum zu überbieten: Er war schmächtig, hatte schütteres Haar und trug eine Kassenbrille zur Schiesserunterwäsche, sie war in ein dunkelrotes Korsett gezwängt, durch dessen Schlitze die Speckwülste quollen. Ihre blonden Haare waren hochtoupiert, die Hälfte des Körpers war tätowiert.
Beide waren Ende fünfzig, ebenso das Paar an der Bar. Das war normal angezogen, trug Straßenkleidung ohne besondere Merkmale.
Gisela war überrascht, dass sich niemand um die Kleidervorschriften zu scheren schien. Selbst Heidi nicht, die hinter die Bar schwebte und nie ihr strahlendes Lächeln zu verlieren schien. Im Hintergrund trocknete ein kahlköpfiger Wicht im Bademantel Gläser.
»Was wollt ihr trinken?«, fragte Heidi.
»Ein Weißbier«, sagte Ludwig.

Gisela schoss einen wütenden Blick auf ihn ab. »Wer hat dir erlaubt zu sprechen?«
»Ich wollt doch nur …«
»Schweig, du Wicht! Das wirst du später in der Folterkammer büßen.« Gisela legte mächtig Drohung in ihre Stimme, tief in ihrem Inneren aber kicherte sie wie ein kleines Mädchen. Sie hatte unendlichen Spaß an diesem kleinen Spiel. Ludwigs Miene ließ auf das Gegenteil schließen.
»Ja, Herrin«, grollte er.
»Also«, wandte sich Gisela an Heidi, »für meinen Diener ein Weißbier und für mich einen Mai Tai.«
Ludwig wollte sich auf einen Barhocker setzen, hielt im letzten Augenblick inne. »Darf ich mich setzen, Herrin?«
Gisela machte eine großzügige Geste, und Ludwig rutschte auf den Hocker.
Sie warf dem feisten Paar neben sich einen genervten Blick zu. »Gutes Personal ist heutzutage so schwer zu finden.«
»Ihr seid da echt drin, was?«, sagte der Dicke.
»Ihr doch auch, oder?«
»Wir sind noch Anfänger«, sagte die Frau, die eine so zarte Stimme hatte, dass sie es kaum durch den Musikteppich bis zu Giselas Ohr schaffte. »Wie lang macht ihr das schon?«
»Ein paar Jahre«, sagte Gisela.
Heidi stellte die Getränke ab. »Zum Wohl.«
Ludwig griff sich sofort das Glas und nahm einen großen Schluck.
»Aber dass ich euch hier noch nie gesehen hab«, sagte Heidi.
»Wir sind nicht aus der Gegend«, sagte Gisela. »Uns ist der Club vor kurzem erst empfohlen worden.«
»Ah, von wem?« fragte Heidi.
»Vom Sebastian. Sebastian Meyer.«

»Ah, der Sebastian. Ist der krank?«, fragte Heidi.
»Krank? Wieso?«
»Weil er am Donnerstag nicht da war.«
»Mei, keine Ahnung. Ist schon länger her, dass ich mit ihm gesprochen hab.«
»Ich hab schon gedacht, er ist uns untreu geworden, weil normalerweise gibt der Bescheid, wenn er nicht zu einer Session kommt.«
»Hat er da wen regelmäßig bei der Session?«, fragte Gisela.
»Ja. Die Vroni.«
»Und wo find ich die Vroni?«
Heidis Augen wurden schmal. »Wieso?«
»Ich ... ich hätt gern einen Ratschlag von jemandem, der sich auskennt.« Sie nickte Richtung Ludwig, der sein Weißbier ausgetrunken hatte. »Wegen dem da. Ich hab das Gefühl, ich bin manchmal zu weich.«
»Darf ich mir noch eins bestellen, Herrin?«, fragte Ludwig.
»Geben Sie ihm noch eins«, sagte Gisela zu Heidi. Die nahm das leere Glas, reichte es dem Typen im Bademantel. Der stellte es in die Spüle, reichte Heidi ein sauberes Glas.
»Also, denken Sie, ich könnt mit der Vroni mal sprechen?«
Heidi schenkte das neue Glas voll. »Ich denk schon.«
»Und wo find ich die?«
»Hinten, im Dungeon.«
»Im wo?«, rutschte es Gisela heraus, was ihr prompt einen schiefen Blick Heidis einbrachte. »Also, wo ist das denn hier, bei euch?«
»Ganz hinten, am Ende vom Gang, da geht eine Treppe runter. Aber die ist grad in einer Session, vielleicht wartest besser, bis die fertig ist«, erwiderte Heidi.

Gisela gab sich mit der Antwort zufrieden und widmete sich ihrem Mai Tai, während Ludwig sein frisches Weißbier genoss.

Zwei Stunden später war Gisela zu Wasser übergegangen. Ludwig lümmelte auf der Couch, seine Anzugjacke offen. Er war gut beschwipst und steckte Strohhalme ineinander. Das Pärchen in Unterwäsche und Korsett half ihm dabei. Die Normalos hatten ebenfalls schon ausreichend getankt, und so fand der Mann endlich den Mut, Gisela anzusprechen. »Haben Sie schon mal überlegt, mehr als einen Diener zu haben?«

»Wie meinen Sie das?«

Der Mann deutete auf sich und seine Gefährtin. »Wir wollen dazulernen und wären auf der Suche nach jemandem, der schon länger dabei ist.«

»Erste Erfahrungen hätten wir schon«, ergänzte die Frau hauchzart.

»Tut mir leid, aber einer reicht mir vollkommen«, sagte Gisela.

Das Paar nuckelte an seinen Bacardi Colas.

»Es muss gar nicht körperlich sein«, sagte der Mann. »Ich mag's gern, wenn ich beschimpft werd.«

»Ich auch«, ergänzte seine Frau.

»Das gefällt euch?«, fragte Gisela mit ehrlicher Verwunderung.

Das Paar nickte eilfertig.

»Ist nicht so meins«, versuchte Gisela das Gespräch abzuwürgen.

»Sie wollen's handfest, oder?« Der Mann zwinkerte Gisela zu. Schon wieder einer mit nervösem Augenzucken.

»Das merkt man«, sagte die Frau. »Sie haben die gewisse Ausstrahlung. So was Dominantes.«
Auch sie zwinkerte Gisela zu.
Diesmal wollte sie es nicht mehr ignorieren. »Ich sag's jetzt noch mal«, Giselas Stimme wurde scharf, »ich brauch keine Diener, ich bin voll ausgelastet, und es nervt einfach, dass ein Nein nicht als Nein akzeptiert wird.«
Stille.
Sogar die Musik hatte aufgehört.
Alle Augen waren auf Gisela gerichtet.
»Wow, das … das war unglaublich«, sagte die Frau und hielt den Arm hoch. »Ich hab ne richtige Gänsehaut.«
»Ja, das war geil«, sagte ihr Mann.
Gisela seufzte resigniert.
Die Musik setzte wieder ein.
»Wo bleibt denn diese Vroni jetzt?«, fragte sie Richtung Heidi.
Die zuckte die Achseln. »Vielleicht ist sie hinten raus.«
»Hinten raus?«
»Ja. Unsere Raucher müssen ins Freie. Da gibt's eine Tür im Keller.«
Gisela rutschte vom Hocker. »Gut zu wissen. Dass hier an die Raucher gedacht wird, mein ich.«
Sie wandte sich Ludwig zu. »Mitkommen!«
Ludwig stand gehorsam auf und folgte Gisela den schummrigen Gang entlang zu einer stählernen Wendeltreppe, die nach unten führte.
Bläuliches Licht schimmerte herauf. Die Neonröhre erhellte einen kleinen Vorraum, in dem mehrere Spinde standen. Neben den Metallschränken war eine schwarz gepolsterte Tür, in deren Mitte ein kleines Rechteck mit Gitterstäben ausgeschnitten war. Gegenüber den Spinden war die Fluchttür, die ins Freie führte.

Gisela warf einen Blick durch die Gitterstäbe in den dahinterliegenden Raum. Mehrere Kerzen tauchten ihn in flackerndes Licht.
Gisela erkannte ein Andreaskreuz, einen Gynäkologenstuhl und eine Liege mit abstehenden Seitenteilen für Arme und Beine. Eine Vorrichtung, wie sie für Hinrichtungen in den USA genutzt wurde. Darauf lag eine Gestalt, Beine und Arme waren festgeschnallt. Der Kopf war ebenfalls fixiert. Auf dem haarigen Oberkörper standen mehrere Kerzen, die schon stark heruntergebrannt waren.
Der Mann lag regungslos wie eine Leiche auf dem Gestell.
Gisela drückte die Klinke, die Tür schwang auf.
Sie eilte in den Raum, der nach teurem Parfüm roch, und kümmerte sich um den Mann.
Seine Augen waren geschlossen, der Mund mit grauem Gewebeband verklebt.
»Hallo? Sie?« Gisela rüttelte ihn an der Schulter.
Der Mann reagierte nicht.
Ludwig löste derweil die Fesseln.
Gisela prüfte den Puls am Handgelenk. Erleichtert stellte sie fest, dass der Mann noch lebte.
Sie rüttelte ihn noch einmal, diesmal kräftiger. Seine Augenlider flatterten.
»Hallo. Wie geht's Ihnen?«, fragte Gisela.
Sie entfernte das Stirnband. Sofort rollte der Kopf des Mannes zur Seite, als hätte er keinerlei Muskeln. Als Nächstes zog sie vorsichtig das Gewebeband ab.
Ludwig nahm die Kerzen von dem Körper und stellte sie auf ein Ecktischchen, auf dem diverse Folterinstrumente lagen. Unter dem Tisch stand ein Träger mit Wasserflaschen.
Ludwig zog eine heraus, schraubte sie auf und setzte sie an

die Lippen des Mannes. Der ließ sich das Wasser widerstandslos einflößen.
»Was ist denn hier passiert?«, erkundigte sich Gisela, als der Mann mehrmals blinzelte und sie anschaute. Er versuchte es zumindest, doch sein Blick war merkwürdig schwammig. Die Augen standen keinen Moment still, irrten von links nach rechts und wieder nach links. Seine Pupillen waren so stark geweitet, dass von der Iris nichts zu sehen war.
Er stand offensichtlich unter Drogeneinfluss.
»Wir bringen ihn raus«, sagte sie zu Ludwig.
Zu zweit packten sie den Mann und schleppten ihn durch die Fluchttür hinaus ins Freie. Der Lärm der Frösche und Zikaden empfing sie. Sie setzten ihn vorsichtig an der Mauer ab. Er war nicht in der Lage, auch nur den kleinen Finger zu heben. Seine Lippen zitterten, ein Krächzen drang aus seinem Mund. Gisela beugte sich zu ihm hinab.
»Zigarette«, sagte er mit belegter Stimme.
»Wir rauchen nicht, tut mir leid.«
»Ich hol welche«, sagte Ludwig.
»Aber sag noch nix!«, ermahnte Gisela ihn.
Als sie mit dem Mann alleine war, setzte sie sich neben ihn.
»Warum haben Sie das getan?«, hustete der Mann. »Wieso haben Sie mich rausgeholt?«
Verwundert sah Gisela ihn an. Sie hatte Dankbarkeit erwartet, keinen Vorwurf.
»Ja, hätt ich Sie so liegen lassen sollen?«
»Natürlich. Das ist doch Sinn und Zweck der Sache.«
Der Mann schloss die Augen, lehnte den Hinterkopf an die Mauer. »Es war so eine schöne Session, und dann kommen Sie daher und versauen alles.«
Gisela blieb die Spucke weg. Die Wut packte sie. »Wir können Sie auch wieder festschnallen, gar kein Problem.«

»Jetzt ist es zu spät. Der Kreis ist schon gebrochen.«
Ludwig tauchte in der Tür auf. Er hielt dem Mann eine Zigarette hin.
Der steckte sie sich mit zittrigen Händen zwischen die Lippen. Ludwig entzündete sie mit einem Streichholz.
»Was heißt das, der Kreis ist schon gebrochen?«, fragte Gisela.
»Dass Sie mich aus meinem transzendentalen Zustand gerissen haben. Das kann man nicht einfach mal so rückgängig machen.«
Der Mann nahm einen tiefen Lungenzug, das schien ihn ruhiger werden zu lassen. »Das würde nur die Vroni schaffen.«
»Und wo ist die?«
»Weg.«
Noch ein tiefer Zug. »In einer Stunde hätt sie nach mir geschaut.«
»Wenn Sie dann noch gelebt hätten«, sagte Ludwig.
Der Mann lächelte. »Sie hat ihre Methoden, einen vom Tod ins Leben zurückzuholen.«
»Woher wollen Sie das wissen?«, fragte Gisela.
»Ich war schon einmal tot. Sie hat mich mit einem Adrenalinschuss zurückgebracht.«
Gisela und Ludwig waren schockiert.
Der Mann wandte den Kopf zu Gisela. »Wissen Sie, was das für ein Trip ist?«
»Was haben Sie eigentlich für Drogen genommen?«, polterte Gisela.
»Keine Ahnung. Ich schluck das, was mir die Vroni vorsetzt.«
»Haben Sie keine Angst, dass das mal schiefgeht?«, erkundigte sich Ludwig.

»Nein. Ich vertrau ihr vollkommen. Sie ist meine Herrin, und sie kann mit mir machen, was sie will.«
»Das muss ja eine umwerfende Frau sein«, murmelte Ludwig.
»Sie ist eine Göttin«, sagte der Mann. »Da können Sie jede andere vergessen.« Er schaute zu Gisela. »Nichts gegen Sie, gnädige Frau.«
»Passt schon.« Aus den Augenwinkeln sah Gisela eine Sternschnuppe fallen. Sie wünschte sich, für immer und ewig mit Ludwig zusammenbleiben zu können.
Neben dem halbnackten Mann mit den Wachsresten auf den Brusthaaren kam sie sich sehr altmodisch vor. Auf eine gute Art und Weise. Sie musste keinem Kick hinterherjagen, ihr reichte der Stress im Büro vollkommen.
»Warum machen Sie das?«, fragte Gisela den Mann.
»Weil ich's bin.« Er tippte auf seine Brust. »Hier drin ist das wahre Ich. Alles andere ist nur die Fassade für die Welt da draußen.« Er deutete in die Nacht hinaus. »Wenn meine Geschäftspartner wüssten, was ich in meiner Freizeit mache, würden sie es nicht verstehen.«
»Sie wissen aber auch nicht, was die in ihrer Freizeit machen«, sagte Ludwig. »Das macht Sie nicht besser als die. Jeder hat immer eine Meinung über den anderen, und statt offen zu sein, hält jeder seine Klappe und denkt sich seinen Teil.«
Gisela war erstaunt, wie emotional Ludwig plötzlich war. Normalerweise brachte ihn so schnell nichts aus der Ruhe. Irgendwas musste einen Nerv bei ihm getroffen haben.
»Funktioniert aber nur so«, stellte der Mann fest. »Jeder Mensch braucht seine Geheimnisse, und niemand will die Geheimnisse der anderen wissen. Es macht uns verwundbar.«

»Sie scheinen ja viel drüber nachgedacht zu haben«, sagte Gisela.
»Ja. Es hat zwei Ehen gebraucht, bis ich gewusst habe, was ich will. In jeder Hinsicht.«
Gisela sah dem Mann in die Augen. Sie waren klar, die Pupillen hatten sich etwas zusammengezogen. »Geht's wieder?«, fragte sie.
Der Mann nickte.
»Sollen wir reingehen?«, fragte Ludwig.
Der Mann schüttelte den Kopf. »Ich möcht hier warten, bis die Vroni kommt. Aber Sie müssen nicht hierbleiben.«
»Ah, doch«, sagte Gisela, »ich bin schon total neugierig auf Ihre Herrin.«
Eine halbe Stunde später hörte man Motorengeräusch, kurz darauf hielt ein schwarzes MINI Cabrio auf dem Parkplatz des Clubs.
Eine hochgewachsene Frau im eng anliegenden Catsuit aus schwarzem Leder stieg aus. Ihre blonden Haare waren zu einem Pferdeschwanz gebunden und fielen ihr bis auf die Pobacken. Die metallenen Absätze ihrer Stiefel klackerten auf dem Teer wie Hammerschläge.
Gisela richtete sich automatisch auf, ihr Blick war auf die Gestalt gerichtet, die mit den wiegenden Schritten eines Panthers auf die Fluchttür zukam.
Das Licht über dem Zugang erhellte schließlich das Gesicht der jungen Frau. Sie war Ende zwanzig, tadellos geschminkt und trug geschmackvolle Ohrstecker aus Platin. Ihre Augen waren hellblau und wurden durch den schwarzen Lidschatten unheimlich plastisch hervorgehoben.
Der Mann erhob sich, neigte demütig den Kopf und streckte die Arme seitlich von sich. »Willkommen zurück.«
Vroni ignorierte ihn, ihr Blick huschte über Gisela und

Ludwig. Spöttisch schob sich ein Mundwinkel nach oben, während sie sprach. »Anfänger?«
»Wie kommen Sie da drauf?«, fragte Gisela.
»Euer Outfit. Dressed to impress. Das macht man nur am Anfang.«
Gisela und Ludwig wechselten einen kurzen Blick.
Vroni winkte ab. »Geschenkt.«
Sie wandte sich dem Mann zu, der immer noch in seiner demütigen Pose verharrte. »Und was machst du hier draußen?«
»Wir haben ihn rausgeholt …«, setzte Gisela an.
»Ich hab ihn gefragt«, wies Vroni sie zurecht.
Gisela klappte den Mund zu.
Der Mann antwortete, ohne den Kopf zu heben. »Die Sitzung wurde gegen meinen Willen beendet.«
»Du wolltest die Sitzung beenden, sonst hättest du etwas gesagt. Es scheint so, als hast du noch sehr enge Grenzen.«
»Ja«, sagte der Mann.
»Schweig!«, sagte Vroni und verpasste ihm eine schallende Ohrfeige.
Der Mann hielt den Kopf gesenkt, ohne ein Wort zu verlieren.
Seine Gefügigkeit tat Gisela weh, aber sie bezähmte den Zwang, etwas zu sagen. Wenn sie mit Vroni ins Gespräch kommen wollte, durfte sie nichts Unbedachtes von sich geben. Die junge Frau hatte ihnen klar zu verstehen gegeben, dass sie und Ludwig nicht zu den Menschen gehörten, mit denen sie sich gerne unterhielt.
Ein warnender Blick zu Ludwig, damit der ebenfalls an sich hielt.
Gisela konnte an seinen zusammengepressten Lippen und dem starren Blick auf Vroni sehen, wie es in ihm gärte.

Wenn es darum ging, offene Worte zu finden, war Ludwig oft angstfreier als sie.
Wortlos drehte er sich um und verschwand durch die Tür ins Innere des Clubs.
»Hält nicht viel aus, dein Kleiner«, sagte Vroni zu Gisela.
Sie schluckte. »Wir haben halt noch keine Expertin bei der Arbeit gesehen.«
Vroni ließ von dem Mann ab und umrundete Gisela. Ihr musternder Blick kribbelte auf der Haut.
Gisela spürte, wie sich alle Härchen auf ihren Unterarmen aufstellten.
»Du bist neugierig. Und schlau.«
Vronis Gesicht näherte sich Giselas bis auf wenige Zentimeter. Die beiden schauten sich lange in die Augen. Gisela zuckte nicht mit der Wimper.
»Und du hast keine Angst.« Vroni lächelte. Diesmal lag kein Spott darin, sondern Anerkennung. »Du hast Potenzial.«
»Meinen Sie?«
»Bescheidenheit steht dir nicht. Du willst, dass man dich unterschätzt.«
Vronis Augen funkelten wie Sterne in einer Polarnacht. »Womit verdienst du dein Geld?«
»Sicherheit«, sagte Gisela und hoffte, die Lüge klang nicht durch. »Ich verkauf Tresore. Und Sie?«
»Damit.«
Vroni deutete auf den ergeben dastehenden Mann, dessen Arme von der Anstrengung des seitlichen Abspreizens zitterten. »Ich helfe Menschen.«
»Ist der Sebastian Meyer auch einer von denen?« Gisela hielt kurz den Atem an. Hoffentlich hatte sie die Frage nicht zu früh gestellt. »Er hat uns den Club hier empfohlen.«

»Woher kennst du ihn?«
»Vom Metzger. Er war vor mir dran. Über die Blutwurst sind wir ins Gespräch gekommen.«
Es fiel Gisela schwer, Vronis Blick standzuhalten, aber es war notwendig, damit sie die Lüge schluckte.
»Aber ich hab den schon lang nicht mehr gesehen. Sie?«, fragte Gisela.
Die Blondine stand noch einen Augenblick regungslos vor Gisela, dann schnippte sie mit den Fingern.
»Rein!« Sie deutete nach drinnen.
Der Mann gehorchte. Vroni folgte ihm, und Gisela war alleine. Ihr Herz klopfte bis in die Zunge hinein. Sie hatte das Gefühl, gerade einem Raubtier begegnet und entkommen zu sein. Darauf brauchte sie einen Schnaps.

Im Auto herrschte zwischen Gisela und Ludwig Schweigen.
»Die hat den umgebracht«, sagte Ludwig schließlich leise. Er sah zum Fenster hinaus, die mannshohen Maisfelder flogen vorbei.
»Wie kommst denn da drauf?«
»Es gibt so Leute, da spürst du's einfach, dass die zu allem fähig sind.«
Gisela musste nicht darüber nachdenken, sie war zu demselben Schluss gekommen.
»Dann wär's Mord, oder zumindest Körperverletzung mit Todesfolge«, sagte sie.
»Musst du das melden?« Ludwig schaute sie an.
Gisela antwortete nicht gleich. Lederer würde nach dem Wochenende ankommen, sie fragte sich, ob sie den Fall erst mit ihm besprechen sollte. Er hatte Erfahrung mit unnatürlichen Todesursachen. Sie würde ihm die Akte zeigen, ihm

von Vroni berichten, und er sollte dann entscheiden, was zu tun wäre.

»Nein«, sagte Gisela. »Ich wart auf den Straubinger. Der kommt am Montag eh schon.«

Lederer parkte am Montagmorgen um acht Uhr vor dem einzigen Wirtshaus Niedernussdorfs, dem Wilden Bock. Weit und breit war sein Mercedes das einzige Auto vor dem rustikalen Holzhaus, das einen morbiden Charme verströmte.

Suchend schaute er sich um, warf einen Blick auf seine Uhr und schnaubte verärgert durch seinen Schnauzer. Er holte eine abgewetzte Sporttasche aus dem Kofferraum und betrat das Wirtshaus.

Der Wirt zapfte das morgendliche Helle für die Bauarbeiter, die in der Nähe einen Neubau hochzogen. Als er Lederer erkannte, wurde seine ohnehin finstere Miene noch dunkler.

Der Wirt war für seine rauhe Art berüchtigt.

Lederer trat an den Tresen. »Für mich ist ein Zimmer reserviert worden.«

»Gleich.«

Der Wirt nahm das Tablett mit den vier Gläsern und brachte sie den Bauarbeitern.

Lederer bemerkte die Blicke der Anwesenden. Einige erkannte er von seinen früheren Besuchen in Niedernussdorf, andere Gesichter waren neu für ihn.

Der Hauptkommissar war es gewohnt, im Mittelpunkt zu stehen, egal wo er hinkam. Er erwartete es sogar. Sein selbstsicheres Auftreten und seine Retroklamotten der Achtziger, inklusive Pornoschnauzer, zogen jedes Mal die

Aufmerksamkeit auf sich. Die Welt drehte sich in solchen Momenten nur um ihn.

Der Wirt kam zurück. »Ohne Bestätigung darf ich Ihnen den Schlüssel nicht geben.«

Lederer blinzelte irritiert. »Wie meinen?«

»Die Reservierung kam von der örtlichen Polizei, und nur wenn derjenige da ist, kriegen Sie den Schlüssel.«

»Soll das ein Witz sein?«

»Schau ich aus, als würd ich Witze machen?«

Blutunterlaufene Augen glotzten Lederer feindselig an.

»Sie kennen mich doch.«

Lederer holte seinen Ausweis aus der Manteltasche, hielt ihn dem Wirt vor die Nase.

»Könnt ja gefälscht sein«, sagte der Wirt. »Sie warten.«

Er nahm seinen fetten Geldbeutel und marschierte zu einem Ecktisch, um abzukassieren.

Lederer hätte schreien können, aber er behielt die Kontrolle über sich. Nur keine Schwäche zeigen.

Er rief Gisela an und sprach laut genug, damit es alle in der Gaststube hören konnten. »Ja, guten Morgen. Wo ist denn der Kollege, der vor diesem gammligen Wirtshaus auf mich warten sollte?«

Er lauschte und fing zufrieden den bösen Blick des Wirts auf. »Nein, keine Spur weit und breit. Und ohne Ihren Mitarbeiter rückt dieses Vieh von Wirt den Schlüssel nicht raus.«

Der Wirt rollte auf Lederer zu, Mordlust im Blick.

Lederer ließ sich davon nicht einschüchtern. »Ich bitte darum. Danke.«

Er hielt sein Handy dem Wirt mit einem freundlichen Lächeln hin. Der drückte es ans Ohr. Ohne Lederer aus den Augen zu lassen, hörte er Gisela zu.

Schließlich reichte er dem Straubinger das Handy zurück. Er kramte einen Schlüssel aus einer Metallkassette unter dem Tresen und hielt ihn Lederer hin.
»Nummer zwei«, grunzte er.
»Herzlichen Dank«, sagte Lederer und schnappte sich den Schlüssel.

Gisela schiss derweil Erwin zusammen, der mit Richie beim Bäcker hockte und zu einem extrastarken Kaffee eine Butterbreze aß.
»Der Lederer kommt nicht als Feind zu uns, sondern als Kollege, und ich erwarte von dir, dass du dich ihm gegenüber dementsprechend kollegial verhältst. Ist das klar?«
»Ich hab halt die Zeit vergessen, sorry«, sagte Erwin, doch Gisela kannte ihn lang genug.
»Wenn das so ist, dann richtest dir ab sofort einen Alarm für jeden Termin auf dem Handy ein, damit so was nicht noch mal passiert!«
»Ich weiß nicht, ob das bei meinem Handy überhaupt geht. Das ist schon ziemlich alt.«
»Erwin, ich warn dich, überspann den Bogen nicht.«
Wenn sie gekonnt hätte, hätte sie ihn am Schlafittchen gepackt und durch den Hörer gezogen.
»Wenn sich der Lederer noch einmal über dich beschwert, hat das Konsequenzen, das versprech ich dir.«
Erwin wollte fragen, welche, doch Gisela war schneller.
»Und frag jetzt bloß nicht, welche, sonst komm ich rüber und falt dich zusammen.«
»Verstanden, Chefin«, murmelte Erwin. »Soll ich jetzt noch hinfahren? Ich mein, ich bin in einer halben Stunde fertig hier.«

Er drehte den mickrigen Rest der Brezen in der Hand. Richie hatte mittlerweile den Kopf an die Scheibe gelehnt und war durch die wärmende Sonne in eine Art Schlummer versunken.
»Nein, ich mach das schon«, sagte Gisela, »der springt bloß im Dreieck, wenn du auftauchst.«

Lederers Laune war auch ohne Erwins Anwesenheit im Keller. Das Zimmer Nummer zwei war eine Frechheit.
»Schau«, sagte er zu Gisela und setzte sich auf das altertümliche Bett. Es quietschte zum Herzerbarmen mit jeder Bewegung, die der Straubinger machte.
»Metallfedern. Das ist ja wie anno dazumal.« Er sprang hoch, eilte zu dem kleinen Badezimmer, das eine Kloschüssel, ein Waschbecken und eine Dusche beherbergte. Alles wirkte sehr betagt und schmuddelig.
»Und hier.« Er drehte den Wasserhahn auf, ein kleines Rinnsal tröpfelte heraus.
»Das muss mal entkalkt werden«, meinte Gisela.
Lederer drehte die Dusche auf. Ein dumpfes Röhren wie von einem brunftigen Hirsch war zu hören, dann plätscherte es bräunlich aus dem Duschkopf.
»Das hier gehört mehr als entkalkt, da müssen neue Rohre verbaut werden. Ich kann hier nicht bleiben.«
»Da wird dir nichts anderes übrigbleiben. Das andere Zimmer ist reserviert, und ansonsten gibt's bei uns keine Hotels oder Pensionen.«
»Dann musst du dir was einfallen lassen, liebe Gisela, sonst werd ich die nächste Zeit über sehr schlecht gelaunt sein, und das würde weder dir noch deinen Mitarbeitern bekommen.«

Gisela überlegte kurz. Sie hatte eine Alternative, war sich jedoch nicht sicher, ob sie nicht schlimmer war als das Zimmer.

»Vor allem steht dieser Wirt auf meiner To-do-Liste ganz oben, ich mach dem das Leben so schwer, dass der sich freiwillig erschießt«, fuhr Lederer fort.

»Kommst halt zu mir«, sagte Gisela.

Der Straubinger sah Gisela prüfend an, als könnte er nicht glauben, was er gehört hatte.

»Das Zimmer von meinem Vater ist frei«, sagte Gisela. »Da hast deine Ruhe. Außer, die Hühner stören dich.«

Lederer lächelte. »Ich werde deinen Vorschlag sehr gerne annehmen. Ich hoffe nur, dein Verlobter kann sich damit arrangieren.«

»Der Ludwig ist pflegeleicht. Wenn du ihm nicht blöd kommst, kommt er dir auch nicht blöd.«

»Ich habe nicht vor, mir mein Leben unnötig schwerzumachen«, erwiderte Lederer. »Dafür hab ich ja deine Mitarbeiter.«

»Apropos. Ich hätt da vielleicht was für dich.«

Auf dem Weg zu ihrem Bauernhof erzählte Gisela ihm von Sebastian Meyer, dem SM-Club und Vroni.

Lederer hörte sich alles schweigend an, und erst als sie geendet hatte, bat er darum, die Leiche und den Fundort sehen zu dürfen.

Nachdem Lederer das ehemalige Zimmer von Jakob bezogen hatte, fuhr er mit Gisela zum Bestattungsunternehmen Friedvoll, wo der Leichnam bereits für die Trauerfeier hergerichtet war.

Sebastian Meyer lag in einem grauen Anzug friedlich ruhend auf einer Bahre.

Lederer umrundete den jungen Toten, beobachtet von Gisela und Herrn Frieder, dem Chef des Unternehmens.
»Darf ich ihn anfassen?«, fragte Lederer.
»Natürlich«, antwortete Frieder, »solange Sie den Respekt wahren.«
Vorsichtig, als wolle er einen Schlafenden nicht wecken, hob Lederer die Hände des Toten und untersuchte die Innenseiten und Handgelenke. Danach tastete er mit beiden Händen den Nacken ab, drückte Meyers Mund auf und leuchtete mit einer kleinen Taschenlampe in den Rachenraum.
»Wer hat den Totenschein ausgestellt?«, fragte Lederer.
»Doktor Pfennig aus Bad Reibach«, antwortete Gisela.
»Ich nehme an, er hat eine natürliche Todesursache diagnostiziert?«
»Exitus durch Ersticken«, sagte Frieder. »Es war offensichtlich.«
Lederer beendete seine Untersuchung, zog die Wegwerfhandschuhe aus.
»Bist du anderer Meinung?«, fragte Gisela.
»Allerdings. Dem jungen Mann wurde mit einem scharfkantigen Gegenstand die Luftröhre zerschnitten.«
»Das würde man doch sehen«, merkte Frieder an.
»Von innen«, sagte Lederer mit der ihm eigenen Überheblichkeit. Wenn er sich einer Sache sicher war, bekam seine Stimme immer einen blasierten Ton, und sein Blick wurde spöttisch. »Er war gefesselt, sein Mund mit einer Art Klammer aufgesperrt, und der Mörder ist dann mit einem länglichen Werkzeug tief in die Luftröhre gefahren, um dort mit einem Schnitt für den Exitus zu sorgen. Es blieb sogar noch genug Zeit, ihm einen Knebel in den Mund zu stecken, so dass es für den Laien aussehen musste, als wäre er an seinem Erbrochenen erstickt.«

Gisela und Frieder waren sprachlos vor Entsetzen.
»Weißt du, wie diese Vroni noch heißt?«
Gisela schüttelte den Kopf. »Ich hab mir das Nummernschild aufgeschrieben.«
»Aber du hast noch nicht nachgesehen?«
Gisela schüttelte erneut den Kopf.
Lederer blickte sie lange an. »Dann machen wir das jetzt.«
Auf der Dienststelle lungerte nur noch Schorsch herum. Er stellte gerade eine kleine Vase mit Feldblumen auf den zweiten Schreibtisch in Giselas Büro, als sie mit Lederer anrückte.
»Wo sind denn die anderen zwei?«, fragte Gisela.
»Der Erwin ist im Wilden Bock, der klärt das wegen dem Zimmer, und der Richie ist beim Kramer, einkaufen.«
Er wandte sich an Lederer. »Ich hoff, Sie mögen Presssack.«
»Ich bin allergisch«, sagte Lederer und schniefte.
Schorsch machte einen verwirrten Eindruck, bis der Straubinger auf die Blumen zeigte. »Wenn Sie das bitte von meinem Schreibtisch entfernen würden.«
»Natürlich, sofort«, sagte Schorsch, nahm die Vase und plazierte sie auf Giselas Schreibtisch.
»Bring's raus«, sagte Gisela. »Dann habt ihr wenigstens ein bisschen Farbe bei euch.«
Gehorsam verschwand Schorsch mit den Blumen.
Gisela schloss die Tür, während Lederer bereits am Computer saß.
»Passwort?«
»Das mach ich schon. Schau weg.«
»Also bitte, was denkst du denn?«, sagte Lederer.
»Vorschrift ist Vorschrift«, erwiderte Gisela. Lederer drehte den Kopf weg, während Gisela das Passwort eingab.

Die Homepage der bayerischen Polizei erschien auf dem Monitor.
Lederer hatte sich mit dem letzten Klicken wieder umgewandt. Er wollte Gisela die Maus wegnehmen, aber sie behielt sie in der Hand.
»Ich mach das schon. Ist schließlich mein Platz.«
Lederer verstand den Wink mit dem Zaunpfahl. Er gab den Sessel frei.
Gisela setzte sich, holte die Anfragemaske für die Kennzeichenüberprüfung nach vorne und tippte Vronis Nummernschild ein.
Lederer sah ihr über die Schulter.
Es dauerte nur ein paar Sekunden, bis das Suchergebnis aufploppte. *Kein Treffer.*
»Hast du das Kennzeichen vielleicht falsch eingegeben?«, fragte Lederer.
Gisela deutete auf den Schmierzettel neben dem Computer. Dort stand die Buchstaben- und Zahlenkombination.
»Ich hab's genau so abgeschrieben.«
Sie tippte alles noch einmal ein, diesmal sorgfältig, und kontrollierte jede Eingabe einzeln.
Enter.
Kein Treffer.
»Gefälschte Kennzeichen«, murmelte sie.
»Das ist unsere Frau«, sagte Lederer. »Wir fahren heut Abend zu dem Club, vielleicht winkt uns ja das Glück des Tüchtigen und sie ist vor Ort. Wenn nicht, wird uns der Betreiber sicher Auskunft geben können, wann sie wiederkommt.«
»Muss ich da mit?«
»Nein, natürlich nicht. Ich versteh deine Zurückhaltung vollkommen.«

Gisela schrieb Lederer die Adresse auf.

Es klopfte.

»Herein«, rief Gisela.

Richie trat ein. Die Augenlider auf Halbmast, musterte er Lederer, hielt eine weiße Plastiktüte hoch. »Ich hätt was zum Essen dabei.«

»Im Augenblick hab ich keinen Hunger, guter Mann, später«, sagte Lederer. Er wandte sich an Gisela. »Fahren wir zu Meyers Wohnung?«

Gisela erhob sich.

Richie ließ die Tüte sinken. »Wann wollen Sie denn dann essen, Herr Hauptkommissar?«

»Alles zu seiner Zeit, Obermeister ...?« Er sah Richie fragend an.

Der kapierte nicht, was Lederer von ihm wollte.

»Das ist der Richard Hafenrichter«, stellte Gisela vor.

Lederer nickte grüßend, wischte aus dem Büro.

Gisela klopfte Richie tröstend auf die Schulter. »Das wird schon.«

Sie folgte Lederer eiligen Schrittes.

Richie stand da wie bestellt und nicht abgeholt.

Erwin und Schorsch tauchten in der Tür auf.

»Was hat er gesagt?«, fragte Erwin.

»Alles zu seiner Zeit«, sagte Richie schläfrig.

»So ein Depp«, meinte Erwin.

»Na ja, ist ja nicht verboten, so was zu sagen«, sagte Schorsch.

Richie und Erwin glotzten Schorsch an.

»Auf welcher Seite bist du eigentlich?«, fragte Erwin.

»Darum geht's nicht«, verteidigte sich Schorsch.

»Doch, darum geht's«, schnitt Erwin ihm das Wort ab. »Entweder bist du für uns oder für den Deppen.«

Die Blicke seiner Kollegen stachen wie Nadeln in Schorschs Kopf. Er senkte den Blick. »Die Frage ist gemein.«
»Ist sie nicht. Bei dir weiß man manchmal nicht, ob du ein echter Niedernussdorfer bist oder nicht«, schnarrte Richie. »Außerdem stinkt die ganze Sache sowieso.«
Erwin und Schorsch sahen Richie überrascht an. »Wir finden eine Leiche, und zwei Tage später ist der Straubinger da.«
»Fünf«, verbesserte Schorsch.
Richie grunzte nur abfällig.
»Was willst du damit sagen?«, fragte Erwin seinen Freund.
»Ich will sagen, dass der was damit zu tun hat«, sagte Richie.
Erwin war sprachlos angesichts der außergewöhnlichen Kombinationsgabe Richies. Er selbst wäre nie auf diesen Gedanken gekommen.
»Ich versteh nicht, wie du da drauf kommst?«, wagte Schorsch zu fragen.
»Weil's ein zu großer Zufall wär«, erwiderte Richie. »Und Zufälle gibt's nicht. Alles hängt miteinander zusammen, alles hat seinen Grund und bedingt einander. Wie Ying und Yang.«
»Es heißt Yin. Ohne G.«
Richie blinzelte Schorsch irritiert an.
»Den Fehler machen viele«, murmelte Schorsch verlegen.
Richie schaute auf die Plastiktüte.
Erwin folgte dem Blick.
»Sollen wir das jetzt essen?«, fragte er.
»Nein«, erwiderte Richie, »das benutz ich als Köder.« Mit einem irren Flackern in den Augen schaute er seine Kollegen an. »Ich wanz mich an den ran und schau, was er mit dem Mord zu tun hat.«

»Das könnt aber gefährlich sein«, gab Erwin zu bedenken.
»Ich hab euch ja als Backup, oder?«
»Logisch«, kam es von Erwin wie aus der Pistole geschossen. Schorsch druckste etwas herum.
»Doch kein Niedernussdorfer, was?« Erwins Stimme klang abfällig.
»Ich bin dabei. Ich find's halt bloß nicht korrekt, gegen einen von uns zu ermitteln.«
»Das ist keiner von uns, das ist ein Straubinger«, knurrte Richie.

Die Vorhänge in Meyers Wohnung waren aufgezogen und alle Zimmer sonnendurchflutet.
Zuallererst nahm sich Lederer das Schlafzimmer vor. Er schaute sich die Musik-CDs durch, danach den Kleiderschrank, in dem sich ausschließlich schwarze Klamotten befanden. Vorwiegend Leder.
Der Hauptkommissar prüfte die Qualität der Kleidung mit Daumen und Zeigefinger und ließ ein zufriedenes Brummen hören.
Gisela hielt sich mit Fragen zurück, obwohl sie ihr auf der Zunge brannten.
Im Badezimmer durchforstete Lederer die Pflegeutensilien im Spiegelschrank, der neben dem Waschbecken angebracht war. Darin befanden sich Unmengen an Tuben, Dosen und Fläschchen. Lederer studierte deren Inhalte interessiert, fand aber nichts Ungewöhnliches.
In einem Schmuckkästchen auf dem Spiegelschrank entdeckte er Ringe, Ohrstecker und Kettchen.
Besonders ein silberner Ring hatte es ihm angetan. An dessen Außenseite war ein zweiter, deutlich kleinerer Ring

festgemacht. Er erinnerte Gisela an die Metallringe, die vorm Lidl angebracht waren, um dort Hunde anzubinden. Lederer steckte den Ring ein.
»Moment, was soll denn das?«, fragte Gisela. »Du kannst doch nicht einfach was mitgehen lassen.«
Lederer lächelte. »Ich kann nicht nur, ich muss sogar.«
Er ging in die Küche, Gisela folgte ihm. Sie war aufgebracht, denn in ihrer Vorstellung war es ein Ding der Unmöglichkeit, dass ein Polizist einen Diebstahl beging.
»Was soll das heißen, du musst?«
Lederer stöberte in den Hängeregalen der kleinen Küche.
»Man weiß nie, wann man was brauchen kann.« Er schaute über die Schulter zu Gisela hoch. »Beruflich, mein ich.«
»Und warum soll der beruflich so wichtig sein?«
»Der Ring ist ein Erkennungszeichen, es ist der Ring der O.«
»Von der aus dem Roman?«, fragte Gisela.
»Du kennst ihn?«
»Ich hab nur davon gehört. Gelesen hab ich den nie.«
»Solltest du«, meinte Lederer und öffnete den Kühlschrank. Sein Blick glitt über die wenigen Lebensmittel darin.
»Ich brauch so was nicht«, sagte Gisela.
»Wahrscheinlich nicht. Aber in diesem Fall könnte es nicht schaden«, sagte Lederer und zog das Türchen des festgefrorenen Gefrierfachs auf.
»Links getragen deutet er auf Dominanz hin, rechts auf Submission.«
Er zog einen Gefrierbeutel heraus, der weißes Pulver beinhaltete, und hielt ihn hoch. »Wirklich gründlich habt ihr aber nicht geschaut.«
»Wir sind ja auch erst mal von einem Unfall ausgegangen«, verteidigte sich Gisela.

Lederer wollte den Kühlschrank wieder schließen, als er stutzte. Auf dem unteren der beiden Glasböden hockten zwei Packungen Hackfleisch. Er nahm eine, drehte sie um und las das Haltbarkeitsdatum.

Gisela lugte ihm über die Schulter.

»Die willst aber jetzt nicht auch noch einstecken, oder?«, scherzte sie. »Die sind schon längst abgelaufen.«

»Vom Lidl in Straubing«, murmelte Lederer nachdenklich. »Weißt du, was das heißt?«

»Dass man die jetzt wegschmeißen kann.«

»Irgendjemand hat ihm die mitgebracht. Zum Einkaufen muss man hier wohl nicht extra nach Straubing fahren, oder?«, fragte Lederer.

»Nicht wirklich. Bei uns im Gewerbegebiet kriegst eigentlich alles. Aber was willst du eigentlich sagen?«

»Ich weiß es noch nicht«, gab Lederer zu. »Ich konstatiere nur, dass der Meyer an jenem Tag nicht mehr gekocht hat, weil er zu Tode gekommen ist. Wenn man das weiterspinnt, hat der Täter das Hackfleisch mitgebracht.«

»Und damit wären Fingerabdrücke auf der Verpackung«, ergänzte Gisela.

Ihr lief eine Gänsehaut über die Unterarme bei der Vorstellung. Gleichzeitig bewunderte sie Lederer für dessen Kombinationsgabe.

»Gutsohn.« Lederer purzelte der Name gedankenverloren über die Lippen. »Er hat Hackfleisch eingekauft, als wir ihn festgenommen haben.«

»Ja. Und?« Gisela verstand nicht, worauf er hinauswollte. Bis sie seinem Gedankengang folgte. »Du glaubst aber nicht wirklich, dass der mit dem Hackfleisch hier aufgetaucht ist und den Meyer vorm Kochen ermordet hat?«

»Ich stelle nur die Fakten fest und ziehe Verbindungen.«

»Das ist aber eine sehr gewagte Verbindung«, sagte Gisela.
»Wir untersuchen die Packungen trotzdem auf Fingerabdrücke.« Lederer nahm das zweite Hackfleisch ebenfalls aus dem Kühlschrank.
»Sollen die Kollegen aus Straubing das abholen, oder fahren wir das hin?«, fragte Gisela.
»Weder noch. Wir erledigen das hier vor Ort.«
»Wir haben dafür gar nicht die Mittel«, stotterte Gisela verdutzt.
»Dann besorgen wir uns die. Wie schaut's mit deinem Budget aus?«
Gisela blinzelte verständnislos. Doch allmählich lichtete sich der Nebel in ihrem Kopf, und sie konnte wieder klar sehen. »Das können wir doch nicht machen. Das ist Aufgabe der Mordkommission.«
»Wieso? Keiner hat einen Mord gemeldet.« Lederer war seelenruhig.
»Aber du hast selber gesagt, der Meyer ist umgebracht worden«, sagte Gisela.
»Ist er auch. Und wir beide klären den Fall.«
Der Nebel verdichtete sich wieder, Gisela fühlte sich aller Sinne beraubt.
»Warum?«, war das Einzige, was sie hervorbrachte.
»Weil ich diesen Gutsohn drankriegen will. Ich weiß, dass er mit den beiden Morden etwas zu tun hat.« Er hielt die beiden Packungen Hackfleisch hoch. »Wenn wir das der Mordkommission übergeben, kommt dabei gar nichts raus. Gutsohn gilt nach wie vor als unschuldig. Er wird sich auf sein gutes Recht berufen, seine Fingerabdrücke nicht nehmen lassen zu müssen, und damit kannst du das hier dann wirklich wegschmeißen.« Seine Stimme bekam etwas Be-

schwörendes. »Es ist an uns, diesen Hurensohn des Doppelmords zu überführen.«

Gisela fiel es schwer, sich aus dem Bann des Straubingers zu lösen.

»Ich glaub, du verrennst dich da in was«, entgegnete sie schließlich.

»Es ist eine Arbeitshypothese, und irgendwo muss man anfangen. Wenn sich rausstellt, dass ich falschliege, vergessen wir das Ganze, und niemandem hat's geschadet.«

Er beugte sich vor, so dass seine Nase fast an ihre stieß. »Das wär doch mal was anderes, als immer nur Verkehrsverstößler und Wirtshausschläger abzumahnen, oder? Das riecht nach einer neuen Herausforderung, und das ist genau das, was du brauchst.«

»Ich kann nur sagen, dass es stinkt und mir mein fades und langweiliges Beamtenleben ganz gut gefällt.«

Lederer seufzte. »Dann wendest du deinen Blick eben ab, solange ich diese Spur verfolge.«

»Wegschauen tu ich nicht, das kannst vergessen. Ich mach schon mit. Als Kontrollorgan. Immerhin leite ich die Dienststelle Niedernussdorf und bin dir gegenüber weisungsbefugt.«

»Gut. Also, wie schaut's mit deinem Budget aus?«, fragte Lederer erneut.

Gisela zuckte mit den Achseln. »Genau kann ich dir's nicht sagen, wir haben am Anfang vom Jahr ziemlich viel für die Inspektion vom Streifenwagen ausgegeben. Und dann war da noch die neue Uniform für den Schorsch, weil der über den Jahreswechsel so zugenommen hat.«

»Wie viel?«, unterbrach Lederer sie ungeduldig.

»Hundert Euro vielleicht?«

Lederer schluckte einen Fluch hinunter.

»Oder ein bisserl weniger«, fügte Gisela hinzu.
»Kruzifix«, entfuhr es dem Straubinger, und sein Pornoschnauzer zitterte. »Dafür kriegen wir nicht mal einen anständigen Pinsel.«
»Muss ja nicht das Beste vom Besten sein, oder? Kreidepulver, Tesafilm und normaler Pinsel tun's auch.«
»Für hundert Euro wird uns auch nichts anderes übrigbleiben«, sagte Lederer.
»Und wenn wir die Fingerabdrücke haben, wie kriegst du dann die Vergleichsabdrücke her?«
»Da hab ich schon eine Idee«, sagte Lederer und lächelte mysteriös.

Innerhalb einer Stunde hatte Lederer mit den ihm zur Verfügung stehenden Mitteln mehrere Fingerabdrücke von dem Hackfleischpäckchen genommen.
Er verglich die Abdrücke zuerst mit denen des Toten und sortierte diese aus. Es blieben noch vier unbekannte Abdrücke, die vom Verkaufspersonal oder vom letzten Gast Meyers stammten.
Während Lederer sich abends nach Straubing begab, um sich mit einem Freund von der Spurensicherung zu treffen, hockte Gisela mit Ludwig bei einem kühlen Weißbier in der untergehenden Sonne zusammen und berichtete ihm von ihrem Arbeitstag.
»Ring der O? Und was bedeutet das jetzt, dass er den eingesteckt hat?«, fragte Ludwig müde. Er war den ganzen Tag in der Bruthitze unterwegs gewesen, um seine Kundschaft zu pflegen.
Er verkaufte Versicherungen aller Art, sah sich aber nicht als klassischer Makler, der nur an der Provision interessiert

war, sondern als Dienstleister, der für seine Kunden auch nach der Unterschrift auf den Verträgen noch ansprechbar war.
Gisela zuckte mit den Achseln. »Was weiß ich, was dem Lederer das bringt. Er ist der Kriminaler. Auf jeden Fall lad ich mir das Buch heute noch runter.«
»Ich hab noch irgendwo eins auf dem Speicher rumliegen.«
Gisela warf Ludwig einen überraschten Blick zu.
»Hat ja im Internat zur Basislektüre gehört«, grinste Ludwig und nahm einen kräftigen Schluck. »Irgendwo musst ja deine Aufklärung herkriegen.«
»Ich hab gedacht, dafür hat's die Bravo gegeben.«
»Bravo war für die, die Bilder gebraucht haben. Wir waren ja die Intelligenzija.«
»Du?«
Gisela leerte ihr Glas.
»Glaubst das nicht?«, fragte Ludwig mit gespielter Empörung.
»Dir glaub ich alles, mein Schnuppelhase.« Sie küsste ihn sanft. »Magst mir erzählen, was drinsteht? Weil, ich hab's ja auch mehr mit Bildern.«
»Ich weiß gar nicht mehr, worum es genau ging. Nur, dass die Frau dem Mann untertan sein soll.« Er nickte zum Haus. »Holst mir noch eine Flasche?«
»Aber gern, mein Spatzl.«
Tatsächlich fand Ludwig keine Ausgabe der *Geschichte der O* auf dem Speicher, dafür ein Fotoalbum aus seinen Zeiten am Internat, das er sich mit Gisela zusammen vor dem Zubettgehen anschaute.
Erinnerungen wurden wach, er erzählte Anekdoten aus seiner Jugend, und seine Augen blitzten vor Freude über

den einen oder anderen Streich, den sie den Patern gespielt hatten.
Gisela genoss es, ihm zuzuhören. Ludwigs weiche Stimme und seine lebendige Art riefen klare Bilder in ihrem Kopf hervor, und ihr war, als wäre sie dabei gewesen. Sie fühlte sich ihm ganz nah.
Kurz nach Mitternacht schlief sie in seinem Arm ein.

Lederer saß zu dem Zeitpunkt auf dem Rand des Straubinger Stadtbrunnens und sinnierte vor sich hin. Das gleichmäßige Plätschern aus dem Wasserspeier war die optimale Geräuschkulisse dafür.
Eine halbe Stunde zuvor hatte sein Freund aus der kriminaltechnischen Abteilung einen Scan der Fingerabdrücke Gutsohns zur Verfügung gestellt.
Der Abgleich war negativ gewesen.
Ein Ergebnis, das Lederer nicht erwartet hatte. Er war sich so sicher gewesen, dass Gutsohn in den Mordfall verwickelt war, dass er jetzt die Zeit brauchte, um sich zu sammeln.
Er wusste, dass er manchmal stur und dickköpfig war, aber meistens lag er mit seinen Vermutungen und Arbeitshypothesen goldrichtig.
Im Laufe der Jahre hatte er einen siebten Sinn für Menschen entwickelt, die sich nicht an die gesellschaftlichen Regeln hielten und im Zuge dessen manche Grenze überschritten. Bei Gutsohn war er sich so sicher gewesen.
Lederer tauchte die Hand in das kühle Brunnenwasser, schwang sie leicht hin und her. Er spürte den Widerstand des Wassers, und es war ihm wie eine Berührung, als wollte es ihn trösten. Er versuchte, eine Verbindung herzustellen, wo keine war, flüsterte ihm das Wasser zu.

Lederers Gedanken schweiften zu dem Ring, den er in seiner Hosentasche trug. Er sollte dieser Spur folgen, sie war konkret und aussichtsreich.
Eine junge Domina, die möglicherweise einen ihrer Kunden getötet hatte, war schließlich als Mordfall auch nicht zu verachten. Das war eine Arbeitshypothese, die zumindest einen hohen Wahrscheinlichkeitsgrad aufwies.
Er visualisierte noch einmal Gutsohns Gesicht, bevor er es beiseitewischte und mit neuer Entschlossenheit, den Mord an Meyer aufzuklären, nach Niedernussdorf zurückfuhr.

Wie ein Baby in Morpheus' Armen schlief Lederer in seinem Zimmer auf Giselas Hof durch, bis ihn Kaffeeduft weckte.
Frisch geduscht und tadellos herausgeputzt betrat Lederer die Küche, in der Ludwig das Frühstück für alle drei zubereitete.
Gisela war zur Fütterung der Hühner im Stall.
»Morgen«, strahlte Lederer, als er sich an den gedeckten Tisch setzte.
Ludwig beäugte den Straubinger. »Morgen«, sagte er höflich. Er machte aus seiner Abneigung gegenüber dem schönsten Polizisten Niederbayerns keinen Hehl. Vor zwei Jahren waren die beiden einander zum ersten Mal begegnet und sich von Anbeginn an unsympathisch gewesen.
»Das riecht ja köstlich, mein Lieber«, sagte Lederer und schenkte sich Kaffee aus der Thermoskanne ein. »Das ist wie Urlaub hier.« Er suchte den Tisch ab. »Haben Sie irgendwo Süßstoff?«
»Beim Edeka«, brummte Ludwig und setzte sich dem

Straubinger gegenüber, ohne ihn eines Blickes zu würdigen.
Lederer nahm die Zuckerdose, schaute hinein. »Haben Sie Rohrzucker?«
Ludwig schnitt sich eine Scheibe vom selbstgebackenen Brot ab. »Nein.«
»Na ja, dann werd ich wohl auf den Kaffee verzichten.« Lederer hielt Ludwig die Tasse hin. »Wollen Sie?«
Ludwig schmierte seine Brotscheibe, schüttelte den Kopf. Lederer stellte die Tasse wieder vor sich ab.
»Haben Sie schlecht geschlafen, oder warum sind Sie so grantig?«
»Ich bin immer so«, sagte Ludwig.
»Wie hält die Gisela das nur aus«, sagte Lederer.
Ludwig hielt kurz mit dem Schmieren inne und schenkte Lederer einen tödlichen Blick.
Doch der ignorierte sein Gegenüber und füllte den Kaffee vorsichtig zurück in die Thermoskanne. Er hasste jegliche Art von Verschwendung.
Ludwig ignorierte den Straubinger so gut wie möglich.
Beide aßen schweigend, als Gisela in die Küche kam.
»Morgen«, begrüßte sie Lederer.
»Guten Morgen«, antwortete der Hauptkommissar.
Gisela wusch sich in der Spüle die Hände. »Hast du gut geschlafen?«
»Ausgezeichnet«, sagte Lederer. »Es ist so ruhig hier.«
»Wie im Paradies«, sagte Gisela.
»Ganz mein Gedanke.« Lederer strahlte Gisela an wie die Morgensonne.
Ludwig erhob sich. »Ich fahr.«
»Du hast doch erst einen Kaffee gehabt, oder?«, fragte Gisela.

»Mein Magen verträgt heut keinen zweiten«, sagte Ludwig. Er küsste Gisela zum Abschied.
»Schönen Tag«, schleuderte Lederer ihm beim Hinausgehen hinterher. Von Ludwig kam nichts.
Gisela setzte sich auf Ludwigs Platz und schenkte sich Kaffee in seine Tasse.
»Und? War's der Gutsohn?«, fragte sie.
Lederer schüttelte seufzend den Kopf. »Leider nicht.«
»Und da hast du gut schlafen können?«
»Ich kann immer gut schlafen. Wenn mich jeder Mord belasten würde, wär ich schon längst durchgedreht.«
»Ich könnt das nicht. Ich lieg ja schon die ganze Nacht wach, wenn ich mich mit dem Ludwig wegen dem Fernsehprogramm gestritten hab.«
»Streitet ihr oft?«
»Normal halt, also regelmäßig.« Gisela grinste. »Aber wir vertragen uns auch regelmäßig wieder. Das ist dann wie das Paradies.«
»Du denkst also, ein Streit ist vonnöten, um sich glücklich zu fühlen?« Lederer schaute Gisela interessiert an.
Sie runzelte die Stirn, sie war sich nicht sicher, ob er die Frage ernst meinte. »Vonnöten nicht. Aber wenn's die ganze Nacht gewittert, ist der Sonnenaufgang danach besonders schön, oder?«
Damit konnte Lederer nichts anfangen. Bildliche Vergleiche überforderten sein analytisch angelegtes Gehirn.
»Liebt ihr euch wirklich?«
Gisela las in Lederers Augen eine leichte Verunsicherung.
»Du kennst das nicht«, stellte sie überrascht fest.
Lederer wich ihrem Blick aus. »Liebe ist halt ein großes Wort«, sagte er, »aber die wenigsten wissen wirklich, was es bedeutet.«

Gisela nahm einen Schluck, wartete ab. Normalerweise brachte dieses Schweigen ihr Gegenüber dazu, weiterzureden.
Lederer war anders. Er trank sein Glas Wasser aus und schaute zum Fenster hinaus.
»Wie hat's denn geheißen?«, fragte Gisela.
»Wer?«
»Die Frau, die dir das Herz gebrochen hat.«
Lederer lachte kurz auf, strich mit Daumen, Zeige- und Mittelfinger den Schnauzer glatt.
»Meine Mutter«, sagte er. »Sind es nicht immer die Mütter, die ihren Söhnen das Herz brechen?«
»Keine Ahnung. Ich bin eine Tochter.«
Lederer wollte nichts erzählen, und Gisela akzeptierte das.
»Wie machen wir weiter?«, fragte sie. »Mit den Ermittlungen, mein ich.«
»Ich les mir heute alle Protokolle zum Mordfall Meyer durch, dann reise ich in seiner Biographie zurück und spreche mit den Leuten, die in den letzten zwei Jahren mit ihm Kontakt hatten. Vielleicht erinnert sich der ein oder andere an einen seiner Spielpartner.«
»Spielpartner?«
»Du weißt schon. Latex, Ring der O, SM-Club.«
»Wenn ich dir da helfen kann ...«, bot Gisela an.
»Danke, doch ich vermute mal, das ist nicht dein Metier.«
»Aber deins?«
Lederer lächelte nur.
Es klopfte. Richie kam mit einer Plastiktüte herein. »Morgen.«
Er nahm die Sonnenbrille nicht ab, und anhand seiner rauchigen Stimme war Gisela klar, dass diese von einer durchzechten Nacht rot geädert sein mussten.

Richie hielt die Tüte hoch. »Ich hätt da das Frühstück dabei.«

»Hab ich das bestellt?« Gisela war verwirrt.

»Ja. Vorgestern«, sagte Richie und nickte Richtung Lederer. »Für den da.«

»Moi?« Lederer deutete mit einer gespreizten Handbewegung auf sich.

»Ich wollt, dass du dich hier wohl fühlst«, sagte Gisela. Sie schaute Richie an. »Ist das seit vorgestern in der Tüte?«

Richie nickte.

»War das auch mal im Kühlschrank?«

Richie schüttelte den Kopf. Gisela seufzte.

»Dann schmeiß weg«, sagte sie.

Richie schmiss die Tüte in eine Ecke.

Lederer und Gisela starrten ihn fassungslos an.

»Sorry«, wisperte Richie. »Normalerweise schlaf ich um die Uhrzeit noch.«

Er hob die Tüte auf und versenkte sie im Mülleimer unter der Spüle.

»Aber ich würd trotzdem gern wissen, was Sie essen wollen«, fragte er Lederer.

»Danke, sehr liebenswürdig, ich weiß mich selbst zu versorgen.«

»Aber ich weiß, wo's die wirklich leckeren Sachen gibt. Und nicht zu teuer.«

»Er will nicht«, ermahnte Gisela ihn.

»Ich würd aber gern was für Sie tun«, sagte Richie und stierte Lederer an. »Ich möcht gern an Ihrer Seite bleiben.«

Lederer wechselte einen fragenden Blick mit Gisela.

»Was ist denn mit dir los?«, wollte Gisela wissen.

Richie wischte sich die Handflächen an den Hosenbeinen

seiner Uniform ab. »Mei, wo er schon da ist. Ich hab noch nie mit einem Kriminaler zusammengearbeitet.«
»Nun ja, so ganz richtig ist das nicht, guter Mann«, sagte Lederer. »Ich entsinne mich des Mordfalls vom letzten Jahr, und da hatte ich nicht das Gefühl, dass Sie mich und meine Arbeit sehr schätzen.«
Richies Hände verharrten auf seinen Oberschenkeln. Er bewegte sich nicht, schien im Stehen eingeschlafen zu sein.
»Menschen ändern sich«, krächzte er schließlich.
»Ich arbeite grundsätzlich alleine«, sagte Lederer.
Richie ließ den Kopf hängen.
Eine Welle Mitleid spülte durch Giselas Körper. Hinter Richies Rücken bedeutete sie Lederer, dem Obermeister eine Chance zu geben.
Lederer atmete tief durch. »Nun gut, angesichts der Tatsache, dass ich hier vollkommen ortsfremd bin, wäre es möglicherweise angebracht, die Hilfe einer lokalen Figur zum Zwecke der schnelleren Orientierung anzunehmen.«
Ratlos schaute Richie zu Gisela.
»Du kannst mit ihm arbeiten«, übersetzte sie.
»Für mich«, betonte Lederer mit erhobenem Zeigefinger. »Seien Sie sich dieses Unterschieds jederzeit bewusst, guter Mann.«
»Versteh schon«, sagte Richie. »Sie Chef, ich Turnschuh.«
»So kann man das auch ausdrücken.«
»Du besorgst dem Herrn Hauptkommissar gleich die Befragungsprotokolle vom Fall Meyer«, sagte Gisela.
»Und vom Fall Metzinger«, ergänzte Lederer.
»Auch?« Gisela sah Lederer erstaunt an.
Der tippte sich an die Nase.
Richie rümpfte die Nase, schnüffelte links und rechts. »Ich riech nichts.«

Lederer verdrehte die Augen.
»Scherz«, sagte Richie trocken.
Lederer verzog den Mund zu einem künstlichen Lächeln.
Gisela ahnte, dass diese beiden keine Freunde werden würden.
»Ah ja«, sagte Richie und drehte den Kopf zu Gisela, »ich fahr mit Ihnen noch schnell beim Kramer vorbei.«
»Beim Kramer? Was soll ich denn beim Kramer?«, fragte Lederer irritiert.
»Wir kaufen noch was ein, so für vierzig, fünfzig Euro«, sagte Richie.
»Was, bitte schön, brauchen Sie denn für so viel Geld beim Kramer?«
Richie starrte Lederer wortlos an.
»Der ... der Kramer ist nicht der Kramer, das ist unser Metzger, also, der heißt nur Kramer«, sprang Gisela ihrem Mitarbeiter bei.
Lederers Blick wurde zunehmend ratlos.
»Der freut sich sicher, wenn du bei ihm einkaufst«, beendete Gisela ihr Gestammel.
»Für vierzig, fünfzig Euro?«, fragte Lederer leise.
Gisela nickte. »Der hat wirklich gute Wurst.«
»Muss ich das von unserem riesigen Budget noch abziehen?«
Gisela lächelte. »Es lohnt sich aber.«
»Nein danke. Ich bin Vegetarier.«
»Echt?«, fragte Richie.
Lederer seufzte und schloss die Augen. »Scherz«, sagte er müde.
Richie runzelte die Stirn. »Heißt das, wir kaufen die Wurst?«
Lederer haute mit der flachen Hand auf den Tisch, dass Gisela zusammenzuckte.

»Nein. Das heißt nein. Und jetzt will ich von Würsten und Kramern nichts mehr hören, ist das verstanden?«
Richie und Gisela nickten synchron.

Ludwig tourte vormittags durch den Landkreis, um seinen Kunden vor Ort bei Problemen behilflich zu sein. Um die Mittagszeit herum kehrte er zu seinem kleinen Büro neben dem Kloster in Niedernussdorf zurück und hielt erst einmal ein Schläfchen. Nach ein paar Minuten fühlte er sich fit und erholt genug, um nachmittags die eingegangenen Anrufe, E-Mails und Neuanträge abzuarbeiten.
Gisela erwischte ihn gerade, als er einem Interessenten telefonisch zu erklären versuchte, wieso sich eine Lebensversicherung in Zeiten niedriger Zinsen immer noch lohnte.
Gisela nahm auf der kleinen Ledercouch Platz und wartete geduldig, bis Ludwig mit dem Beratungsgespräch fertig war. Sie bewunderte seine Geduld, mit der er die unmöglichsten Fragen beantwortete. Kein einziges Mal schien er genervt oder unwirsch zu sein. Er war seit über zwanzig Jahren in diesem Geschäft und hatte so ziemlich alles an unterschiedlichen Persönlichkeiten erlebt, die diese Welt zu bieten hat.
Er legte auf, wandte sich Gisela zu. »Du hast jetzt fünfzehn Minuten dagesessen und mir zugehört, ohne auch nur mit der Wimper zu zucken. Es muss ja ungeheuer wichtig sein, was du von mir willst!«
»Ich schau dir halt gern beim Arbeiten zu«, erwiderte sie.
Ludwig nahm neben Gisela Platz.
»Normalerweise fragst du mich, ob du störst, wenn ich telefoniere«, sagte er. »Also, worum geht's?«

»Diese Vroni hat gefälschte Kennzeichen, und du kennst dich da doch aus«, begann sie.
»Ich denk, der Superbulle kümmert sich drum«, unterbrach Ludwig sie.
»Ja, aber was, wenn nicht nur die Kennzeichen gefälscht sind, sondern alles, auch ihr Name? Dann kommt der Lederer nicht weit.«
»Soll er sie halt festnehmen und befragen. Das kann er ja wohl, oder?«
»Er wird sie sicher befragen, aber es gibt keinen Grund, sie festzunehmen. Nichts deutet darauf hin, dass sie mit dem Mord an dem Meyer was zu tun hat«, sagte Gisela.
»Das ist sein Problem.«
»Wieso reagierst eigentlich so allergisch auf den Lederer?« Gisela war erstaunt und angefressen, dass Ludwig sie so abblitzen ließ.
»Der gehört hier nicht her«, sagte Ludwig. »Und schon gar nicht zu uns nach Hause.«
»Er tut dir doch nichts«, sagte Gisela.
»Er nervt.« Ludwig wurde unwirsch.
»Wie geht das denn? In der Nacht hat er geschlafen, und heut Morgen fand ich ihn ausgesprochen liebenswürdig.«
»Na bitte«, sagte Ludwig und erhob sich.
»Was bitte?«
Gisela war verwirrt.
Ludwig tigerte durch sein Büro, die Hände in den Hosentaschen. »Er versucht, dich rumzukriegen, und immerhin findest du ihn schon liebenswürdig.«
Gisela blieb die Spucke weg. Eifersucht. Darauf wäre sie nie gekommen.
»Und ihr duzt euch«, fuhr Ludwig fort. »Außerdem schaut er dich so komisch an, wenn er meint, ich schau nicht hin.«

Gisela konnte sich ein Grinsen nicht verkneifen.
»Ja, ja, lach mich nur aus«, knurrte Ludwig.
»Ich lach dich nicht aus, ich freu mich«, sagte Gisela. Sie stand auf und stellte sich Ludwig in den Weg. »Ich liebe dich, mein kleiner Brummbär, und das wird sich durch einen gutaussehenden und männlichen Hauptkommissar nicht ändern.«
Sie zupfte an seiner Krawatte herum.
»Also, denkst du, du kannst mir bei meinem kleinen Anliegen helfen?«
Alles Brummige verschwand aus Ludwigs Augen, als sie ihm ein Küsschen gab.
»Tut mir leid, aber ein Kennzeichen kannst du dir überall drucken lassen. Das kriegst du übers Internet innerhalb von achtundvierzig Stunden«, sagte Ludwig. »Wenn du die Fahrgestellnummer von dem Wagen hättest, dann könnt ich die Händler im Landkreis anfragen, aber selbst das wär eine Heidenarbeit mit geringen Erfolgsaussichten. Das würde Wochen dauern.«
»Na, jetzt übertreib mal nicht«, sagte Gisela.
»Hast du nicht was anderes, was die Dame identifizieren könnte? Ist sie vielleicht vorbestraft? Dann wär sie doch bei euch im Katalog.«
Gisela schüttelte den Kopf. »Hab ich schon geschaut. Ich hab nach Vornamen gesucht, nach Aussehen und nach Falldaten. Nix.«
»Ich würd dir ja gern helfen, aber ich fürchte, du musst das dem Lederer überlassen.«
»Schaut so aus«, sagte Gisela. »Ich möcht halt auch irgendwas tun, nicht nur dasitzen und abwarten.«
»Das war doch jahrelang kein Problem für dich.«
»Doch.«

Ludwig sah sie erstaunt an.
Gisela wich seinem Blick verlegen aus. »Ich hab mir schon ab und zu etwas mehr Abenteuer gewünscht.«
»Ach ja? Und die letzten beiden Jahre, als diese Schießerei war und ich diesen einen Typen fast umgebracht hab? War das nicht Abenteuer genug?«
»Das mein ich ja. In den letzten beiden Jahren ist mehr passiert als in den zwanzig davor.« Giselas Gesicht begann zu glühen. »Das war aufregend.«
»Es war gefährlich«, erwiderte Ludwig.
»Aber aufregend. Das war wie so eine außerkörperliche Erfahrung. Es war so, als wär das ein völlig neues Leben, in dem Dinge passieren, von denen ich noch nie was gehört hatte.«
»Du hast aber schon ein Leben, in das du hineinpasst.«
»Aber ich muss da doch nicht gefangen sein, ich kann mich entscheiden, ein anderes Leben zu beginnen.«
»Du hast eine Lebenskrise«, sagte Ludwig.
Gisela war es, als hätte er sie geohrfeigt.
»Ich mein, du bist Mitte fünfzig, da schaut man zurück und sieht, was man alles hätte machen können«, fuhr Ludwig fort. »Und man schaut nach vorne und sieht das Ende der Straße. Und den Parkplatz vorm Friedhof. Dann denkt man, es wird Zeit, umzudrehen und eine andere Straße zu nehmen, aber letztendlich führt jede Straße zu demselben Parkplatz.«
Ludwig klang in ihren Ohren wie ein Pfarrer, der zu einem seiner irregeleiteten Schäfchen spricht.
»Es ist normal, dass du Angst bekommst und dein bisheriges Leben hinterfragst. Aber das Gras ist immer grüner auf der anderen Seite, auch wenn du dann auf der anderen Seite bist«, schloss er.

Seine Worte schwangen durch das Büro, und eine Zeitlang war nur der Ventilator des Computers zu hören.
»Du glaubst also, ich bin unglücklich?«, fragte Gisela und verschränkte die Arme. Sie war verstimmt über Ludwigs Predigt.
»Was heißt unglücklich«, sagte Ludwig. Er suchte nach den passenden Worten. Er wusste, was die verschränkten Arme bedeuteten. »Unzufrieden eher.«
»Ich bin überhaupt nicht unzufrieden. Jedenfalls war ich's nicht, bis ich hier reingekommen bin.«
»Gisela, jetzt beruhig dich doch.«
»Nein, ich beruhig mich nicht«, fuhr Gisela ihn an. »Ich bereue nichts, was ich in der Vergangenheit gemacht oder auch nicht gemacht hab. Gar nichts. Ich hab meine Entscheidungen immer aus dem Bauch heraus getroffen, und das mach ich auch jetzt. Wenn hier jemand Angst vor der Straße hat, dann bist du das, weil du denkst, ich würd jetzt in die große weite Welt hinausziehen und nach Mordfällen suchen wie ein Junkie nach Drogen. Du hast Angst, dass ich mich verändere, dass ich nicht mehr die Gisela bin, die du kennst. Aber da liegst du falsch.«
Sie tippte ihm bei den folgenden Worten mit dem Zeigefinger rhythmisch auf die Stirn. »Ich bin und bleib deine Gisela.«
Die beiden schauten einander lange an.
»Und wenn dir mit mir langweilig wird?« Ludwigs Blick flackerte. »Wenn du Blut geleckt hast und ich in diesen neuen Lebensabschnitt nicht mehr reinpasse?«
»Können wir uns damit beschäftigen, wenn's so weit ist?«, sagte Gisela sanft. »Ich will nicht über was reden, was total unwahrscheinlich ist.«
»Aber wenn's so weit ist, versprich mir, dass du dann mit mir redest«, sagte Ludwig.

Gisela nickte. »Alles wieder gut?«
»Ja.« Ludwig zuckte mit den Schultern. »Der Straubinger wird mich trotzdem noch nerven.«
»Das müsst ihr zwei auskarteln«, sagte Gisela. »Ich will nur nichts damit zu tun haben.«

Lederer saß an dem zweiten Schreibtisch in Giselas Büro und las die Protokolle. Er hatte die Tür geschlossen, durch die er das Flüstern von Schorsch, Erwin und Richie hören konnte. Er wusste, dass sie über ihn redeten, aber es war ihm egal. Die drei Grünen spielten nicht in seiner Liga.
Lederer las jede Passage der beiden Protokolle aufmerksam durch. Es gab keinerlei Übereinstimmung bei Mordwaffe oder Vorgehensweise, und doch hatte er das Gefühl, dass irgendetwas die Morde an Metzinger und Meyer verband.
In seinem Hinterkopf spukte der Selbstmord von Meyerbeer herum, und über allem schwebte der böse Geist Gutsohns.
Was verband diese vier Menschen?
Der erste Tote war Kreditsachbearbeiter, der mit Kunden des Immobilienmaklers Metzinger zusammengearbeitet hatte.
Wie passte Meyer zu diesen beiden?
Immer und immer wieder huschten Lederers Augen über die Schriftstücke, er glich das Gelesene mit seinen Erinnerungen an die Berichte der Kriminaltechnik im Fall Meyerbeer ab und versuchte, eine Linie zu ziehen, die diese beiden Männer mit dem Eishersteller verband.
Er schloss die Augen, lehnte sich zurück und ließ sein Unterbewusstsein gewähren, die gesammelten Informationen zu ordnen.

Er hatte vor Jahren aufgehört, seinen Verstand zu benutzen, um Struktur ins Chaos zu bringen. Es entsprach nicht der offiziellen Vorgehensweise laut Polizeihandbuch, aber im Laufe seiner Dienstzeit hatte er gelernt, dass Bauchgefühl oberste Priorität hatte.

Bei ihm zumindest, für andere Kollegen kam das auf keinen Fall in Frage, die fanden diese Vorgehensweise sogar höchst fahrlässig. Indizien, Beweise, Ausschlussverfahren, so arbeiteten seine Kollegen. Zu neunzig Prozent vom Schreibtisch aus.

Er war anders, er war ein Jäger, er wollte raus, er wollte das Wild riechen und hören und spüren, um es schließlich erlegen zu können. Niemand verstand, dass der Unterschied zwischen einem guten und einem hervorragenden Polizisten der Instinkt war.

Vroni.

Er öffnete die Augen.

Drei Männer.

Eine Frau.

Vroni kannte Meyer.

War sie das Missing Link zu den beiden anderen Männern?

Lederer riss die Tür des Büros auf und schaute in den leeren Dienstraum.

Ein Blick auf die Uhr zeigte ihm, dass er vier Stunden gearbeitet hatte. Es war kurz nach achtzehn Uhr und die Dienststelle verwaist.

Lederer suchte nach einer Liste mit den Telefonnummern der drei. Auf dem Telefonapparat waren die Nummern eins bis vier mit den Namen von Gisela, Erwin, Richie und Schorsch beschriftet.

Lederer nahm den Hörer ab und drückte die Vier. Der Dicke war ihm noch als Dienstbeflissenster von allen männlichen

Kollegen in Erinnerung, und soweit er wusste, hieß der Georg.
»Kramer«, tönte es aus dem Hörer.
Lederer stutzte. »Bin ich jetzt bei der Metzgerei?«
»Nein. Hier ist Polizeiobermeister Georg Kramer, der Metzger ist mein Vater.«
»Sehr schön«, sagte Lederer. »Ich habe einen Auftrag für Sie. Finden Sie heraus, ob der verstorbene Herr Metzinger aus Grünharding in der SM-Szene unterwegs war.«
Lederer hörte nur Rauschen und ein merkwürdiges Keuchen.
»Haben Sie verstanden, Herr Polizeiobermeister?«
»Jetzt?«
»Ja, natürlich jetzt. Würd ich sonst anrufen?«
»Ich ... ich weiß nicht«, tönte es zaghaft aus dem Hörer. »Würden Sie?«
Lederer glaubte, sich verhört zu haben. Er wünschte sich, eine andere Taste gedrückt zu haben.
»Sie fahren da jetzt sofort hin und befragen das nähere Umfeld des Verstorbenen«, herrschte Lederer Schorsch an.
»Jawohl«, kam es wie aus der Pistole zurückgeschossen.
»Gut. Ist Ihr Kollege, der Untersetzte mit der Knubbelnase und dem Silberblick, in der Nähe?«
»Äh, ja.«
»Geben Sie ihn mir mal«, sagte Lederer.
Lederer hörte, wie Schorsch etwas flüsterte. Es knisterte kurz, dann meldete sich Erwin.
»Ich hab einen Auftrag für Sie«, sagte Lederer. »Sie fahren nach Straubing und klären, ob Stefan Meyerbeer in der SM-Szene unterwegs war.«
»Warum machen Sie das nicht selber?«, raunzte Erwin.
Genauso hatte Lederer ihn eingeschätzt. Erst mal wider-

sprechen und sich abweisend geben. Und sobald jemand die Daumenschraube anlegte, würde er noch renitenter werden. Bei solch sturen Kerlen musste man den Hebel woanders ansetzen.

»Nein, Sie haben recht. Jetzt, wo ich darüber nachdenke, ist es wohl besser, das Ihren Kollegen machen zu lassen«, sagte er. »Der macht zwar immer einen unausgeschlafenen Eindruck, aber meines Erachtens ist das ein hellwacher Kerl. Richard Hafenrichter heißt der Kollege, oder?«

»Was? Wieso soll der das machen?«

»Weil ich die Mitarbeiter meiner geschätzten Kollegin Wegmeyer zu nichts zwingen möchte. Und ich weiß, dass Sie ab und an mit den polizeilichen Aufgaben überfordert sind.«

»Was bin ich?«, fragte Erwin.

»Missverstehen Sie mich bitte nicht. Das ist keine Kritik an Ihren Fähigkeiten. Im Gegenteil, Sie haben Ihre Nische, und die erfüllen Sie mit Bravour«, sagte Lederer. »Ihr Kollege dagegen, ich vermute, dass er zu dieser Art der Befragung eine größere Affinität hat. Er scheint mir in den menschlichen Abgründen doch sehr bewandert zu sein. Ist er zufällig in der Nähe?«

»Äh, ja.«

»Würden Sie mich bitte rüberreichen?«

»Nein, passt schon.«

»Wirklich?«, fragte Lederer.

»Ja, schon.«

»Ich möchte nicht, dass Sie sich zu irgendetwas verpflichtet fühlen.«

»Ich mach's. Okay?«

»Herzlichen Dank, ich weiß das sehr zu schätzen«, beendete Lederer das Telefonat.

Er fühlte sich gut. Heute Abend würde er sich in Schale

schmeißen und sich dieser Vroni annehmen. Er freute sich richtig darauf. Er war wieder auf der Jagd.

Der Parkplatz des Clubs in Dingolfing war voll, als Lederer gegen dreiundzwanzig Uhr eintraf. Unter den unzähligen Mittelklassewagen entdeckte er den fraglichen MINI Cooper Vronis.

Lederer trug einen maßgeschneiderten Anzug, sein bestes Parfüm und seine edelsten Cowboystiefel, die für besondere Anlässe reserviert waren. Sie waren schwarz, aus Krokodilleder und boten Kappen aus echtem Silber auf. Am linken Ringfinger trug er Meyers Ring der O.

Der Laden war voll, ausnahmslos alle trugen Schwarz. Es musste Gothic-Themenabend sein.

Lederers blaugrauer Anzug stach wie eine Phosphorfackel aus dem Schummerlicht heraus. Ein thailändischer Schneider hatte ihn mit spezieller Seide gewebt, die den Straubinger jetzt in ein Glühwürmchen verwandelte.

Lederer suchte sich einen freien Platz am Tresen. Auf den fünf Metern vom Durchgang bis zur Bar folgte ihm so mancher Frauenblick.

Er zeigte sich unbeeindruckt und zwängte sich zwischen einen Hünen mit Eishockeymaske und einen Zwerg im Lederoverall. Beide trugen Lederhalsbänder mit einem Ring daran.

Mit einer lässigen Geste winkte Lederer Heidi heran und bestellte einen Red Bull mit Wodka.

Inzwischen hatten sich seine Augen an die Lichtverhältnisse gewöhnt, und er konnte die Gäste unter die Lupe nehmen.

Es waren ungefähr zwanzig Männer und zehn Frauen anwesend, die sich angeregt unterhielten, lachten und versuchten, die laute Musik zu übertönen.

Es wirkte wie die Betriebsfeier einer Weight-Watchers-Ortsgruppe, alle hatten das eine oder andere Kilo zu viel auf den Rippen.

Unter den Anwesenden war niemand, der Giselas Beschreibung von Vroni auch nur annähernd entsprach.

Lederer schnappte sich sein Glas und drehte eine Runde durch den Club.

Er schritt den langen Gang entlang, der von elektrisch betriebenen Fackeln beleuchtet wurde. Links und rechts gingen die Spielzimmer ab, in denen merkwürdigerweise kein Betrieb herrschte.

Entweder er war zu früh gekommen und die eigentliche Zeit für Spielchen kam erst noch, oder die Anwesenden waren zufrieden, zusammenzusitzen und sich unterhalten zu können. Zumindest konnte man dann am nächsten Tag stolz in den Spiegel schauen und sagen, dass man in einem SM-Club gewesen war.

Lederer erreichte die Treppe, die zum Keller hinabführte. Zigarettengeruch stieg ihm in die Nase und führte ihn zu der offenen Hintertür.

Ein älteres Pärchen, er in Windeln, sie im Krankenschwesterkostüm, rauchte schweigend. Sie bedachten Lederer nur mit einem kurzen Blick, bevor sie wieder in die laue Nacht hinausstarrten.

Lederer machte kehrt und näherte sich dem Folterzimmer. Die gepolsterte Tür stand offen, der Raum war leer, und es sah auch nicht so aus, als wäre er vor kurzem benutzt worden.

Alle Werkzeuge lagen ordentlich auf ihrem Platz, die Kerzen hatten jungfräuliche Dochte, und es roch nicht nach

Schweiß oder Parfüm, sondern nur nach Leder und Kunststoff.

Lederer hatte das Gefühl, dass irgendetwas mit diesem Abend nicht stimmte.

Ein Gongschlag drang aus den Lautsprechern, die überall in die abgehängte Decke eingelassen waren.

Die Krankenschwester mit ihrem Riesenbaby eilte an Lederer vorbei die Treppe hoch, als hätte das Christkind zur Bescherung geklingelt.

Er folgte ihnen nach oben.

Im Barraum hatten alle Gäste einen Kreis gebildet, sie saßen oder standen dicht an dicht.

Lederer hatte Schwierigkeiten, einen Platz zu finden, an dem er noch den Arm mit dem Glas heben konnte.

Das Licht erlosch, die Musik erstarb.

Kurz darauf startete Ravels Bolero.

Gleichzeitig flammte ein Spot auf, der den freien Platz in der Mitte beleuchtete.

Eine Bewegung in der Menge zog Lederers Aufmerksamkeit auf einen Schatten, der sich auf den Lichtkreis zubewegte.

Ein junger, langhaariger Mann kam auf allen vieren in den Lichtkegel gekrochen. Er trug einen Maulkorb. An seinem Halsband war eine Leine eingehakt, die straff gespannt war. Der menschliche Hund kauerte sich zusammen und verharrte in dieser Stellung, bis Vroni neben ihn trat.

Ihre Erscheinung raubte Lederer den Atem.

Der glänzende Anzug war so eng anliegend, dass Lederer vermutete, er war aufgesprüht. Ihre Handschuhe waren mit langen Spikes besetzt, ebenso die Piratenstiefel und das Haarband, das kunstvoll in ihren langen Zopf eingeflochten war.

Das Metall blitzte bei jeder ihrer Bewegungen auf und hypnotisierte alle Anwesenden.
Im Rhythmus der Musik begann dann eine Show, die Lederer als kunstvoll, elegant und brutal in Erinnerung behalten sollte. Der menschliche Hund musste all seine Kunststücke zeigen, die ihm Vroni beigebracht hatte, und selbst der kleinste Fehler wurde mit einem Tritt oder Schlag bestraft.
Am Ende der zehnminütigen Vorstellung blutete der junge Mann aus zahlreichen Wunden, die ihm die Spikes zugefügt hatten. Trotzdem, oder gerade deswegen, leckte er am Ende Vronis Stiefel.
Die Musik verstummte, die Bar wurde dunkel, und Applaus brandete auf. Er schien endlos.
Als das Schummerlicht wieder anging, war von Vroni und ihrem Sklaven nichts mehr zu sehen.
Die Gäste verteilten sich, manche begaben sich in den Gang, der zu den Spielzimmern führte.
Das eben Gesehene lag noch wie die Elektrizität eines Gewitters in der Luft, und überall hörte Lederer die Leute darüber reden. Alle schienen beeindruckt, und auch Lederer konnte sich der Faszination von Vronis Vorführung nicht entziehen. Wenn er sie nicht wegen der Mordfälle hätte aushorchen müssen, so würde er doch mehr über diese Frau wissen wollen, die so konsequent und mitleidlos wirkte.
Er fühlte sich ihr nahe.
Dieses Gefühl löste in ihm Herzbeklemmung aus. Es war lange her, dass er sich jemandem nahe gefühlt hatte, ohne den Menschen wirklich zu kennen.
Er ermahnte sich, seine Gefühle zu zügeln und in einem ersten Gespräch mit Vroni hinter die Fassade zu blicken.

Wenn er Glück hatte, würde sie ihm auch verraten, ob und was sie mit den drei Mordopfern zu tun hatte.
Lederer outete sich Heidi gegenüber als großer Fan Vronis, und sie verriet ihm, dass die Blondine sich in einem Privatzimmer im ersten Stock befand. Dort feierte sie mit ein paar Freunden die gelungene Show.
Lederer dankte für die Auskunft und suchte schnurstracks den ersten Stock auf.
An zwei Türen klebte das Schild »Privat«. Er lauschte an beiden und entschloss sich für die zweite Tür.
Dahinter waren Stimmen und Gläserklirren zu hören, was auf eine intime Feier schließen ließ.
Er klopfte kurz an und drückte sofort die Tür auf.
Vier Augenpaare richteten sich auf ihn, als er das gemütliche Wohnzimmer betrat.
»Entschuldigen Sie, wenn ich einfach so reinplatze, aber ich habe Ihre Vorstellung verfolgt und bin immer noch hin und weg«, sagte Lederer, bevor irgendjemand den Mund öffnen konnte, »und das wollte ich Ihnen nur sagen. Wo ist denn Ihr wohlerzogenes Hündchen?«
Lederer schaute Vroni direkt in die Augen, blendete die anderen drei aus.
»An der Tür steht ›Privat‹«, sagte Vroni vollkommen ruhig, »und nur meine engsten Freunde haben eine Einladung erhalten. Es wäre also allerliebst von Ihnen, wenn Sie auf dem Absatz kehrtmachen und die Tür von außen zumachen würden.«
»Ich wäre gern Ihr engster Freund«, sagte Lederer.
Eine Augenbraue Vronis rutschte hoch.
Sie musterte Lederer von oben bis unten. Sie deutete auf ihre Freunde, zwei Männer und eine Frau, alle in hauchdünnen Latexklamotten und mit Halsbändern ausgestattet.

»Ich habe genug engste Freunde. Einer mehr würde meine Zeiteinteilung überfordern und wäre mit Stress verbunden.«
»Dann schmeißen Sie die drei raus und widmen Ihre ganze Zeit nur noch mir«, entgegnete Lederer.
Die drei Halsbandträger schnappten empört nach Luft und schauten Vroni an.
»Ich langweile mich, wenn ich meine Aufmerksamkeit nur auf einen Sklaven zu richten habe.«
»Bei mir ist es genau umgekehrt«, sagte Lederer. »Ich liebe es, mich nur auf ein Objekt zu fokussieren.«
Vroni stemmte sich aus dem Sessel hoch, baute sich vor Lederer auf.
Er hielt ihrem Blick stand, während sie sich vorbeugte. Ihr herbes Parfüm schlich sich in seine Nase.
»Ich werde nie das Objekt von irgendjemandem sein«, flüsterte sie.
»Es würde Ihnen gefallen«, flüsterte Lederer zurück.
»Mir würde es gefallen, Sie an die Leine zu nehmen«, sagte sie. »Das waren Sie noch nie, oder?«
»Nein. Und ich werde es auch nie.«
»Dann werden wir beide nie engste Freunde werden«, sagte Vroni in übertrieben bedauerndem Ton.
»Doch, werden wir. Wir sind füreinander gemacht.«
Vroni lächelte, deutete mit der Hand auf die offene Tür. Lederer verbeugte sich verabschiedend.
»Es ist die Herausforderung, die uns wachsen lässt, nicht die Genügsamkeit«, sagte er und schloss die Tür von außen. Vroni stand noch einen Moment da und lauschte den Worten nach.
Lederer blieb die nächsten zwei Stunden an der Bar sitzen und trank vier Red Bull mit Wodka. Das Getränk half ihm,

die Tatsache zu verarbeiten, dass er eben eine außerkörperliche Erfahrung gemacht hatte.
Jede Frage, die er sich für das Aufeinandertreffen mit Vroni zurechtgelegt hatte, war bei ihrem Anblick wie eine Seifenblase zerplatzt.
Er hatte sogar vergessen, wieso er in den Club gefahren war. Seine Synapsen waren stellenweise durchgebrannt.
Lederer erkundigte sich, ob es noch mehr Zugänge als den Haupteingang und den Notausgang im Keller gab.
Heidi verneinte. »Sie stellen viele Fragen.«
»Ich bin etwas klaustrophobisch«, sagte Lederer, »ich muss immer wissen, wo die Fluchtwege sind.«
Vroni musste also an der Bar vorbei, wollte sie den Club verlassen.
Lederer war entschlossen, diesen Moment zu nutzen, um sich ihr erneut zu nähern. Diesmal mit seinem dienstlichen Ego im Schlepptau.
Gegen zwei Uhr morgens leerte sich der Laden allmählich, nur die wirklich Verzweifelten hingen herum in der Hoffnung, aufgegabelt und abgeschleppt zu werden.
Lederer winkte gerade der Bardame wegen des fünften Cocktails, als er aus den Augenwinkeln Vroni die Treppe herunterkommen sah.
Er vergaß Heidi sofort und folgte der Raubkatzenblondine nach draußen.
Zu seinem Entsetzen bemerkte er, dass er betrunken war und wankte. Er hoffte nur, dass seine Stimme fest genug war, um seiner polizeilichen Tätigkeit unbeeinflusst nachkommen zu können.
Vroni überquerte den Parkplatz und steuerte auf einen schwarzen X5 zu. Die Fahrertür öffnete sich, und der menschliche Hund sprang heraus, um Vroni beflissen die

Beifahrertür aufzuhalten. Sie musste ihn direkt nach der Vorstellung ins Auto gesperrt haben. Wie es sich für einen Hund gehörte.
Lederer beeilte sich, den Wagen zu erreichen, bevor Vroni einsteigen konnte.
»Entschuldigen Sie«, rief er. Seine Stimme klang fest und männlich, wie er zufrieden feststellte.
Vroni drehte sich zu ihm um. Auch ihr Sklave sah ihm neugierig entgegen.
»Ich muss Sie noch was fragen«, sagte Lederer.
»Haben wir nicht schon alles geklärt?«, fragte Vroni.
Lederer blieb vor ihr stehen, darum bemüht, das Schwanken der Erde mit leicht durchgedrückten Knien auszugleichen. Ihre eisigen Augen ließen ihn frösteln, und zugleich spürte er einen süßen Schmerz in seiner Brust. Er leckte sich die Lippen.
»Ist … ist das Ihr Wagen?«, brachte er schließlich heraus.
»Das ist seiner.« Sie deutete auf den Sklaven.
»Haben Sie ein Auto?«, fragte Lederer.
»Langweilen Sie mich nicht. Sie können das besser!« Ihre Augen blitzten im Licht der Peitschenlaternen.
Lederer konnte den Champagner riechen, den sie getrunken hatte. Oder war es doch Red Bull mit Wodka?
»Ich muss Sie wiedersehen«, sagte Lederer.
Ein flaues Gefühl, als würden all seine Muskeln versagen, durchzog seinen Körper. »Selbst wenn Sie es nicht wollen, werd ich Sie finden und Ihnen so lange auf den Fersen bleiben, bis Sie mit mir ausgehen.«
»Hm.« Vroni zog eine Miene, als würde sie ernsthaft nachdenken. »Wissen Sie, was Sie von den anderen unterscheidet, die mir nachlaufen?«
»Was?«

»Gar nichts.« Vroni stieg in den X5. Der Sklave schloss die Tür und sprintete auf die andere Seite des Wagens.
Vroni schenkte Lederer durch die Seitenscheibe einen langen Blick.
Lederer kicherte. Es stieg aus den Untiefen an die Oberfläche und steigerte sich zu einem Lachen.
Vroni runzelte verwundert die Stirn.
Lederer taumelte ein paar Schritte rückwärts, drehte sich einmal lachend um die eigene Achse. Als der X5 wegfuhr, zwang das Gelächter Lederer auf die Knie.
Er hatte sie am Haken.
Sie hatte ihm zu verstehen gegeben, wenn er sich von den anderen Verehrern unterscheide, wäre er eine Option für sie. Er könnte sie näher kennenlernen, wenn er wieder der alte Lederer war, nicht der bemitleidenswerte, betrunkene Narr, dem die Liebeshormone und vier Red Bull mit Wodka das Kleinhirn vernebelt hatten.
Als Polizist hatte er vollkommen versagt.
Nicht vollkommen, gestand Lederer sich ein. Zumindest hatte er das Kennzeichen des X5, und sein Instinkt sagte ihm, dass das nicht gefälscht war.
Lederer legte sich auf den Rücken und schaute zu den Sternen hoch. Er spürte die Wärme des Asphalts, er roch die sauren Abgase des SUV, der gerade den Parkplatz verlassen hatte, und er fühlte die flatternden Schmetterlingsflügel der Liebe seine Bauchwände kitzeln.
Er war so glücklich wie lange nicht mehr.

Der Halter des X5 hieß Walter Kragen und war Autohändler in Plattling, eine Stadt mit knapp dreizehntausend Einwohnern, etwa dreißig Kilometer von Niedernussdorf entfernt.

Am Morgen hatten Gisela und Lederer das Kennzeichen überprüft.
Bezüglich Vroni war Lederer ausgewichen. Er deutete nur an, dass sie seine Fragen nicht zu seiner vollsten Zufriedenheit beantwortet habe und er in dieser Angelegenheit noch mal nachhaken müsse. Im Augenblick gäbe es keinen Hinweis, dass sie etwas mit den Morden zu tun hatte.
Hatte er wenigstens ihren wahren Namen, wollte Gisela wissen.
Lederer winkte ab, das sei gestern Nacht unnötig gewesen, außerdem könne man dazu jetzt Herrn Kragen befragen.
Richie hatte Lederer mit zehn Kilo Gemüsebratlingen überrascht. Das optimale Essen für einen Veganer, meinte der Polizeiobermeister und las die Inhaltsstoffe vor.
Lederer unterbrach ihn mitten in der Lektüre, weil er und Gisela nach Plattling fahren wollten.
Richie heuchelte Interesse und bettelte, mitfahren zu dürfen. In Niedernussdorf selbst sei im Moment nichts zu tun, und schließlich sei er als persönlicher Assistent des Herrn Hauptkommissar eingeteilt worden, also bitte.
»Der Meyer war früher mal bei den Pfadfindern«, sagte Richie, als Gisela die Abzweigung nach Plattling nahm. »Waren Sie da auch?«
Lederer schaute über die Schulter zu Richie, der auf der Rückbank des Streifenwagens fläzte.
»Wie meinen?«
»Ob Sie auch bei den Pfadfindern waren?«, wiederholte Richie.
Er hatte extra am vorherigen Abend nur Wasser getrunken, um heute hellwach zu sein, wenn er dem Straubinger auf den Zahn fühlte. Ihm war zwar hundeelend, und seine Hände zitterten ob des Alkoholentzugs, doch was nahm

man nicht alles auf sich, um einen Mörder zu überführen.
»In Straubing.«
Lederer öffnete sein Fenster etwas, um Frischluft hereinzulassen. »Nein.«
Richie war enttäuscht.
»Ich war bei den Pfadfindern in München-Giesing«, sagte Lederer.
Richie rutschte elektrisiert etwas hoch. »Da gibt's immer Treffen, also so von Pfadfindern zu Pfadfindern«, sagte er.
»Ja, regelmäßig.«
»Da kommen dann alle zusammen, oder? München-Giesing, Straubing, Düsseldorf, Hannover, Freiburg, Bonn«, zählte Richie auf.
»Worauf willst du denn hinaus?«, schaltete sich Gisela ein.
»Interessiert mich nur«, sagte Richie.
»Sie denken, ich kannte den Herrn Meyer«, stellte Lederer fest. »Tut mir leid, wenn ich Sie da enttäuschen muss, aber dem ist nicht so.« Er atmete die Fahrtluft tief ein. »Ist das nicht ein herrlicher Tag?«
Er beobachtete einen Traktor, der Saatgut auf einem Acker verteilte.
»Sind Sie da sicher?«, ließ sich Richie vernehmen.
Lederer war zu gut gelaunt, um diese blöden Fragen an sich rankommen zu lassen. »Ja, das bin ich.«
Für fünf Minuten war Ruhe.
»Aber Sie können doch nicht jeden einzelnen Pfadfinder beim Namen gekannt haben«, sagte Richie.
»Da haben Sie recht«, antwortete Lederer. »Und weil ich seinen Namen nicht gekannt habe, habe ich ihn auch nicht gekannt.«
Dieser mysteriöse Satz brachte Richie zum Nachdenken.
Damit war für den Rest der Fahrt Ruhe.

Es war immer wieder schön, wie man schlichte Gemüter mit ungewöhnlichen Antworten aus der Fassung bringen konnte. Lederer grinste in sich hinein.
Walter Kragens Autohaus war eine BMW-Niederlassung, die jeglichen Service anbot, den ein Kunde nur erwarten konnte.
Gisela und Richie stiegen aus, Lederer blieb sitzen.
»Willst du nicht mitkommen?«, fragte Gisela.
»Nein. Kragen hat mich gestern gesehen, und er soll nicht wissen, dass ich Polizist bin.« Er winkte Gisela zu. »Du machst das schon.«
Der Empfangsraum war durch die raumhohe Fensterfront lichtdurchflutet.
Zwei Damen, die denselben Friseur und dieselbe Boutique zu besuchen schienen, saßen hinter dem Tresen und fertigten Kunden ab.
Gisela und Richie warteten geduldig, obwohl ihre Uniform die Damen immer wieder zu ihnen schielen ließ.
»Gisela Wegmeyer«, wies sich Gisela aus, als sie schließlich dran waren. »Wir müssten den Herrn Kragen sprechen.«
»Einen Moment«, flötete die Dame, nahm den Hörer ab und drückte die Eins auf der Telefonanlage.
Zwei Minuten später eilte ein junger, langhaariger Mann in einem dunklen Anzug auf Gisela und Richie zu und stellte sich als Walter Kragen vor.
»Womit kann ich Ihnen dienen?«, fragte er, nachdem er die beiden mit in sein Eckbüro im ersten Stock genommen und ihnen Kaffee und Knabbergebäck angeboten hatte.
»Nun ja«, begann Gisela, während Richie an einer kleinen Plastikflasche stillen Mineralwassers nuckelte, »Ihr Wagen wurde heute Morgen gegen zwei Uhr dreißig bei einem unvorschriftsmäßigen Überholmanöver beobachtet, in Folge

dessen ein anderer Wagen von der Straße abgedrängt wurde.«

»Das ist Unsinn«, entfuhr es Kragen.

»Inwiefern?«, fragte Gisela.

»Ich bin zwar gestern Nacht unterwegs gewesen, aber außer mir war niemand sonst auf der Straße.«

»Das ist Ihre Aussage, die des Unfallgegners lautet anders«, sagte Gisela mit festem Blick. »Kann jemand Ihre Behauptung bezeugen? Ihre Frau vielleicht?«

Kragen schluckte, spitzte kurz die Lippen. »Meine Frau war zu dem Zeitpunkt zu Hause und hat geschlafen. Aber ich hatte eine Bekannte dabei.«

»Dürfen wir den Namen dieser Bekannten erfahren, damit wir sie zu der gestrigen Nacht befragen können?«

»Ich fürchte nein.«

»Und wieso nicht?«, erkundigte sich Gisela.

»Sie legt Wert auf Anonymität.«

»Jede Aussage wird von uns absolut vertraulich behandelt«, erklärte Gisela.

»Das ist es nicht. Ich … ich kenne ihren richtigen Namen nicht«, gab Kragen zu.

»Haben Sie nicht gerade gesagt, es ist eine Bekannte von Ihnen?«

»Ja. Aber nicht im konventionellen Sinne«, sagte Kragen.

»In welchem Sinne dann?«

»Ich bezahle diese Frau dafür, dass sie mich begleitet.«

»Eine Prostituierte?«

»Nein.« Kragen rückte seine Krawatte zurecht. »Meine Spielpartnerin.«

»Tennis?«, fragte Richie mit stoischer Miene. »Golf?«

»Petplay«, sagte Kragen.

Gisela und Richie wechselten einen fragenden Blick.

»Dabei nimmt einer der Spielpartner die Rolle eines Tieres ein«, erklärte Kragen, »der andere übernimmt die Führung. Man sucht sich das Tier aus, dem man am ehesten entspricht. Ich bin ein Hund.«

Richies Mund stand leicht offen. Er konnte seine Augen nicht von Kragen nehmen, der den Polizisten vollkommen entspannt gegenübersaß.

»Sie sagen das so, als sei das keine große Sache«, sagte Gisela.

»Jeder in meinem näheren Umfeld weiß davon«, sagte Kragen. »Auch meine Frau.«

»Leck mich«, entfuhr es Richie.

»Unabhängig von Ihrem«, Gisela zögerte, »Hobby, im vorliegenden Fall wäre eine Aussage Ihrer Bekannten unabdingbar. Sie müssen doch irgendeinen Anhaltspunkt für ihre Identität haben.«

Kragen schüttelte den Kopf. »Ich kenne nur ihren Spielnamen. Vroni. Aber ich bezweifle, dass das ihr echter Name ist.«

Gisela schaute ratlos auf ihren Notizblock, der bisher leer geblieben war.

»Wo lernt man denn so eine kennen?«, fragte Richie. »Also nicht, dass ich jetzt jemanden suchen würd in der Richtung.«

»Es gibt ein Internetforum, in der sich Leute gleicher Gesinnung zusammenfinden«, sagte Kragen und schrieb eine Internetadresse auf einen Zettel. Er reichte ihn Gisela. »Das ist die Adresse.«

»Danke«, sagte Gisela. »Wo haben Sie diese Vroni denn hingefahren?«

»Zu einem Parkplatz an der Autobahn. In der Nähe vom BMW-Werk.«

»Und wieso?«
»Ich weiß es nicht.«
»Haben Sie nicht gefragt?«, fragte Gisela.
»Nein. Es ist mir verboten zu sprechen. Hunde reden nicht.« Kragen zeigte ein dünnes Lächeln.
Gisela fielen keine Fragen mehr ein. Sie hatte nicht das Gefühl, dass Kragen ihr etwas verschwieg.
»Wie viel kostet so was denn?«, fragte Richie.
»In meinem Fall dreihundert die Stunde.«
»Leck mich«, sagte Richie.
»Ja, ich glaub auch, dass wir fertig sind«, sagte Gisela und stand auf.
Richie folgte ihrem Beispiel.
»Dreihundert die Stunde.« Richie war immer noch fassungslos, als er mit Gisela zu dem Streifenwagen zurückkehrte. »Wenn die das nur zehn Stunden im Monat macht, sind das dreitausend Euro. Schwarz.«
»Überlegst du, deinen Job zu wechseln?«, fragte Gisela.
»Ich wär sicher ein gutes Herrchen«, sagte Richie.
»Du hast doch noch nie ein Haustier gehabt, oder?«
»Doch, ein Frettchen.«
»Das zählt nicht«, sagte Gisela.
»Ich hab's aber an der Leine gehabt.«
»Hat es auf Kommandos gehört?«, fragte Gisela.
»Nein. War ja kein Hund.«
»Eben. So, wie ich das versteh, musst du als Hund Befehlen gehorchen, und du bist der Letzte, der Befehle geben kann«, sagte Gisela. »Du kannst noch nicht mal Befehle empfangen.«
»Du meinst also, ich wär nicht mal als Hund geeignet?«
»Du bist der Richie, was anderes kannst du nicht sein«, sagte Gisela.

Lederer lauschte ungerührt dem Bericht, zum Schluss zeigte Gisela ihm die Internetadresse, unter der Kragen Vroni kennengelernt hatte.

»Dann muss wohl jemand von uns die junge Dame mittels Forum kontaktieren«, sagte Lederer.

»Du?«, fragte Gisela.

»Mich kennt sie schon«, sagte Lederer. »Es muss einer deiner Männer sein.«

Richie hob die Hand.

»Jemand, dessen innere Persönlichkeit dem eines Haustiers entspricht«, wies Lederer ihn ab. »Jemand, dem man zutrauen würde, Befehle zu befolgen und an der Leine zu gehen.«

»Der Schorsch«, sagte Richie.

»Das ist der Dicke?«, fragte Lederer.

»Er ist leicht übergewichtig«, sagte Gisela. »Aber er soll doch nicht wirklich so ein Petplay mitmachen, oder?«

»Er soll zumindest den Kontakt herstellen. Wir werden Vroni folgen und so lange observieren, bis wir ihre wahre Identität ermittelt haben«, sagte Lederer. »Es wird zu keinem Spielchen kommen, der Kollege muss als Haustier nur glaubhaft sein.«

»Und er muss dreihundert Euro die Stunde zahlen können«, warf Richie ein.

»Das könnte ein Problem werden«, gab Lederer zu.

»Ich kann das privat vorstrecken«, sagte Gisela. »Also drei Stunden sollten drin sein.«

»Keiner kann dir eine Garantie geben, dass du das Geld wiedersiehst«, sagte Lederer. »Unsere Ermittlungen sind inoffiziell, somit auch dein Beitrag.«

»Ich hab schon lang kein Geld mehr für was Sinnvolles ausgegeben«, sagte Gisela. »Und so kriegen wir vielleicht eine Mörderin.«

»Redest du mit deinem Schorsch, oder soll ich das machen?«, fragte Lederer.
Gisela schaute ihn schief an.
Lederer hob beide Hände. »War nur eine Frage.«
Gisela bereitete sich mental auf das Gespräch mit Schorsch vor. Sie wusste, es würde nicht einfach werden. Er hatte eine Scheu zu lügen, und diese Art Undercover-Operation erforderte genau das.
Zudem musste sie ihm schonend beibringen, dass er wegen seiner angeborenen Unterwürfigkeit der richtige Mann für den Job war. Sie hoffte, dass sie vermeiden konnte, auf diesen Punkt näher einzugehen.
Die beste Gelegenheit für ein Gespräch unter vier Augen war die Mittagspause. Zu dem Zeitpunkt überstrahlte der Hunger alles andere, und es gab ein Fünfminutenfenster, während Schorsch seine zwei Leberkässemmeln aß, sein Spezi trank und gehirnmäßig nicht auf der Höhe war.
Normalerweise begleiteten Erwin und Richie ihren Freund und Kollegen zur Metzgerei Kramer, doch diesmal hatte Gisela die beiden auf Recherche in Sachen Meyer nach Straubing geschickt, um mit Schorsch alleine sein zu können.
Maria Kramer, Schorschs Mutter, schnitt ihm zwei extradicke Scheiben Leberkäs ab.
Sie hatte sich schon immer um das leibliche Wohl ihres Sohnes gekümmert und hatte nicht vor, das zu ändern. Auch wenn er inzwischen fünfunddreißig Jahre alt war.
»Ich brauch deine Hilfe, Schorsch«, eröffnete Gisela das Gespräch.
»Echt?« Schorsch hatte beide Backen voll. Er glotzte seine Chefin mit großen Augen an.
»Echt«, bestätigte Gisela.

»Aber nicht wieder so was wie damals mit dem Wellnesstempel, oder?«
Gisela druckste herum.
Schorsch schluckte den Batzen in seinem Mund hinunter.
»Bitte nicht. Wieso immer ich?«, fragte er leidend.
»Weil du der richtige Mann dafür bist«, sagte Gisela. »Du bringst alles mit, was man für diesen Einsatz braucht. Und es hat diesmal auch nichts mit Sex zu tun.«
»Mit was dann?«
»Mit Tieren«, sagte Gisela.
»Aha.«
Schorsch biss von seiner Semmel ab, nahm einen Schluck Spezi. »Und was hat das mit dem Meyer zu tun?«
»Er war Kunde bei einer Frau, die seine Wünsche erfüllt hat.«
Gisela hielt inne. Wenn Meyer die Dienste Vronis in Anspruch genommen hatte, musste er dafür bezahlt haben. Aber er war seit über einem Jahr arbeitslos gewesen. Sie musste bei seiner Bank Kontoeinsicht beantragen, um zu sehen, ob der junge Mann sich das überhaupt hatte leisten können, und wenn ja, woher das Geld kam.
»Und ich soll von der Frau ein Tier kaufen?«, fragte Schorsch und riss Gisela aus ihren Überlegungen.
»Nicht direkt«, sagte Gisela. »Du nimmst Kontakt zu ihr auf, um mit ihr ein Rollenspiel zu spielen.«
Schorsch runzelte die Stirn. »Versteh ich nicht.«
Gisela seufzte, holte tief Luft. »Die Frau bietet an, dass man mit ihr bestimmte Spielchen spielen kann. Gegen Bezahlung. Also, man tut nur so, als ob, das hat gar nichts mit dir zu tun, also mit dem richtigen Schorsch.«
Schorsch schluckte hart. »Ich soll ein Tier bumsen?«
»Was?«

Schorsch beugte sich vor, um so leise zu sprechen, dass das Folgende nur zwischen ihm und Gisela blieb. »Du hast gesagt, es geht nicht um Sex!«
»Du ... du sollst nicht ... es geht nicht um Sodomie, es geht darum, dass du ein Tier spielst«, entgegnete Gisela.
»Du meinst Zoophilie.«
»Was?« Gisela starrte Schorsch verwirrt an.
»Sexuelle Handlungen mit Tieren heißt Zoophilie, Sodomie ist der Überbegriff für abartige ... Zefix, spinnst du?«
Schorsch waren die letzten Worte so laut rausgerutscht, dass seine Eltern hinter dem Tresen zu ihm blickten.
Er machte eine abwiegelnde Handbewegung, deutete auf die Leberkässemmel. »Zefix, spinnst du, ist die gut.«
»Die ist doch auch nicht anders als sonst«, sagte Franz Kramer.
»Mei, heut schmeckt's aber besonders gut.«
Mit dieser Antwort gab sich der Metzger zufrieden und bediente den Pfarrer weiter.
Schorsch beugte sich wieder zu Gisela, seine Stimme war kaum mehr als ein Wispern im Wind. »Also, du kannst echt viel verlangen, Gisela, aber so was, nein, so was mach ich nicht.«
»Es ist unsere einzige Möglichkeit, an diese Frau ranzukommen«, sagte Gisela ebenso leise.
»Das kann doch der Erwin machen. Oder der Richie.«
»Der Lederer will aber, dass du das machst, weil er dich für den geeigneten Mann dafür hält.«
»Echt?«
»Echt«, sagte Gisela. »Du vereinst alle Qualitäten, die man für den Einsatz braucht, hat er gesagt. Also, Entschlossenheit, Mut, Charme.«
Gisela stoppte mit der Aufzählung, bevor sie rot wurde.

»Das hat der gesagt?«, fragte Schorsch.
»Nicht mit diesen Worten, aber zwischen den Zeilen hat er das genauso gesagt.«
Schorsch vertilgte nachdenklich seine zweite Semmel.
Gisela wartete gespannt. Sie hatte noch keinen Bissen gegessen. Ihr Magen schien auf Stecknadelgröße zusammengeschrumpft zu sein.
Sie wollte Schorsch die Zeit geben, zwischen den Komplimenten des anerkannten Straubinger Hauptkommissars und den Herausforderungen der Aufgabe abzuwägen.
Mit dem letzten Bissen wandte Schorsch sich wieder Gisela zu. »Also gut, ich mach's. Aber sobald's brenzlig wird, brech ich ab.«
»Sowieso. Wir wollen dich ja nicht in Gefahr bringen«, sagte Gisela.
»Und was schaut da für mich raus?«
Gisela verstand nicht, bis Schorsch sich auf die Schulterklappen seiner Uniformjacke klopfte.
»Äh, wegen einer Beförderung müsst ich mit dem Lederer reden. Von meiner Seite kriegst eine Empfehlung.«
»Wenn du beim Lederer ein gutes Wort für mich einlegst, dann geht da sicher was«, grinste Schorsch. »Zefix, wär das geil.«
Wieder schauten seine Eltern bei dem Ausruf herüber.
»Ich werd vielleicht demnächst befördert«, rief Schorsch zur Theke hinüber. »Geil, oder?«
Maria Kramer nickte beifällig. »Ich hab's schon immer gewusst«, sagte sie zum Pfarrer. »Bei manchen dauert's halt ein bisschen länger, aber gewusst hab ich's schon immer.«

Nach der Mittagspause setzte sich Schorsch gleich an seinen privaten Laptop, um sich auf der fraglichen Internetseite für den Kontaktmarkt anzumelden.
Das erste Hindernis war, dass die Mitgliedschaft fünfzig Euro im Monat kostete. Dabei ging es Schorsch nicht um die Summe, sondern um die Bankverbindung, die er angeben musste.
»Ich geb meine Daten nicht raus, das kannst du vergessen«, sagte er zu Gisela.
»Wieso nicht? Da steht doch, dass auf deinem Kontoauszug ein neutraler Firmenname erscheinen wird.«
»Trotzdem sind meine Daten dann im Netz.«
»Herrschaftszeiten, das darf doch nicht wahr sein.«
Gisela holte ihre Kreditkarte aus dem Portemonnaie.
»Hier«, sagte sie, »nimm die.«
»Aber dann sind deine Daten im Netz.«
»Das ist mir wurscht. Die sind wahrscheinlich eh schon überall.«
Schorsch füllte das Onlineformular gewissenhaft aus, und zwei Klicks später wurde er aufgefordert, einen Nicknamen anzugeben.
»Wie soll ich heißen?«, fragte er Gisela.
»Mei, denk dir halt was aus.«
»Was ausdenken ist nicht so einfach. Das ist hier ein Forum für Perverse, das sollt sich schon im Pseudonym widerspiegeln.«
»Nennst dich halt Hundling«, schlug Gisela vor und erntete einen schrägen Blick. »Jetzt mach keine Doktorarbeit draus, Schorsch. Sobald wir den Kontakt zu dieser Vroni haben, steigst eh wieder aus.«
Schorsch tippte Hundling ein, das Pseudonym war aber bereits vergeben.

Nach Hündchen, Mischling, Köter, Töle und Beißer akzeptierte das System schließlich RäudigerRüde.
Schorsch wurde sofort freigeschaltet und konnte alle Funktionen der Seite nutzen.
Der Aufbau und das Erscheinungsbild waren durchdacht und edel. Schwarz und Rot waren die vorherrschenden Farben, und in einer Seitenleiste konnte Schorsch Favoriten anlegen, samt Bildern und Videos.
Als Erstes gab er ins Suchfeld ›Vroni‹ ein.
Ein leises Pling kündigte den Treffer an.
Ein Klick auf den Namen führte Schorsch zu Vronis persönlicher Seite. Dort standen Vronis Vorlieben, alles andere war ausgeblendet, und ein großes Vorhängeschloss symbolisierte die Zugriffsverweigerung.
»Was ist jetzt?«, fragte Gisela.
»Die will erst wissen, wer ich bin, dann krieg ich von ihr die Erlaubnis, ihre Seite anschauen zu dürfen.«
»Mein Gott, ist das kompliziert«, stöhnte Gisela.
»Reine Vorsichtsmaßnahmen«, sagte Schorsch. »Echt gut.« Er war sichtlich beeindruckt.
Er schaute Gisela an. »Was schreib ich der jetzt?«
»Dass du ein Frauchen suchst«, sagte Gisela.
»Ein bisschen mehr sollt's schon sein«, meinte Schorsch.
»Warum? Als Vorlieben gibt sie Dominanz, Petplay, Sklavenerziehung und Sadismus an.«
»Was meinst du, wie viele Bewerbungen die kriegt, hm?«
Gisela zuckte mit den Achseln. »Keine Ahnung.«
»Mehr als genug. Im Netz kommen auf eine Frau bestimmt zehn Männer«, sagte Schorsch. »Wenn du von so einer was willst, dann musst du schon herausstechen, sonst landet deine Mail gleich im Papierkorb.«
»Glaubst?«, fragte Gisela.

»Hundertpro.«
»Woher weißt du das denn so genau?«
Sie schaute Schorsch fragend an. Der wich ihrem Blick verlegen aus. »Erfahrungswerte.«
Gisela vermutete, dass Schorsch über das Internet versuchte, eine Freundin zu finden.
Hie und da hatte er zwar die eine oder andere Bekanntschaft gehabt, aber keine der Frauen hatte sich intensiver auf ihn eingelassen. Seine zurückhaltende Art und der Minderwertigkeitskomplex wegen seiner Körperfülle standen einer Beziehung im Weg.
Lederer hatte Schorsch sofort durchschaut und wollte diese Charaktereigenschaften für seine Zwecke nutzen.
Der Gedanke, die Aktion abzubrechen, schoss Gisela wie eine Gewehrkugel durch den Kopf, doch im selben Moment rief sie sich in Erinnerung, dass es genauso ihr Fall war und sie unbedingt wollte, dass die Morde aufgeklärt wurden. Eine eventuelle Demütigung Schorschs musste hintenanstehen.
»Dann überlegen wir uns jetzt ein paar ungewöhnliche Zeilen, damit sie anbeißt«, sagte sie.
Gemeinsam tüftelten die beiden eine halbe Stunde lang an einer aussagekräftigen und süffigen Nachricht, die Vroni zuallererst neugierig machen sollte.
Um die Ernsthaftigkeit der Bitte nach einem Petplay zu unterstreichen, wollte Gisela unbedingt, dass Schorsch ein Foto anhängte, das ihn als braven Hund zeigte.
»Das mach ich nicht«, widersprach Schorsch sofort.
»Ein Foto sagt mehr als tausend Worte«, erwiderte Gisela.
»Ich mach mich nicht zum Hund«, bellte Schorsch. »Für niemanden. Entweder die antwortet jetzt auf diese Mail, oder nicht.«

»Alles klar.«
»'tschuldigung«, sagte Schorsch leise, »aber es gibt halt manche Dinge …«
»Schon gut«, sagte Gisela. »Ich hätt dich gar nicht erst fragen sollen.«
Mehr Worte brauchte es zwischen den beiden nicht.
Ein letzter Klick, und die Nachricht wurde versandt.
Zwei Stunden später landete eine Antwort in Schorschs Postfach. Vroni hatte sein Gesuch abgelehnt.
Gisela war ratlos.
»Vielleicht sollt ich einen Echtheitscheck machen lassen«, sagte Schorsch.
»Was?«
Schorsch zeigte ihr den entsprechenden Hinweislink. Mitglieder konnten sich kostenlos als real verifizieren lassen. Es war nur ein Foto nötig, auf dem das Gesicht Schorschs und eine zufällig generierte Nummer zu sehen sein mussten. Eine solche Einstufung sollte die Wahrscheinlichkeit einer Kontaktaufnahme erhöhen, weil ausgeschlossen war, dass man auf einen Spaßvogel hereinfiel.
»Warum hast das denn nicht gleich gesagt?«, fragte Gisela.
»Ich hab gedacht, es klappt auch so.«
»Dann machen wir das jetzt«, ordnete Gisela an.
Mit Schorschs Handy fotografierte sie ihn und die ihm zugeordnete Nummer ab, die er vor sich hochhielt. Sie schickten das Foto an die Administratoren der Website.
Es konnte bis zu vierundzwanzig Stunden dauern, bis die Verifizierung abgeschlossen war. Danach wollten Gisela und Schorsch Vroni erneut eine Nachricht schicken.
Erwin und Richie kamen von ihrer Recherchereise nach Straubing in die Dienststelle zurück.
»Alles erledigt?«, erkundigte sich Gisela.

»Alles erledigt«, sagte Erwin und setzte sich auf seinen Drehstuhl.

Richie hockte sich auf den Schreibtisch.

»Irgendwas Ungewöhnliches?«, fragte Gisela.

Erwin schüttelte den Kopf, zog ein kleines Notizbüchlein aus seiner Jackentasche und schlug es auf. »Meyer hat zwei Jahre bei Gruber und Sohn als Fahrer gearbeitet. Die haben ihm vor einem Jahr gekündigt, weil er mit dem Lkw Privatfahrten ins Ausland unternommen hat. Er war des Öfteren in der Tschechei, wo er angeblich Drogen gekauft haben soll. Nachweisen konnten ihm die Grubers nix.«

»Aber vorsichtshalber haben sie ihn rausgeschmissen«, sagte Gisela.

»Genau.«

Erwin blätterte um. »Der Meyer war bei den Arbeitskollegen sehr beliebt, weil er jeden Spaß mitgemacht hat. Vor allem, wenn's auf seine Kosten ging. Einer meinte, er sei halt gern ausgelacht worden.«

»Pervers«, murmelte Richie.

»Übers Privatleben weiß keiner was. Sein damaliger Vermieter hat gemeint, er wär sechs Monate mit der Miete in Rückstand gewesen, bevor er weggezogen ist«, fuhr Erwin fort.

»Hat er das Geld eingeklagt?«, fragte Gisela.

»Nein. Der Meyer hat immer wieder versprochen, dass er zahlen wird. Monat um Monat. Bis er dann ausgezogen ist.«

»Wart ihr bei seiner Bank?«, fragte Gisela.

»Wir haben alles gemacht, was du uns aufgetragen hast«, sagte Richie.

»Der Meyer war voll im Minus. Dispo bis zum Anschlag.« Erwin blätterte um. »Und dann hat er sich vor einem halben Jahr ein Haus gekauft.«

Gisela glaubte, sich verhört zu haben.
»Mei, die Zinsen sind niedrig, da kann jeder Depp einen Kredit kriegen«, meinte Schorsch.
»Trotzdem brauchst noch Sicherheiten«, sagte Gisela. »Und jemand, der seinen Dispo voll ausschöpft und die Miete nicht zahlt, wirkt nicht gerade kreditwürdig.«
»Es kommt noch besser«, sagte Erwin. »Er hat den Kreditvertrag bei dem Meyerbeer abgeschlossen. Und zwei Monate später das Haus wieder verkauft.«
In Giselas Kopf schossen die Gedanken blitzschnell hin und her. Meyerbeer war die Verbindung zwischen Meyer und Metzinger. Die drei waren in Geschäfte miteinander verwickelt gewesen, die sie das Leben gekostet hatten, warum auch immer.
Da musste sie ansetzen. Sie brauchte die Kundenliste Meyerbeers, möglicherweise stand der Täter drauf.
Zuerst überlegte sie, mit Lederer zur Sparkasse nach Straubing zu fahren, entschied sich dann aber dagegen. Noch kam ihr der Verdacht lächerlich vor, sie wollte mehr in den Händen haben, wenn sie dem Straubinger ihre Überlegungen präsentierte.
»Mit wem habt ihr da denn geredet?«, fragte Gisela.
Erwin gab Gisela den Namen der Kollegin, die sich bei der Befragung als sehr kooperativ erwiesen hatte. Sie wollte unbedingt, dass der Mord an Meyerbeer aufgeklärt wurde. Erwin hatte das Gefühl gehabt, dass zwischen ihr und dem Kreditsachbearbeiter mehr als nur eine kollegiale Beziehung geherrscht hatte.

Tatsächlich bekam auch Gisela diesen Eindruck, als sie der elegant gekleideten Endfünfzigerin gegenübersaß und sie

um die Namen aller Kreditnehmer der letzten fünf Jahre bat, die von Meyerbeer betreut worden waren.
Ohne lange zu überlegen oder Einwände gegen die Verletzung des Bankgeheimnisses vorzubringen, druckte die Filialleiterin die zehnseitige Liste mit Namen, Adressen und Beträgen aus.
Zum Abschied bat sie Gisela, ihr sofort Bescheid zu geben, sollte der Mörder gefunden werden. Sie hielt die Tränen zurück, doch ihre Stimme zitterte und ihr Händedruck war zu fest für eine normale Verabschiedung.
Gisela versprach es.
Im Auto ging sie die Liste Name für Name durch. Sie kannte die wenigsten, aber bei zweien stockte ihr der Atem. Der erste war Gutsohn, der zweite Kramer. Es war kein Irrtum. Franz Kramer hatte bei Meyerbeer zwei Kreditverträge abgeschlossen, einmal über zweihunderttausend Euro, das andere Mal über dreihunderttausend Euro. Nicht dass sie den Metzger für verdächtig hielt, aber nie hatte Schorsch darüber geredet, dass sein Vater sich in den letzten Jahren zwei Häuser gekauft hatte. Im Grunde ging sie das auch nichts an, doch eine Reaktion auf Meyerbeers Tod wäre nur natürlich gewesen.
Entweder Schorsch verschwieg ihr was, oder er wusste nichts.
Die Metzgerei war schon geschlossen. Gisela sah durch die Scheibe Franz Kramer die Theke und sein Werkzeug reinigen. Sie klopfte an, bedeutete ihm, ihr aufzusperren.
»Kann ja nur dienstlich sein, wenn du's so dringend machst«, sagte Kramer, nachdem er Gisela eingelassen hatte. »Oder hat der Bub was angestellt?«
»Nein, nein, der Schorsch ist ein vorbildlicher Polizist, da gibt's nichts zu meckern.«

Franz Kramer nahm seine Reinigungstätigkeit wieder auf. Er wusch die Messer ab, trocknete sie mit dem Geschirrtuch und schliff sie danach am Wetzstahl.
»Es geht um den Meyerbeer, der Bankmensch, der sich erhängt hat«, fuhr Gisela fort.
»Aha.«
Franz Kramer zeigte weder Überraschung noch Neugier. Das metallische Kratzen des Messers am Wetzstahl ging Gisela durch und durch.
»Du hast mit dem zu tun gehabt«, stellte Gisela fest.
Franz Kramer blieb eine Antwort schuldig. Er säuberte die Klinge mit einem Tuch von Metallspänen, steckte das Messer in einen Messerblock.
»Wie gut kanntest du ihn denn?«, fragte Gisela.
»Gar nicht«, sagte Franz Kramer, nahm das nächste Messer zur Hand und startete die Reinigungsprozedur von neuem.
»Deine Hausbank ist aber die Raiffeisen, oder?«
»Ja.«
»Wieso bist du dann zur Sparkasse? Ist dir der Meyerbeer empfohlen worden? Vom Metzinger, zum Beispiel?«
»Zum Beispiel«, bestätigte der Metzger. »Man geht halt dahin, wo's die besten Konditionen gibt.«
»Und was schaut für dich dabei raus?«
Franz Kramer hielt mit dem Schleifen inne, sah Gisela fragend an.
»Du hast in deinem Leben noch nie einen Kredit aufgenommen, nicht mal, als du deine Metzgerei modernisiert hast«, sagte Gisela. »Du bist ein Sicherheitsmensch, bei dir muss alles Hand und Fuß haben. Und wenn noch ein bisschen Diridari für dich rausspringt, umso besser. Also?«
Franz Kramer biss die Zähne so fest zusammen, dass die

Halsschlagadern links und rechts wie Kabelstränge hervortraten.

»Das geht dich gar nichts an«, knurrte er.

»Es geht um Mord«, sagte Gisela.

»Selbstmord«, entgegnete der Metzger.

»Nicht bei Meyer und Metzinger. Und der Meyer hat sich ein Haus gekauft, obwohl er sich das gar nicht hätte leisten können. Wie du.« Sie stockte. »Wie bist du denn auf die beiden Immobilien aufmerksam geworden? Hast die über den Metzinger gekauft?«

»Jetzt steigerst dich aber ganz schön rein«, sagte Franz Kramer und räumte das letzte Messer auf.

»Wenn ich von Metzingers Kunden der letzten fünf Jahre eine Liste machen lassen würd, wär dann deine Name drauf?«

»Der Metzinger ist Immobilienmakler, Herrschaftszeiten. Du tust grad so, als hätt ich die alle umgebracht.«

»Es gibt da einen Zusammenhang, Franz«, sagte Gisela, »und ich möcht wissen, welchen.«

»Ich weiß nichts von einem Zusammenhang«, polterte Franz Kramer und öffnete die Tür. »Und jetzt ist endgültig Feierabend.«

Gisela bewegte sich keinen Millimeter. »Du hast mir meine Frage noch nicht beantwortet: Was ist für dich dabei rausgesprungen?«

Die Blicke der beiden prallten aufeinander, kein Wort fiel. Gisela gab auf.

»Ich find's sowieso raus«, sagte sie im Gehen, »und wenn da was ist, dann kriegst eine Anzeige wegen Behinderung der Strafverfolgungsbehörden. Das wird sich gar nicht gut auf deinen Laden auswirken.«

»Ihr dürft doch gar nicht ermitteln«, sagte Franz Kramer,

»das ist Aufgabe der Mordkommission. Du und der Lederer seid in der Sache zu gar nichts befugt.«

Er beugte sich vor, so dass Gisela seinen scharfen Achselschweiß riechen konnte. »Was meinst, was passiert, wenn die Kripolaner davon Wind kriegen.«

»Ich hab schon immer gewusst, dass du eine Drecksau bist«, sagte Gisela.

Sie spürte einen Wutbrocken in ihrem Bauch herumfliegen. Er wollte nach oben und explodieren. »Aber dass du mir drohst, das zeigt mir, dass du Schiss hast, bis hierher.«

Sie legte ihre Handkante zur Verdeutlichung zwischen Oberlippe und Nase. »Verlass dich drauf, wenn ich draufkomm, dann steigt dir die Scheiße bis übern Scheitel. Das wird weder der Maria noch dem Schorsch gefallen.«

Mit diesen Worten wandte sie sich um und eilte aus dem Laden.

Sie hörte die Glöcklein hinter sich bimmeln, als Franz Kramer die Tür schloss. Sie wusste, dass sie an was dran war, und sie wusste auch, dass sie Lederer noch nicht einweihen durfte. Denn falls Franz Kramer seine Drohung wirklich wahrmachen und mit der Mordkommission wegen ihrer unerlaubten Ermittlung reden würde, wäre zumindest der Hauptkommissar aus dem Schneider.

Sie musste mit Schorsch reden, sie musste wissen, was sein Vater ihr verschwieg.

Schorsch saß mit Erwin, Richie und dem Hauptkommissar im Wilden Bock beim Abendessen zusammen. Alle vier wirkten, als würden sie eine Pflichtveranstaltung absitzen und als wäre absolutes Redeverbot erlassen worden.

An den anderen Tischen tobte das Leben, es wurde ge-

schafkopft, über die Großkopferten in München geschimpft oder dreckige Witze erzählt.
An dem Tisch der Polizisten herrschte Schweigen.
Von ihren drei Mitarbeitern hatte Gisela nichts anderes erwartet. Lederer hingegen hätte sie für fähig genug gehalten, eine Konversation zu starten und am Leben zu erhalten, auch wenn es nur um das Wetter ging.
Sie bestellte beim Hereinkommen ein Weißbier und setzte sich zu dem Quartett. »Alles klar?«
»Ja«, sagte Erwin. »Ich hab dem Herrn Hauptkommissar vorhin das Dorf gezeigt, damit er sich ein bisschen auskennt.«
Lederer spießte eine Tomate seines Mozzarellasalats auf.
»Ich weiß jetzt alles über Niedernussdorf«, sagte er. »Oberwachtmeister Huber hat es sich nicht nehmen lassen, mir auch das Haus zu zeigen, in dem Hitler angeblich einmal übernachtet hat.«
»Nicht angeblich«, sagte Erwin, »sondern tatsächlich. Meine Oma hat ihn selber dort gesehen und sich seine Unterschrift geholt.«
»Ein Autogramm?«, fragte Gisela verblüfft.
»Nein. Irgendwas wegen dem Opa. Dass der nicht erschossen wird oder so.« Erwin machte eine verärgerte Geste. »Was weiß ich, das hat sie mir mal als Kind erzählt.«
»Bevor oder nachdem du auf den Kopf gefallen bist?«, grinste Schorsch und handelte sich einen bösen Blick von Erwin ein.
»Das war, bevor sie dich beim Bettenmachen da oben gefunden haben.« Erwin nickte zur Decke.
»Wie im Kindergarten«, seufzte Gisela.
»Und das hältst du jeden Tag aus?«, fragte Lederer. »Respekt.«

»Manchmal sind wir auch wie Grundschüler«, sagte Erwin und schenkte dem Straubinger einen Blick aus blutunterlaufenen Augen.
»Hey, halt dich mal zurück«, sagte Richie. »Du musst den Herrn Hauptkommissar nicht so anmachen.«
Erwin klappte der Unterkiefer nach unten. Richie ergriff Partei für Lederer.
»Der Herr Hauptkommissar kriegt ja einen ganz falschen Eindruck von uns«, fuhr Richie fort. Er wandte sich Lederer zu. »Einfach ignorieren.«
Lederer beendete sein vegetarisches Abendessen, winkte dem Wirt. »Ich werd mich dann mal zurückziehen. Ist gestern einen Tick später geworden, und ich hab noch einiges an Schlaf nachzuholen.«
»Ich zahl das schon«, sagte Richie.
Lederers Einspruch wies er mit erhobener Hand ab. »Ist mir eine Ehre.«
»Na, dann sag ich danke.« Lederer erhob sich, klopfte zum Abschied dreimal auf den Tisch. »Bis morgen.«
Kaum war er zur Tür raus, schoss Erwin einen giftigen Blick auf Richie ab. »Musst du dich so einschleimen? Das ist ja ekelhaft.«
»Ich schleim überhaupt nicht.« Richie bekam vor Erstaunen große Augen. »Gisela hat gesagt, ich soll mich um ihn kümmern, und das mach ich halt.«
»Du schleimst«, bestätigte Gisela Erwin.
»Ich möcht einfach nur, dass der Lederer sich bei uns wohl fühlt, das ist alles«, verteidigte sich Richie. »Aber ich kann auch anders, wenn dir das lieber ist.«
»Passt schon«, sagte Gisela. »Ich bin bloß erstaunt, wozu du fähig bist.«
»Du hast keine Ahnung«, sagte Richie gedehnt und grinste.

Die vier stießen auf den Feierabend an, und zwei Weißbier später verließen die Polizisten das Wirtshaus.
Bevor Schorsch auf sein Fahrrad steigen konnte, hielt ihn Gisela zurück. »Ich muss mit dir reden, Schorsch«, sagte sie.
Erwin und Richie dackelten schon davon. Sie waren außer Hörweite.
»Dein Vater hat vor ein paar Jahren zwei Häuser gekauft«, sagte sie. »Stimmt das?«
Schorsch zuckte mit den Achseln. »Keine Ahnung. Der redet mit mir über so was nicht.«
»Meinst, deine Mutter weiß was darüber?«
»Mit der redet er bloß übers Geschäft«, sagte Schorsch. »Privat schauen die nur Fernsehen.« Er neigte fragend den Kopf. »Worum geht's denn?«
Gisela erzählte ihm von der Liste und ihrem Besuch in der Metzgerei.
»Zutrauen tät ich's ihm«, sagte Schorsch. »Also nicht, dass er jemanden umbringt, aber dass der in irgendwas Linkes verwickelt ist.«
»Kannst du in der Richtung was rausfinden?«, fragte Gisela.
»Mei, ist mein Vater«, druckste Schorsch herum. »Ich spionier dem nicht so gern hinterher.«
»Versteh schon«, sagte Gisela. »Aber wenn er wirklich irgendwo mit drinhängt, dann wär's gut, wenn wir das frühzeitig wüssten. Vielleicht können wir ihn dann noch schützen.«
Schorsch überlegte.
Gisela wartete ab.
Auf der einen Seite war Schorsch ein loyaler Sohn, der seine Eltern nie ausspionieren oder hintergehen würde, auf

der anderen Seite war er Polizist, der sich bisweilen zu Höherem berufen fühlte. Er wollte die Welt zu einem besseren Ort machen.

Es war eine schwierige Entscheidung, die er zu treffen hatte, und Gisela würde sie respektieren, egal, wie sie ausfiel.

»Ich schau mal, was ich machen kann«, sagte Schorsch schließlich. »Wenn ich wirklich was find, das gegen ihn spricht, dann musst du mir versprechen, dass du ihn da raushältst.«

»Versprechen kann ich nichts, aber versuchen werd ich's.«

Das reichte Schorsch als Ehrenwort.

Lederer fuhr nicht zu Giselas Hof, um Schlaf nachzuholen, er suchte erneut den Club in Dingolfing auf.

Diesmal blieb er im Auto sitzen und hoffte, dass Vroni auftauchen würde. Er redete sich ein, dass sein Interesse beruflicher Natur war, doch er hatte sich noch nie gut selbst belügen können.

Jedes Scheinwerferpaar, das auf den Parkplatz einbog, ließ seinen Körper sich anspannen, und ebenso schnell sackte er wieder in den Sitz zurück, wenn er erkannte, dass es nicht Vroni war, die ausstieg.

Am heutigen Abend war wenig los.

Gegen dreiundzwanzig Uhr war der letzte Gast vorgefahren, danach tat sich über eine Stunde nichts.

Gegen halb eins verließen die ersten Gäste den Club wieder, unter ihnen befand sich zu Lederers Überraschung der Niedernussdorfer Metzger Franz Kramer.

Um drei Uhr morgens fuhren Heidi und der Glatzkopf, der immer noch seinen Bademantel trug, als Letzte nach Hause. Spaßeshalber folgte Lederer ihnen bis zu einem Mehrfami-

lienhaus am Ortsrand von Dingolfing. Kaum waren sie in dem Haus verschwunden, überfiel ihn die Müdigkeit wie ein Bär und drohte ihn unter sich zu begraben.
Lederer war froh, als er endlich in seinem Bett lag. Sein letzter Gedanke vor dem Einschlafen galt Vroni.

Frühmorgens klingelte Giselas Handy, als sie gerade die Hühner fütterte.
»Sie will mich treffen«, japste Schorsch. »Sie hat geschrieben, wie toll sie meine E-Mail findet und dass ich es so ernst meine.« Schorsch war so aufgeregt, dass sich seine Stimme fast überschlug. »Die will mich kennenlernen. Was mach ich denn jetzt?«
Die letzten Worte drangen schrill an Giselas Ohr. Es war die schiere Panik, die sie heraushörte.
»Du beruhigst dich erst mal«, sagte Gisela. »Ruhig ein- und ausatmen.«
Sie hörte Schorschs laute Atemgeräusche.
Nach einer Minute wagte Gisela, eine Frage zu stellen. »Was hat sie denn sonst noch geschrieben?«
»Gott, o Gott, was hat sie denn noch geschrieben?« Er stöhnte im Einklang mit Klickgeräuschen. »Also, dass sie mich sehen will, am liebsten heut Abend noch. Und dann hat sie noch geschrieben, dass ich ihr meine Handynummer mailen soll.«
»Gut, dann machst du das.«
»Das mach ich nicht«, schrie Schorsch. »Wenn das rauskommt. Wenn die mich anruft, wenn ich grad im Dienst bin. Oder wenn der Richie an mein Handy geht, wenn sie grad anruft, oder der Erwin. Oh, mein Gott, der Erwin wär der Supergau. Das wär mein Ende, mein Tod.«

»Schorsch«, brüllte Gisela ihn an.

Sofort verstummte er.

»Du fährst jetzt zum Lidl und kaufst dir eine Prepaidkarte, und die Nummer schickst du ihr dann. Und wenn der Job vorbei ist, zerschneidest die Karte, und alles ist wieder wie vorher.«

»Ich glaub nicht, dass es beim Lidl Prepaidkarten gibt«, warf Schorsch zögerlich ein.

»Gut, dann fährst halt woandershin. Aber du hast verstanden, was ich dir gesagt hab?«

»Ja.«

»Dann machst du das jetzt«, sagte Gisela, »und in einer Stunde sehen wir uns auf dem Revier. Dann besprechen wir alles Weitere.«

Lederer stand im Hof, als Gisela aus dem Hühnerstall kam. Er hielt eine Tasse Tee in der Hand.

»Gab's Probleme mit den Hühnern?«, fragte er.

»Wieso?«

»Weil du so rumgeschrien hast.«

»Ja, der ... der Gockel nimmt sich immer Freiheiten raus, und wenn man da nicht dazwischengeht, leiden die Mädels.«

»Aha«, brummte Lederer und nahm einen Schluck Tee.

Gisela bemerkte die tiefen Augenringe. »Hast du schlecht geschlafen?«

»Schlecht geträumt.«

Gisela schlüpfte aus ihren Clogs. »Übrigens, diese Vroni hat sich bei uns gemeldet. Sie will sich mit dem Schorsch treffen.«

Lederers Haltung straffte sich. »Das ist schön.«

Barfuß stand Gisela vor ihm und schaute ihn fragend an. »So richtig freuen tust dich nicht.«

»Doch. Ich bin einfach nur müde.«
Ludwig trat aus dem Haus, geschniegelt und gebügelt für einen neuen Arbeitstag.
»Sie sind gestern ja spät heimgekommen«, sagte er.
Gisela schaute Lederer überrascht an. Wieso hatte er das vorhin verschwiegen?
Er hob die Tasse. »Leer.« Lederer verschwand im Haus.
»Wann ist er denn heimgekommen?«, fragte Gisela.
»So gegen vier hab ich ihn gehört.«
»Kein Wunder, dass der ausschaut wie ausgespien«, meinte Gisela.
»Der hat noch nie richtig gut ausgeschaut«, sagte Ludwig und küsste Gisela zum Abschied.

Lederer spülte seine Tasse in der Spüle ab, als Gisela die Küche betrat.
»Warum hast du mir nicht gesagt, dass du gestern Nacht unterwegs warst?«
»Ich muss mich nicht rechtfertigen«, sagte Lederer.
»Darum geht's nicht«, sagte Gisela. »Warst du wegen der Vroni unterwegs?«
»Ja.«
»Und wieso ist das ein Problem, das zu sagen?«
»Es ist kein Problem«, erwiderte Lederer, während er die Tasse abtrocknete und so Giselas Blick ausweichen konnte.
»Es ist ein Problem, weil es mir zeigt, du bist nicht nur beruflich an ihr interessiert.«
Lederer räumte die Tasse in den Hängeschrank.
»Was ist mit deiner professionellen Distanz?«, hakte sie nach.
Lederer drehte sich zu ihr um. Er bemühte sich, sachlich zu

bleiben, doch das Zittern seiner Nasenflügel und das Zucken seines Schnauzers verrieten seine emotionale Aufladung.

»Erzähl du mir nichts von professioneller Distanz«, sagte er. »Ich mach diese Arbeit seit über fünfzehn Jahren, und ich hab mir noch nie irgendetwas zuschulden kommen lassen.«

»Sollte diese Frau wirklich was mit den Morden zu tun haben«, sagte Gisela, »und du hast was mit ihr, kann ich dann ausschließen, dass du Spuren und Hinweise beseitigst?«

Lederer schnappte nach Luft. »Spinnst du?«

Gisela blieb ernst. »Ich will nur wissen, auf welcher Seite du stehst.«

»Ich hätte nicht gedacht, dass du mich das wirklich fragen würdest.«

»Ich hätte nie gedacht, dass ich dich das mal fragen muss«, sagte sie.

»Ich bin Polizist. Du solltest eigentlich wissen, auf welcher Seite ich stehe.«

»Ich werd dich dran erinnern«, sagte Gisela.

Sie verließ die Küche, um sich für den Dienst umzuziehen. Lederer atmete tief durch. Gisela hatte ihn durchschaut, als wäre er aus Glas. Er hatte sie unterschätzt. Nichtsdestotrotz sollte sie ihn nicht unterschätzen.

Auch wenn er eine gewisse Anziehungskraft Vronis spürte, er würde keine Emotion jemals sein Berufsethos korrumpieren lassen. Er war Polizist geworden, um Verbrechen aufzuklären und der Gesellschaft zu dienen. Aus, Punkt, Amen.

Schorsch war der erste Kunde bei Netto gewesen, um eine Prepaidkarte zu kaufen, und hatte Vroni kurz darauf seine neue Handynummer geschickt.

Gegen Mittag kündigte ein verspieltes Pling eine SMS an. Sie war von Vroni, ihre Rufnummer unterdrückt. In der Nachricht standen Ort und Zeit für ein abendliches Treffen. Gisela stand neben Schorsch und las mit.
Schweißperlen bildeten sich auf seiner Stirn und der Oberlippe. »Was mach ich denn jetzt?«, fragte er hilflos in ihre Richtung.
»Du schreibst zurück, dass das okay ist.«
»Also, nur okay, oder soll ich noch schreiben, dass ich mich freu?«, fragte Schorsch.
»Nur okay«, sagte Gisela.
»Soll ich nicht noch ein Smiley beifügen?«
Gisela nahm ihm das Handy aus der Hand.
»Jetzt stell dich nicht so an«, sagte sie, und ihre Finger huschten über die virtuelle Tastatur.
Das Geräusch eines Kavaliersstarts begleitete die Nachricht beim Versenden.
Sie gab Schorsch das Handy wieder zurück.
Der war bleich wie Camembert, seine Unterlippe zitterte, als würde er gleich losheulen.
»Du machst das schon«, sagte Gisela und legte ihm beruhigend die Hand auf die Schulter. »Ich bleib in deiner Nähe.«
Erwin und Richie kamen in die Dienststelle.
Schorsch steckte schnell das Handy weg, wischte sich den Schweiß aus dem Gesicht.
Richie stellte eine volle Plastiktüte auf den Schreibtisch. »So, wenn ihm das nicht schmeckt, dann weiß ich auch nicht mehr.«
»Was ist denn da drin?«, fragte Gisela.
»Sojaschnitzel, Tofuburger, Gemüsebratlinge, Dinkelnudeln und so fade Biosoßen«, sagte Richie.
»Was soll das denn?« Gisela glotzte Richie verwundert an.

»Na, du hast doch gesagt, er soll was essen«, versetzte Richie verdattert.
»Erstens hab ich gesagt, du sollst mit ihm beim Kramer Wurst einkaufen, zweitens will er das nicht, also hast du dein Geld, drittens, völlig umsonst ausgegeben.«
Richie war vollkommen erstarrt.
»Kann ich den Scheißdreck jetzt selber fressen?«, stammelte er.
»Nein«, entgegnete Gisela, »das will ich dir nicht zumuten. Wir lagern das ein, vielleicht hat ja mal jemand Hunger auf ein Sojaschnitzel.«
»Jaja, sehr witzig«, knurrte Richie.
»Mein Gott, hör halt nächstes Mal einfach besser zu«, sagte sie.
»Ähm«, ließ sich Erwin vernehmen, »soll ich den Lederer noch rumführen? Weil, das wolltest du doch, oder?«
Alle Kraft schien Giselas Körper auf einen Schlag zu verlassen. »Ich wollt, dass der Lederer sich willkommen fühlt, aber wenn du dich zwingen musst, dann lass es lieber.«
»Was bist denn so grantig?«, fragte Erwin.
»Weil ich mir vorkomm, als hätt ich's mit Erstklässlern zu tun. Keiner von euch denkt über das nach, was ich sag. Immer muss ich alles erklären und ausbuchstabieren. Wie wär's, wenn ihr mal euren Grips selbst anstrengen würdet? Das ist ja wohl nicht zu viel verlangt, oder?«
Die drei Oberwachtmeister schauten einander unsicher an. Keiner wagte, eine Antwort zu geben, um nichts Falsches zu sagen. Gisela seufzte. Sie deutete auf den Ausgang. »Ich bin dann mal weg.«
Sie fuhr zu Heribert Fassmacher. Bei ihrem ersten Besuch war es nur ihre persönliche Neugier gewesen, die sie befriedigen wollte, jetzt hatte sie berufliche Fragen. Sie wollte

wissen, wer die Absicht hatte, Heriberts Haus für den überhöhten Preis von sechshundertfünfzigtausend Euro zu kaufen. Möglicherweise würde diese Spur bei der Aufklärung von Metzingers Mord weiterhelfen.

Heribert war nicht zu Hause.

Gisela beschloss zu warten.

Sie nahm das Haus noch einmal unter die Lupe. Niemand, der richtig im Kopf war, würde mehr als dreihunderttausend für dieses heruntergekommene Gebäude zahlen. Entweder war die Zahl in Metzingers Unterlagen ein Fehler gewesen, oder hier lief ein dreckiges Geschäft.

Heribert kam heranspaziert, in der Hand ein dünnes Buch.

Er war so ins Lesen vertieft, dass er Gisela erst bemerkte, als sie ihn grüßte.

»Wartest du auf mich?«, wollte er wissen.

»Ich hab noch ein paar Fragen wegen deinem Haus und dem Metzinger«, sagte Gisela.

»Ich hab doch schon alles gesagt.«

»War aber nicht viel.«

»Mehr wird's auch nicht.«

»Kann ich trotzdem mit dir reden?«, fragte Gisela und machte mit ihrer Haltung klar, dass sie kein Nein akzeptieren würde.

Heribert bat sie ins Haus. Es roch nach abgestandenem Essen. Alle Fenster waren zu, nicht der leiseste Lufthauch hatte eine Chance, etwas von dem Sommer in die Zimmer zu tragen.

In der Küche war der Geruch am intensivsten. Dort quoll die Spüle auch vor dreckigem Geschirr über.

»Magst du was trinken?«, fragte Heribert.

Gisela schüttelte den Kopf. Sie mochte sich gar nicht vor-

stellen, wie die Gläser aussehen mussten, wenn sie den Saustall so sah.
Der Begriff Messie war für Heribert vielleicht etwas übertrieben, aber er war auf dem besten Weg dorthin.
Sie setzte sich auf einen der knarzenden Küchenstühle. Heribert holte sich eine angebrochene Mineralwasserflasche aus dem Kühlschrank, trank direkt daraus.
Er hatte eine Technik entwickelt, die ihm erlaubte, beim Aufschrauben nur eine Hand zu benutzen, während er mit der anderen das Buch hielt und las.
»Wir haben inzwischen einen dritten Toten«, begann Gisela. »Und ich hab Angst, dass das nicht der letzte war.«
Heribert setzte sich an den Küchentisch.
»Ich glaub, dass da irgendwas mit dem Metzinger und dem Meyerbeer lief, irgendwas mit Immobilien, und drum wär's hilfreich, wenn du mir sagen könntest, wer dein Haus kaufen wollte.«
»Keine Ahnung«, sagte Heribert und blätterte um.
»Aber du weißt schon, dass es für sechshundertfünfzigtausend Euro auf Metzingers Liste stand.«
Heribert hob den Kopf. Er starrte Gisela verwundert an. »Das kann nicht sein! Wer zahlt denn so viel für diese Hütte?«
»Das ist die große Frage«, sagte Gisela.
Heribert ließ das Buch in den Schoß sinken, einen Finger behielt er zwischen den Seiten, und schaute zum dreckverschmierten Fenster hinaus.
Gisela wollte ihn in seinem Denkprozess nicht stören und wartete. Nach zwei Minuten Stille räusperte sie sich.
»Hat der Metzinger mit dir nie über den Preis oder den Käufer geredet?«
Heribert wandte sich Gisela zu. »Er hat gesagt, er hätt ge-

hört, dass ich ins Ausland will, und er hätt einen Käufer für das Haus und dass er schnell zahlen würd. Mehr hat er nicht gesagt.«

»Das war euer Verkaufsgespräch?«

Heribert nickte.

»Du hast doch sicher einen Maklervertrag unterschrieben, oder?«, fragte sie.

Heribert schüttelte den Kopf. »Das wollt er erst machen, wenn der Käufer zugesagt hat.«

»Wann war das?«, fragte Gisela. »Wann habt ihr darüber geredet?«

Heribert runzelte die Stirn, seine Unterlippe rollte sich vor. »Vor zwei Wochen ungefähr.«

Er schaute Gisela mit großen Augen an. »Sechshundertfünfzigtausend. Wer macht denn so was?«

»Die Frage ist eher, warum macht jemand so was.«

Beide saßen nachdenklich da und schauten ins Nirgendwo. Gisela fragte sich, ob Metzinger den Käufer übers Ohr hauen wollte. Je höher der Verkaufspreis, desto fetter die Provision.

Und es war anscheinend kein normaler Käufer, der sich das Objekt vor dem Kauf ansah, sondern jemand, der auf Metzingers Fachkenntnis vertraute.

Möglicherweise würde der Käufer das Haus nie zu Gesicht bekommen, möglicherweise ging es nur darum, Geld anzulegen. Wenn das der Fall war, musste das Vertrauen in Metzinger sehr groß sein.

Gisela nahm sich vor, alle anderen Objekte der letzten Jahre auf das Preis-Leistungs-Verhältnis hin zu untersuchen.

»Es war eine Firma«, sagte Heribert leise, als würde er zu sich selbst sprechen. »Er hat gesagt, er hat einen Käufer, und sie würden schnell zahlen. Er hat nicht gesagt, der

Käufer würde schnell zahlen, sondern sie würden schnell zahlen. Er hat die Mehrzahl gebraucht.«
»Eine Immobiliengesellschaft?«
Gisela klopfte ihre bisherigen Überlegungen darauf ab. Wenn stimmte, was Heribert sagte, ging es nicht um eine fette Provision, dann ging es darum, einen möglichst hohen Preis zu zahlen, um die Ausgaben steuerlich geltend machen zu können.
»Und er hat nie von sechshundertfünfzigtausend Euro geredet?«
»Nein, nicht ein Mal. Im Gegenteil, er hat mich gefragt, was ich mir vorstelle, und ich hab dreihunderttausend gesagt.«
»Also habt ihr doch mehr geredet, als du mir gesagt hast.«
»Ja, aber das war privat«, erklärte Heribert. »Also, bevor er mit dem Angebot gekommen ist, das Haus zu verkaufen.«
»Privat oder beruflich, das ist mir egal, ich muss alles wissen!«
Heribert nahm einen Schluck aus der Wasserflasche. Seine Augen verengten sich, als er sich das Gespräch mit Metzinger in Erinnerung zu rufen versuchte.
»Wir haben über die Karibik gesprochen«, sagte er schließlich, »er war da auch schon mal. Auf Barbados. Und wie toll man da mit Dreihunderttausend leben könnte, vor allem, wenn man's richtig anlegt. Er hat mir eine Firma aufgeschrieben, die sich damit auskennt.«
»Aufgeschrieben?«
Gisela fühlte sich kurzzeitig atemlos.
Heribert nickte, erhob sich, um einen Zettel unter einem Kühlschrankmagneten hervorzuziehen.
Er hielt Gisela das Stück Papier hin.

»Die kennen sich mit Geld aus, hat er gemeint.«
Eclipse Ltd. war der Name der Firma, daneben standen eine Adresse in Bridgetown und eine Telefonnummer.
»Die sprechen auch Deutsch«, fuhr Heribert fort, »weil ich gesagt hab, mein Englisch ist jetzt nicht so gut.«
»Hast du dort angerufen?«, fragte Gisela.
»Ja. Aber da war nur ein Anrufbeantworter dran. Mit so was red ich nicht.«
Gisela hielt den Zettel hoch. »Kann ich das abschreiben?«
»Den kannst auch mitnehmen«, sagte Heribert. »Ich glaub nicht, dass ich mein Haus demnächst verkauft krieg.«
»Bleibst halt in Niedernussdorf«, meinte Gisela und stand auf.
Heribert deutete auf das Buch. Das Cover zeigte Palmen im Wind, am Horizont einen Dreimaster. Am Ufer stand eine junge Frau, den Blick sehnsüchtig auf das Schiff gerichtet.
»So schön wie in meinem Kopf kann's da gar nicht sein.«

Auf der Dienststelle hing nur Erwin herum und vernichtete ein Weißbier.
»Wo sind die anderen?«, fragte Gisela beim Hereinkommen.
»Der Richie ist mit dem Lederer unterwegs, und der Schorsch wollt was zum Essen holen.«
Erwin schaute auf seine neue Casiouhr, runzelte die Stirn, drückte die Uhr an sein Ohr. »Vor einer Stunde.«
Er lauschte. »Die geht nicht mehr«, meinte er.
»Die ist digital«, sagte Gisela. »Wo ist denn der Richie mit dem Straubinger hin?«
Erwin zuckte mit den Schultern. »Ich glaub, die sind nach Grünharding, wegen dem Immobilienmakler.«

»Suchst du mir bitte alles über die Firma Eclipse Limited heraus«, sagte sie und strebte auf ihr Büro zu.
»Was?«
Gisela buchstabierte ihm den Firmennamen.
Danach wählte sie die Nummer auf dem Zettel. Nach fünfmaligem Tuten startete ein Sprachmenü, das vier Sprachen zur Auswahl anbot. Bei Deutsch sollte man die Drei drücken. Gisela tat das.
Es klickte in der Leitung, Schleifenmusik säuselte durch den Äther, nach einer Minute entschuldigte sich eine Stimme, dass alle Mitarbeiter im Gespräch seien, aber man könne gerne eine Nachricht hinterlassen und werde dann so schnell wie möglich zurückgerufen.
Gisela legte auf.
»Hast du was?«, fragte sie Erwin und schaute auf dessen Monitor. Dort prangten Bilder einer Sonnenfinsternis.
»Was soll denn das?«
»Na da, Eclipse heißt Sonnenfinsternis«, sagte Erwin. »Sagt jedenfalls der Google.«
»Ich hab gesagt Eclipse Limited.«
»Ich weiß. Teilweise Sonnenfinsternis.«
Gisela seufzte, scheuchte Erwin aus seinem Stuhl und übernahm die Tastatur. Der gedrungene Halbglatzkopf stand hinter ihr und nippte an seiner Bierflasche.
An erster Stelle der Ergebnisliste stand die Homepage der Firma.
Gisela klickte darauf und wurde zu einer Seite umgeleitet, die einen weißen Sandstrand, einen strahlend blauen Himmel und kristallklares Wasser als Hintergrund hatte.
Ein spärliches Menü präsentierte verschiedene Finanzdienstleistungen, die Erläuterungen dazu waren dürftig. Insgesamt wirkte die Homepage lieblos und unprofessionell.

Im Impressum waren nur die Adresse und die Telefonnummer angegeben, die Gisela ohnehin schon hatte.
Die Whois-Suche im Internet spuckte schließlich den Namen einer Firma aus, auf die die Domain zugelassen war: Matterhorn GmbH.
Neue Suche, neues Glück.
Die Firma Matterhorn war in der Nähe von Straubing ansässig, Geschäftsführer war Jonathan Gutsohn, Geschäftszweck des Unternehmens war die Herstellung von Speiseeis.
Gisela ließ sich verdutzt in den Stuhl zurücksinken. Erwin stellte seine leere Bierflasche in den Kasten im Schrank.
»Ist was?«, fragte er.
Gisela antwortete nicht.
Sie versuchte, die eben gefundene Information einzusortieren, es gelang ihr aber nicht. Die Entfernung zwischen einem Eishersteller aus Straubing und einem Finanzdienstleister in der Karibik war zu groß, um sie ohne Hilfsmittel überwinden zu können.
Sie recherchierte weiter, während Erwin das nächste Weißbier versenkte.
»So weit sind wir also schon«, sagte er.
»Was meinst?«, fragte Gisela, ohne sich zu ihm umzudrehen. Sie versuchte, mehr Details über die Matterhorn GmbH herauszufinden.
»Wir sind total zersplittet«, sagte Erwin. »Der Schorsch tut so, als hätt er einen Geheimauftrag, der Richie klebt an Lederer, und du klickst wie wild rum, und keiner redet mehr mit dem anderen.«
Gisela wandte sich Erwin zu.
Der nuckelte an seiner Flasche und zog eine griesgrämige Miene. »Früher waren wir wie eine Familie, und was sind wir jetzt?«

»Es sind nun mal außergewöhnliche Umstände«, sagte Gisela. »Da können wir nicht Dienst machen wie bisher.«
»Es wären keine außergewöhnlichen Umstände, wenn der Straubinger nicht hier wär«, giftete Erwin. »Mord gehört nicht auf unseren Dienstplan.« Er schaute Gisela herausfordernd an. »Warum lässt du dich von dem Hansl einspannen?«
»Lederer ist ein guter Polizist«, erwiderte Gisela, »und ihm ist an der Aufklärung der Morde gelegen.«
»Der Mordkommission etwa nicht?«
»Er folgt einer Spur, der die Kollegen nicht nachgehen.« Sie deutete auf den Monitor, auf dem die Website der Matterhorn GmbH abgebildet war. »Und er scheint recht zu haben wegen diesem Gutsohn. Irgendwie hängt der da mit drin.«
»Irgendwie, irgendwie«, motzte Erwin. »Irgendwie kommt's mir vor, wir laufen alle im Nebel einem Deppen hinterher.«
»Weißt was«, sagte Gisela kühl, »du fährst jetzt heim und kommst erst wieder, wenn du nüchtern bist.«
»Von zwei Weißbier werd ich nicht besoffen.«
»Wenn ich sag, du schläfst deinen Rausch aus, dann bist du besoffen.«
Giselas Blick war streng genug, um Widerworte abzublocken. Erwin trank die Flasche demonstrativ aus, stellte sie mit einem Rülpser auf den Tisch und verabschiedete sich mit einer militärischen Handbewegung zur Schläfe.
Gisela wandte sich wieder dem Monitor zu, hatte jedoch Probleme, sich zu konzentrieren. Erwins Worte hatten an eine Frage gerührt, die sie beiseitegeschoben hatte.
Wieso folgte sie Lederer gegen alle Dienstvorschriften?
Sie hielt ihn für einen guten Polizisten mit einem un-

trüglichen Instinkt, auch wenn er menschlich schwierig war.
Noch nie hatte sie einen Menschen kennengelernt, der derart von sich überzeugt war und seinen Weg gegen alle Widerstände ging. Das imponierte ihr.
Fast hätte sie aufgelacht, als ihr bewusst wurde, dass sie hoffte, er würde ein bisschen Abenteuer in ihr Leben bringen.
Erwin hatte recht, all die Jahre in Niedernussdorf waren im Großen und Ganzen wie Urlaub, abgesehen von kleineren Verkehrsdelikten und größeren Schlägereien.
Die Arbeit war zur vorhersehbaren Routine geworden, die erst durch die Todesfälle in den letzten beiden Jahren von Lederers Ermittlungen aufgebrochen worden war.
Im ersten Fall war es zu einer wilden Autoverfolgungsjagd samt westernartigem Showdown gekommen, im zweiten hatte die Suche nach einem mysteriösen Monster der besinnlichen Vorweihnachtszeit einen Gruselfaktor beigemischt, der ihr heute noch die Kopfhaut zusammenzog.
Wenn Lederer in Niedernussdorf auftauchte, war immer was geboten. Das gefiel ihr. Es gab ihr das Gefühl, zu leben. Sie genoss seine Nähe, selbst wenn er geschraubt daherredete.
Das Wort Lebenskrise zerbombte ihre Gedanken.
Langeweile, Routine, Stillstand.
All das machte ihr Angst, ihr Leben nicht gelebt, sondern nur dahingedämmert zu haben.
Sie schüttelte den Kopf, um die dunklen Wolken zu vertreiben, und richtete ihre Aufmerksamkeit auf den Monitor. Sie zwang sich förmlich zur Konzentration.
Lederers Gesicht schob sich immer wieder vor ihre Wahr-

nehmung, und als auch noch Ludwig in ihrer Vorstellung auftauchte, schaltete sie ab.
Sie drückte die Eins auf ihrem Handy, wenig später hatte sie Ludwig an der Strippe.
»Was machst?«, fragte sie.
»Ich füll Formulare aus. Wieso?«, kam es zurück.
»Nur so.«
»Du hast mich schon lang nicht mehr nur so angerufen.«
»Ja, schad, gell«, sagte sie. »Vielleicht sollt ich das wieder öfters machen.«
»Ist bei dir alles okay?«
»Ja, sicher.« Gisela war erstaunt, wie barsch sie klang. »Wieso sollt bei mir nicht alles okay sein?«
»Ich frag ja nur«, erwiderte Ludwig, »musst nicht gleich so in die Luft gehen.«
»Mei, wenn du auch so blöd fragst.«
»Also, irgendwas ist doch, oder?«
Ludwig klang ehrlich besorgt.
Gisela tat es schon leid, ihn angerufen zu haben. Eigentlich hatte sie gehofft, seine Stimme würde sie auf andere Gedanken bringen, stattdessen machte das Gespräch sie aggressiv. »Nein, es ist nichts. Ich muss weitermachen«, beendete sie das Gespräch.
Das Büro kam ihr stickig vor, sie hatte das Gefühl zu ersticken. Sie musste raus.
An der frischen Luft ging es ihr sofort besser. Es gab eine erhöhte Stelle in Niedernussdorf, von wo aus man einen unverbauten Blick über die Felder hatte.
Eine kleine Parkbank lud zum Verweilen ein. Dort setzte sich Gisela und ließ den Blick über die Gegend schweifen. Am Horizont ratterte ein Traktor einen Feldweg entlang, ein Schäferhund begleitete ihn.

Die Glocke der Kirche schlug fünfmal, es war ein vertrautes Geräusch seit ihrer Kindheit.
Zehn Kilometer zu ihrer Linken war die Grundschule, die sie als Kind besucht hatte, zwölf Kilometer zur Rechten floss die Donau vorbei, und wenn man zu einem der beiden Orte wollte, musste man durch einen Wald, dessen Duft Gisela mit der Muttermilch eingesogen hatte.
Das war ihr Dorf, ihr Leben, und es war wahrlich nicht schlecht.
Allmählich kehrte Ruhe in ihr aufgewühltes Innenleben ein. Ein Spatz hockte sich vor sie auf den Boden und schaute sie mit schiefgelegtem Kopf an.
»Ich hab nix zum Fressen«, sagte Gisela leise zu ihm und zeigte ihm die leeren Handflächen.
Der Spatz hüpfte näher.
Giselas Handy bimmelte los, und der Vogel flatterte erschrocken davon.
Es war Schorsch.
»Was gibt's?«, meldete sich Gisela.
»Ich hab was wegen den Häusern«, wisperte Schorsch durchs Telefon. »Die von meinem Papa.«
Mehr wollte er am Telefon nicht sagen, und so saß Schorsch eine halbe Stunde mit seinem iPad neben Gisela auf der Parkbank und flippte durch die Fotos, die er zu Hause geschossen hatte.
Seine Eltern waren bis abends in der Metzgerei, und Schorsch hatte die Gunst der Stunde genutzt, um die Aktenordner seines Vaters durchzuwühlen und die gewünschten Unterlagen aufzuspüren.
»Er hat das eine Haus nach einem Jahr wieder verkauft und das andere nach sechs Monaten«, erläuterte Schorsch die Notarverträge.

»Für das Doppelte«, staunte Gisela, als sie die Beträge verglich. »Ganz koscher ist das nicht.«

»Das hab ich mir auch gedacht«, sagte Schorsch. »Und hab dann ein bisschen weitergegraben, auch wenn mir ganz schlecht davon geworden ist.«

Er wischte zu dem nächsten Dokument weiter. Es waren Kontoauszüge.

»Vor allem ist das Geld nicht auf dem Konto angekommen.«

»Hat er noch ein zweites?«, fragte Gisela.

Schorsch schüttelte den Kopf. »Ich habe alle Ordner angeschaut. Nix.«

Er deutete auf eine Bareinzahlung in Höhe von 14.999 Euro. »Mir ist das hier aufgefallen.«

»Das sind seine Geschäftseinnahmen, oder?«

Schorsch deutete auf einen Betrag zwei Zeilen darüber. 2331 Euro. »Das sind die Geschäftseinnahmen. Und das war überdurchschnittlich. Normalerweise macht die Metzgerei um die zwei Mille pro Woche.«

»Und woher ist das Geld?«, fragte Gisela.

»Keine Ahnung«, sagte Schorsch.

»Und hier«, er rief den nächsten Kontoauszug auf. »Noch mal 14.999 Euro.«

Gisela starrte auf die Zahlen und das Datum.

Schorsch redete weiter, doch sie hörte gar nicht richtig hin. Sie wischte zurück zum ersten Bankauszug, danach zu den Notarverträgen für das erste Haus.

»Er hat das Geld kurz nach Kauf und Verkauf eingezahlt«, sagte sie langsam, weil sie überlegte, was das zu bedeuten hatte. »Einen Euro unter dem Höchstbetrag, ab dem das Geldwäschegesetz greift.«

Schorsch entfuhr ein leises Stöhnen. »Das gibt's doch nicht.«

»Vielleicht stimmt's ja auch nicht«, versuchte Gisela, Schorsch zu beruhigen.
»Natürlich stimmt's«, sagte Schorsch. »Wenn man den Staat bescheißen kann, dann marschiert mein Papa ganz vorne mit.«
»Das hier ist aber mehr als Bescheißen, das ist Betrug«, sagte Gisela und deutete auf das iPad. »Jemand bezahlt deinen Vater dafür, dass er ein Haus billig kauft und für den doppelten Preis verkauft.«
»Denkst du an diesen Gutsohn?«
Gisela nickte. »Kannst du dir vorstellen, woher er den kennen könnte?«, fragte sie.
Schorsch dachte kurz nach, schüttelte den Kopf. »Er kommt ja so gut wie nie raus aus dem Dorf.«
»Dann müssen wir ihn wohl fragen«, sagte Gisela.
»Aber das«, er nickte auf das Tablet, »bleibt unter uns, oder?«
»Logisch.« Sie lächelte. »Gute Arbeit, Schorsch.«
Er freute sich über das Lob, und all der Stress und die Ängste, die er ausgestanden hatte, waren vergessen.

Richie stoppte den Streifenwagen vor Kramers Metzgerei. »So«, sagte er zu Lederer, »da müssen Sie jetzt durch. Hier gibt's die beste Wurst von Niederbayern.«
»Kennen Sie eigentlich die Bedeutung des Wortes ›Vegetarier‹?«, fragte Lederer.
»Freilich. Aber Sie sind keiner. Als Sie vor zwei Jahren das erste Mal hier waren, haben Sie einen Schweinebraten gegessen und letztes Jahr einen Brotzeitteller im Wilden Bock. Mit Blutwurst.« Richie grinste. »Und Sie schauen auch nicht wie ein Vegetarier aus.«

Franz Kramers Blick war alles andere als erfreut, als er Lederer mit Richie hereinkommen sah.
»Privat oder beruflich?«, fragte er.
»Privat«, sagte Richie. »Der Herr Hauptkommissar möchte unbedingt deine Wiener mit Kartoffelsalat probieren.«
»Warm oder kalt?«
Franz Kramer stemmte die Fäuste in die Hüften. Er wirkte wie ein Türsteher, der einen Betrunkenen auf sich zukommen sieht.
»Warm«, antwortete Lederer.
»Und zwei Weißbier«, orderte Richie.
»Ich bring's euch gleich«, sagte der Metzger.
Richie und Lederer zogen sich in die Imbissecke zurück, die aus zwei Stehtischen bestand.
»Und Sie denken, ich mag Weißbier?«, fragte Lederer.
»Jeder mag Weißbier«, sagte Richie. »Sind Sie Abstinenzler?«
»Nein. Aber ich werde gern gefragt, was ich trinken möchte.«
»Hatten Sie mal ein Alkoholproblem?«, fragte Richie.
»Wie kommen Sie denn da drauf?«
»Ihre Augen«, sagte Richie, »das Weiß hat einen Gelbstich, als hätten Sie Probleme mit Ihrer Leber.«
»Ich hatte als Kind mal Gelbsucht«, erwiderte Lederer. »Und Sie? Bei der Farbe Ihrer Lederhaut könnte man den Verdacht hegen, Sie würden sich nachts in einen Werwolf verwandeln.«
»Ich war mal Alki, aber seit zehn Jahren bin ich es nicht mehr.«
Franz Kramer brachte zwei Pappteller mit Wienern und Kartoffelsalat, dazu zwei Dosen gekühltes Weißbier.
»Einen guten«, sagte er und verzog sich wieder hinter den Tresen.

Richie riss den Verschluss seiner Dose auf, setzte an und nahm einen tiefen Zug.

»Wie war das eben mit dem Trockensein?«, fragte Lederer belustigt.

Richie setzte ab. »Ich hab nicht gesagt, dass ich trocken bin, ich hab nur gesagt, dass ich kein Alki mehr bin.«

»Was ist da der Unterschied?«

»Der Unterschied ist, dass ich jetzt weiß, wo meine Grenze ist«, sagte Richie und packte das erste Paar Wiener, riss die Würste auseinander und tauchte sie in den scharfen Senf am Tellerrand.

Lederer nutzte das Plastikbesteck, das er sich vom Tresen holte. Er musste den abfälligen Blick des Metzgers über sich ergehen lassen. Er war wohl was Besseres, hieß das übersetzt.

Lederer war das herzlich egal. Die Meinung seiner Mitmenschen interessierte ihn schon lange nicht mehr. Zu oft hatte er erlebt, wie Vorurteile die Urteilsfähigkeit beeinträchtigten.

»Und? Wie gefällt's Ihnen so bei uns?«, nahm Richie das Gespräch wieder auf, nachdem Lederer an den Tisch zurückgekehrt war.

»So weit, so gut«, sagte Lederer.

»Ist schon komisch, dass immer was los ist, wenn Sie kommen.«

Richie hatte keine Skrupel, mit vollem Mund zu sprechen und kleine Speisepartikel über den Tisch zu spucken.

Lederer zog den Teller näher zu sich heran, um möglichen Treffern das Ziel zu entziehen.

»Es liegt in der Natur der Sache, dass ich komme, wenn etwas los ist«, sagte Lederer.

»Diesmal war aber schon was los, bevor Sie gekommen

sind.« Richie leerte seine Dose, drückte sie zusammen. »Ich will damit nichts andeuten, falls Sie das wissen wollen.«

»Eigentlich wollte ich gar nichts wissen«, erwiderte Lederer. »Ich lausche nur fasziniert Ihren Worten und frage mich, wohin das Ganze führen soll.«

Richie setzte eine Unschuldsmiene auf. »Wohin das führen soll? Ich mach nur Konservation.«

»Dann machen Sie das sehr ungeschickt mit der Konversation«, sagte Lederer.

Er musste zugeben, dass die Wiener sehr gut schmeckten, ließ sich das jedoch nicht anmerken. Er mochte Franz Kramer nicht und würde eher seine Zunge verschlucken, als ihm ein Kompliment zu machen.

»Wie wär's denn geschickt?«, hakte Richie nach.

»Wenn Sie nicht so persönlich werden würden. Sie sollten neutralere Themen wählen.«

Richie starrte Lederer lange an. Schließlich deutete er auf Lederers ungeöffnete Dose. »Trinken Sie die noch?«

Der Hauptkommissar machte eine einladende Handbewegung. »Nein, bitte.«

Richie riss den Verschluss auf, zog an, dass das Gluckern sich anhörte, als würde Wasser einen Badewannenabfluss runterrinnen. Mit einem leisen Rülpser stellte er die Dose ab.

»Sie meinen, Sie sind was Besseres, ha?« Richie funkelte Lederer wütend an.

»In der Tat«, sagte Lederer.

Richie beugte sich vor. Der frische Bieratem schlug Lederer ins Gesicht. Unwillkürlich hielt er die Luft an.

»Sie sind der Teufel«, sagte Richie.

Lederer aß unbeeindruckt weiter. Normalerweise hatte keine Reaktion den Effekt, dass das Gegenüber weiter aus sich herausging.

»Niemand hier kann Sie leiden«, fuhr Richie fort. »Und das hat seinen Grund.«
»Aha.«
Lederer schaute Richie offen ins Gesicht. Er wusste, jetzt hatte er ihn gleich. Gleich würde Richie ausspucken, warum er die ganze Zeit mit ihm herumgefahren war und ihm die Gegend gezeigt hatte und wieso er ihm diese merkwürdigen Fragen stellte.
Richie goss sich den Rest des Weißbiers hinter die Binde. Wieder drückte er automatisch die leere Dose zusammen.
»Wie gefällt Ihnen das Wetter in Niedernussdorf?«, fragte er ausgesucht höflich. Seine Stimme hatte das Bräsige verloren und war eine Oktave höher gerutscht.
Also ist er doch nicht so blöd, dachte Lederer. Zeit, zum Angriff überzugehen.
»Glauben Sie, ich bin zum Urlaub hier?«
»Ich weiß, warum Sie hier sind«, sagte Richie.
»Ich bin versetzt worden«, entgegnete Lederer, verputzte den letzten Rest seiner Wiener, behielt Richie jedoch aus den Augenwinkeln im Visier.
Der Mund des Oberwachtmeisters zuckte kurz verächtlich.
Nur eine flüchtige Reaktion auf Lederers Antwort, doch sie zeigte ihm, dass Richie der offiziellen Begründung aus Straubing nicht glaubte.
»Sie wollen diesem Guttenberg unbedingt ans Bein pinkeln«, stellte Richie fest.
»Gutsohn«, verbesserte Lederer ihn.
»Und Sie benutzen uns dafür.«
Richie schnippte mit den Fingern Richtung Tresen und hielt die zerdrückte Dose hoch. »Noch eins!«
Er wandte sich wieder dem Hauptkommissar zu, der sich

den Mund mit der Papierserviette abtupfte. »Wir sind nicht Ihre Handpuppen.«

»Ich finde, Sie sollten im Dienst nicht so viel trinken.«

»Die Gisela ist meine Chefin, und nur die hat mir was anzuschaffen.«

Franz Kramer stellte das Bier auf den Stehtisch.

Richie öffnete und trank es, ohne seinen Blick von Lederer zu nehmen.

Der lächelte innerlich. Dieser uniformierte Wicht war durchschaubar wie der Weihnachtswunsch einer Dreijährigen.

»Ich bin der ranghöchste Beamte auf dieser Dienststelle, und nur das zählt. Sie sind mir gegenüber weisungsgebunden, und ich könnte Ihnen das Trinken verbieten oder sogar eine Verwarnung aussprechen«, sagte Lederer. »Das tue ich nur nicht, weil ich Gisela Wegmeyer sehr schätze.«

Richie stieß einen unglaublichen Rülpser aus, der dem Gebrüll eines zornigen Drachens glich.

Franz Kramer schaute verwundert herüber.

»Legen Sie sich nicht mit uns an«, sagte Richie.

»Uns? Wer ist denn uns?« Lederers Stimme färbte sich spöttisch ein. »Sie und Ihre beiden unterbelichteten Kollegen etwa?«

Richie presste die Lippen so fest aufeinander, dass sie ganz weiß wurden. Es schien fast so, als wollte er über den Tisch greifen und Lederer an die Gurgel gehen.

Schließlich machte er eine quietschende Drehung und stürmte aus der Metzgerei. Er sprang in den Streifenwagen und legte einen Kavaliersstart hin, dass schwarze Gummistreifen auf dem Asphalt zurückblieben.

Richie schaltete Blaulicht und Martinshorn ein, um potenzielle Opfer seiner Raserei vorzuwarnen. Von der Metzgerei bis zur Dienststelle waren es normalerweise nur fünf Minuten, er schaffte es in zwei. Und in dieser kurzen Zeitspanne hatte er sich geschworen, diesen Straubinger zu erledigen, egal wie.

Lederer brachte die Pappteller zurück.

»Ausgezeichnet«, sagte er zu Franz Kramer.

Ein erfreutes Lächeln huschte über das Gesicht des Metzgers.

»Sagen Sie mal«, fuhr Lederer fort, »Sie haben diesen Herrn Meyer gekannt, oder?«

»Mei, was heißt gekannt, er hat halt ab und zu bei mir eingekauft.«

»Sie haben ihn also nur hier, in Ihrer Metzgerei angetroffen?«, hakte Lederer nach.

»Ja, schon.« Franz Kramer schmiss die Pappteller in den Müll.

Lederer schürzte nachdenklich die Lippen. »Wo waren Sie gestern Nacht?«

Franz Kramer wandte sich Lederer zu, musterte ihn aus kleinen Schweinsaugen. »Wieso?«

»Es gibt da einen Club in Dingolfing«, sagte Lederer und beobachtete den Metzger ganz genau, »in dem Meyer verkehrte.«

Er ließ die damit verbundene Andeutung in der Luft hängen. Das Glöcklein an der Tür klingelte, Franz Kramer empfing Schwester Doris mit einem freundlichen Lächeln. Er begrüßte sie ausgesucht höflich und erkundigte sich nach der Arbeit im Altenheim.

Schwester Doris nutzte die Chance, um über den Stress und den Ärger zu berichten, ganz so, wie Franz Kramer gehofft hatte.

Lederer wusste, dass der Metzger keine Lust hatte, seine

Fragen zu beantworten, die Reaktion in seinem Gesicht hatte dem Hauptkommissar jedoch bereits erzählt, was er wissen wollte.
Franz Kramer kannte Meyer vom Club.
Bisher liefen alle Spuren dort zusammen. Er musste herausfinden, ob Meyerbeer und Metzinger ebenfalls Gäste gewesen waren.
Im letzteren Fall konnte ihm wahrscheinlich die Sekretärin des Immobilienmaklers weiterhelfen. Gisela würde ihn begleiten müssen, um seinen Befragungsstil abzumildern. Seine rauhen, bisweilen verletzenden Ermittlungsmethoden waren nicht immer die beste Art und Weise, um Menschen zum Sprechen zu bringen.
Nicht in diesem Landstrich.
So viel hatte Lederer in den letzten beiden Jahren dazugelernt.

Frau Hendlmoser besuchte am Donnerstag mit halb Grünharding Metzingers Trauerfeier.
Lederer und Gisela suchten sich ein freies Plätzchen in der überfüllten Kirche und lauschten den Worten des Pfarrers, der nur Gutes über den verstorbenen Immobilienmakler und Bürgermeister zu berichten hatte.
Zum Abschluss wurde noch ein Hit aus den Sechzigern gespielt, das Lieblingslied des Verstorbenen. Es war ein fröhlicher Beach-Boy-Song, der im bizarren Kontrast zu der Atmosphäre in der düsteren Kirche stand.
Nachdem die Urne mit Metzingers Asche beigesetzt worden war, zogen Gisela und Lederer die Sekretärin diskret beiseite. Nach ihren Beileidsbekundungen kamen die beiden direkt zur Sache.

»Sie kannten Herrn Metzinger sehr gut, nicht wahr?«, fragte Gisela.
»Zwangsläufig«, sagte Frau Hendlmoser, »wir haben eng zusammengearbeitet.«
»Und er hat keine Angehörigen«, ergänzte Lederer.
Frau Hendlmoser schaute ihn fragend an.
»Daher vermute ich, dass er sich mit Ihnen auch über private Angelegenheiten ausgetauscht hat. Jeder braucht jemanden zum Reden«, fuhr Lederer fort.
»Wenn Sie damit andeuten wollen, dass ich was mit ihm hatte, dann täuschen Sie sich«, sagte Frau Hendlmoser empört. Lederer winkte sofort ab. »Nein, nein, um Gottes willen, Sie haben das völlig missverstanden.«
»Wollen Sie sagen, ich bin doof?«
Die blauen Augen der Sekretärin funkelten den Straubinger eiskalt an.
»Ich wollte sagen«, begann Lederer, jedes Wort so vorsichtig aussprechend, als bestünde es aus Nitroglyzerin, »dass meine Kollegin Sie gerne befragen würde.« Er deutete auf den Friedhofsausgang. »Ich warte dort drüben.«
Nachdem Lederer sich entfernt hatte, wandte Gisela sich Frau Hendlmoser zu. Die Art und Weise, wie die Sekretärin auf Lederers Fragen reagiert hatte, legte die Vermutung nahe, dass sie wirklich ein Verhältnis mit Metzinger gehabt hatte.
»Mein Vater ist letztes Jahr gestorben«, sagte Gisela und ließ den Blick über die Grabsteine schweifen. »Es ist immer noch so, als wäre er nicht gegangen.« Sie tippte sich auf die Brust. »Hier drin.«
Sie sah die hagere Frau an, die mit ihrem blassen Gesicht und dem schwarzen Kleid wie ein Geist wirkte. »Ich denk, die Menschen, die man liebt, vergisst man nie.«

Frau Hendlmoser verschränkte die Arme. »Sie müssen nicht auf einfühlsam machen, Sie sind Polizistin und haben Fragen. Also, stellen Sie die bitte, damit ich hier wegkann.«
Gisela räusperte sich. »Uns liegen Informationen vor, dass Herr Metzinger in seiner Freizeit verschiedenen Hobbys nachging. Und dass er Kontakt zu bestimmten Personen pflegte, die man gemeinhin als ungewöhnlich bezeichnen würde.«
Gisela beobachtete Frau Hendlmoser ganz genau.
Deren Körperhaltung versteifte sich etwas, sie schluckte mehrmals, bevor sie antwortete: »Was genau meinen Sie damit?«
»Es könnte sein, dass jemand aus diesem Freundeskreis für den Mord an Ihrem Chef verantwortlich ist«, sagte Gisela. »Meine Frage wäre, ob Sie uns da Namen nennen könnten.«
Frau Hendlmoser presste die Lippen zusammen, ihr Kopf ruckte herum, als wäre sie ein Huhn auf Futtersuche. Sie schaute auf ihre Schuhspitzen, mit denen sie durch den Kies fuhr.
»Ihre Angaben werden natürlich anonymisiert«, versicherte Gisela der Sekretärin.
»Sie denken, ich bin eine von diesen Personen, oder?«, fragte Frau Hendlmoser.
»Nein«, erwiderte Gisela, »aber ich denke, Herr Metzinger war Ihnen nah genug, dass er mit Ihnen über seine Freunde geredet hat.«
Frau Hendlmoser zögerte kurz. Sie zog eine Packung Zigarillos aus ihrer kleinen schwarzen Handtasche und zündete sich eines an. »Er hat immer nur von zwei Leuten erzählt, einem Mann und einer Frau.«
»Hat er Namen genannt?«

Ein flüchtiges Lächeln zeigte sich auf Frau Hendlmosers Gesicht. »Er nannte sie Herr und Frau G.«
»Ein Ehepaar?«
Frau Hendlmoser schüttelte den Kopf, bläulicher Rauch stieg aus ihren Nasenlöchern. »Nein.«
»Wie können Sie da so sicher sein?«
»Weil ich weiß, wer Herr G. ist, und der ist nicht verheiratet.«
Gisela wartete, obwohl die Ungeduld ihr einen heißen Schauer über den Rücken jagte.
»Er heißt Jonathan Gutsohn«, sagte die Sekretärin.
Der heiße Schauer verwandelte sich in einen Eisregen, der Giselas Körpertemperatur erst halbierte und danach sofort wieder in den fiebrigen Bereich hochschnellen ließ.
»Der Eisfabrikant aus Straubing?«, fragte sie.
»Sie kennen ihn?«
»Flüchtig. Ist er dieser Jo, der einen Schlüssel zum Büro hat?«
Frau Hendlmoser zog die Augenbrauen verdutzt zusammen. »Ja, das ... das könnte sein.«
Es war offensichtlich, dass ihr dieser Gedanke zuvor noch nie gekommen war.
»Und Frau G.?«, fragte Gisela.
Frau Hendlmosers Mundwinkel rutschten nach unten, die Achseln nach oben. »Ich weiß es nicht.«
»Eine Ahnung vielleicht?«
Frau Hendlmoser betrachtete die Glut des Zigarillos. »Ich habe sie einmal gesehen. Eine hübsche Frau.«
»Groß, schlank, lange blonde Haare, Ende zwanzig?«, fragte Gisela, einer Eingebung folgend.
»Ja.« Überraschung spiegelte sich in Frau Hendlmosers Gesicht wider.

»Ihr Vorname ist Vroni«, sagte Gisela.
»Den hat sie mir nicht genannt.« Frau Hendlmoser zog an ihrem Zigarillo.
»Sie haben mit ihr geredet?«
Frau Hendlmoser trat das Zigarillo aus. »Herr Metzinger wollte einmal, dass ich mitkomme zu einem Treffen.«
Gisela hielt unwillkürlich die Luft an.
»Er dachte, es könnte mir gefallen«, fuhr die schmale Frau fort. »Er wusste, er konnte sich auf meine Verschwiegenheit verlassen, sollte es nicht mein Ding sein.«
Sie sah zu dem frischen Grab ihres Chefs hinüber. Tränen stiegen ihr in die Augen. »Er hat es sich so gewünscht, aber ich bin raus, als sie ihm das Halsband umlegten.«
Sie brach ab, zog ein Taschentuch aus dem Ärmel und tupfte sich damit ein paar Tränen aus dem Gesicht. »Er hat es sich so gewünscht, dass es mir gefällt. Und ich mir auch.«
Frau Hendlmoser schluchzte auf, heulte los.
Gisela stand etwas verloren neben ihr. Gerne hätte sie die Frau tröstend in die Arme genommen, doch sie musste professionellen Abstand wahren.
Sie wartete, bis der Heulkrampf in ein leises Weinen übergegangen war.
»Können Sie sich vorstellen, dass einer der beiden mit dem Tod von Herrn Metzinger etwas zu tun hat?«, fragte Gisela leise.
Es dauerte einen Moment, bis Frau Hendlmoser nickte. »Dieser Gutsohn, das ist ein Verbrecher, der«, sie holte tief Luft, »hat Herrn Metzinger in seine dreckigen Geschäfte mit reingezogen. Bei dem würd mich das gar nicht wundern.«
»Welche Geschäfte waren das denn?«, fragte Gisela ohne große Hoffnung auf eine befriedigende Antwort.

Frau Hendlmoser zögerte, rieb ihren Ringfinger. Ihr Blick ruckte zu der Grabstätte Metzingers. »Ich geh mal davon aus, dass ihm das jetzt nicht mehr schadet.«

»Da können Sie ganz beruhigt sein«, sagte Gisela, »und im besten Falle finden wir ein Motiv für den Mord.«

Frau Hendlmosers Stimme zitterte leicht, als sie zu erzählen begann. »Ich hab das alles nicht von Herrn Metzinger, aber man macht sich ja so seine Gedanken.« Sie zog erneut ein Zigarillo aus ihrer Handtasche. »Ich hab ihm einmal die Woche beim Sortieren seiner Unterlagen geholfen, er war in der Hinsicht nicht der Ordentlichste. Er hat mir sehr vertraut. Wir kennen uns schon seit vielen Jahren«, fügte sie entschuldigend hinzu.

Gisela hätte es nach dem Bericht von dem Halsband sehr gewundert, wenn dem nicht so gewesen wäre.

»Wir haben dann am Monatsanfang auch die Belege für den Steuerberater gemacht. Dabei ist mir aufgefallen, dass er sehr oft Bareinzahlungen getätigt hat. Ich hab ihn nicht gefragt, woher er das Geld hat, so was mach ich nicht.«

Sie inhalierte den Rauch tief, ließ ihn durch die Nase langsam herausströmen. »Es hat genau zu der Zeit angefangen, als er mit Gutsohn Geschäfte gemacht hat.«

»Die da wären?«

Gisela drängte sie vorsichtig dazu, auf den Punkt zu kommen.

»Herr Metzinger verkauft Häuser an die Firma von Herrn Gutsohn, und offenbar zahlt er die Provision bar«, sagte Frau Hendlmoser.

»Die Eisfirma?«

»Nein, er hat für die Immobiliengeschäfte eine eigene. Sie heißt«, kurz schloss sie die Augen, um sich den Namen zu vergegenwärtigen, »JojoFunds. Die sitzen auf Malta.«

»Wir wissen, dass diese Häuser für einen wahren Wucherpreis an diese Firma verkauft wurden«, sagte Gisela.
Frau Hendlmoser lachte auf. »Ja, da war Herr Metzinger ganz stolz drauf. Aber nicht so, als würde er die über den Tisch ziehen, eher so, als wär er stolz, dass er da mitmachen darf.«
»Das versteh ich nicht«, sagte Gisela.
»Es war irgendein Trick, den sie da durchgezogen haben.«
»Scheint eine kriminelle Ader gehabt zu haben, Ihr Chef«, stellte Gisela nachdenklich fest.
»Allerdings.« Frau Hendlmoser seufzte. Wieder wurden ihr die Augen feucht. »Ich hab für ihn gehofft, dass es nicht mal ein böses Ende nimmt.«
»Sie gehen also davon aus, dass der Mord an Herrn Metzinger eine Abrechnung war?«
»Mir geht viel zu viel im Kopf rum, als dass ich von irgendwas ausgehe. Mich würd's nur nicht überraschen.«
Gisela versuchte, die neuen Informationen in Einklang miteinander zu bringen.
Metzinger vermittelte Häuser an JojoFunds zu überhöhten Preisen, in Übereinkunft mit Gutsohn. Die Verkäufer bekamen eine fünfstellige Summe, und auch Metzinger erhielt eine Provision, die dem Verkaufspreis angemessen war. Alle machten ein gutes Geschäft, nur Gutsohns Firma nicht. Das konnte Gisela nicht glauben. Sie ging vielmehr davon aus, dass er von allen Beteiligten am besten wegkam.
»Ich denke, die waschen Geld«, sagte Frau Hendlmoser, als hätte sie Giselas Gedanken gelesen. »Anders ergibt das keinen Sinn.« Sie trat das Zigarillo aus. »Jahrelang hat das Geschäft dahingedümpelt, und kaum kommt dieser Gutsohn, geht es ab wie Schmidts Katze. Jedes Jahr hat er Häuser für ungefähr vier Millionen Euro vermittelt, das sind durch-

schnittlich zwanzig Häuser. Und das über fünf Jahre hinweg. Ganz konstant.«
»Sie meinen, jedes Jahr die gleiche Summe?«, fragte Gisela.
»Jedes Jahr die gleiche Summe«, bestätigte Hendlmoser.

Lederer lauschte dem Bericht mit ungerührter Miene. Es dauerte eine gute Minute, bis er sich dazu äußerte.
»Diese Drecksau«, zischte er. »Diese gottverdammte Drecksau.«
Gisela war überrascht von dem emotionalen Ausbruch Lederers. Auf der anderen Seite konnte sie seine Frustration verstehen. Er hatte Gutsohn am Kragen gehabt und war aus den Ermittlungen gekegelt worden.
»Was willst du jetzt machen?«, fragte sie.
Lederer richtete seinen Blick auf Gisela, schaute durch sie hindurch. Er überlegte.
»Glaubst du, er hat diese Vroni engagiert, damit sie die Männer umbringt?«, fragte sie.
Lederer gab keine Antwort. Er war immer noch in Gedanken. Alles an dem Fall stank nach Geldwäsche. Gutsohn hatte die Leute bezahlt, um über sie schmutziges Geld zu waschen. Wenn die Morde damit zusammenhingen, konnte das nur bedeuten, dass ihn jemand auf dem Kieker hatte. Entweder diejenigen, die ihn beauftragt hatten, das Geld zu waschen – dafür kamen verschiedene kriminelle Vereinigungen in Frage –, oder es war die Steuerfahndung, die gegen ihn ermittelte. In dieser Richtung eine Auskunft einzuholen dürfte nicht schwer sein. Er hatte einen Freund beim BKA sitzen, der dort als Wirtschaftsprüfer in der Abteilung organisierte Kriminalität arbeitete.
Sein Blick wurde fest, und er nahm Gisela wieder wahr.

»Der Dicke«, sagte er, »er muss es schaffen, Vroni zu ihrer Wohnung zu lotsen.«
»Ich hätt jetzt eher gesagt, er soll sich gar nicht mit ihr treffen«, erwiderte Gisela. »Wenn unsere Vermutung stimmt, dann ist das zu gefährlich für ihn.«
»Wir müssen wissen, wer sie wirklich ist. Dazu müssen wir wissen, wo sie wohnt.«
»Sie kann sich auch unter falschem Namen eingemietet haben«, sagte Gisela. Das fanatische Glitzern in Lederers Augen gefiel ihr gar nicht.
»Wenn er erst mal bei ihr ist, kann er sich umschauen. Irgendwas wird sich finden lassen, das auf ihre wahre Identität hinweist.«
»Das kann der Schorsch nicht«, sagte Gisela. »Für so was ist der nicht gemacht.«
»Liebe Gisela«, sagte Lederer sanft, »natürlich möchte ich deinen Mitarbeiter nicht in Gefahr bringen. Und sollte er tatsächlich in Schwulitäten geraten, so kann er den Einsatz selbstverständlich abbrechen.«
»Das sagst du ihm genau so.« Sie schaute Lederer fest an. »Und ich hoffe, dass du es auch so meinst. Ich will später kein Geschrei hören.«
»Das kann ich dir jetzt noch nicht versprechen.«
»Das musst du aber, sonst verweigere ich meine Zustimmung zu diesem Einsatz. Und noch ist der Schorsch mir gegenüber weisungsgebunden.«
»Es ist die einmalige Chance, eine Verbindung zwischen der Frau und Gutsohn herauszufinden«, sagte Lederer. »Möglicherweise liegt darin der Schlüssel zu allen drei Mordfällen.«
»Ich will nur nicht, dass Schorsch als vierter Mordfall in der Pathologie aufschlägt.«

Lederer lächelte. Er wusste, wann er mit dem Kopf gegen eine Mauer stieß. »Er kann jederzeit abbrechen.«

Gisela und Lederer zogen sich für dieses Gespräch mit Schorsch in den Wilden Bock zurück.

Erwin und Richie erfuhren kein Wort von der bevorstehenden Aktion. Den beiden schien es so, als würde Schorsch von dem Hauptkommissar eine Sonderbehandlung erfahren. Als würde eine Beförderung kurz bevorstehen.

»Jetzt sind wir so weit«, sagte Richie und zog an seinem Joint. »Wir zwei sind nur noch Fußvolk«, sagte er mit angehaltenem Atem.

Erwin schaute vom Computer auf. Er googelte nach Wahrzeichen in Niedernussdorfs Umgebung, die er Lederer noch nicht gezeigt hatte. Die Trefferliste war bescheiden. »Der Schorsch war doch schon immer ein Schleimer«, sagte er, »was regst dich denn da so auf?«

»Ich reg mich nicht wegen dem Schorsch auf, sondern wegen der Art, wie wir behandelt werden.«

Erwin klickte einen Link an, der zu einem Bauernhof aus dem siebzehnten Jahrhundert führte. »Mei, irgendwann ist der Straubinger wieder weg, dann renkt sich das schon ein.«

Richie schüttelte den Kopf, reichte Erwin den Joint. »So lang will ich nicht warten.«

»Was willst denn machen?«, fragte Erwin, ohne aufzuschauen.

»Weißt, der Typ aus Grünharding, der ist doch erschossen worden. Der hat sich nicht erhängt wie der andere oder ist erstickt wie der Meyer.«

Erwin brummte als Zeichen, dass er zuhörte.

Was er nur mit einem Ohr tat, denn er las die Beschreibung zu dem Bauernhof durch, der original restauriert worden war. Dort bekam man Einblick in das Leben vor über dreihundert Jahren.

»Der ist erschossen worden«, fuhr Richie fort. »Und wer hat eine Waffe?«

Erwin brummte erneut, während er sich durch die Bildergalerie auf der Website klickte.

»Genau«, sagte Richie, »der Lederer.« Er blinzelte müde. »Ich mein, wir haben auch Waffen, aber wir sind ja keine Mörder.«

Er pflückte den Joint aus Erwins Fingern, sog so stark daran, dass fast nichts mehr davon übrig blieb. Er behielt den Rauch so lange wie möglich in der Lunge, sinnierte über seine Worte. »Der hat die Waffe im Gepäck, das hab ich im Urin. Der ist noch nicht fertig.« Richie stemmte sich hoch. »Und ich bin auch noch nicht fertig.«

Er stakste zur Tür.

Erwin bemerkte davon nichts. Er schaute sich ein kurzes Video an, in dem man das Bauernhaus von innen besichtigen konnte. Er war fasziniert, dass man mit einem Klick die Perspektive ändern konnte.

Schorsch hatte sich während des Gesprächs mit Gisela und Lederer vorbildlich benommen. Zwar hätte er gerne mehrere Schnäpse gekippt, um seine Nervosität zu besänftigen, aber das Treffen mit Vroni stand auf dem Plan, und es wäre tödlich gewesen, betrunken aufzutauchen.

Lederer hatte zu Giselas Erleichterung sein Versprechen gehalten und Schorsch versichert, dass er alleine den Notknopf drücken könnte, falls er Gefahr wittere.

Sie und Lederer wollten Schorsch zum Treffpunkt nachfahren, um jederzeit eingreifen zu können, sollte es die Situation erfordern.

»Richie war da«, begrüßte Ludwig Gisela, als sie zum Umziehen nach Hause kam.

Lederer war bei Schorsch im Wirtshaus geblieben, um mit ihm alle Eventualitäten für den Einsatz durchzugehen. Und um sicherzustellen, dass er sich nicht doch noch betrank.

»Was wollte er denn?«, fragte sie überrascht.

»Keine Ahnung.«

»Hat er nichts gesagt?«

»Dass er was bringen muss.« Ludwig rief sich die Szene noch einmal in Erinnerung. »Er hatte eine Einkaufstüte dabei.«

Gisela stöhnte auf. »Er kann's einfach nicht lassen.«

»Was?«

Ludwig folgte ihr die Treppe hinauf zu Lederers Zimmer.

»Er ärgert Lederer mit Wurst und Fleisch«, erwiderte sie und betrat das Zimmer.

Ludwig blieb in der Tür stehen. »Wie kann man denn jemanden mit Wurst und Fleisch ärgern?«

»Frag nicht«, winkte sie ab.

Sie schaute sich vergeblich nach der Einkaufstüte um. »Hat er sie wieder mitgenommen?«

Ludwig zuckte mit den Achseln. »Keine Ahnung. Ich war im Keller. Als ich wieder hoch bin, war er schon weg.«

Gisela verschwendete keinen weiteren Gedanken daran. Sie bereitete sich auf den Abend vor.

Das Treffen sollte an der Autobahntankstelle Wörth stattfinden.

Schorsch fuhr mit dem Auto seines Vaters voraus, Lederer und Gisela folgten ihm in Giselas Fiat Uno.
Sie waren fünfzehn Minuten zu früh.
Schorsch holte sich im angeschlossenen McDonald's eine Cola und setzte sich damit in den Wagen.
Gisela und Lederer standen neben der Waschstraße und ließen ihn nicht aus den Augen.
Punkt zehn Uhr bog Vronis MINI in die Tankstelle ein. Das Verdeck war wegen des schönen Wetters offen.
Sie hielt an einer der Zapfsäulen und tankte. Ihr Blick blieb an Schorschs Wagen hängen.
Nachdem sie getankt und gezahlt hatte, stöckelte sie zu ihm hinüber.
Schorsch schlürfte schnell seine Cola aus und ließ auf Vronis Geste hin das Fahrerfenster runter.
»Ja, bitte?«, fragte er mit großen Augen.
»Bist du der räudige Rüde?«
Ihre Stimme klang heiser und jagte Schorsch eine Gänsehaut den Rücken hinunter. Er schaffte es nur, zu nicken, sein Mund war staubtrocken.
»Steig aus!«, befahl sie und trat zurück, damit er die Tür öffnen konnte.
Schorsch folgte ihr brav zu dem MINI und stieg ein.
Gisela startete den Motor.
»Nicht zu nah ran«, sagte Lederer.
Die Fahrt führte ein Stück über die Autobahn bis zur nächsten Ausfahrt. Auf der Landstraße ging es fünf weitere Kilometer bis zu einem Feldweg, der rechts abging und auf einen Wald zuführte.
»Bleib stehen«, ordnete Lederer an.
Gisela bremste, schaute den Rücklichtern des MINI hinterher.
»Wir können die doch nicht wegfahren lassen«, sagte sie.

Sie machte sich ernsthafte Sorgen um Schorsch, malte sich die fürchterlichsten Gewalttaten aus.

»Wenn wir ihr nachfahren, sieht sie uns auf jeden Fall«, erwiderte Lederer und verließ den Wagen.

Er eilte den Feldweg entlang.

Gisela war kurz unentschlossen, bevor sie ebenfalls ausstieg, das Auto absperrte und Lederer hinterherrannte.

Es war eine laue Nacht, allerdings zogen Wolken auf und verdunkelten hin und wieder den Mond.

Aus den Feldern links und rechts des Wegs drang das Zirpen ganzer Zikadenarmeen, und am Ende wartete der dunkle Wald auf Gisela und Lederer. Der MINI war nicht mehr als ein entferntes Brummen, das schließlich erstarb.

Lederer blieb stehen, lauschte.

Gisela stoppte schwer atmend neben ihm.

»Musst du so laut atmen?«, flüsterte er.

»Na, du bist lustig. Was rennst denn auch so schnell«, hechelte sie.

Lederer entfernte sich ein paar Schritte. Außer den Zikaden war nichts mehr zu hören. Er rannte wieder los.

Gisela seufzte, heftete sich ihm an die Fersen.

Lederer folgte dem Weg in den Wald hinein. Er hoffte, die roten Rücklichter des Wagens in der Dunkelheit erspähen zu können, doch das Schwarz wirkte undurchdringlich.

Er stolperte über eine Baumwurzel, die sich hinterhältig aus dem Erdreich schlängelte. Gerade noch konnte er seinen Sturz abfangen und taumelte um die nächste Biegung. Dort stand der Kleinwagen.

Lederer fing sich, näherte sich vorsichtig dem MINI. Seine Ahnung wurde bestätigt, der Wagen war leer und abgeschlossen.

»Und jetzt?«, fragte Gisela, als sie Lederer erreichte.

»Du wartest hier«, sagte er.
»Und du? Du weißt doch gar nicht, in welche Richtung sie gegangen sind.«
»Aufgrund der Tatsache, dass sie den Wagen hier geparkt hat, obwohl der Weg noch weitergeht, vermute ich, dass es in der Nähe eine Örtlichkeit zum Spiel geben muss.« Er schaute Gisela fragend an. »Fällt dir da etwas ein?«
Sie schüttelte den Kopf. »Das hier ist nicht meine Gegend.«
»Du bleibst trotzdem hier. Ich versuch mein Glück.«
»Und wenn sie zurückkommt?«, fragte Gisela.
»Machst du gar nichts.«
»Soll ich sie nicht festnehmen?«
»Mit welcher Begründung?«, fragte er. »Wenn sie wirklich zum Auto kommt, lass sie fahren und bete, dass dein Mitarbeiter Informationen hat, die uns weiterhelfen.«
Mit diesen Worten verschwand Lederer in der Dunkelheit. Seine Schritte wurden schnell leiser und waren bald darauf verschwunden.
Das leise Knarzen der Bäume leistete Gisela Gesellschaft, was ihr aber kein Trost war. Sie wünschte sich, sie hätte ihre Dienstwaffe mitgenommen, damit hätte sie sich um einiges sicherer gefühlt.
Ihre Augen versuchten die Dunkelheit zu durchdringen, um etwaige Bewegungen zwischen den Bäumen wahrzunehmen.
Nach wenigen Sekunden bekam sie Kopfschmerzen von der ungewohnten Anstrengung.
Sie hoffte, Lederer würde Vroni und Schorsch bald aufgespürt haben. Sie wollte nach Hause in ihre Wohlfühlzone.

Lederer hastete den Weg weiter entlang. Der verengte sich, bis er vor einem großen Felsblock endete. Deshalb hatte Vroni geparkt. Hier war ein Fortkommen mit dem Wagen unmöglich.

Auch zu Fuß war es kein Zuckerschlecken. Das Gestrüpp links und rechts wurde immer dichter, es schien nach Lederer greifen zu wollen, umzingelte ihn.

Er fragte sich gerade, ob es sinnvoll war, weiterzugehen, als er eine Stoffhose vor sich auf dem Boden liegen sah.

Er leuchtete sie mit der Taschenlampen-App seines Smartphones ab, hob sie auf. Der Bund war enorm weit, die Bügelfalten noch scharf, und nirgendwo war Schmutz zu erkennen.

Schorsch musste sie ausgezogen haben.

Warum, war Lederer egal. Zumindest wusste er jetzt, dass er auf der richtigen Spur war.

Er schlängelte sich weiter durch das Gestrüpp, das nach wenigen Metern spärlicher wurde und schließlich abrupt endete.

Lederer stand vor leicht abfallendem Gelände. Seine Augen hatten sich zwar an die Dunkelheit gewohnt, trotzdem war seine Sicht auf die nächste Umgebung beschränkt. Es reichte, um etwas Weißes vor sich zu erkennen.

Eine Unterhose.

Lederer nahm einen Ast, hob sie auf. XXL.

Er fragte sich, was er als Nächstes finden würde.

Er holperte den Abhang hinunter, benutzte die Bäume als Stabilisatoren.

In der Senke angekommen, stand er vor einem Trampelpfad, der von links nach rechts verlief.

Er entschied sich für rechts. Sollte er nach hundert Metern das Gefühl haben, er wäre falsch, würde er umkehren.

Er hatte sich richtig entschieden.
Der Trampelpfad endete vor einem Schatten, der sich beim Näherkommen als grüner Bauwagen entpuppte. Die Farbe blätterte überall ab, das Dach war verrostet, die ausklappbare Trittleiter überwuchert. Fensterläden verschlossen die Fenster, doch zwischen den Ritzen drang Licht zu Lederer.
Vorsichtig schlich er sich an, lugte durch den Spalt ins Innere. Blickdichte Vorhänge verhinderten, dass er etwas erkennen konnte. Weder Stimmen noch Bewegungen waren auszumachen.
Lederer verharrte in der Hoffnung, das eine oder andere Lebenszeichen aufzuschnappen.
Ein Schrei ließ ihn zusammenzucken, wenig später wurde die Tür aufgestoßen, und ein massiger Schatten sprang ins Freie und rannte davon.
Soweit Lederer erkennen konnte, war Schorsch splitterfasernackt.
Vroni erschien in der Tür, schaute dem Flüchtenden hinterher.
Lederer presste sich an den Bauwagen, beobachtete sie mit angehaltenem Atem. Fluchend verschwand sie im Bauwagen, ließ die Tür offen.
Lederer spannte jeden Muskel an, wartete wie ein Raubtier auf seine Beute.
Kurz darauf erlosch das Licht im Bauwagen.
Vroni sperrte ab und marschierte zielsicher den Trampelpfad in die Richtung, aus der Lederer gekommen war. Er folgte ihr im Schutze der Dunkelheit.
Schorsch hetzte währenddessen orientierungslos zwischen den Bäumen herum, als wäre der Teufel hinter ihm her. Äste und Zweige peitschten seinen nackten Körper. Nichts davon nahm er in seiner Panik wahr. Er wollte nur raus aus

diesem Hexenwald, raus und nach Haus. Nie wieder würde er sich von Lederer für irgendeine Aktion einspannen lassen, und hinge das Überleben der Menschheit davon ab.
Gisela fuhr herum.
Es knackte furchterregend laut in der Dunkelheit, als würde ein Ungeheuer durch das Dickicht brechen, um sie zu attackieren und zu verschlingen.
Gisela duckte sich hinter den MINI.
Das Ungeheuer kam rasend schnell näher, allerdings war noch nichts zu sehen.
Giselas Augen flitzten nervös hin und her, stoppten, als sie eine Silhouette erfassten, die sich zwischen den Bäumen materialisierte.
»Kreuzkruzifix«, fluchte das Ungeheuer, als es von einem Ast im Gesicht erwischt wurde.
Gisela erkannte Schorschs Stimme.
Sie richtete sich erleichtert auf, doch bevor sie nach ihrem Mitarbeiter rufen konnte, rauschte der in etwa zehn Meter Entfernung aus dem Wald und hoppelte über das angrenzende Feld davon.
Gisela verschlug es die Sprache angesichts Schorschs Nacktheit.
»Schorsch.«
Es war kein Schreien, sondern ein Raunen. Sie wollte Vroni nicht auf sich aufmerksam machen.
Natürlich hörte Schorsch sie nicht. In heller Panik hetzte er weiter.
»Zefix.«
Gisela war unschlüssig, ob sie den MINI unbeaufsichtigt lassen konnte, entschied sich dann doch für ihr Pflichtbewusstsein.
Schorsch hatte einen zu großen Vorsprung, als dass sie ihn

noch hätte einholen können. Sie fragte sich bloß, was im Wald passiert war.
Was hatte Vroni mit ihm gemacht, dass er in so heller Aufregung war?
Beunruhigt drehte sie sich um und hoffte, dass Lederer bald auftauchen würde.
Doch es blieb dunkel und still im Wald.
Was, wenn Vroni Schorsch erledigen wollte und er gerade noch hatte fliehen können?
Was, wenn sie Lederer umgebracht hatte?
Würde sie einfach so zu ihrem Wagen zurückkommen und wegfahren?
Gisela konnte sie unmöglich entkommen lassen. Ihr war, als würde sie Karussell fahren, schneller und schneller. Die Fragen wirbelten durch ihren Kopf. Sie musste sich an dem MINI festhalten, um nicht umzukippen.
Vroni durfte auf keinen Fall entkommen. Aber Lederer hatte gesagt, sie solle nichts unternehmen.
Die Dunkelheit des Waldes stülpte sich wie eine Plastiktüte über ihren Kopf und nahm ihr den Atem.
Wenn Lederer tot war, lagen die Ermittlungen in ihren Händen. Sie musste Vroni überführen, zumindest musste sie ihre Identität herausfinden.
Aber wie, wenn sie die Anweisung hatte, die junge Frau nicht festzunehmen, sondern zu verfolgen?
Sobald Vroni in ihr Auto gestiegen war, würde sie verschwinden, ohne dass Gisela die Möglichkeit hatte, ihr zu folgen. Bis sie bei ihrem Uno war, wäre Vroni längst über alle Berge.
Sie musste wissen, wo sie wohnte, dann konnte sie mit den Nachbarn reden, irgendjemand musste wissen, wer sie wirklich war.

Wie konnte sie etwas über sie herausfinden?
Ihr Kopf wurde von all diesen Denkspielen ganz heiß, ihre Wangen glühten.
Ihr Blick fiel auf das offene Verdeck.
Es war, als wären ihre Augen aus Eisen und würden von einem Magneten angezogen. Sie näherte sich dem MINI, schaute ins Innere des Wagens.
Picobello aufgeräumt, nichts Persönliches lag herum. Gerade so, als würde er noch im Katalog stehen.
Gisela wollte sich hineinbeugen, um das Handschuhfach zu öffnen, hielt im letzten Moment inne.
Die roten Lämpchen der Alarmanlage blinkten rhythmisch. Falls das Cabrio eine Innenraumüberwachung hatte, würde der Alarm losgehen, und das wäre alles andere als wünschenswert.
Sie umrundete das Fahrzeug, um einen Blick auf die Rücksitze werfen zu können. Dunkles Leder, dessen fabrikneuer Geruch leicht in Giselas Nase stieg.
Ein Ast knackte. Gisela fuhr zusammen.
Kam Vroni zurück?
Hoffentlich auch Lederer.
Und wenn nicht?
Gisela zog ihr Handy heraus. Sie war entschlossen, im Notfall die Dienststelle in Straubing zu informieren, damit die eine sofortige Fahndung nach dem MINI einleiten konnten.
Kaum hatte sie das Mobiltelefon in der Hand, durchzuckte sie ein Geistesblitz.
Erneut drangen Geräusche aus dem Wald zu ihr. Sie waren bereits sehr nahe.
Ohne lange zu überlegen, ließ Gisela ihr Handy auf den Boden hinter dem Fahrersitz fallen.
Mit einem kurzen Blick vergewisserte sie sich, dass es nicht

zu sehen war. Schnell zog sie sich von dem MINI zurück in den Schutz eines Baums.
Gisela hatte es sich im Schatten noch nicht gemütlich gemacht, da kam Vroni bereits den Weg herunter. Sie entsperrte ihren Wagen per Funk, die Scheinwerfer flammten auf und stachen in Giselas Augen.
Wenig später polterte der MINI rückwärts aus dem Wald.
Lederer stolperte auf Gisela zu, sein Blick folgte dem Scheinwerferpaar, das sich schnell entfernte.
»Wo ist der Dicke?«, fragte Lederer atemlos.
Gisela deutete vage in die Richtung, in die Schorsch verschwunden war. »Irgendwo da drüben.«
»Dieses Arschloch«, sagte Lederer, »ich hab ihm tausendmal gesagt, dass wir ihn decken und er keine Angst haben muss.«
»Was ist denn passiert?«, fragte Gisela.
»Ich weiß es nicht. Ich war kaum bei dem Bauwagen, da fliegt mir dieser Kerl auch schon entgegen und haut ab.«
»Wird schon was passiert sein«, sagte Gisela, »sonst hätt er bestimmt weitergemacht.«
»Der war vielleicht fünf Minuten, wenn überhaupt, mit Vroni alleine. Was soll in der kurzen Zeit denn passiert sein?«
Gisela zuckte mit den Achseln.
»Jetzt können wir wieder von vorne anfangen«, sagte Lederer, und Resignation klang aus seiner Stimme.
»Nicht ganz«, sagte Gisela. »Sie hat mein Handy.«
Lederer schaute sie ratlos an.
»Wir können uns über die Ortungsfunktion anzeigen lassen, wo es ist.«
Lederer war sprachlos. Dann schossen seine Hände vor, packten Giselas Gesicht, und er küsste sie auf den Mund.
»Du bist einmalig«, sagte er.

Gisela war viel zu verdutzt, um etwas erwidern zu können. Seine Lippen schmeckten salzig vom Schweiß, der ihm im Gesicht stand.

Und sie waren überraschend weich gewesen.

Er trat immer als so harter Hund auf, dass sie erwartet hatte, auch seine Lippen wären hart. Sie hatte eigentlich gar nichts erwartet. Nie hatte sie auch nur einen Gedanken an Lederers Lippen verschwendet. Deshalb war das Gefühl, das durch ihren Körper schwappte, so neu wie ein Fallschirmsprung.

»Wir schauen uns jetzt diesen Bauwagen mal genauer an«, sagte Lederer.

Gisela bewegte keinen Muskel.

»Alles in Ordnung bei dir?«, fragte Lederer.

Gisela nickte, setzte sich in Bewegung und marschierte wie ein Roboter den Weg hinunter.

Ein breites Grinsen machte sich auf ihrem Gesicht breit. Sie nahm den Kuss nicht persönlich, doch jetzt wusste sie, dass Lederer ein Mensch aus Fleisch und Blut war und tief in sich Emotionen beherbergte, die er offensichtlich nur selten an die Oberfläche ließ. Diese Erkenntnis hatte etwas Tröstliches.

Die Tür des Bauwagens war schnell aufgehebelt, das Schloss zu primitiv, um Lederers Schweizer Taschenmesser Widerstand entgegensetzen zu können.

Die Taschenlampen-App reichte, um auf einen batteriebetriebenen Scheinwerfer aufmerksam zu machen.

Das grelle Licht präsentierte medizinische Schränke aus Edelstahl und in der Mitte des engen Raums einen Operationstisch.

An einer Wand hingen diverse Chirurgenwerkzeuge, die kalt funkelten.

Wenn Gisela nicht gewusst hätte, dass sie sich in einem Bauwagen mitten im Wald befand, hätte sie geschworen, es wäre ein voll funktionstüchtiger Operationssaal.

»Da wundert's mich nicht, dass er abgehauen ist«, sagte Gisela.

Lederer zog bereits die Schubläden auf. Es klirrte und klimperte, als Stahl an Stahl stieß.

Gisela rührte keinen Finger. Sie fand die Szenerie zu gruselig, um sich an der Durchsuchung zu beteiligen. Wer wusste, was sie finden würde.

Lederer öffnete einen Wandschrank, den ein rotes Kreuz zierte.

Gisela erhaschte einen Blick auf verschiedene Lederfesseln und Handschellen.

»Ich vermute mal, hier haben ihre Diener ihre Ausbildung genossen«, sagte Lederer. »Weitab vom Schuss, niemand hört einen schreien, und im Wald kann das Tierchen mit seiner Herrin Runden drehen, ohne entdeckt zu werden.«

Er hatte alles durchgeschaut, nichts Persönliches war zum Vorschein gekommen.

Auf der Fahrt zurück nach Niedernussdorf hielt Gisela fortwährend die Augen nach Schorsch offen. Doch weit und breit war nichts von ihm zu sehen.

Sie beruhigte sich selbst, indem sie sich versicherte, dass Schorsch sicher nach Hause gefunden hatte, sobald sich seine Aufregung gelegt hatte.

Auf der Dienststelle schaltete Gisela sofort den Computer an, um das Lokalisierungsprogramm des Handys aufzurufen. Eine Landkarte füllte den Bildschirm aus, ein blauer Punkt zeigte den Standort des Smartphones an.

Es befand sich auf einer Adresse in der Nähe von Grünhar-

ding. Rund um den Punkt war viel Grün, was auf unbebautes Gebiet schließen ließ.
Street View stand nicht zur Verfügung, so dass sich Gisela und Lederer kein Bild von der Örtlichkeit machen konnten.
Gisela rief die Daten des Einwohnermeldeamtes ab.
Unter der Adresse war eine Veronika Werdenfels gemeldet. Einträge in der polizeilichen Datenbank zu dem Namen lagen nicht vor, ebenso wenig im Telefonbuch.
Eine Google-Suche brachte keinerlei Ergebnisse. Offensichtlich war Veronika sehr vorsichtig, was ihre Sichtbarkeit im öffentlichen Leben anbelangte.
»Schaut nicht so aus, als würd uns das weiterbringen«, sagte Gisela und dachte darüber nach, wie sie an ihr Handy käme.
»Ich werd mir das morgen mal genauer ansehen«, sagte Lederer und warf einen Blick auf die Wanduhr, die kurz nach Mitternacht anzeigte.
»Meinst, du findest mehr heraus?«, fragte Gisela.
»Ich werde es auf jeden Fall versuchen«, erwiderte Lederer und gähnte. »Aber dazu möchte ich ausgeschlafen sein.«
Gisela hatte überhaupt nichts dagegen, nach Hause zu fahren und sich von diesem Tag zu erholen. Sie freute sich auf ihr Bett und Ludwigs wärmende Nähe.
Lederer konnte erneut nicht schlafen.
Er versuchte, alle Hinweise anzuordnen, um ein grobes Gesamtbild zu bekommen. Er scheiterte jedoch kläglich, weil Vronis Gesicht alles andere verdrängte.
Die Faszination, die sie auf ihn ausübte, schien sich von Minute zu Minute zu steigern. Es war dieses Mysterium ihrer Identität, das sich wie ein Virus in ihm eingenistet hatte und ihm keine Ruhe ließ. Noch nie war er einem so

geheimnisvollen Menschen begegnet. Erst wenn er wusste, wer Vroni wirklich war, würde er wieder ruhig schlafen können.

Mit der aufgehenden Sonne stahl sich Lederer aus dem Haus und fuhr zu Vronis Adresse.

Es handelte sich um einen Gutshof, der sehr gepflegt wirkte. Eine junge Pferdepflegerin führte einen Rappen auf die angrenzende Koppel.

Sie bemerkte Lederer nicht, der von einem Jägersitz aus das Areal unter die Lupe nahm. Er zählte vier Hunde unterschiedlicher Rasse, die frei herumliefen und sich bestens mit den zwei Katzen verstanden, die ebenfalls zu dem Hof zu gehören schienen. Vroni liebte Tiere also nicht nur in menschlicher Form.

Der MINI stand mit offenem Verdeck unter einem Carport neben einem Range Rover und einem schweren Motorrad. Lederer notierte die Kennzeichen, war sich jedoch ziemlich sicher, dass auch die gefälscht waren.

Nachdem alle Pferde, zehn an der Zahl, auf der Koppel waren, mistete die Pferdepflegerin die Boxen aus und erneuerte das Stroh.

Lederer näherte sich ihr zu Fuß.

»Guten Morgen«, sagte er.

Die junge Frau war Anfang zwanzig, hatte rotblonde Haare und ein Gesicht voller Sommersprossen. Sie beschattete die Augen mit einer Hand gegen die tief stehende Sonne und lächelte freundlich. Ihre Schneidezähne hatten eine breite Lücke, über dem rechten Mundwinkel glänzte ein Piercing.

»Guten Morgen«, sagte sie.

»Entschuldigen Sie, wenn ich Sie belästige«, sagte Lederer, »ich bin hier auf Urlaub und dachte mir, ich geh ein bisschen spazieren und schau mir die Gegend an.«

»Haben Sie sich verlaufen?«, fragte die Pferdepflegerin hilfsbereit.

Lederer hielt sein Handy hoch. »Nein, heutzutage ist das ja eigentlich gar nicht mehr möglich. Es ist nur so, dass der Ruf der Natur mich stark quält.«

Die junge Frau schüttelte verständnislos den Kopf. »Was meinen Sie damit?«

Lederer deutete mit einem bittenden Lächeln auf das Haupthaus. »Dürfte ich Ihre Toilette benutzen? Ich habe wohl eine Magenverstimmung.«

Die Pferdepflegerin nickte zu einem Waschhäuschen hinüber. »Wir haben auch da drüben eine.«

Lederer räusperte sich verlegen. »Das hab ich mir gedacht, und halten Sie mich bitte nicht für unverschämt, aber ich lege sehr viel Wert auf hygienische Verhältnisse. Ansonsten hätte ich mein Geschäft auch in der Wildnis verrichten können. Und meiner Erfahrung nach sind die Toiletten in einem Gebäude, das Wohnzwecken dient, um einiges sauberer als Verlegenheitslösungen in einem Nutzbau.« Er wand sich. »Es tut mir leid, ich hätte gar nicht fragen sollen, es war unverschämt.«

»Nein, nein, gar nicht«, sagte die Pferdepflegerin. »Kommen Sie.« Sie schritt voraus zum Haupthaus und zeigte Lederer das Gäste-WC, die erste Tür im Flur. Er bedankte sich und schloss sich ein.

Nachdem die Schritte der jungen Frau sich entfernt hatten, schlüpfte er aus dem WC und huschte den Flur hinunter.

Links und rechts gingen jeweils zwei Türen ab.

Die eine führte in eine Art Schuhkammer, die andere in einen Trophäenraum, in dem endlose Reihen von Pokalen und Medaillen aufgereiht waren.

Der Flur mündete in ein Vestibül, das von einem Wandtep-

pich dominiert wurde. Er zeigte eine Jagdszene, in der ein Hirsch mit einem Speer aufgespießt wurde. Eine breite Treppe führte in den ersten Stock. Dort vermutete Lederer Vronis Schlafzimmer.
Sein Interesse galt indessen dem Raum vor ihm. Das Wohnzimmer war geräumig wie eine Scheune, eine Front nach Westen hin komplett verglast.
Eine marmorne Terrasse mit einem Liegeensemble aus Rattan führte in einen gepflegten Garten, der in der Mitte einen Swimmingpool beherbergte.
Ein Angestellter fischte mit einem Kescher Blätter aus dem Wasser.
Lederers Handy klingelte. Er zog sich schnell zurück, um von dem Mann nicht entdeckt zu werden, und schaltete das Telefon auf stumm. An der Nummer erkannte er, dass es sein Freund vom BKA war. Das musste warten. Viel Zeit hatte er nicht, um in Vronis Sachen herumzuschnüffeln. Ein schneller Blick durch das Wohnzimmer lenkte seine Aufmerksamkeit auf einen antiken Sekretär.
Er huschte hinüber, zog die kleinen Schubladen auf. Briefpapier, Schreibutensilien, Büromaterial, nichts Ungewöhnliches. Lederer wollte seine Suche schon beenden, als er einen unscheinbaren Schlitz an der Unterseite der Platte entdeckte.
Er untersuchte die Stelle genauer. War das ein Geheimfach? Er krallte seine Fingernägel in den Spalt und zog vergeblich daran. Es war kein Schlüsselloch zu sehen, also musste es einen verborgenen Mechanismus geben, mit dem man das Fach öffnen konnte. Er fuhr mit den Fingern an der Unterseite der Platte entlang und ertastete eine schmale Metallstange, die zu einem Schnapper führte.
Lederer drückte den Schnapper, es klickte leise, und er

konnte die Abdeckung des Geheimfachs ohne Probleme öffnen. Außer einem USB-Stick lag nichts darin.
Kurz überlegte er, entschied sich schließlich, den Stick einzustecken. Die Tatsache, dass er in dem Geheimfach lag, verlieh ihm eine Wichtigkeit, die Lederer untersuchen musste.
Er drückte die Abdeckung wieder zu, es klickte erneut, und nichts wies darauf hin, dass sich jemand an dem Sekretär zu schaffen gemacht hatte.
Lederer eilte aus dem Haus, und gerade als er die Schwelle nach draußen überschritt, hörte er eine scharfe Stimme hinter sich.
»Halt!«
Lederer fuhr herum.
Vroni kam in einem schwarzen Seidenkimono mit aufwendigen Stickereien aus dem Zimmer mit den Schuhregalen. In der Hand hielt sie ein Paar schwarze Lackballerinas.
»Wer sind Sie? Was machen Sie hier?«
Sie trat auf Lederer zu. Ihre Augen wurden zu schmalen Schlitzen. »Kennen wir uns nicht?«
Lederer erholte sich von seiner Überraschung und lächelte verlegen. »Aus dem Panthero.«
Ein Aufleuchten des Erkennens erhellte Vronis Augen. Ihre Miene blieb unbewegt. »Wie kommen Sie hierher?«
»Ich bin hier in der Nähe in einer Pension, und heut Morgen war ich spazieren und hab Ihre nette Pferdepflegerin nach der Benutzung Ihrer Toilette gefragt, und sie hat mir freundlicherweise erlaubt, sie zu benutzen.«
»Sie müssen nicht lügen«, sagte Vroni.
»Wieso sollte ich lügen?«
Lederer spielte den Erstaunten.
»Das werden Sie mir jetzt erklären müssen«, sagte Vroni.

Lederer suchte unter dem prüfenden Blick Vronis fieberhaft nach einer glaubwürdigen Erklärung für sein Auftauchen.
»Ich mag Lügner«, sagte sie, »aber nur, wenn ich es nicht merke.«
Ihr Blick schien an Lederers Seele zu zerren, ihm war, als würde seine Lebensenergie auf geheimnisvolle Weise von ihr aufgesaugt.
Er wich ihrem Blick trotzdem nicht aus, er wusste, dass sie seine Kraft einzuschätzen versuchte.
Lederers Schultern sackten resigniert nach unten. »Ich hab Sie verfolgt«, sagte er. »Ich hab mein Handy in Ihrem Auto versteckt und bin so hierhergekommen.«
»Wann soll das denn gewesen sein?«, fragte Vroni, ohne im Geringsten überrascht zu wirken. Sie hatte ihre Emotionen hundertprozentig unter Kontrolle.
»Das bleibt mein Geheimnis«, antwortete Lederer.
Ansatzlos verpasste Vroni Lederer eine schallende Ohrfeige. »Du bist hier in meinem Zuhause, und wenn ich dir eine Frage stelle, hast du sie zu beantworten!«
Lederer spürte das Brennen auf der Wange und das Verlangen, zurückzuschlagen.
Er beherrschte sich. »Du hast mir gar nichts zu sagen.«
Vroni wollte erneut zuschlagen, doch diesmal war Lederer vorbereitet.
Er fing ihre Hand ab, packte ihr Handgelenk und drehte ihr den Arm auf den Rücken, während er sie mit dem ganzen Körper gegen die Wand presste.
»Ich bin keiner von deinen jämmerlichen Sklaven«, flüsterte er ihr ins Ohr. »Du solltest dich geschmeichelt fühlen, dass ich nach dir gesucht habe. Das mache ich nicht für jede.«
Er packte sie im Nacken und drückte ihren Oberkörper

nach unten, gleichzeitig hielt er den verdrehten Arm weiter nach oben.
Es musste gewaltig in der Schultermuskulatur ziehen.
So mancher Verdächtige, den Lederer auf diese Art und Weise verhaftet hatte, hatte vor Schmerz aufgeschrien.
Vroni ließ keinen Mucks hören. Nicht einmal ein gequältes Aufstöhnen. Nur an der gepressten Stimme erkannte Lederer, dass er ihr weh tat.
»Lass mich los, oder du bereust es«, sagte sie.
»Erst, wenn du dich entschuldigst.«
Lederer spürte ihren Widerstand, wie sie ihren Körper anspannte und nach einer Möglichkeit suchte, sich aus seinem Griff zu befreien.
Im nächsten Augenblick schoss ein scharfer Schmerz durch seinen Unterleib.
Sein Magen drehte sich um, er schrie laut auf, und seine Hände schossen instinktiv zu seinen Hoden, um einen weiteren Tritt von Vroni abzuwehren.
Stattdessen fuhr sie herum und nutzte die Bewegung, um ihm den Ellbogen gegen den Solarplexus zu rammen.
Vor Lederers Augen explodierte ein dunkles Rot, das alles andere verdrängte.
Er hörte ein Rauschen in den Ohren, spürte einen Hieb gegen seine Halsschlagader und fand sich keuchend und stöhnend auf dem Terrakottaboden wieder.
Er blinzelte. Allmählich nahm die Umgebung wieder Formen an.
Er blickte in Vronis Augen. Sie stand mit einem kühlen Lächeln über ihm.
Alle Nervenbahnen und Muskeln in Lederers Körper schienen bloßzuliegen, jede Bewegung schmerzte und sandte Schockwellen bis unter die Schädeldecke.

Er sah Vronis Hand auf sein Gesicht zuschießen. Seine rechte Hand fuhr schützend nach oben.
»Komm«, sagte sie. »Wir holen jetzt dein Handy.«
Misstrauisch nahm Lederer ihre ausgestreckte Hand. Vroni zog ihn auf die Beine.
»Weichei.« Sie lächelte amüsiert, schlüpfte in ihre Ballerina und schwebte durch die Tür nach draußen.
Lederer folgte ihr schweren Schrittes. Noch immer zog es in seinen Eingeweiden, doch bis er den MINI erreicht hatte, hatte er sich einigermaßen erholt.
Vroni durchsuchte den Wagen bereits. Es machte ihr nichts aus, dass der Kimono verrutschte und ihren Hintern freigab. Ein hübscher Anblick, für den Lederer im Augenblick nur nichts übrig hatte. Er bemühte sich um Konzentration, denn er wollte in seiner Rolle als Verehrer bleiben und sich nicht als Polizist outen.
Vroni klaubte das Handy hinter dem Fahrersitz auf. Statt es Lederer auszuhändigen, schaltete sie es ein. Das Zahlenfeld für die PIN-Eingabe erschien.
»Wie ist die PIN?«, fragte sie ihn.
»Wozu?«
»Weil ich frage.«
Ihr Blick blieb kühl.
»Das geht dich gar nichts an«, sagte Lederer und hielt ihr die offene Handfläche hin. »Das ist mein Eigentum.«
»Wenn du mit mir spielen möchtest, ist gar nichts mehr dein Eigentum.«
»Ich will nicht mit dir spielen.«
»Du hast mich gesucht, du hast es ertragen, dass ich dich verprügelt hab. Du willst mit mir spielen.«
»Ich mein es ernst«, sagte Lederer. Er begegnete ihrem spöttischen Blick hart und kalt.

In seinem Inneren sah es komplett anders aus. Erschreckt stellte er fest, dass er sich wünschte, Vroni würde verstehen, welche doppelte Bedeutung seine Worte hatten. Nein, es war nicht wahr, es gab keine doppelte Bedeutung. Er wollte sie näher kennenlernen, unabhängig von seinen beruflichen Interessen.

Noch nie war er einer Frau wie Vroni begegnet.

Sie war stark, sie wusste, was sie wollte, sie war angstfrei.

Das Ziehen in seinen Eingeweiden verstärkte sich wieder, doch diesmal war es nicht der Schmerz, sondern das Begehren, das ihn körperlich komplett vereinnahmte. Am liebsten hätte er Vroni in die Arme geschlossen, an sich gedrückt und ihre Wärme in sich aufgesogen. Er befürchtete nur, dass eine Umarmung jetzt eher zu einem Weichei passte als zu einem gleichwertigen Partner.

»Du weißt nicht, worauf du dich da einlässt«, sagte Vroni.

Lederer jubelte innerlich. Zumindest hatte sie seine Avancen nicht abgelehnt.

»Das ist ja das Aufregende«, antwortete er. »Alles andere wäre langweilig. Und wer will schon ein langweiliges Leben.«

Diesmal war es kein Spott, den Lederer in Vronis Augen erkannte, sondern Neugier. Sie legte das Handy in seine Hand.

»Worte«, sagte sie, »interessieren mich nicht. Nur Taten. Hol mich heut Abend um neun ab.«

Sie tätschelte noch einmal Lederers Wange, nicht zärtlich, sondern fest. Er sollte nur nicht glauben, dass er es mit ihr leicht haben würde.

Lederer händigte Gisela das Handy auf der Dienststelle aus.
»Warst du bei ihr?«, fragte sie erstaunt.
»Der frühe Vogel fängt den Wurm«, sagte er.
Erwin und Richie sahen sich genervt an.
Gisela steckte das Handy ein. »Und?«
Lederer zuckte mit den Achseln. »Ich hatte nicht viel Zeit, mich bei ihr umzusehen. Was ich gesehen habe, war mehr oder weniger uninteressant.«
Er zog den USB-Stick aus seiner Jackentasche. »Bis auf das.« Er warf einen Blick zu Giselas beiden Mitarbeitern. »Ich würde es vorziehen, wenn wir uns den Inhalt in deinem Büro anschauen könnten.«
Gisela verzog sich mit Lederer in ihr Kabuff.
Kaum war die Tür zu, ätzte Richie gegen den Straubinger los. »Das ist doch alles Fake. Ich wette, der hat den Stick selber mit irgendeinem Scheißdreck vollgeladen, damit wir glauben, er hat damit nichts zu tun.«
Erwin war erstaunt über die vehementen Worte seines Freundes. »Mei, gib ihm halt eine Chance. In seinem Zimmer hast ja nichts Belastendes gefunden, oder?«
»Deswegen ist der noch lange nicht unschuldig«, wetterte Richie weiter. »Der hat die Mordwaffe sicher entsorgt.« Seine blutunterlaufenen Augen brannten ein Loch in Giselas Bürotür.
Schorsch betrat die Dienststelle.
»Ach, auch schon wach«, sagte Erwin. Er nickte zu dem abschließbaren Schrank in der Ecke. »Bringst mir ein Bier mit.«
»Mir auch«, sagte Richie, seinen Blick immer noch auf die Tür geheftet.
Schorsch öffnete den Schrank und holte aus dem Bierkasten drei Flaschen.

»Ist die Gisela da?«, fragte er, während er die Flaschen öffnete.
»Die ist mit dem Arschloch da drin«, sagte Richie.

Lederer und Gisela mussten feststellen, dass der Inhalt des USB-Sticks passwortgeschützt war.
»Wenn der Schorsch kommt, dann soll der sich drum kümmern«, sagte Gisela, »der kennt sich mit so was aus.«
»Du meinst, der hat nach Hause gefunden?«
»Ich hab mit ihm heut früh telefoniert«, sagte Gisela.
»Hat er was erzählt?«
Gisela zuckte mit den Achseln. »Mei, nur, dass er weggelaufen ist, als er die ganzen Werkzeuge da gesehen hat.«
»Über was haben sie während der Fahrt gesprochen?«, fragte Lederer.
»Über gar nichts. Die haben nicht miteinander geredet. Erst als sie im Wald waren, da hat sie ihm befohlen, die Hose auszuziehen.«
»Gott, an das Bild will ich nicht erinnert werden«, sagte Lederer und wand sich.
»Immerhin haben wir durch ihn Vronis Adresse herausgefunden«, sagte Gisela.
»Deiner Gewitztheit haben wir das zu verdanken, nicht dem Einsatz des Dicken.«
»Gut«, sagte Gisela, »dann kann er uns ja hier helfen.« Sie zog den USB-Stick ab. »Er soll sich gleich darum kümmern.«
»Er soll eine Kopie davon machen und an der rumexperimentieren. Ich will nicht, dass der Originalinhalt verändert wird. Ich muss den Stick wieder zurücklegen.«
»Wenn sie bis dahin das Verschwinden noch nicht bemerkt hat«, sagte Gisela.

Sie rief Schorsch zu sich ins Büro. Verlegen schaute er kurz zu Lederer. Als er jedoch von seinem Auftrag hörte, ein Passwort herauszufinden, hellte sich seine Miene auf, und er machte sich sofort an die Arbeit.
Lederer fuhr nach Grünharding, um die Unterlagen von Metzinger durchzusehen. Unterwegs telefonierte er mit seinem Freund vom BKA. Es war ein kurzes Gespräch, in dem Lederer keinerlei Auskunft bekam, ob in Sachen Gutsohn ermittelt wurde. Die Weigerung, diese Vermutung nicht zu kommentieren, besagte aber genau das. Das BKA war an Gutsohns dreckigen Geschäften dran. Der Eishersteller musste davon erfahren haben, und jetzt ließ er potenzielle Mitwisser umbringen, bevor sie aussagen konnten. Auch diese Hypothese kommentierte der Wirtschaftsprüfer nicht. Lederer wusste, er war auf Gold gestoßen. Er hoffte, bei Metzinger Hinweise zu finden, die seine Hypothese untermauerten.
Gisela fuhr zur Sparkasse nach Straubing, um nach einer Verbindung des Kreditsachbearbeiters Meyerbeer zu Jojo-Funds zu suchen. Sie hatte den Verdacht, dass Meyerbeer tief in die Geldwäsche verwickelt gewesen war.
Sie musste fünf Minuten warten, bis sie zu dem Sparkassendirektor vorgelassen wurde, der sie als Erstes nach ihrer Berechtigung fragte. Soweit er wisse, sei sie aus Niedernussdorf, der Fall läge aber in den Händen der Straubinger Mordkommission.
Gisela musste darauf nicht mehr antworten, denn zwei Kripolaner gesellten sich dazu und nahmen Gisela mit aufs Straubinger Polizeipräsidium. Ihr dämmerte, dass sie deswegen warten hatte müssen, der Sparkassendirektor hatte die zivilen Kollegen informiert, nachdem sie sich ausgewiesen hatte.

Lederers Chef höchstpersönlich bot ihr einen Platz in seiner bequemen Sitzecke und einen frischen Kaffee an.
»Frau Wegmeyer«, sagte er, nachdem beide ihre Tassen in den Händen hielten, »Sie wissen, dass Ihr Tun höchst illegal ist.«
»Höchst illegal würd ich jetzt nicht sagen«, erwiderte Gisela, »höchstens höchst zweifelhaft. Aber es steht ja nirgends geschrieben, dass man nicht mit dem Vorgesetzten eines Mordopfers reden darf.«
»Mord? Wer sagt denn was von Mord? Der Mann hat sich im Wald erhängt, und die Pathologie hat diese Tatsache bestätigt. Keinerlei Fremdeinwirken, auch wenn der Herr Kollege Lederer das so sehen will.«
»Dann halt Selbstmord«, sagte Gisela ruhig und nippte an ihrem Kaffee. »Dann ist es erst recht nicht verboten.« Sie zwinkerte dem Chef zu. »Und schon gar nicht höchst illegal.«
Seine Miene blieb steinern. »Reden wir nicht drumrum, Frau Wegmeyer, ich weiß, warum Sie hier sind. Sie ermitteln im Auftrag Lederers. Natürlich kann ich das nicht beweisen, aber ich kenne ihn. Er benutzt Sie für seine Zwecke, so, wie er immer alle Menschen benutzt. Er ist ein arroganter Egoist.«
»Warum sagen Sie mir das?«
»Weil ich nicht möchte, dass gegen Sie ein Verfahren eingeleitet wird, sobald ihm diese ganze Sache um die Ohren fliegt, und das wird es früher oder später.«
»Weil ich einen Banker wegen seinem verstorbenen Mitarbeiter befrage?«
»Weil ich davon ausgehe, dass er auch in den beiden anderen Mordfällen ermittelt«, sagte der Chef.
Gisela nahm einen Schluck, wägte ab, wie viel Wahrheit in der Drohgebärde steckte oder ob es nur eine Finte war.

Tatsache war, wenn Lederer und sie die Ermittlungen in einem Strafverfahren behinderten, und so würden die Straubinger das hindrehen, würde das auf ein frühzeitiges Karriereende hinauslaufen. Zehn Jahre vor der Pensionierung hätte sie mit empfindlichen Abschlägen zu rechnen. Und sie brauchte das Geld. Möglicherweise würde sie sich einen Aushilfsjob als Objektschützerin suchen müssen.

Auf der anderen Seite war sie noch nie von dem Chef einer Mordkommission bedroht worden. Das fand sie sehr aufregend. Sie musste lächeln. Der Geruch von Abenteuer lag in der Luft.

»Darf ich Ihr Lächeln als Zustimmung deuten, dass Sie sich in Zukunft nur noch um die Niedernussdorfer Belange kümmern werden?«, fragte der Chef.

»Das Lächeln einer Frau muss gar nichts bedeuten«, sagte Gisela. »Es kann aber auch alles bedeuten.«

Sie stellte ihre Tasse ab, bedankte sich für den wunderbaren Kaffee und verabschiedete sich.

Beschwingt ging sie zu ihrem Kleinwagen zurück. Jahrzehntelang hatte sie nach den Regeln gespielt, hatte ihre kleine Welt in Ordnung gehalten, und erst jetzt spürte sie, was sie verpasst hatte.

Es hatte Spaß gemacht, dem rotgesichtigen Chef der Straubinger in die Augen zu schauen und ihn cool abblitzen zu lassen. Sie hoffte, dass es noch mehr solcher Gelegenheiten geben würde.

Richie war in der Mittagspause alleine auf der Dienststelle. Erwin und Schorsch waren zum Wilden Bock gegangen, er hatte eine Magenverstimmung vorgetäuscht.

Richie suchte in Giselas Büro nach den Unterlagen zu den Morden. Die Protokolle waren in einem Ordner auf ihrem Schreibtisch.
Er schlug ihn auf und blätterte durch die Seiten, bis er auf den Namen Metzinger stieß.
Er überflog die Befragung Hendlmosers, kam zu einer stichpunktartigen Aufstellung, die die Fakten zusammenfasste.
Ziemlich gegen Ende der Liste stach Richie eine Zahl ins Auge. Danach hatte er gesucht.
Achtunddreißig.
Metzinger war aus nächster Nähe mit einem Revolver Kaliber achtunddreißig erschossen worden. Ein geläufiges Modell – sollte nicht schwer aufzutreiben sein.
Zufrieden schloss Richie den Ordner.
Plötzlich spürte er großen Hunger, und er machte sich mit knurrendem Magen auf den Weg in den Wilden Bock. Was er gerade entdeckt hatte, würde er vor seinen Kollegen verschweigen. Das ging nur ihn und den Lederer etwas an.

Der Straubinger Hauptkommissar war nicht erfreut, als Gisela ihm von der Unterredung mit seinem Chef berichtete. Er wusste, wenn er sich den kleinsten Fehler erlaubte, würden er und Gisela als Postboten enden. Er beschloss, Gisela nichts von seiner Vermutung zu erzählen, Gutsohn lasse Mitwisser umbringen.
Er bot ihr an, auszusteigen.
Sie lehnte entschieden ab. Sie hätten die Ermittlungen gemeinsam begonnen, sie würden sie auch gemeinsam beenden. Sie hatte herausgefunden, dass die Eltern des Kreditsachbearbeiters in Hamburg wohnten. Dort wollte sie am

Abend anrufen und nachfragen, ob Meyerbeer jemals Jojo-Funds erwähnt hatte.

Lederer drückte Gisela die Daumen. Ihm war es gleichgültig, ob Meyerbeer in die Geschäfte Gutsohns verwickelt war oder nicht. Er wusste, dass der Eisfabrikant hinter den Morden steckte, und der einzige Weg, ihn zu überführen, ging über Vroni. Sie hatte die Morde ausgeführt. Lederer musste das nur noch beweisen.

Punkt einundzwanzig Uhr fuhr Lederer mit seinem frisch gewaschenen Mercedes auf Vronis Pferdehof vor. Er trug einen dunklen Anzug von Armani und seine handgenähten Halbschuhe von Crocket. Zur begleitenden Duftnote hatte er Bottega Veneta auserkoren, eine herbe Mischung aus Labdanum und Bergamotte.

Vroni stolzierte zu seinem Wagen wie die Königin von Saba. Sie trug ein raffiniertes Minikleid, das an den Schlüsselstellen transparent durchwebt war. Es endete in der Mitte der Oberschenkel, den Rest der nackten Beine bedeckten knallrote Overknees mit Edelstahlabsätzen, die wie tödliche Zimmermannsnägel wirkten.

»Wohin?«, fragte Lederer und hielt ihr die Beifahrertür auf. »Ich sag's dir schon«, entgegnete sie.

Vroni schlüpfte in den Mercedes, ohne ihn eines Blickes zu würdigen.

Sie lotste Lederer über die Landstraße Richtung Bayerischer Wald. Etwa zehn Kilometer vor Deggendorf musste er in eine Nebenstraße einbiegen, die zu einem Dorf nahe der Donau führte.

Es war kurz vor zehn Uhr abends und die Straßen leer gefegt. Niemand trieb sich um diese Zeit draußen herum, es gab einfach nichts, was man tun konnte. Die wenigen Läden machten um halb sieben zu, das einzige Wirtshaus war vor einem Jahr abgebrannt, und sonstige Vergnügungsstätten existierten hier nicht.

In jedem Haus, an dem Lederer vorbeifuhr, brannte Licht, und er sah die Fernsehbilder durch die Fenster. Überall dasselbe Programm. Eintönigkeit sogar in der Freizeit.

»Da vorne links«, sagte Vroni und deutete auf eine Querstraße.

Lederer bog ab. Zweistöckige Häuser aus den Sechzigern säumten die Straße.

»Das grüne«, sagte Vroni.

Lederer entdeckte das blassgrüne Haus, parkte davor. Er sah Vroni fragend an.

»Du klingelst bei Dorfner, bringst ihn her, dann fahren wir weiter«, sagte sie.

Lederer stieg aus, näherte sich dem Haus.

Den Namen Dorfner hatte er in Zusammenhang mit den Morden noch nicht gehört.

Er klingelte, kurz darauf schnarrte es in der Gegensprechanlage. »Ja?«

»Ich soll Sie abholen«, sagte Lederer.

»Wer ist denn da?«, tönte es aus dem Lautsprecher.

»Ich bin mit Vroni unterwegs«, sagte Lederer nach einer kurzen Pause. Er wollte seinen Namen nicht nennen.

Eine Zeitlang war nur ein Rauschen zu hören. »Ich komm runter.«

Lederer musste keine zwei Minuten warten, bis ein hochgewachsener Mann Ende vierzig herauskam. Er trug einen Trainingsanzug und Badelatschen.

Die beiden Männer musterten einander kurz.

»Ist sie da drin?« Dorfner nickte zu dem Mercedes.

»Ja.«

Dorfner eilte auf den Wagen zu, blieb mit ausgebreiteten Armen und gesenktem Kopf an der Beifahrerseite stehen.

Das Fenster fuhr herunter. Vronis Gesicht erschien.

»Steig ein«, sagte sie. »Aber halt den Kopf gesenkt und die Augen geschlossen.«

Dorfner tat wie ihm befohlen.

Die Fahrt ging weiter.

Vroni führte Lederer zurück auf die Landstraße, es ging Richtung Westen, weg von den dunklen Wäldern.

Nach einer halben Stunde erkannte Lederer den Weg wieder. Er war ihn gestern Abend mit Gisela gefahren.

Tatsächlich musste er wenig später auf den Feldweg abbiegen, der in das Waldstück mit dem Bauwagen führte.

»Was wollen wir denn hier?«, sagte er. »Ich dachte, wir machen uns einen schönen Abend.«

»Das machen wir uns auch.«

Vroni lächelte, ihre knallroten Lippen wirkten wie mit Blut bemalt.

Lederer ahnte, was kommen würde, und er hatte überhaupt keine Lust dazu. Noch nie in seinem Leben hatte er zusehen müssen, wie jemand gequält wurde.

Auf dem Fußweg zu dem Bauwagen überlegte er fieberhaft, wie er Vroni von ihrem Vorhaben abbringen konnte, ohne dass es ihre frische Beziehung in Gefahr brachte.

Dorfner stolperte an Vronis Hand den Trampelpfad entlang. Die Augen hatte er immer noch geschlossen. Er hätte zwar heimlich blinzeln können, aber Lederer spürte, dass Dorfner das niemals tun würde – so unterwürfig wirkte er.

Sie erreichten den Bauwagen. Vroni blieb stehen, wandte sich an Lederer. »Schlag ihn.«

Zuerst verstand er nicht, doch als er das Zittern Dorfners

bemerkte, wusste er, was zu tun war. Er verpasste dem Mann eine Ohrfeige.

Vroni lächelte. »Du hast das noch nicht oft gemacht, oder?«

»Männer zu schlagen ist keine meiner Vorlieben«, sagte Lederer lächelnd. Es kostete ihn etwas Überwindung.

»Mal sehen, was deine Vorlieben sind.« Vroni sperrte den Bauwagen auf.

Lederer spürte, wie seine Hände feucht wurden, während er zusah, wie Dorfner die kleine Treppe erklomm. Er hatte die Einrichtung des Bauwagens noch zu genau in Erinnerung, um nicht zu wissen, was nun folgen würde.

Lederer zog die Tür hinter sich zu.

»Du kannst die Augen wieder aufmachen«, sagte Vroni.

Dorfner schaute sich um, lächelte. Es war die pure Vorfreude.

Vroni setzte sich auf einen lederbezogenen Dreieckshocker.

»Er gehört dir«, sagte sie zu Lederer.

Der zuckte innerlich zusammen. Seine schlimmsten Befürchtungen wurden gerade übertroffen. »Danke, aber mir ist heut nicht nach Quälerei.«

»Nach was ist dir denn dann, mein Lieber?«

Ihr Spott traf ihn wie Spucke im Gesicht. Er musste mitspielen, sonst würde sie ihn in den Wind schießen.

»Du musst schon mitmachen«, forderte er sie auf.

»Ich hab ihn dir überlassen, ich werde dir bestimmt nicht helfen.«

»Ich rede nicht von deiner Hilfe«, sagte Lederer. »Ich will, dass du mir ebenso zur Verfügung stehst wie er.«

Überraschung blitzte in Vronis Augen auf, gefolgt von leiser Anerkennung. »Ich will nicht, dass du dich übernimmst.«

»Du hast Angst«, stellte Lederer fest.

»Angst? Vor dir?« Sie lachte hell auf.

»Angst, dass es dir gefallen könnte. Wie oft warst du schon der devote Part?«

»Noch nie«, sagte sie. »Und ich werde es auch nie sein.«

»Wenn du nicht mitmachst, verzichte ich komplett«, sagte Lederer. »Wenn du mich schon testen willst, dann erfahr es am eigenen Leib.«

Er forderte Vroni mit seinem Blick heraus, obwohl er hoffte, sie würde ablehnen.

Doch sie stand auf, stellte sich vor Lederer hin. Er roch ihr Parfüm und ihren Atem, als sie sprach. »Bist du sicher, dass du das willst?«

»Ja!« Lederer bemühte sich um eine feste Stimme. Er wusste nichts, aber auch gar nichts über BDSM, außer den Klischees, die man im Laufe der Zeit aufschnappte.

»Dann lasst die Spiele beginnen«, flüsterte Vroni.

Lederer bemühte sich um Haltung. Seine Kopfhaut kribbelte. »Dreh dich um!«, sagte er.

Vronis Blick verwandelte seine Knie in Marshmallows. Folgsam wandte sie ihm den Rücken zu. Das gab ihm Zeit, durchzuatmen und seine fünf Sinne wieder einzufangen.

Er schloss die Augen, suchte nach Bildern, die seiner Meinung nach geeignet waren, ihn als dominanten Mann auszuzeichnen.

Es tat sich nichts. Seine Vorstellungskraft war im Strudel der Emotionen untergegangen.

»Streck die Arme aus«, sagte er, um die Stille zu überbrücken.

Vroni streckte die Arme nach vorne.

»Seitlich«, befahl Lederer. Es ärgerte ihn, dass sie einen einfachen Befehl absichtlich missverstand.

Vroni streckte die Arme seitlich aus. Dabei berührte sie mit der rechten Hand Dorfner an der Schulter.

»Nimm ihre Arme und leg sie ihr auf den Rücken«, wies er den Mann an.
Dorfner zögerte.
Lederer verpasste ihm eine schallende Ohrfeige. »Du stehst mir zur Verfügung und tust, was ich dir sage.«
Ihm wurde schlecht, als der Schmerz der Ohrfeige seine Hand mit Wärme auflud. Ein merkwürdig flaues Gefühl eroberte seinen Magen, als er zusah, wie Dorfner Vronis Arme nach hinten führte.
Lederer öffnete das Schränkchen mit den Fesselutensilien und wählte ein Paar Handschellen aus. Er reichte sie Dorfner. »Anlegen!«, befahl er.
Dorfner fesselte Vronis Hände hinter ihrem Rücken.
Lederer schaute in Vronis Gesicht. Ihre Augen schienen dunkler zu sein als zuvor, ihre Lippen roter, ihr Körper vollkommener.
Lederer nahm ihr Gesicht zwischen seine Hände. Er spürte das Verlangen, sie zu küssen, der Polizist in ihm hielt ihn zurück.
»Angst?«, fragte sie spöttisch.
Lederer drückte seinen Mund auf ihren. Er wollte nichts mehr hören, er wollte sie nur noch spüren.
Sie erwiderte seinen Kuss nicht.
Verzweiflung und Enttäuschung machten sich in Lederer breit. Er löste seine Lippen von den ihren. Sie sah ihn aus kalten Augen an.
Lederer ließ ihr Gesicht los.
Ein übermächtiges Gefühl von Traurigkeit löschte alle anderen Empfindungen aus. Er kannte dieses Gefühl, es hatte ihn fast zerstört, als er vierzehn war. Er hatte sich unsterblich in ein Mädchen aus der Parallelklasse verliebt, einen Engel.

Zu ihrem Geburtstag hatte er ihr eine dreidimensionale Glückwunschkarte gebastelt, die man wie ein Pop-up-Buch entfalten konnte, sie zeigte zwei Luftballone in Herzform, deren Schnüre ineinander verflochten waren.

Er hatte ihr einen flüchtigen Kuss auf die Lippen gedrückt, und sie hatte ihn an sich gezogen, und zum ersten Mal küsste Karl Lederer mit Zunge. Sie war seine große Liebe, sie hatte sein Herz gestohlen, er war bereit, alles für sie zu tun.

Zwei Monate später machte sie Schluss mit ihm, weil sie sich in einen Abiturienten verliebt hatte, der in ihren Augen ein ganzer Kerl war.

Es hatte ihm das Herz gebrochen, und er hatte wochenlang überlegt, wie er sich umbringen könnte. Die Traurigkeit wurde sein bester und einziger Freund.

Dieses Gefühl, kein ganzer Kerl zu sein, überwältigte Lederer auch jetzt wie ein Fass Pech, das über ihn geschüttet wurde.

Er brachte kein Wort hervor, sah nur in Vronis unfassbar blaue Augen, die nicht mehr dunkel schienen, sondern hell wie der Polarstern.

»Es tut mir leid.« Mehr fiel ihm nicht ein. Um seine Schmach nicht noch zu verschlimmern, verließ er den Bauwagen auf schnellstem Wege.

Der Wald empfing ihn mit angenehmer Kühle und dem harzigen Duft von Fichten.

Heftig atmend folgte Lederer dem Trampelpfad, weg von dem Bauwagen. Er war sich sicher, dass Vroni über ihn lachte, dass sie und Dorfner sich über ihn lustig machten.

Es war ihm egal.

Ihm war alles egal.

Er wollte nur diese Traurigkeit in seinem Herzen loswer-

den, die sein Innerstes verklebte und ihn daran hinderte, frei zu atmen.
Je länger er marschierte, desto stärker wurde die Beklemmung in seiner Brust. Sie stieg die Luftröhre hoch und engte diese so sehr ein, dass er stehen bleiben musste, um nicht zu ersticken.
Ein Schluchzen entfuhr ihm.
Erschrocken lauschte Lederer dem ungewohnten Klang. Das Schluchzen ging in ein Wimmern über, und er schmeckte Salz auf den Lippen. Seine Hand fuhr durch sein Gesicht, wischte die Tränen beiseite, doch der Damm war gebrochen.
Er heulte die Beklemmung raus.
Seine Beine wurden weich, und er setzte sich ins Moos, lehnte den Kopf gegen den Stamm einer Fichte und weinte. Es war, als würde er den Schmerz seiner Jugend ausbluten, und er konnte nichts dagegen tun. Es schüttelte ihn wie einen kleinen Jungen.
Eine gute halbe Stunde verging, bis Lederer sich beruhigt hatte. Seine Augen fühlten sich an, als hätte ihm jemand Wattebällchen unter die Lider gestopft.
Er fühlte sich unendlich müde und schwach.
Schließlich rappelte er sich auf und überwand die letzten fünfhundert Meter zu seinem Wagen, ohne zu wissen, wie er es geschafft hatte.
Ständig dachte er an Vroni und wie peinlich sein Auftritt gewesen war. Zumindest ein Gutes hatte es, er würde ab jetzt nur noch als Polizist in Erscheinung treten.
Auf der Fahrt zurück zu Giselas Hof war seine Entschlossenheit, die Mordfälle mit aller Härte aufzuklären, stärker denn je. Er würde Vroni überführen, und wenn es das Letzte war, was er auf dieser Erde machen würde.

Zuallererst gönnte Lederer sich ein kaltes Helles aus Giselas Kühlschrank.
Mit dem letzten Schluck schlurfte Ludwig verschlafen in die Küche.
»Ah, Sie sind das«, brummte er. »Ich dachte schon, Gisela kann wieder nicht schlafen.«
»Ich wollt Sie nicht wecken«, entschuldigte sich Lederer.
»Ich musste eh aufs Klo.« Ludwig bemerkte die Bierflasche in Lederers Hand. »Sie trinken Bier?«
»Sehr selten. Eigentlich nur, wenn ich vom Stress runterkommen will.«
»Gab's denn heute Stress?«
Lederer dachte über diese Frage nach. Ludwig deutete das Schweigen als abweisende Antwort. »Na ja, geht mich auch nichts an. Ich leg mich dann mal wieder hin.«
Ludwig wandte sich ab.
»Lieben Sie Gisela?«, fragte Lederer.
Ludwig drehte sich um. Ein fragender Ausdruck überzog sein Gesicht.
»Ich will Ihnen nicht zu nahe treten«, sagte Lederer, »es interessiert mich nur, wie Sie beide sich kennengelernt haben.« Ein fast schüchternes Lächeln folgte.
»Wo ist denn Ihr Problem? Haben Sie sich verliebt?«
Kurz stockte Lederer der Atem aufgrund der Direktheit Ludwigs. »Verliebt? Ich … ich weiß nicht.«
Er senkte seinen Blick auf das Etikett der Bierflasche.
»Sie haben anscheinend doch ein Herz«, sagte Ludwig und grinste. »Noch eins?«
Lederer nickte, reichte Ludwig die leere Flasche. Der stellte sie in den Bierkasten neben dem Kühlschrank und holte zwei kalte aus demselbigen.
Die beiden Männer stießen an, tranken.

»Ich werd Ihnen nichts über Gisela und mich erzählen«, sagte Ludwig, »dazu mag ich Sie noch nicht genug.« Er fuhr sich durch die wenigen Haare und setzte sich. »Aber wenn Sie reden wollen, immer raus damit.«

Lederer musterte Ludwig lange.

Schließlich setzte er sich ihm gegenüber und erzählte von Vroni. Er hielt mit nichts zurück, und Ludwig unterbrach ihn kein einziges Mal.

Es tat Lederer gut, sich alles von der Seele zu reden. Merkwürdigerweise vertraute er Ludwig. Er hatte das sichere Gefühl, dass der ihn nicht für einen armseligen Wicht halten würde. Lederer mochte Gisela, und diesen Vertrauensvorschuss übertrug er auf ihren Verlobten.

Nachdem er geendet hatte, tranken beide erst einmal ihr Bier aus und hingen ihren Gedanken nach.

»Ich denke«, begann Ludwig, »Sie konnten sich nicht entscheiden, ob Sie Polizist waren oder Mann. Das hat Sie verwirrt. Das ist nichts Schändliches.«

»Und dass ich geheult hab?«

»Wir heulen alle mal«, sagte Ludwig. »Nur manchmal ohne Tränen.« Er leerte sein Bier. »Das macht uns noch lange nicht zu Weicheiern. Das zeigt nur unsere sensible Seite.«

Beide grinsten.

»Noch eins?«, fragte Ludwig.

Lederer nickte. »Ich hab ein bestimmtes Bild von mir«, sagte er, »und heut wurde es auf einen Schlag komplett in Frage gestellt.«

»Schmarrn.« Ludwig kehrte mit zwei frischen Flaschen zum Tisch zurück. »Sie haben nur eine Seite an sich wiederentdeckt. Das hat Sie umgehauen, mehr nicht.«

»Sie denken also wirklich, ich bin verliebt?«

»Hundertprozentig.«
»Und was kann ich dagegen tun?«
Ludwig rülpste leise überrascht auf. »Wieso wollen Sie was dagegen tun?«
»Weil ich gegen Vroni ermittle.«
»Sie reden so, als könnten Sie das ein- und ausschalten.«
»Man kann sich disziplinieren«, erwiderte Lederer. »Wenn man will, kann man jeden seiner Triebe unter Kontrolle halten.«
»Das glaub ich nicht.«
»Haben Sie's schon mal probiert?«
»Öfters«, sagte Ludwig. »Ich hab mit dem Trinken aufgehört, mit dem Onlinepokern und mit dem Sex.« Er schüttelte den Kopf. »Und immer wieder bin ich rückfällig geworden.«
Lederer verstand, dass Ludwig sich über ihn lustig machte. Normalerweise hätte er ihm das übelgenommen und ihn mit einem stählernen Satz plattgemacht. Heute aber war alles anders. Er fühlte sich irgendwie gutmütig.
»Vielleicht hab ich mich falsch ausgedrückt«, sagte er. »Ich bin der Überzeugung, dass man jemanden lieben kann, ohne ihm nahe zu sein, man muss dazu nur diese Liebe abspalten und an einem sicheren Ort verwahren, zu dem man keinen Zugang hat.«
Ludwig musterte ihn lange. »Sie haben Angst davor, dass Sie denselben Schmerz noch mal abkriegen.«
»Ich sage nur, dass man das Gefühl kontrollieren muss, damit man nicht von ihm kontrolliert wird.«
Ludwig deutete mit dem Zeigefinger auf Lederer. »Darum sind Sie so ein stocksteifer, kalter Fisch. Weil Sie immer Ihre Gefühle kontrollieren wollen.« Er kicherte. »Wie blöd kann ein Mensch nur sein.«

»Wie bitte?« Lederer spürte eine Welle der Empörung hochsteigen.
»Kontrolle gibt es einfach nicht«, sagte Ludwig seelenruhig. »Das würde bedeuten, dass Sie immerzu daran denken müssen, wie Sie wann welches Gefühl behandeln.«
»Exakt. Dieses beständige Darandenken schleift irgendwann ein Muster auf Ihre Festplatte, und dann wird es zum Automatismus. Jeder Geist lernt durch Wiederholung. Das ist wie beim Autofahren. Am Anfang denken Sie, um Gottes willen, das klappt nie, und einige Jahre später können Sie während der Fahrt reden, telefonieren und das Radio bedienen, ohne die Kontrolle zu verlieren.«
Überlegen prostete er Ludwig zu und nahm einen tiefen Zug.
»Und von was träumen Sie?«, fragte Ludwig.
»Was?«
»Von was träumen Sie?«
Lederer stieß einen kleinen Lacher aus, so überrascht war er über diese Frage. »Was hat das damit zu tun?«
»Ihr Verstand schaltet im Schlaf aus, und alles, was Sie verdrängen, kommt aus dem Gefängnis ans Licht. In Ihren Träumen verlieren Sie die Kontrolle.«
»Meine Träume haben mit meinem Alltag nichts zu tun«, sagte Lederer. »Da komm ich mir selbst nicht ins Gehege.«
»Das heißt, Sie können Ihr Unterbewusstsein ausschalten?«
»Ja.«
»Wie können Sie dann Autofahren und gleichzeitig reden?«, fragte Ludwig.
»Das hat mit meinen Träumen nichts zu tun.«
»Das denken Sie. Ob Sie wollen oder nicht, Ihr Unterbewusstsein funkt ständig Botschaften an Ihr Gehirn. Sie

merken es nur nicht, aber Ihre Handlungen sind davon beeinflusst.«
»Haben Sie Küchenpsychologie studiert?«, fragte Lederer.
»Das muss man nicht, man muss nur mit offenen Augen durch die Welt gehen. Und wenn ich Sie mir so anschaue, dann seh ich einen verklemmten Erbsenzähler, der sich geschwollen ausdrückt, um seine Mitmenschen zu beeindrucken. Sie wollen mit dieser Fassade die Leute auf Abstand halten. Sie wollen die Kontrolle über die Situation behalten, Sie wollen der Chef sein.« Ludwig prostete Lederer über den Tisch hinweg zu. »Darum ist es mir eine umso größere Ehre, dass Sie mit mir so offen über alles reden.«
»Was unter uns bleibt.«
»Natürlich. Unser Gespräch fällt unter meine Schweigepflicht als Versicherungsmakler.« Er grinste und nahm einen Schluck.
Kurze Zeit herrschte Schweigen.
»Sind wir Freunde?«, fragte Lederer.
Ludwig schürzte die Lippen. »Wir sitzen um zwei Uhr morgens in Giselas Küche, trinken kaltes Bier zusammen und reden über Ihre Probleme? Nein, ich denke, wir sind keine Freunde. Sie sind nur verzweifelt, und ich höre Ihnen zu.«
»Ab wann wären wir Freunde?«
»Wenn ich mit Ihnen jetzt auch noch über meine Probleme reden würde, ohne angetrunken zu sein.«
»Wollen Sie?«
Ludwig schüttelte den Kopf. »Ich bin noch nicht so weit.« Er erhob sich. »Nehmen Sie endlich den Stock aus Ihrem Arsch und lassen Sie die Zügel locker.«
Er klopfte Lederer beim Hinausgehen auf die Schulter.
Der Hauptkommissar blieb noch eine Weile sitzen und

dachte über Ludwigs Worte nach. Er merkte, wie ihm die Müdigkeit in die Knochen kroch, und auch wenn er gerne noch länger reflektiert hätte, er konnte nicht mehr. Er würde ins Bett gehen und sich seinem Unterbewusstsein überlassen.

Am nächsten Morgen frühstückte Gisela alleine.

Beim zweiten Marmeladenbrot klingelte ihr Handy. Schorschs Gesicht zierte das Display. Seine Stimme klang aufgeregt.

»Das musst du dir anschauen, ich glaub, da hat der Straubinger einen Volltreffer gelandet.«

»Um was geht's denn?«, fragte Gisela kauend.

»Um den USB-Stick.«

Zehn Minuten später war Gisela auf der Dienststelle. Ihre Tasse Kaffee hatte sie kurzerhand mitgenommen.

Schorsch machte einen übernächtigten Eindruck, trotzdem strahlte er vor Aufregung.

Er führte Gisela in ihr Büro. Die Jalousien waren unten, und es stank nach Sportunterricht. Die Stickigkeit in dem Zimmer grenzte an Körperverletzung.

Bevor sie sich dem Monitor zuwandte, lüftete sie erst einmal durch.

»Hast du wenigstens was gegessen?«, fragte Gisela.

»Mach ich jetzt dann«, sagte Schorsch und rückte ihr den Stuhl zurecht. Er schob ihn ihr in die Kniekehlen, so dass ihr gar keine andere Möglichkeit blieb, als sich zu setzen. Er drehte sie zu dem Monitor.

Ein Doppelklick auf eine Kopie des USB-Sticks öffnete einen Ordner, der unzählige Dokumente enthielt.

Schorsch klickte das erste an. Ein Vertrag, der zwischen

JojoFunds und einer Josephine Gutsohn geschlossen worden war.

Der Name Gutsohn explodierte in Giselas Gehirn und drückte ihre Augäpfel aus den Höhlen.

»Das kann doch nicht sein«, stotterte sie.

»Doch.« Schorsch öffnete das nächste Dokument.

Die Kopie eines Personalausweises mit Vronis Foto. »Das ist die Tochter von diesem Eisfuzzi. Die ist doch für tot erklärt worden.«

Einen Moment lang fehlten Gisela die Worte.

»Wieso hat die ihren Personalausweis eingescannt?«, fragte sie schließlich.

Schorsch kicherte vor Vorfreude.

Das nächste Dokument war der Scan eines weiteren Personalausweises. Wieder mit ihrem Foto, aber einem anderen Namen. Insgesamt gab es zehn Scans, der letzte mit dem Namen Veronika Werdenfels.

»Und jetzt pass auf«, sagte Schorsch. »Das hier sind Frau Gutsohns Bitcoin-Konten.«

Er öffnete ein Brieftaschensymbol. Die zehn verschiedenen Namen standen alphabetisch geordnet untereinander.

Er klickte auf den ersten.

Ein kleines Fenster ploppte auf.

»Zweitausend Bitcoins«, sagte Schorsch und deutete auf die entsprechende Zahl in dem Feld, das unter »Guthaben« stand.

Gisela war nicht beeindruckt. »Und?«

»Auf den zehn Konten hat sie insgesamt achtunddreißigtausend Bitcoins«, sagte Schorsch.

»Ja, schön. Und was, bitte, sind Bitcoins?«

»Das ist eine digitale Währung«, erklärte Schorsch, »deren Herkunft du nicht nachverfolgen kannst.«

»Aha.«
Gisela fühlte sich nicht schlauer als vorher. Eher im Gegenteil. »Sind achtunddreißigtausend Bitcoins viel?«
»Das kommt drauf an«, sagte Schorsch breit gedehnt. Er suhlte sich in seinem Wissen.
»Auf was?«, fragte Gisela pflichtbewusst.
»Wie der Wechselkurs zu den analogen Währungen gerade ist.«
»Schorsch«, knurrte sie ungeduldig.
»Im Moment steht der Kurs zum Euro bei etwa fünfhundert Euro.«
»Das ist aber nicht viel«, sagte Gisela.
»Äh, das ist für einen Bitcoin.« Schorsch deutete auf den Monitor. »Insgesamt hat sie neunzehn Millionen Euro auf diesen Konten.«
Gisela klappte der Mund auf. Sie hatte die Zahl zwar gehört, aber irgendwie musste die Information einen ordentlichen Umweg genommen haben, bis sie bei ihr im Gehirn ankam.
»Neunzehn Millionen?«
Ihre Stimme klang heiser wie nach einer durchzechten Nacht.
»Den Anteil der Frau Gutsohn aus ihren Geschäften mit JojoFunds überweist sie auf eines der zehn Konten und bekommt dafür Bitcoins. Mit den Bitcoins kann sie dann online einkaufen oder sie sich wieder auf ihr Konto auszahlen lassen«, sagte Schorsch. Er grinste. »Und dieses Konto führt sie bei der Sparkasse Straubing.«
Ein weiterer Klick, und Schorsch präsentierte Gisela den Kontoeröffnungsvertrag, den Veronika Werdenfels vor knapp zehn Jahren unterschrieben hatte. Daneben prangte die Unterschrift von Meyerbeers jetzigem Vorgesetzten, der damals noch einfacher Bankangestellter gewesen war.

»Ich hoff, du bist mir nicht mehr böse«, sagte Schorsch.
Gisela schaute Schorsch überrascht an.
»Weil ich doch weggelaufen bin«, fügte er hinzu, und seine Ohren wurden dunkelrot.
»Du vergisst das ganz schnell wieder«, sagte Gisela. »Ich hab gesehen, was in dem Bauwagen war. Ich hätt's nicht anders gemacht.«
Schorsch lächelte erleichtert. Er reichte Gisela den USB-Stick. »Ich hab alles kopiert. Der Straubinger kann den jetzt wieder zurückbringen.«

Lederer war ratlos, als Gisela ihm den Stick gab, und vollkommen perplex, als er erfuhr, wer Vroni wirklich zu sein schien. Wie ferngesteuert lenkte er seinen Mercedes über die Niedernussdorfer Hauptstraße.
»Bist du dir sicher?«, fragte er zum wiederholten Mal.
»Ziemlich«, sagte sie. »Wir müssten's halt noch überprüfen.«
Lederers Blick ging ins Leere, während er nachdachte, was zu tun wäre.
Gisela wunderte sich etwas über seine zurückhaltende Reaktion. »Ich weiß aber nicht, wie wir das machen sollen, ohne dass uns dein Chef auf die Zehen tritt.«
Lederer blinzelte sich zurück in Giselas Anwesenheit. »Ich mach das.«
»Du meinst, deine Kollegen lassen dich mit Gutsohn reden?«
Lederer schüttelte den Kopf. »Ich werd mit ihr reden.« Er hielt den Stick hoch. »Außerdem muss ich ihr den ja wiedergeben.« Er grinste.
»Haha, sehr witzig.«

Lederer wurde ernst. »Ich möchte, dass du ab jetzt nichts mehr damit zu tun hast.«
Gisela schnappte nach Luft. »Was?«
»Du und deine Männer habt schon mehr für mich gemacht, als zulässig ist.«
»Verdammt richtig«, sagte Gisela. »Wir stecken bis Oberkante Unterlippe da mit drin, und selbst wenn ich wollte, wir können da nicht mehr zurück.«
»Man kann immer zurück«, sagte Lederer, »und ich werde jederzeit beeiden, dass ihr nichts mit meinen Ermittlungen zu tun habt.«
»Dein Chef hat mich mit heruntergelassenen Hosen bei Nachforschungen auf der Sparkasse erwischt.«
»Du hattest doch noch gar keine Fragen gestellt, oder?«
»War ja keine Zeit.«
»Also hast du rein rechtlich gegen keinerlei Vorschriften verstoßen. Wenn du dem Sparkassendirektor dein Beileid wegen dem toten Herrn Meyerbeer aussprechen willst, fällt das nicht unter unrechtmäßiges Ermitteln.«
»Ich wollt aber Fragen zu der Verwicklung Meyerbeers mit Gutsohn stellen«, entgegnete Gisela, »und ich wäre jetzt noch mal hingefahren, um ihn wegen der Kontoeröffnung von der Tochter zu befragen. Ich wette, der weiß genau, in was die Gutsohns verwickelt sind.«
Lederer starrte Gisela kopfschüttelnd an.
»Was?«, fragte sie genervt. »Hab ich jetzt schon wieder was Falsches gesagt?« Sie hatte die Schnauze voll von Lederers überheblichem Getue. Endgültig.
»Nein, gar nicht. Ich dachte nur eben, wie toll es ist, jemanden zu haben, der so energisch wie du auftritt.«
Gisela konnte sich ein Lächeln nicht verkneifen. »War das ein Kompliment?«

Lederer deutete mit Daumen und Zeigefinger einen Spalt von etwa einem halben Zentimeter an.
»Danke«, sagte sie. »Und wie machen wir jetzt weiter?«
Lederer atmete tief durch. »Ich werd mir Vroni vorknöpfen, und du kümmerst dich um diese Bitcoin-Konten. Versuch herauszufinden, woher das Geld gekommen ist.«
»Von JojoFunds.«
»Das weiß ich«, sagte Lederer, »mich interessiert, wie diese Immobilienkäufe und -verkäufe funktionieren und welche anständigen Bürger sich damit ein kleines Zubrot verdient haben. Ich will eine Liste mit Namen, und sobald wir die haben, reden wir mit jedem Einzelnen von denen, bis uns einer eine Spur zu Gutsohn legt, die wir lückenlos belegen können.«
Lederer stoppte den Mercedes vor der Metzgerei.
»Du willst sicher, dass ich dem Kramer auf die Finger schau, oder?«, fragte Gisela mit Blick auf den Laden.
»Wo du anfängst, überlass ich dir. Aber ich vertrau dir vollkommen, dass du mit Ergebnissen zurückkommst.«
»Ich vertrau dir auch«, sagte Gisela und zwinkerte ihm zu.
»Wie meinst du das?«
»Dass du mit der Vroni gut kannst, sollte das heißen.«
»Wie kommst du da drauf?«
Gisela tupfte sich an den Nasenflügel. »Als Frau merkt man so was.«
»Und du bist dir sicher, dass dir das nicht ein kleines Vögelein gezwitschert hat?«
Lederer war sich mit einem Mal sicher, dass Ludwig mit Gisela geredet hatte.
Sie runzelte die Stirn. »Was für ein Vögelein?«
Lederer erkannte, dass sie ihm nichts vorspielte. Ludwig hatte also doch Wort gehalten.

»Nur so eine Redensart«, sagte Lederer.
»Du bist zweimal nachts weg gewesen, ohne dass du erzählt hast, wo und wegen was«, sagte Gisela. »Und ich hab zuvor deinen Gesichtsausdruck gesehen, als wir der Vroni nachgefahren sind. Die interessiert dich.« Sie musterte Lederer. »Oder hast du gemeint, dass ich mein, dass du dich für mehr als nur für sie interessierst.«
Lederer lachte auf. Es klang weder echt noch überzeugend.
»Ich bitte dich. Du kennst mich doch jetzt schon eine geraume Weile. Bin ich die Art Mann, die mehr als nur berufliches Interesse an einer Frau hätte?«
»Ich weiß nicht«, sagte Gisela gedehnt. »Vor einer Minute hätt ich noch gesagt, nein, aber jetzt …«
Lederers Schnauzer zuckte kurz, und sein Blick schwenkte an ihrem Ohr vorbei. Schuldig.
»Du weißt schon, was du machst, oder?«
Sie war, gelinde gesagt, schockiert über die Erkenntnis, dass Lederer erstens Gefühle hatte und zweitens diese in eine mutmaßliche Mörderin investierte.
»Für wen hältst du mich? Für einen Anfänger?«
»Die Liebe hat schon manchen Schädel um hundertachtzig Grad verdreht.«
»Mit meinem Schädel ist alles in Ordnung.« Lederer beugte sich verschwörerisch nach vorne. »Solltest du jedoch irgendwann Anzeichen von Geistesschwäche bei mir entdecken, bitte ich dich, dich nicht zurückzuhalten und mir den Kopf, pardon, Schädel zu waschen.«
»Ich nehm dich beim Wort«, sagte Gisela.
Sie stieg aus Lederers Mercedes aus. Er fuhr davon, sah sie im Rückspiegel kleiner und kleiner werden.

Das Glöcklein über der Ladentür kündigte Giselas Besuch lieblich an.
Vor ihr standen vier Kunden, die fürs Wochenende einkauften. Während Franz und Maria Kramer arbeiteten und nebenbei ratschten, ging Gisela mögliche Ansatzpunkte durch, mit denen sie den Metzger zur Kooperation bewegen konnte.
Das Gespräch über Meyer, dessen Vorlieben und den Shop in Straubing kamen ihr wieder in Erinnerung.
Sie hatte das sichere Gefühl, dass Franz Kramer in Beisein seiner Frau eine ausführlichere Unterhaltung über dieses Thema vermeiden wollen würde. Und wenn der Metzger erst mal zu reden begann, würde sie ganz schnell eine Liste haben, da war sie sich sicher. Ihr reichten ein paar Namen, vier würden wahrscheinlich genügen.
»Der Nächste, bitte«, sagte Maria Kramer und sah Gisela freundlich an.
Diese hatte sich so auf Franz Kramer eingestellt, dass sie auf dem falschen Fuß erwischt wurde. »Vier Kilo Leberkäs«, stotterte sie.
»Vier Kilo?«, wiederholte die Metzgerin zur Sicherheit.
»Ja, ich … ich mach ein Essen für alle von der Dienststelle.«
»Da muss ich schnell in die Kühlung«, sagte Maria und verschwand durch eine Verbindungstür nach hinten.
Gisela warf einen Blick zu Franz Kramer, der gerade zweihundertfünfzig Gramm gemischten Salamiaufschnitt abwog und dabei mit dem Pfarrer über den Straubinger Hauptkommissar herzog. Wenn es um einen guten Schmäh oder einen Witz auf Kosten anderer ging, war dem Pfarrer keine Zote zu schäbig.
Die beiden Männer lachten über die Vermutung des Pfar-

rers, dass Lederer wegen sexueller Belästigung seines Chefs versetzt worden war.
Ein Seitenblick des Metzgers zu Gisela verlieh diesem Witzchen eine zusätzlich Duftnote.
»Ich hab gehört, dass der Lederer seinen Chef mit einem Metzger in einem Sexshop beobachtet hat, und der Chef wollte nicht, dass das rauskommt«, sagte sie mit unverwandtem Blick auf Franz Kramer.
»Ein Polizeirat mit einem Metzger beim Videoschauen?«, fragte der Pfarrer. »Muss ja dann wohl ein Splattersexfilm gewesen sein.«
Er lachte sonor. Franz Kramer verzog nur geringfügig die Mundwinkel nach oben.
»Der ist Polizeioberrat, und der Metzger war mit Handschellen an ihm festgemacht«, sagte Gisela. »Wer wen verhaftet hat, ist aber nicht ganz klar gewesen.«
»Mei, bist du heut wieder lustig«, sagte Franz Kramer knurrend.
»Jaja, ich weiß schon, ein Metzger macht so was nicht«, sagte Gisela. »Du würdest dich wundern, was der Lederer für Fotomaterial aus dem Sexshop hat.«
Gisela versenkte ihren Blick in Franz Kramers Eingeweide.
»Dann war das kein Witz?«, fragte der Pfarrer.
»Nur halb«, sagte Gisela. »Es gibt tatsächlich einen Metzger, der dort des Öfteren Gast ist, aber keinen Polizeioberrat.«
Der Pfarrer wandte sich an Franz Kramer. »Und ich dachte immer, euch reicht das Fleisch in der Auslage.«
Er lachte wieder dröhnend.
Maria Kramer kam mit dem Leberkäs zurück.
»Hab ich was verpasst?«, fragte sie angesichts des Pfarrers Gelächter.

»Magst das wirklich wissen?«, fragte Gisela.
»Habt ihr wieder unanständig dahergeredet, kaum dass ich draußen war, was?«
Der Pfarrer winkte protestierend ab. »Ich nicht. Die Gisela.«
»Ich hab nur erzählt, was ich über andere gehört hab«, sagte Gisela.
»Sag«, forderte Maria Kramer Gisela auf, während sie den Leberkäs abwog.
»Es geht um einen Metzger«, begann Gisela, bevor Franz Kramer sie unterbrach und dem Pfarrer seinen Einkauf in einer Tüte über die Theke reichte.
»Hier, schauen Sie, Herr Pfarrer«, sagte er laut.
»Was macht's?«, fragte der Pfarrer.
Franz Kramer machte eine wegwerfende Handbewegung. »Passt schon.«
»Vergelt's Gott«, verabschiedete sich der Pfarrer.
Kaum war der Geistliche zur Tür hinaus, fuhr Maria Kramer ihren Mann an. »Du schenkst dem für fünf achtzig eine Salami?«
»Wieso denn nicht?«, wehrte sich der Metzger. »Wir schmeißen eh immer so wenig in den Klingelbeutel, und eine Nachzahlung in Naturalien hat doch was.«
»Jetzt erwartet der aber jedes Mal, dass er das Essen geschenkt kriegt«, zeterte Maria Kramer. Ansatzlos wandte sie sich an Gisela. »Darf's noch was sein?«
»Dreißig Weißwürste hätt ich gern.«
Sie hatte gesehen, dass davon nur noch wenige in der Auslage lagen.
Dementsprechend genervt seufzte Maria Kramer. »Bin gleich wieder da«, sagte sie und verschwand erneut Richtung Kühlung.

»Wir müssen reden, Franz«, sagte Gisela zu dem Metzger.
»Ich wüsst nicht, über was.«
»Über deine Provision bei den Hausverkäufen.«
Franz Kramer wankte einen Moment. »Was?«
»Ich weiß von deinen Geschäften mit Metzinger und Jojo-Funds.«
»Ich weiß gar nicht, von was du redest?«, sagte Franz Kramer. Sein Blick flackerte unsicher.
»Ich denk schon. Wir können ja später drüber reden. Erst muss ich deiner Frau noch die Geschichte mit dem Metzger erzählen. Mal schauen, ob sie drauf kommt, dass du das bist.«
Maria Kramer kehrte mit einer verschweißten Tüte voller Weißwürste zurück. Sie schnitt sie auf. »Wie viel hast du gesagt?«
»Zwanzig«, sagte Gisela.
»Waren's nicht dreißig?«, fragte Maria Kramer.
»Mei, vor lauter Ratschen bin ich ganz durcheinander«, sagte Gisela. »Freilich waren's dreißig.«
Maria Kramer zählte die Weißwürste ab und legte sie in eine Plastikschüssel.
»Noch mal zurück zu dem Metzger«, sagte Gisela.
Maria Kramer nickte tonlos, um sich nicht zu verzählen.
»Also, das ist echt abartig«, fuhr Gisela fort.
»Magst du außer den Weißwürsten noch was?«, fragte Franz Kramer.
»Nein«, sagte Gisela, »das wär dann alles.«
»Ich kassier schon mal ab«, sagte Franz Kramer zu seiner Frau.
»Die müssen noch gewogen werden«, sagte diese und nickte zu den Weißwürsten hin.
»Also, um auf den Metzger zurückzukommen«, begann Gisela.

»Machen wir einen Pauschalpreis von fünfzig Euro«, sagte Franz Kramer.
Maria Kramer hörte sofort zu zählen auf und starrte ihren Mann fassungslos an. »Sag einmal, brennt dir heut der Hut?«
»Wieso denn?«, verteidigte sich der Metzger. »Die Gisela ist eine unserer besten Kundinnen, da kann man schon mal einen Spezialpreis machen.«
»Vor der Gisela kommen noch eine Handvoll wirklich bester Kundinnen«, blaffte Maria Kramer. »Nichts gegen dich, Gisela«, sagte sie zu der Polizistin, »aber so oft kommst jetzt auch wieder nicht zu uns.«
»Ich versuch halt schon, Fleisch und Wurst zu vermeiden, manchmal geht's aber nicht anders.« Gisela holte tief Luft. »Also, noch mal. Dieser Metzger kommt vom Land, um ehrlich zu sein, aus der näheren Umgebung, mehr darf ich nicht sagen.«
»Vierzig Euro«, sagte Franz Kramer.
»Spinn dich aus«, sagte Maria Kramer und schob ihren Mann zur Seite, um die Plastikschüssel auf die Waage zu stellen. »Anscheinend hat der heut Mittag einen Schnaps zu viel gehabt«, scherzte sie Richtung Gisela. Sie las das Gewicht ab. »Tu eine Tüte her«, raunzte sie ihren Mann an. Der holte artig eine Plastiktüte, in die Maria Kramer die Weißwürste kippte. Sie hielt die Schüssel hoch. »Die wiegt fünfzig Gramm, das zieh ich ab.«
Sie überschlug schnell den Endpreis, während Franz Kramer und Gisela einen langen Blick wechselten.
Der Metzger machte eine nachgebende Handbewegung, bildete mit zwei Fingern ein V und hielt es sich vor die Stirn. Dann streckte er neun Finger hoch. Gisela nickte. Um neun im Wilden Bock.

»Vierundachtzig fünfundneunzig«, sagte Maria Kramer. »Vierundachtzig, weil du's bist.«

»Schreib's auf«, sagte Gisela und nahm die Tüte von Franz Kramer entgegen. »Hauptkommissar Lederer zahlt das morgen.«

Sie winkte zum Abschied.

Maria Kramer schaute ihren Mann wütend an. »Sag einmal, was ist denn heut mit dir los?«

Franz Kramer wich ihrem Blick aus wie ein gescholtener Schuljunge.

»Was war jetzt das mit dem Metzger?«, fragte sie.

»Ich glaub, es ging da um Pferdefleisch in der Wurst«, sagte Franz Kramer, ohne rot zu werden.

»Das schaut ihr wieder mal ähnlich«, sagte Maria Kramer. »Selber nix im Job zerreißen, aber über andere lästern. Die blöde Kuh.«

Lederers Mercedes stand am Straßenrand vor der Abbiegung zu Vronis Hof. Der Hauptkommissar spielte alle Szenarien im Kopf durch, die es ihm möglich machten, sein Gesicht zu wahren, wenn er Vroni gegenübertrat.

Nichts überzeugte ihn. Sollte das Schicksal entscheiden.

Vroni führte den Rappen an einer Longe im Kreis herum, als Lederer ankam. Sie sah flüchtig zu ihm, konzentrierte sich dann wieder auf das Pferd.

Lederer lehnte sich an das Gatter, beobachtete die Konsequenz und Härte, mit der Vroni das Tier antrieb und abbremste. Selbst als es einmal ausschlug, hatte sie es innerhalb eines Augenblicks wieder unter Kontrolle.

Vroni besaß eine natürliche Neigung, andere zu beherrschen. Eine Gabe, die ihm abging, wie er sich selbst einge-

stehen musste. Er hatte immer gedacht, er wäre der Chef im Ring, nun hatte er seine Meisterin gefunden.
Nach Beendigung des Trainings übergab Vroni das Pferd ihrer Pferdepflegerin und steuerte auf Lederer zu. Die beiden standen sich schweigend gegenüber.
Lederer schluckte. Er war zu keinem klaren Gedanken fähig, solange er in ihre Augen schaute. Sein Blick schwenkte nach unten.
»Es tut mir leid«, sagte sie.
Lederers Kopf ruckte hoch. Er glaubte, sich verhört zu haben.
Vronis Gesicht schien weicher geworden zu sein, der Glanz der untergehenden Sonne verlieh ihren Haaren eine Korona, die sie wie einen Engel erscheinen ließ.
»Ich kann nicht aus meiner Haut«, fügte sie entschuldigend hinzu.
Sie beugte sich vor und küsste Lederer sanft.
Es erinnerte ihn an seine Jugendliebe, deren weiche Lippen sich zu Beginn ihrer Freundschaft wie ein Windhauch anfühlten. Es war die Unwissenheit, wie man küsste, die beide vorsichtig gemacht hatte. Genau dieses Gefühl hatte er jetzt bei Vroni.
Sie löste sich von ihm, sah ihn fragend an. »Alles wieder gut?«
Lederers Mund öffnete und schloss sich stumm wie bei einem Karpfen. Er nickte.
Sie nahm seine Hand und führte ihn zum Haus. Erst als sie den Flur betraten, dämmerte Lederer, dass es kein Traum war. Vroni hatte sich bei ihm für ihr Verhalten entschuldigt und ihn geküsst. Das war das komplette Gegenteil dessen, was er erwartet hatte.
Schlafwandlerisch folgte er ihr die Treppe hoch zu ihrem Schlafzimmer.

Sein Polizistenherz meldete sich mit rasend schnellen Beats. Er konnte jetzt unmöglich mit einer Hauptverdächtigen schlafen, die zehn Aliasse besaß und mit der Firma ihres Vaters zusammen Geld wusch. Wenn das rauskam, wäre er seinen Job auf jeden Fall los, egal, ob er sie als Mörderin überführte oder nicht.

Er musste seinen Trieb im Zaum halten, er musste stark bleiben.

Das Schlafzimmer war blütenweiß eingerichtet, der einzige Farbtupfer war die Bettwäsche aus blutrotem Satin.

Vor dem Bett drehte sich Vroni zu Lederer um, ihr Gesicht nahe an seinem. Immer noch hielt sie seine Hand fest.

»Ich will, dass du so bist, wie du bist. Mach mir nichts vor, ich mag das nicht.«

»Ich dachte«, stotterte Lederer los, »wir passen nicht zusammen.«

»Der Kuss gestern«, sagte sie, »es war mein erster.«

Lederers ungläubiger Blick löste einen Lacher bei Vroni aus. »Natürlich bin ich schon öfters geküsst worden«, sagte sie, »aber noch nie hab ich dabei etwas anderes als Ekel empfunden.« Sie knabberte an Lederers Ohrläppchen. Seine Beine verwandelten sich in Götterspeise, sein Magen verknotete sich zu einem Zopf.

»Mach es noch mal«, flüsterte sie ihm mit heißem Atem ins Ohr.

»Ich …«, sagte Lederer unter leisem Stöhnen – darf nicht, wollte er fortfahren –, »liebe dich.«

Er ächzte laut, nachdem er seine eigenen Worte gehört hatte, und hätte sich am liebsten die Zunge rausgerissen.

Bevor er sich selbst verstümmeln konnte, spürte er bereits Vronis Mund auf seinen Wangen.

Ihre Hände packten ihn an den Haaren und zogen seinen

Kopf in den Nacken, dass er das Gefühl hatte, sein Adamsapfel würde herausspringen.
»So geht das nicht«, presste Lederer hervor.
Sofort lockerte sich Vronis Griff. Fragend sah sie ihn an.
Lederer nahm ihr Gesicht in beide Hände. »Mach einfach gar nichts.«
Vronis Augen funkelten vor Erwartung.
Lederer konnte nicht aufhören, sie anzusehen. Ihre ausgeprägten Wangenknochen, die leicht schiefe Nase, der unmerkliche Flaum über ihrer Oberlippe, das dunkelbraune Muttermal am Haaransatz neben dem rechten Ohr.
Jedes Detail saugte er in sich auf, machte es zu einem Teil von sich.
Der Polizist in ihm starb, als er die Augen schloss und sie sanft küsste.
Er gab sich vollkommen dem süßen Gefühl ihrer Zunge hin, deren rauhe Oberfläche er mit seiner liebkoste.
Er schmeckte eine Mischung aus Stroh und Schweiß. Ein gelber Sonnenball explodierte auf seiner Netzhaut. Die Wärme breitete sich in seinem ganzen Körper aus und fand ihren heißesten Punkt zwischen seinen Beinen.
Er fühlte sich jung, Erinnerungen an seine Jugendliebe tanzten in seinem Kopf Samba.
Die beiden fielen aufs Bett.
Lederer zog Vronis Bluse aus. Sie rührte keinen Finger, suchte nur immer wieder seinen Blick.
Sie gab sich ihm vollkommen hin, er hätte alles mit ihr tun können, doch er wollte nur, dass sie merkte, wie ernst er es meinte.
Nicht eine Sekunde lang dachte er an sich, während sie Sex miteinander hatten.
Zehn Minuten später war Lederer vollkommen erschöpft,

seine Oberschenkel zitterten, als hätte er hundertzwanzig Minuten lang im Mittelfeld der deutschen Nationalmannschaft gespielt.

Der Schweiß rann ihm über die Wangen seitlich auf das Laken hinab.

Er hatte Seitenstechen, und sein Herz raste. Aber er war so glücklich wie seit Jahren nicht mehr.

Vroni lag neben ihm auf dem Bauch und malte mit dem Zeigefinger Buchstaben in sein nasses Gesicht.

»L«, riet er.

»Und der Letzte?«, sagte sie und schrieb den nächsten Buchstaben in sein Gesicht.

»E«, sagte er. Der Schreck fuhr ihm in die Knochen. »Bulle«, sagte er leise.

Vroni lächelte, legte ihren Kopf auf seine Brust. »So bist du mir vorgekommen.«

»Wie ein Polizist?« Seine Hand fuhr ihr mit gespreizten Fingern durchs Haar.

Sie kicherte. »Nein. Wie ein Bulle.« Sie stieß ein tiefes Muhen aus.

»Ist das ein Kompliment?«, fragte Lederer erleichtert.

Sie lupfte den Kopf, um ihn anzuschauen. »Ich weiß nicht. Es war nur eine Feststellung. Willst du ein Kompliment hören?«

»Ja.«

»Ich hatte keine Angst.«

Lederer runzelte die Stirn.

»Das hättest du nicht gedacht, was?«, sagte sie und küsste seine linke Brustwarze, um im nächsten Moment hineinzubeißen.

Lederer zuckte zusammen, schrie erschrocken auf.

»Hast du niemals Angst?«, fragte sie ihn und pustete über die Brustwarze.

»Nein«, sagte Lederer.
»Du lügst«, sagte sie. »Jeder hat Angst. Die ganze Welt wird von Angst regiert.«
Lederer spielte weiter mit ihren Haaren, die ihr wie ein Umhang über den Rücken fielen.
»Lüg mich nicht an«, sagte sie ernst. »Ich hasse Lügen mehr als alles andere.«
Lederer lächelte mit zusammengepressten Lippen.
Vroni schob sich höher, bis ihre Nasenspitze an seine stieß.
»Wenn du wirklich glaubst, dass ich einen Wert habe, dann lüg mich nie an, okay?«
»Was meinst du mit Wert?«, fragte er.
»Versprich es mir einfach!«
Es fiel ihm schwer, aber er versprach es.
Sie küsste ihn tief und innig, um sein Versprechen in sich aufzunehmen.
Lederer erwiderte den Kuss. Und diesmal war er es, der sich ruhig verhalten musste, während Vroni ihn vernaschte.

Der Wilde Bock war rammelvoll wie jeden Samstag. Am Stammtisch wurde stumm Schafkopf gespielt, an den sechs anderen Tischen diskutierte man über die Bundesliga und machte sich über die eine oder andere Mannschaft lustig.
Erwin und Schorsch beteiligten sich lautstark, Fußball verband eben alle Männer in Niedernussdorf. Egal, ob es um die Profis oder um die Niedernussdorfer Jugend ging. Jeder hatte eine Meinung, und jeder posaunte sie so laut wie möglich aus.
Nur Richie saß stumm vor seinem Weißbier, stierte auf den goldenen Gerstensaft und befand sich in seiner eigenen Welt. Er nahm nichts um sich herum wahr, nicht einmal,

als Erwin ihn anstupste, damit er ihn darin unterstützte, die Grünhardinger Altherrenmannschaft als Rollatorenelf zu bezeichnen.

In einer Nische, am ungeliebten Tisch nahe den Toiletten, hockten Gisela und Franz Kramer zusammen. Beide waren bereits beim zweiten Weißbier, das erste hatten sie während der Aufwärmphase konsumiert.

»Das heißt, der Metzinger ist mit der Idee auf dich zugekommen, ein Haus zu kaufen?«, fragte Gisela.

Franz Kramer versuchte seit einigen Minuten, ihr das Modell seines Nebenverdienstes nahezubringen.

»Ja.«

»Und wie ist der Metzinger gerade auf dich gekommen?«, fragte Gisela. »Hast du was zum Kaufen gesucht?«

»Nein, gar nicht. Der stand irgendwann bei mir im Laden.«

»Einfach so?«

»Nicht einfach so«, sagte Franz Kramer, »er wollt einen Aufschnitt haben. Und dann sind wir so ins Reden gekommen. Irgendwann hat er dann gemeint, er hätte viele Kunden aus dem Ausland, für die es schwer sei, hier eine Immobilie zu kaufen. Die suchen oft jemanden, der für sie einspringt, irgendwie.«

»War die Maria da mit im Laden?«

Franz Kramer schüttelte den Kopf. »Die hätt da gleich dazwischengefunkt. Sie mag die Grünhardinger nicht. Ums Verrecken nicht. Aber mir ist das wurscht. Geld ist Geld, egal, wo's herkommt.«

»Hat dir der Metzinger da schon Geld angeboten?«, fragte Gisela.

»Nein. Erst, als ich dann in sein Büro gefahren bin«, sagte Franz Kramer und hob winkend sein leeres Weißbierglas. Der Wirt nickte verstehend.

»Er hat mir das Haus gezeigt, das ich auf meinen Namen kaufen sollte. Ich würde dafür eine Provision kriegen.«

»Und dann?«

Franz Kramer zuckte mit den Achseln. »Dann sind wir zum Notar, und ich hab den Kaufvertrag unterschrieben.«

»Von wem hast du die Provision bekommen?«

»Von Metzinger. Kaum dass wir vom Notar draußen waren, hat er mir den Umschlag mit fünfzehn Riesen in die Hand gedrückt.«

»War dir nie bewusst, dass das illegal sein könnte, was du da machst?«

»Illegal, illegal, wenn ich das schon hör«, schimpfte der Metzger und nahm sein Weißbier in Empfang. »Wir werden doch ständig vom Staat beschissen, da kann man schon mal selber ein Auge zudrücken.«

»Du hast Geld gewaschen«, sagte Gisela, »und das Geld stammt vermutlich von Gewaltverbrechen.«

»Oder ein reicher Scheich ist auf Einkaufstour. Man kann doch nicht immer nach einem Haken suchen.«

»Du bist zwar blöd, aber so blöd auch wieder nicht«, sagte Gisela. Sie prostete ihm zu, beide tranken.

»Geld kann man immer brauchen«, sagte er. »In ein paar Jahren werden wir den Laden zumachen, außer Schorsch tritt aus der Polizei aus und übernimmt die Nachfolge. Und viel auf die Seite haben wir nicht gebracht.«

»Ich frag mich aber schon, wie der Metzinger genau auf dich gekommen ist.«

»Wahrscheinlich hat er unseren Kontostand gesehen und Mitleid gehabt«, scherzte Franz Kramer.

»Das könnte sein.«

Gisela wusste, dass die Banken untereinander sensible Daten austauschten, wenn es um einen Kredit ging. Vielleicht

hatte Meyerbeer eine Kreditvergabe vorgetäuscht, um bei Banken im Landkreis nach verschuldeten Leuten zu suchen. Und deren Namen hatte er dann an Metzinger geliefert.
»Hast du mit dem Meyerbeer jemals was zu tun gehabt?«, fragte sie.
»Wie heißt der?«
»Meyerbeer. Der war Kreditsachbearbeiter bei der Sparkasse in Straubing.«
Franz Kramer schüttelte den Kopf. »Ich bin seit jeher bei der Raiba.«
»Hast du dich jemals mit dem Meyer getroffen?«
»Einmal«, sagte er nach einigem Zögern. »Am Anfang, als er noch neu war. Wir haben eine Wirtshaustour gemacht.«
»Da hast jetzt aber ein bisschen überlegen müssen«, hakte Gisela nach.
Franz Kramer zuckte mit den Achseln, hielt sich mit beiden Händen am Weißbierglas fest. »Nicht dass du meinst, ich hätt mich von dem in seine Spielchen verwickeln lassen.«
»So schätz ich dich eigentlich gar nicht ein«, sagte sie. »Oder hat's dich interessiert?«
»Um Gottes willen, ich bin doch nicht pervers.«
»Warst du mal in seiner Wohnung?«
Franz Kramer starrte sie entgeistert an. Sie deutete das als ein Nein.
Der Gedanke, dass Meyerbeer für Metzinger eine Liste von Namen zusammengestellt hatte, klebte in ihrem Kopf wie Fliegenpapier. Heutzutage überbrachte man so eine Liste nicht mehr persönlich, sondern schickte sie per E-Mail.
Sie musste Metzingers Computer nach dieser Datei durchforsten.
Das Problem war, dass der PC von der Mordkommission

sichergestellt worden war, und sie war sich ziemlich sicher, dass eine Anfrage bezüglich Einsichtnahme abgelehnt werden würde.

»Hallo?«

Franz Kramer fuchtelte mit der Hand vor Giselas Gesicht herum, um sie aus ihren Gedanken zu reißen. »Auf welcher Wolke schwebst du denn?«

»Wolke«, sagte sie. »Wolke. Genau.«

In heutiger Zeit waren Clouds als Speicherorte, die von überall her zugänglich waren, genauso wichtig wie USB-Sticks. Wenn sie ganz viel Glück hatte, würde Metzinger seine Daten in einer solchen Wolke sichern.

Sie musste mit Frau Hendlmoser reden. Sofort.

Gisela stand abrupt auf, deutete auf ihr halbvolles Glas. »Zahlst du?«

Franz Kramer nickte überrumpelt.

Vor dem Wirtshaus rief Gisela Frau Hendlmoser privat an und fragte sie, ob Metzinger seine Daten in einer Cloud gespeichert habe.

Natürlich hatte er, kam die Antwort.

Giselas Herz machte einen Freudensprung, der zu einem Salto geriet, als Hendlmoser ihr anbot, am Montag nach Grünharding ins Büro zu kommen, um die Daten einzusehen.

Vroni war unter der Dusche und sang.

Lederer wartete noch einige Minuten, bis er absolut sicher sein konnte, dass sie nicht unverhofft aus dem Badezimmer auftauchte.

Er huschte nackt die Treppe hinunter zum Wohnzimmer und legte den USB-Stick zurück in das Geheimfach des Se-

kretärs. Besser gesagt, er wollte ihn zurücklegen, doch gerade als er unter dem Fach nach dem Schnapper tastete, hörte er eine Frauenstimme hinter sich.
»Äh, entschuldigen Sie?«
Lederer wirbelte herum.
In der Wohnzimmertür stand die Pferdepflegerin. Sie trug einen bequemen Hausanzug und schwarze Sneakersocken, die ihre Schritte unhörbar gemacht hatten.
Lederer bedeckte blitzschnell seine privaten Teile mit den Händen. Der USB-Stick verschwand in seiner Handfläche.
»Äh, ich bin ein großer Antiquitätenfan«, sagte er langsam. Jedes Wort formte sich wie eine Seifenblase. »Und dieser Sekretär ist einmalig.«
Er nickte zu dem Möbelstück.
»Sie sind nackt«, sagte die Pferdepflegerin.
Lederer schaute an sich hinab, als wäre ihm das noch nicht aufgefallen. »Oh. Ich dachte, ich bin allein im Haus. Ich wusste nicht, dass außer mir und Vroni noch jemand hier ist.«
»Ich wohne im Nebentrakt«, sagte die Pferdepflegerin.
Sie trat näher, ihr Blick abschätzend. »Sie sind der Typ, der bei uns aufs Klo gegangen ist.«
»Sie haben ein gutes Gedächtnis.« Lederer lächelte und rutschte von dem Sekretär weg. »Ich geh dann mal wieder nach oben.«
Er deutete hoch, seine Hand fuhr schnell wieder zurück zu seinem Gemächt. Er huschte aus dem Wohnzimmer.
Auf der Treppe verfluchte sich Lederer. Er hätte vorsichtiger sein müssen. Seine üblichen Schutzschilde waren komplett runtergefahren, weil er immer noch auf einer hormonellen Wolke der Euphorie schwebte.
Er konnte nur hoffen und beten, dass die Pferdepflegerin

Vroni nichts von seinem Flitzerausflug ins Wohnzimmer erzählte.
Um einer Begegnung der beiden Frauen zuvorzukommen, schlug er Vroni gleich nach ihrer Dusche vor, noch auszugehen. Er wolle mit ihr die laue Nacht genießen.
»Tut mir leid, aber ich habe noch eine Verabredung«, sagte sie.
Lederer blieb die Spucke weg. »Davon hast du mir gar nichts gesagt.«
»Es ist geschäftlich.«
»Wo musst du hin?«
Sie küsste ihn zärtlich. »Das willst du nicht wissen.«
»Doch, sonst würde ich nicht fragen.«
Er spürte einen stechenden Schmerz in der Brust. Kurz dachte er, es wären die ersten Anzeichen eines Herzinfarkts, bis er feststellte, dass es ein Anflug von Eifersucht war. Wie billig war das denn.
Er lachte auf über seine neue Seite.
»Warum lachst du?«, fragte Vroni.
»Das willst du nicht wissen«, neckte er sie im gleichen Tonfall.
»Da hast du recht«, erwiderte sie allen Ernstes. »Schließlich sind wir immer noch eigenständige Personen mit einem eigenen Leben.«
Mit einem weiteren Küsschen verschwand sie in ihrem begehbaren Kleiderschrank.
Zehn Minuten später war sie ausgehfertig. Sie trug einen Catsuit aus schwarzem Leder, dazu rote Plateauschuhe und feine rote Lederhandschuhe.
Ihr Anblick war umwerfend, das Parfüm raubte Lederer den Atem.
Vroni stand dicht vor ihm, umarmte ihn, lehnte ihre Stirn an seine. »Es war schön.«

Lederer wartete auf noch mehr Worte, doch sie blieben aus. »Ja, fand ich auch«, war das Einzige, was er hervorbrachte.

Vroni löste sich von ihm. »Du musst nicht auf mich warten.«

Lederer stutzte.

»Es wird spät werden«, fügte sie hinzu und winkte ihm auf dem Weg hinaus zu.

Er konnte ein breites Grinsen nicht mehr unterdrücken. Es war also mehr als nur ein One-Night-Stand für sie.

Das Grinsen verging ihm, als er Stimmen von unten hörte. Zwei Frauenstimmen. Offensichtlich unterhielt sich Vroni mit der Pferdepflegerin.

Wie von einer Kobra gebissen schoss Lederer aus dem Schlafzimmer in den Flur.

Er sah die beiden Frauen an der Haustür zusammenstehen. Schnell presste er sich an die Wand, um Mäuschen zu spielen.

»Schau mal nach Tonka, bevor du ins Bett gehst«, hörte er Vroni sagen. »Wenn seine Krämpfe nicht besser geworden sind, ruf Doktor Breitner an.«

»Mach ich«, sagte die Pferdepflegerin. »Dir viel Spaß.«

»Den werd ich haben.«

Vroni verließ das Haus.

Offenbar war Lederer nicht Thema dieses Gesprächs gewesen. Er wartete, bis die Pferdepflegerin ihre Gummistiefel angezogen hatte und zum Stall hinübergegangen war, bevor er sich erneut an dem Sekretär zu schaffen machte.

»Hallo?« Eine tiefe Männerstimme ließ ihn herumfahren. Der Stick verschwand erneut in seiner Handfläche.

Der Gärtner stand in der Terrassentür. Er schaute Lederer fragend an.

»Äh, schöner Sekretär«, sagte der Straubinger. »Achtzehntes Jahrhundert, vermute ich mal.«
Er fuhr mit den Fingern liebevoll über die Kanten, ganz so, wie er es vor wenigen Sekunden auf der Suche nach dem Schnapper gemacht hatte. »Das ist noch echte Handarbeit. Kein Fließband, sondern mit viel Liebe zum Detail hergestellt. Wer möchte so etwas nicht besitzen. Oder?«
»Nix verstehen«, sagte der Gärtner. »Wo Frau Chefin?«
Lederer deutet vage nach draußen. »Die ist weggefahren. Chefin weg.«
Der Gärtner zog einen Zettel aus der Brusttasche seiner grünen Latzhose. »Frau Chefin Unterschrift. Ist spät geworden.«
Er wedelte mit dem Zettel.
Lederer verstand, dass er ihn nehmen sollte. Der Gärtner wollte mit seinen dreckigen Schuhen nicht den Wohnzimmerboden verdrecken. Er holte ihn sich. »Ich werde es der Chefin sagen.«
Der Gärtner nickte. Er deutete auf den Zettel. »Hol morgen Mittag. Obrigado.«
Er verneigte sich respektvoll und zog die Terrassentür hinter sich zu.
Lederer schaute ihm kurz zu, wie er seinen Kübel mit der Harke und der Schere packte und um die Ecke verschwand. Endlich war die Luft rein und er konnte den USB-Stick zurück ins Geheimfach legen.
Sein Handy klingelte. Gisela.
Sie berichtete ihm von ihrem Gespräch mit Franz Kramer und dem Anruf bei Frau Hendlmoser.
»Sehr gute Arbeit«, lobte er sie.
»Danke. Und bei dir alles klar?«
»Ja, alles ausgezeichnet.«

»Hast du den Stick unbemerkt zurücklegen können?«
»Ja.«
»Du bist recht einsilbig.«
»Ich bin nur müde«, erwiderte er.
»Bist du schon zu Hause?«
»Nein.« Er zögerte. »Ich schlaf heute Nacht auswärts.«
Stille am anderen Ende.
»Verstehe«, sagte Gisela. »Na ja, du bist alt genug. Du wirst schon wissen, was du tust.«
»Danke für dein Vertrauen«, sagte Lederer. Es klang beißend. Gisela hatte den Finger auf eine Wunde gelegt, die er zu ignorieren versucht hatte. »Ich kann Privates und Berufliches sehr gut unterscheiden.«
»Darum geht's nicht, das weißt du.«
Lederer seufzte in sich hinein. Er wusste, was Gisela meinte. Alle Beweismittel, die er im Zuge seiner illegitimen Ermittlungen sicherstellte, hatten vor Gericht keine Beweiskraft.
Außerdem war er wegen seines intimen Verhältnisses zu der Verdächtigen befangen, so dass er als Zeuge gar nicht erst gehört werden würde.
Das Beste wäre, jetzt sofort Vronis Haus zu verlassen und sie nie wiederzusehen. Zumindest nicht auf persönlicher Ebene.
Lederer legte sich angezogen auf Vronis Bett und sog ihren Duft ein, der sich in den Kissen verfangen hatte.
Er sah sich von außen und konnte über die Lächerlichkeit seines jämmerlichen Zustands nur den Kopf schütteln.
Lederers Gedanken wirbelten wie ein Schneesturm. Er konzentrierte sich auf seine Aufgabenstellung, um Klarheit und Ordnung in das Chaos zu bringen.
Es gelang ihm nicht.

Lederer rappelte sich auf. Gisela hatte unrecht, er wusste ganz und gar nicht, was er tat. Es wäre irrational, diesen Weg weiterzugehen.

Schweren Herzens legte er das Kissen zurück auf seinen Platz und verließ das Schlafzimmer.

Auf dem Weg zur Haustür begegnete er der Pferdepflegerin, die vom Stall zurückkam.

»Sie gehen?«, fragte sie.

»Ja.«

Lederer hatte keine Lust, irgendwelche Fragen zu beantworten. Er öffnete die Tür.

»Sie sind Polizist, stimmt's?«

Lederer fror auf der Türschwelle ein. Es kostete ihn Kraft, sich umzudrehen.

Die Pferdepflegerin schaute ihn aus unsicher funkelnden Augen an. Sie knetete nervös ihre Finger.

»Wie kommen Sie darauf?«, fragte Lederer.

»Ihr Auto ist innen so sauber.« Sie lächelte verlegen. »Mein Bruder ist bei der Polizei. Er hat mir mal gesagt, man vermeidet immer, etwas Persönliches im Auto liegen zu haben.« Sie zuckte mit den Achseln. »Außerdem führt ein Kabel in Ihr Handschuhfach. Ich nehme mal an, da ist das Blaulicht drin.«

Lederer gab sich geschlagen. Seine angespannte Körperhaltung fiel zusammen. »Was wollen Sie?«

»Ich?«, fragte die Pferdepflegerin erstaunt. »Nichts. Ich wollte nur wissen, ob Vroni in Schwierigkeiten ist oder wieso Sie hier sind.«

Lederer begegnete ihrem Blick lange. »Sind Sie befreundet?«

»Ich denk schon.«

»Sie denken schon?«, fragte Lederer.

»Sie lässt mich hier umsonst wohnen, und manchmal kochen wir zusammen und schauen fern.«
»Machen Sie sich Sorgen, sie könnte in etwas verwickelt sein?«, fragte Lederer.
»Verwickelt?« Die Pferdepflegerin zögerte, verschränkte die Arme vor der Brust. »Ich hoffe nicht. Ich dachte eher, dass sie in Gefahr ist. Wegen ihrem Vater.«
Lederer hielt unwillkürlich die Luft an.
»Vor ein paar Monaten hatten die beiden Streit«, sagte sie, »und er hat gedroht, dass er sie kaltmachen würde, wenn sie rumzicke. Und dem würd ich das zutrauen. Das ist ein ganz grusliger Typ.«
»Wissen Sie, worum es bei dem Streit gegangen ist?«
Die Pferdepflegerin schüttelte den Kopf. »Ich lausche nicht gern. Ich bin sofort wieder raus, als ich ihn rumschreien gehört hab.«
»Haben Sie mit Vroni danach über dieses Vorkommnis geredet?«
»Nein. Es geht mich ja nichts an. Und wenn sie ein Problem damit gehabt hätte, wär sie schon zu mir gekommen. Denk ich mal. Bei ihr weiß man ja nie.«
»Ja, das Gefühl hab ich auch.« Lederer lächelte der jungen Frau zu. »Machen Sie sich keine Sorgen, ich werd auf Vroni gut aufpassen. Aber dass ich Polizist bin, muss sie nicht von Ihnen erfahren, okay?«
Die Pferdepflegerin nickte.

Gisela war überrascht, Lederer den ganzen Sonntag über nicht zu Gesicht zu bekommen.
Erst am Montagmorgen hockte er wieder am Küchentisch und genoss seinen Kaffee. Ohne groß nachzufragen, hoffte

sie, dass er sich für seinen Beruf und gegen ein Verhältnis entschieden hatte.
Gemeinsam fuhren sie nach dem Frühstück zum Grünhardinger Rathaus.
Frau Hendlmoser empfing sie und sperrte ihr Büro samt Verbindungstür ab.
»Damit wir nicht gestört werden«, flüsterte sie und deutete auf die Verbindungstür zum Bürgermeisterzimmer. »Der stellvertretende Bürgermeister hat grad eine Besprechung mit dem Gemeinderat.«
Sie schob zwei Stühle an ihren Schreibtisch heran und loggte sich in das Konto ihres verstorbenen Chefs ein. »So, nach was genau suchen Sie denn?«
»Nach einer Namensliste, die von einem Herrn Meyerbeer gekommen ist«, sagte Gisela.
Die Sekretärin tippte den Namen in ein Suchfeld ein.
Enter.
Keine Treffer.
Gisela war überrascht und enttäuscht.
»Vielleicht hat er es ja von einem privaten E-Mail-Account geschickt«, sagte Lederer, »unter einem Pseudonym.«
»Die ganze Geldwäscherei hat vor ungefähr drei Jahren angefangen«, überlegte Gisela laut.
»Geldwäsche?«, fragte Frau Hendlmoser und rutschte auf ihrem Stuhl hin und her. »Sie wollen meinem Chef doch wohl nicht nachträglich was anhängen?«
»Natürlich nicht«, sagte Gisela schnell, bevor Lederer darauf eingehen konnte. »Unser Interesse gilt ausschließlich dem Herrn Meyerbeer. Können Sie nach Anhängen suchen, die Namen enthalten?«
»Oh mei«, sagte Frau Hendlmoser, »nach Anhängen schon, aber da weiß man nicht, ob da Namen draufstehen. Da

müssten Sie jeden Anhang einzeln anschauen. Das dauert bestimmt Wochen.«

»Uns interessieren nur die Anhänge von vor drei Jahren«, sagte Lederer. »Ich denke, Sie können die Größe auf wenige Kilobytes einschränken. Ich denke, mehr als dreißig dürften es nicht sein.«

»Machen wir zur Sicherheit fünfzig«, sagte Gisela.

»Und Sie sind sicher, dass es ein Anhang war?«, fragte Frau Hendlmoser nach. »Das macht man ja normalerweise nur, wenn es umfangreicher ist. Aber bei fünfzig kB, ich weiß nicht.«

»Warten Sie«, sagte Gisela aufgeregt. »Geben Sie mal Franz Kramer ein.«

Es kam genau ein Treffer.

Die dazugehörige E-Mail war im Herbst vor drei Jahren in Metzingers Account gelandet.

Frau Hendlmoser doppelklickte die Mail, und nach einem kurzen Anschreiben Meyerbeers, in dem er sich für die Empfehlung bedankte, folgte eine Liste von zwanzig Namen. Schön alphabetisch geordnet.

Gisela und Lederer sahen sich glückstrahlend an. Jetzt hatten sie endlich einen Ansatzpunkt, um das Geflecht von Gutsohns illegalen Geschäften aufzudecken.

Sie mussten nur mit diesen zwanzig Personen reden und darauf hoffen, dass der eine oder andere eine Aussage gegen den Eisfabrikanten machen würde.

Mit diesem Druck konnte Lederer dann sein eigentliches Ziel, die Aufklärung der Morde, ansteuern.

»Du musst mit deinen Kollegen reden«, sagte Gisela im Auto. »Du darfst diese Befragungen nicht persönlich durchführen, wenn du nicht willst, dass der Gutsohn wegen eines Verfahrensfehlers durchkommt.«

»Ich weiß. Ich lass dich an der Dienststelle raus und fahr dann gleich nach Straubing weiter.«
»Soll ich mitkommen?«
Lederer schaute Gisela überrascht an und musste lächeln. Sie war loyal und mütterlich. Er verstand von Tag zu Tag mehr, wieso ihre Mitarbeiter sie liebten. »Nein, ich komm schon zurecht.«
»Gibst du mir Bescheid, wie's gelaufen ist?«
Lederer versprach es.

Er wartete die Mittagspause ab, denn nichts war schlimmer, als mit seinem Chef zu reden, wenn der Hunger hatte. Als er das Vorzimmer betrat, hörte er die Nespressomaschine arbeiten.
Die Sekretärin seines Chefs empfing ihn mit einem freundlichen Lächeln. Sie brachte ihn und den Espresso in das nüchtern eingerichtete Büro des Chefs.
»Ich hoffe, Sie verzeihen mir meinen unangekündigten Besuch«, sagte Lederer. »Aber die Angelegenheit duldet keinen Aufschub.«
Seufzend deutete sein Chef auf die Besprechungsecke. »Ich hoffe, es ist nichts Unangenehmes. Mir reicht der Föhn schon.«
»Es handelt sich um Herrn Gutsohn«, sagte Lederer.
Sein Chef stöhnte auf.
»Es gibt eine neue Spur«, fuhr Lederer fort.
»Was soll das heißen?« Der Chef musterte Lederer. »Haben Sie etwa auf eigene Faust ermittelt?«
»Mich ein wenig umgehört«, verbesserte Lederer ihn.
»Hören Sie auf, mir die Worte im Mund umzudrehen«, polterte der Chef. Er legte sich eine Hand auf den Magen,

verzog das Gesicht. »Eine Woche lang hatte ich kein Sodbrennen mehr, und kaum kommen Sie hier rein, könnt ich kotzen.«

»Nennen Sie es, wie Sie wollen«, sagte Lederer, »Fakt ist, dass ich hier eine Liste mit zwanzig Namen habe, die in Zusammenhang mit Finanztransaktionen Gutsohns stehen, um Geld zu waschen.« Lederer reichte die Liste seinem Chef.

Der warf einen längeren Blick darauf. »Was erwarten Sie jetzt von mir?«

»Sie müssen diese Leute zu den Geschäften Gutsohns befragen.«

Der Chef wedelte mit dem Blatt. »Inwiefern haben die hier eine Verbindung zu den Morden – beziehungsweise Selbstmorden?«

»Sie alle stehen auf der Gehaltsliste Gutsohns.« Lederer klang verärgert.

»Nun, Herr Gutsohn steht nicht unter Verdacht, in einen der drei Morde – beziehungsweise Selbstmorde – verwickelt zu sein. Ergo gibt es keinen Grund, unsere Zeit mit einer Liste zu verschwenden, die uns in keinerlei Hinsicht bei der Aufklärung vorwärtsbringen kann.«

»Diese Liste kommt von dem Kreditsachbearbeiter, den wir aufgehängt im Wald gefunden haben.« Lederer bemühte sich um eine ruhige Stimme. »Der erschossene Immobilienmakler hat die fraglichen Häuser an all diese zwanzig Männer verkauft. Und der Tote in Niedernussdorf steht unter M. M wie Meyer. Wenn das kein Zusammenhang ist, dann weiß ich auch nicht.«

Der Chef drehte und wendete das Blatt, zog eine ratlose Miene. »Nur der Name Gutsohn fehlt.« Er gab Lederer die Liste zurück. »Ich überlege ernsthaft, ob ich Sie nicht zum

Amtsarzt schicke, damit der Ihnen eine Kur verordnet. Sie scheinen etwas den Überblick verloren zu haben.«
Lederer faltete das Blatt akkurat, steckte es in die Innentasche seiner Jacke.
»Außerdem hat Gutsohn für alle Morde ein Alibi«, fuhr der Chef fort, »eines davon sogar bombenfest. Als Metzinger erschossen wurde, saß er gerade bei uns ein. Daran müssten Sie sich eigentlich erinnern.«
Lederer erinnerte sich sogar sehr gut.
Er hätte gerne gesagt, dass Gutsohn die Morde nicht selbst begangen, sondern gewiss in Auftrag gegeben hatte, doch er brachte es nicht fertig.
Erst musste er selbst herausfinden, ob Vroni etwas damit zu tun hatte. Wenn ja, würde er sie der Mordkommission übergeben. Keine Liebe der Welt stand über dem Gesetz und der Gerechtigkeit.
Lederer erhob sich, schüttelte dem Chef wortlos die Hand und ging.

Es wartete jede Menge Arbeit auf Gisela und ihn. Und ihre drei Mitarbeiter. Das ließ sich wohl schwer verhindern, wollte man keine Zeit verlieren.
Gisela verteilte die Namen gerecht auf alle fünf.
»Warum krieg ich A bis F?«, fragte Richie beim Blick auf seinen Zettel.
»Dann tausch mit dem Schorsch«, sagte Gisela.
»Ich frag ja bloß«, sagte Richie und machte keinerlei Anstalten, seinen Zettel zu tauschen. »Warum muss ich immer den Anfang machen.«
»Es ist nur der Anfang des Alphabets«, sagte Lederer. »Mit der Befragung beginnen wir natürlich alle gleichzeitig.«

Richie ignorierte Lederer, sein Blick haftete unverwandt auf Gisela.
»Du machst das jetzt einfach«, herrschte sie ihn an.
Die Dienststelle Niedernussdorf löste sich in alle vier Himmelsrichtungen auf. Jeder hatte vier Namen abzuklappern. Gisela rechnete mit einer Stunde pro Kandidat, zuzüglich der Fahrten zwischen den Wohnorten. Gegen Abend sollten alle wieder zurück sein, um die Ergebnisse auszutauschen.
Die Polizisten trafen auf die unterschiedlichsten Männer, redselige, maulfaule, cholerische, phlegmatische, keiner war wie der andere, und doch war ihnen allen eins gemeinsam – keiner wollte zu der Beteiligung an der Geldwäsche eine Aussage machen.
Jeder wies den Verdacht, er habe an einer kriminellen Handlung teilgenommen, weit von sich.
Richie war als Erster wieder zurück. Er hatte nur zehn Minuten pro Name gebraucht. In seinen Augen war die Fragerei nur ein durchsichtiges Ablenkungsmanöver Lederers. Der Straubinger wollte Zeit gewinnen, um seine Spuren zu verwischen.
Aber Richie war wachsam. Er hatte am vorherigen Abend Kontakt mit einem befreundeten Tschechen aufgenommen, der ihm eine 38er besorgen wollte. Die würde er benutzen, um Lederer endgültig loszuwerden. Innerlich gratulierte er sich zu dem Vorhaben und machte sich erst einmal ein Helles auf.
Erwin schloss sich ihm bald darauf an.
Er war genervt von dieser Fleißaufgabe, wie er es nannte. Jeder Volldepp, der sich etwas im Landkreis auskannte, wusste, dass keiner sich selber in die Scheiße reitet, wenn es nicht unbedingt sein muss.

Mit dem letzten Kerl auf seiner Liste, einem Kartoffelbauer mit Alkoholproblem, hätte er sich fast einen Faustkampf geliefert, wären die Nachbarn nicht dazwischengegangen. Als Andenken an die Befragung hatte er einen Kratzer unter dem linken Auge davongetragen.
Gisela hatte zuerst Franz Kramer aufgesucht und ihm in Abwesenheit von Maria noch einmal ins Gewissen geredet. Es sei absolut notwendig, dass er zugebe, von Metzinger für die Immobilienkäufe und -verkäufe bezahlt worden zu sein.
Der Metzger weigerte sich standhaft. Doch als Gisela erwähnte, sein Fehlverhalten würde auch Schorschs Ansehen als Polizist beschädigen, willigte er ein, eine Aussage zu machen, sollte jemand anderer zuerst gestehen.
Gisela dankte ihm.
Sie war sich sicher, dass einer der anderen reden würde, wenn nicht jemand von ihrer Liste, dann von Lederers. Sie setzte große Hoffnungen in seine Fähigkeiten, Menschen zu manipulieren.
Wenig später wünschte sie sich umso mehr, sie selbst hätte diese Fähigkeit, denn niemand sonst erklärte sich bereit, zu reden.
Bei einem älteren Herrn, der als Lehrer an der Grundschule unterrichtete, wäre sie fast auf Öl gestoßen. Sie hatte an sein Gewissen und seine Vorbildfunktion für Kinder appelliert. Der gute Mann hatte sich sehr gewunden, erklärt, er habe das alles nur für seine kranke Mutter getan, die in einem Pflegeheim sei, und die Kosten würden ihm über den Kopf wachsen. Offiziell wollte er das so jedoch nicht aussagen.
Auf dem Weg zurück zur Dienststelle fühlte Gisela sich niedergeschlagen und deprimiert. Niemand der Angesproche-

nen hatte mit einer Gefängnisstrafe zu rechnen, lediglich mit einer Geldbuße, und trotzdem stellte keiner einen Mord über seine eigenen Belange.
Lederer wiederum war diese Einstellung der Menschen keine Aufregung wert. Er hatte während seiner Dienstzeit schon alles erlebt, und ihn hätte es überrascht, hätte einer der Befragten kooperiert. Jeder Einzelne der Befragten hatte sich gewunden und war seinem Blick ausgewichen, ein sicheres Anzeichen, dass sie logen.
Somit wusste er jetzt, dass die Liste authentisch war und die zwanzig Leute alle im Auftrag Gutsohns Geld gewaschen hatten. Die Morde mussten etwas damit zu tun haben. Hatte Gutsohn gefährliche Mitwisser beseitigen lassen?

Als Lederer auf der Dienststelle eintraf, waren Richie und Erwin angemessen angetrunken, und Gisela überprüfte in ihrem Büro noch einmal den Inhalt des decodierten USB-Sticks in der Hoffnung auf ein bislang übersehenes Detail. Von Schorsch fehlte jede Spur.
Lederer schloss die Tür zu Giselas Büro, setzte sich in den Besucherstuhl. »Ich denke, ich muss noch mal ran.«
Gisela schaute ihn fragend an.
»Der einzige Weg zu Gutsohn führt über seine Tochter«, erklärte er.
»Was glaubst du denn noch zu finden?«
»Ich werde sie dazu bringen, mir von ihrem Vater zu erzählen.« Er holte tief Luft. »Und vielleicht wird sie mir sagen, was sie mit den Morden zu tun hat.«
»Du brauchst Klarheit«, stellte Gisela fest. »Du möchtest endlich wissen, ob sie etwas damit zu tun hat oder nicht.«
»Das willst du doch auch, oder?«

»Ich will es als Polizistin«, sagte Gisela. »Du aus persönlichen Gründen.«

Lederer schürzte nachdenklich die Lippen. »Das ist nur die halbe Wahrheit«, sagte er schließlich. »Vor acht Jahren hatte ich ein Verhältnis mit einer Kollegin. Ich war damals noch bei der Mordkommission in München. Anfangs war es eine Spielerei für mich, ich konnte ihr nicht zeigen, dass ich mehr für sie empfand. Ich wollte der coole, harte Hund im Ledermantel sein.«

Ein trauriges Lächeln huschte über seine Lippen. »Für sie war es mehr. Sie war geschieden und hatte eigentlich nie wieder eine Beziehung eingehen wollen. Darum dachte ich auch, ihr wäre es nicht so ernst.« Er schwieg, strich versonnen über seinen Schnauzer. »Als es mir zu eng wurde, hab ich Abstand gewahrt. Ich hab ihre Anrufe ignoriert und im Dienst nur das Notwendigste mit ihr gesprochen.«

»Warum?«, fragte Gisela.

»Ich hatte Angst.«

»Typisch Mann.«

»Nein«, sagte Lederer, »ich hatte keine Angst, mich auf sie ernsthaft einzulassen. Ich hatte Angst, sie könnte herausfinden, dass ich nicht cool und hart bin.«

Er wirkte verschüchtert, als er Gisela ansah. Sie wusste zu schätzen, dass er so offen mit ihr redete.

»Die Angst hast du jetzt nicht?«, fragte sie.

Er schüttelte den Kopf. »Ich kann dir nicht alles erzählen, aber sie hat mich gesehen, wie mich zuvor noch nie jemand gesehen hat.«

»Dann musst du tun, was du tun musst«, sagte Gisela.

Es klopfte an der Tür.

Schorsch trat ein. Er hatte ein hochrotes Gesicht, und seine Haare klebten schweißnass an seinem Kopf.

»Ich hab was«, keuchte er zur Begrüßung.
»Was ist denn mit dir passiert?«, fragte Gisela.
»Ich bin von daheim hergerannt, weil mein Karren den Geist aufgegeben hat«, sagte er, immer noch atemlos. »Darf ich?« Er deutete auf den Wasserkrug auf dem Schreibtisch.
Gisela nickte.
Schorsch kippte die gut zwei Liter Wasser in einem Zug runter.
Erwin und Richie standen in der offenen Tür, Schorschs aufgelöstes Verhalten war ihnen nicht entgangen.
Lederer und Gisela warteten ungeduldig, bis er zu sprechen anfing.
»Ich hab nix erreicht«, begann er. »Ich hab mit jedem geredet, aber keiner will irgendwas zu Protokoll geben. Drei haben mir sogar eiskalt ins Gesicht gelogen, dass sie gar nicht wissen, von was ich red.«
»Na super«, sagte Gisela, »das ist jetzt nichts Neues.«
»Würden Sie so liebenswürdig sein und zum Punkt kommen?«, bat Lederer. Er ahnte, dass Schorsch noch etwas in der Hinterhand hatte, das er genüsslich zurückhielt.
»Ich bin dann heim«, sagte Schorsch, »weil ich mir dachte, vielleicht hat der Papa was Schriftliches, was man verwerten könnte.«
»Hat er?«, platzte es aus Gisela heraus.
Schorsch schüttelte den Kopf.
Erwin und Richie stießen mit ihren Bierflaschen an. »Er wieder«, sagte Erwin.
Schorschs Kinn hob sich, er schenkte seinen beiden Kollegen einen triumphierenden Blick. »Aber ich weiß, wo er sich demnächst mit dieser Vroni trifft. Ich hab eine Einladung gefunden.«
Lederer zuckte zusammen.

»Wo?«, fragte er.
»In seinem Arbeitszimmer«, sagte Schorsch.
Lederer glotzte den dicken Polizeiobermeister verdattert an. Sein Schnauzer zitterte gefährlich.
»Er meint, wo sich dein Vater mit der Vroni treffen will«, sagte Gisela schnell.
Schorsch wollte gerade darauf antworten, als ihm bewusst wurde, dass ihm alle zuhörten. Er klappte den Mund wieder zu. »Kann ich dir das unter vier Augen sagen?«
Lederer haute mit der flachen Hand auf den Tisch, dass es wie ein Pistolenschuss knallte.
»Jetzt reicht's aber«, brüllte er und sprang aus dem Stuhl hoch. »Wir sind alle ein Team, und wenn Sie etwas zu sagen haben, dann sagen Sie es allen, nicht nur der Kollegin Wegmeyer.«
Schorsch schluckte eingeschüchtert. Er deutete auf Erwin und Richie. »Könnten wenigstens die zwei draußen bleiben?«
»Sag einmal, geht's noch?«, brauste Erwin auf. »Wie lange kennen wir uns, ha? Selbst wenn du's uns nicht sagst, wir kriegen's sowieso raus.«
»Wie?«, fragte Richie mit müdem Blick seinen Freund.
»Das werd ich grad hier und jetzt sagen«, erwiderte Erwin und tippte sich an die Schläfe. »Ich bin doch nicht blöd.«
»Sie gehen raus«, ordnete Lederer an und wies in den Dienstraum. Er machte einen Schritt auf die beiden Polizisten zu, um sie aus Giselas Büro zu drängen.
Richies Haltung straffte sich. »Nicht anfassen!«, sagte er leise.
»Wollen Sie mir drohen?«, fragte Lederer ebenso leise zurück.
»Über das Wollen bin ich schon hinaus«, sagte Richie.

Jedes Wort wurde von einer Bierfahne begleitet, die Lederer angeekelt den Mund verziehen ließ.
»Wenn Sie nicht sofort Ihren Arsch aus dem Büro bewegen, war das Ihr letztes Bier, das Sie hier getrunken haben. Dann können Sie sich schon mal einen Vorrat in Ihre Wohnung stellen, denn das wird der einzige Ort sein, an dem Sie regelmäßig anzutreffen sein werden.«
Richie stierte den Straubinger an, als wollte er ihn gleich fressen. Verstanden hatte er kein Wort. Der kühle und arrogante Ton war es, der ihn so wütend machte.
Am liebsten hätte er ihm die Flasche ins Gesicht geschlagen, aber die war noch halb voll. Wäre schade ums Bier gewesen.
Gisela schob sich zwischen die beiden Streithansl. »Dienststellenleiterbesprechung«, sagte sie zu Richie. »Da habt ihr nichts dabei verloren.«
Murrend zog Erwin Richie mit sich in den Dienstraum.
Gisela schloss die Tür, wandte sich Schorsch zu. »So, jetzt aber.«
Schorsch spähte durchs Schlüsselloch, um sicherzustellen, das Erwin und Richie nicht lauschten.
Er wandte sich Gisela und Lederer zu. »Am Samstag«, flüsterte er, »trifft er sich mit ihr im Panthero. Ich hab mir mal die Homepage angeschaut.« Seine Stimme senkte sich fast bis ins Unhörbare. »Das ist so ein Fetischladen.«
»Wissen wir«, flüsterte Gisela.
Schorsch blickte sie verdutzt an.
»Also, dass das ein Fetischclub ist«, sagte sie. »Nicht, dass dein Vater den kennt.«
»Das wusste ich«, ergänzte Lederer. »Ich hab ihn einmal rauskommen sehen.«
»Aber wieso?«, sagte Schorsch. »Was macht der da drin?«

Gisela und Lederer wechselten einen Blick und kamen überein, keine Details über Sinn und Zweck des Clubs zu erzählen.
»Der wird halt ein, zwei Bier trinken«, sagte Gisela, »sich eine Show anschauen und dann wieder nach Hause fahren.«
»Eine Show?«
Schorsch war verwirrt. »Auf der Homepage bei denen stand nichts von einer Show. Das klang eher so, als würd's da handfest zur Sache gehen.« Der dicke Polizist war vollkommen aufgelöst. »Mein Gott, wie sag ich das nur der Mama.«
»Der sagen Sie gar nichts«, mischte sich Lederer ein.
»Aber die muss das wissen.«
»Warum?« Lederer war die Ruhe in Person. Oft schon hatte er traumatisierte und nervlich angeschlagene Menschen mit seiner kühlen Art zur Besinnung gebracht. »Warum wollen Sie Ihrer Mutter weh tun?«
»Hallo?« Schorsch wurde wütend. »Irgendwann wird sie's rausfinden, und das wird ihr das Herz brechen.«
»Das muss nicht sein«, sagte Lederer. »Es gibt genug Fälle, in denen erst nach dem Tod des Ehemanns herauskam, dass er seine Frau betrogen hatte.«
Schorsch schaute Lederer an, als wäre der ein sprechender Fisch.
»Moralisch hat er aber recht«, sagte Gisela zu Lederer. »Ein Ende mit Schrecken ist immer noch besser als ein Schrecken ohne Ende.«
»Bauernkalender«, sagte Lederer. »Ein Spruch, der durch keinerlei Untersuchung bestätigt wurde.«
»Aber er betrügt seine Frau«, sagte Gisela.
»Dann sollte er es sein, der mit ihr redet, und nicht der

Sohn.« Lederer schaute zwischen Gisela und Schorsch hin und her. »Er trägt nicht die Verantwortung für das Tun seines Vaters.«

»Aber ich weiß es jetzt.«

Schorsch schien sich zu beruhigen, allerdings hatte seine Gesichtsfarbe von Rot auf Weiß gewechselt. Er tastete nach dem Stuhl, ließ sich hineinfallen, dass es knirschte und knackte.

»Behalten Sie es für sich«, sagte Lederer. »Wenn Sie mit jemandem reden, dann mit Ihrem Vater. Er muss sich der Konfrontation stellen.«

Hilflos schaute Schorsch zu Gisela.

»Ich befürchte fast, der Herr Hauptkommissar hat recht.« Gisela schenkte Schorsch ein aufmunterndes Lächeln. »Red mit deinem Vater.«

»Noch besser wäre, Sie würden es für sich behalten«, sagte Lederer.

»Aber Sie haben doch gerade gesagt, ich soll mit meinem Vater reden.«

»Nur wenn Sie unbedingt das Bedürfnis haben, mit ihm zu reden.« Lederer stemmte die Hände auf die Armlehnen von Schorschs Stuhl, beugte sich hinunter und sah ihm in die Augen. »Spüren Sie dieses Bedürfnis?«

Schorsch schüttelte mit großen Augen den Kopf. »Ich hab mit dem noch nie über so was geredet. Und auch sonst nicht über bestimmte Dinge. Also, Sie wissen schon.« Schorsch machte bedeutungsvolle Gesten, die alles Mögliche heißen konnten.

»Ich versteh Sie schon«, sagte Lederer.

»Warum, glaubst du, trifft sie sich mit ihm?«, fragte Gisela, als Schorsch das Büro verlassen hatte.
»Möglicherweise ist er Kunde bei ihr, und sie bietet ihm eine exklusive Show«, sagte Lederer.
»Meinst du, sie will ihn umbringen?« Giselas Herz schlug ihr bei dieser Eingebung bis zum Hals.
»Ich hoffe nicht«, sagte Lederer. »Aber ich werd es rausfinden.«

Kurz vor zweiundzwanzig Uhr rollte Lederers Mercedes auf Vronis Hof. Das Knirschen des Kieses war so laut in der nächtlichen Stille, dass das Gesicht der Blondine am Fenster auftauchte, bevor Lederer ausgestiegen war.
Die Haustür öffnete sich. Vroni trug einen dunkelblauen Trainingsanzug und war barfuß.
Sie eilte auf Lederer zu. Er lächelte ihr entgegen.
Die schallende Ohrfeige traf ihn wie ein Hammerschlag.
»Wofür war das denn?«, fragte er und kontrollierte seinen Kiefer auf einen Bruch.
»Dafür, dass du gestern Nacht nicht hier warst, als ich nach Hause gekommen bin!« Ihre Augen funkelten wie Grillkohle.
Lederer setzte zu einer Erklärung an, als ihn der nächste Schlag traf.
»Und das war dafür, dass du mir verschwiegen hast, dass du Polizist bist.«
So viel zur Verschwiegenheit der Pferdepflegerin.
»Wozu ist das denn wichtig?«, fragte er. Sein Gesicht brannte, als wäre er damit über heißen Teer gerutscht.
»Es ist nicht wichtig, aber ich weiß gerne, wie ich dran bin.«

»Ich bin Polizist, okay. Was ändert das jetzt?«

Vroni zog eine Schnute. »Was für ein Polizist?«

»Diebstahl«, sagte er.

Er hielt ihrem prüfenden Blick lange genug stand, dass sie ihn in die Arme nahm, seine Wange küsste und darüberpustete. »Es tut mir leid«, sagte sie, »ich war nur so enttäuscht, als du weg warst. Du hättest wenigstens eine Nachricht hinterlassen können.«

»Hat dir deine Pferdedame nichts gesagt?«, fragte er. »Offenbar habt ihr ja über mich gesprochen.«

»Sie heißt Sonja.«

Vroni nahm Lederers Hand und führte ihn zum Haus. »Und sie ist ausgegangen.«

Es war, als käme er nach Hause. Lederer fühlte sich wohl in Vronis Nähe, es gab nichts an ihr, das ihn störte. Bis auf die Möglichkeit, dass sie eine gedungene Mörderin war.

»Wollen wir am Wochenende wegfahren?«, fragte er, als sie gemeinsam duschten.

»Ich kann nicht, ich hab eine Verabredung.«

»Mit wem?«

»Geheimnis«, sagte sie und küsste ihn.

»Beruflich?«, fragte er.

»Ja.«

»Was machst du eigentlich, wenn du keine Männer an der Leine führst?«

»Nichts. Mir reicht ein Job vollkommen.«

»Scheint ja recht einträglich zu sein«, sagte er und schaute sich um.

»Ich hab geerbt.« Ihre Stimme wurde tiefer. »Das hier hat alles meiner Mutter gehört.«

»Und dein Vater?«

Ihre Polaraugen musterten ihn. »Was ist mit dem?«

»Lebt der noch?«
»Ja. Aber wir sehen uns nicht oft.«
»Wohnt er zu weit weg?«
Vroni drückte sich an ihn. »Stellst du diese Fragen beruflich oder privat?«
»Privat.« Er lächelte. »Ich möchte alles von dir wissen.« Er küsste sie tief und fest.
»Du lernst einen Menschen nicht durch Fragen kennen«, sagte sie, »sondern indem du ihn beobachtest.«
Ihre Zunge glitt tief in seinen Mund, nahm ihm den Atem.
»Dann bleib ich bei dir«, sagte er, »um dich zu beobachten.«
»Das freut mich.«
»Und am Wochenende begleite ich dich zu deiner Verabredung.«
»Das wirst du nicht«, sagte sie.
»Doch, das werde ich.«
Sie packte seine Handgelenke, presste sie mit erstaunlicher Kraft gegen die rauhen Natursteine, mit denen die Dusche gefliest war. »Wirst du nicht.«
Ihr Unterkiefer schob sich vor. Lederer spürte ihren Unwillen über seine Forschheit. »Was willst du dagegen tun?«, fragte er.
Sie rammte ihm ihr Knie in die Hoden.
Er stöhnte auf, wäre zusammengesackt, hätte sie ihn nicht fest im Griff gehabt. Ihr Mund war nah an seinem Ohr. »Du bist schön brav, sonst muss ich dich bestrafen. Willst du das?«
Lederer musste lachen.
Das Knie besuchte erneut seine empfindlichste Stelle. Ihm wurde schlecht.
»Wenn du mich nicht sofort loslässt, werden wir sehen, wer hier wen bestraft«, keuchte er.

Ein Lächeln verzierte ihren Mund. »Versuch es erst gar nicht.«
Lederer spannte seinen Körper an, verlagerte seinen Schwerpunkt auf den linken Fuß und sichelte Vroni mit dem rechten das Standbein weg.
Sie kippte.
Ihr Griff um seine Handgelenke löste sich. Lederer sorgte dafür, dass sie nicht auf dem Steinboden aufschlug.
Vroni rollte sich im letzten Moment zur Seite, so dass seine Hand ins Leere griff.
Ihre Drehung brachte ihn aus dem Gleichgewicht.
Er taumelte nach vorne, streckte instinktiv die Hände nach vorne aus, um sich an der Duschtür abzustützen. Sie klappte mit Schwung nach außen auf.
Lederer konnte sich nicht fangen, stolperte aus der Dusche, rutschte aus und knallte mit dem Kinn gegen das Designerwaschbecken.
Er spürte keinerlei Schmerz, als er zu Boden ging.
Aus den Augenwinkeln sah er Vroni zu ihm treten. Sie ging in die Hocke, prüfte seine Pupillenreflexe.
Er hätte gerne etwas gesagt, aber seine Zunge wollte ihm nicht gehorchen.
»Ich hab dich gewarnt«, sagte Vroni.
Sie drehte ihn in die stabile Seitenlage. Mit einem Handtuch begann sie, ihn trockenzurubbeln.
»Aber anscheinend stehst du drauf.« Sie grinste, rollte ihn herum und trocknete seine andere Körperhälfte ab.
Ein leises Stöhnen drang aus Lederers Kehle. Er bewegte probehalber seine Zunge.
»Miststück«, krächzte er.
Sie klatschte ihm mit der flachen Hand auf den Po. »Na, wird anscheinend schon wieder.«

Sie erhob sich, schlüpfte in einen roten Bademantel und kümmerte sich um ihre Haare.
Lederer fühlte sich wie ein alter Fußball, zu oft getreten, das Leder rissig, die Luft draußen.
Er stemmte sich vorsichtig hoch, achtete auf Schwindel und Schwäche.
Seine Knie waren zwar etwas wacklig, doch er konnte sich aufrecht halten. Er musste sich nur am Waschbecken abstützen.
Die Übelkeit war noch nicht verschwunden.
Beim Blick in den Panoramaspiegel zuckte er kurz zusammen. Sein Gesicht war kreideweiß, die Unterlippe blutete und hatte sein ganzes Kinn rot eingefärbt.
Vroni föhnte sich ihre Haare, schenkte ihm hin und wieder einen neugierigen Blick. Im Großen und Ganzen schien sie der kleine Unfall nicht beunruhigt zu haben.
»Ich überschmink das«, sagte sie, »dann siehst du aus wie neu.«
»Ich befürchte nur, dass ich dich eine Zeitlang nicht mehr küssen kann«, sagte er.
»Das denk ich nicht.« Sie schaltete den Föhn aus. »Ich werde einfach ganz sanft sein.«
Sie hauchte ihm einen Kuss auf die Lippen. Seine Unterlippe zog, der Schmerz aber verblasste unter der Weichheit ihres Mundes.
»Du bist einzigartig«, sagte er.
»Das verdank ich dir. Eine Frau ist nur so gut, wie es ihr Mann zulässt.«
»Ist das nicht eine Fußballweisheit?«
Vroni lachte. »Keine Ahnung. Muss ich irgendwo aufgeschnappt haben.«
Lederer zog sich an. Es dauerte um einiges länger als sonst.

Sein Körper schmerzte überall, am schlimmsten im Unterleib. Nachdem er fertig war, kümmerte sich Vroni um seine Blessuren im Gesicht. Sie war eine Meisterin im Überschminken von Wunden und Hämatomen.

»Machst du das bei deinen Sklaven auch?«, fragte er.

»Nein. Sie dienen mir, nicht ich ihnen.«

Am Schluss trug sie eine blutstillende Salbe auf seine Unterlippe auf. »Wie lange machst du das schon?«

Lederer schaute sie irritiert an.

»Wie lange bist du schon Polizist?«

»Müssen wir darüber reden?«

»Warum nicht?«, fragte sie.

»Weil es nicht wichtig ist.«

Sie schaute ihm tief in die Augen. »Warum hast du mir gegenüber so getan, als wärst du dominant?«

»Ich wollte dich beeindrucken«, gab er zu. »Ich hab so gut wie keinerlei Erfahrung.«

»Du hast es in dir.«

»Meinst du?«

»Ja«, sagte sie und beendete ihre Schönheitsreparatur. »Das hast du unter der Dusche bewiesen. Du brauchst nur jemanden, der dich an der Hand nimmt und das Beste aus dir rausholt.«

»Und das wärst du?«

»Wenn du willst.«

Lederer dachte darüber nach. Er verspürte keine große Lust, andere zu quälen oder sich bedienen zu lassen.

Auf der anderen Seite hatte er den Kampf gegen Vroni genossen. Ihre Kraft zu spüren, ihren Willen, ihn zu besiegen, das hatte ihn erregt. Im tiefsten Inneren hatte er sogar das Verlangen gespürt, zurückzuschlagen, seine Vernunft hatte ihn aber in letzter Sekunde daran gehindert.

»Ich überleg's mir«, sagte er.

Der Rest der Nacht unterschied sich nicht von der anderer glücklicher Paare, die erst seit kurzem zusammen sind.

Sie fuhren nach Regensburg, spazierten Hand in Hand durch die Altstadt, küssten und neckten sich fortwährend, selbst beim Essen im Storstad, einem eleganten Restaurant.

Es brachte ihnen böse Blicke anderer Gäste ein, da man einen dezenteren Ton gewohnt war. Doch das war Vroni und Lederer egal. Die Welt gehörte ausschließlich ihnen, alle anderen waren nur unbedeutende Zuschauer.

»Ich fahr dich jetzt zu mir«, sagte Vroni, nachdem sie bei ihrem Auto angelangt waren. »Und diesmal erwarte ich, dass du da bist, wenn ich nach Hause komme.«

»Du hast jetzt noch eine Verabredung?«

Es war zwei Uhr.

»Meine Arbeitszeiten entsprechen eben nicht der Norm«, sagte sie.

»Ich will mitkommen.«

»Tut mir leid, aber meine Klienten verlassen sich auf meine Diskretion«, sagte sie.

»Du hast gesagt, du willst mich bei der Hand nehmen«, sagte er. »Wie soll ich sonst von dir lernen, wenn ich dich nicht beobachten darf.«

Vroni musterte ihn lange. Er hielt ihrem Blick stand. Schließlich schüttelte sie den Kopf. »Ein andermal. Das ist jetzt zu kurzfristig.«

Lederer fügte sich ihrer Entscheidung. Vroni wirkte enttäuscht.

»Was?«, fragte er.

»Du hättest das nicht einfach so hinnehmen sollen. Wenn dir etwas ernst ist, musst du versuchen, es durchzusetzen.

Mit allen Mitteln.« Sie seufzte. »Bei dir muss ich wirklich von ganz vorne anfangen.«

Lederer ohrfeigte sie. »Besser?«

Vroni war schockiert. Sein Handabdruck prangte in ihrem Gesicht. »Mach das noch einmal, und ich bring dich um.«

Lederer runzelte die Stirn. »Wolltest du nicht, dass ich mich wehre?«

»Die Situation, in der du das hättest machen sollen, ist schon vorbei gewesen«, sagte sie. Ihre Augen funkelten. »Jetzt war es eine Vernunftentscheidung von dir, du hast darüber nachgedacht, bevor du gehandelt hast.«

Ihre Stimme hatte einen metallischen Unterton. Mit der Ohrfeige war das zarte Band zwischen ihr und Lederer zerrissen.

Sie sperrte das Auto per Fernbedienung auf.

Lederer fühlte den Drang, sich zu entschuldigen. Er wusste aber, dass sie ihm das als Schwäche auslegen würde.

Wortlos stieg er ein.

Auf der Heimfahrt fiel kein Wort. Das Schweigen legte sich wie ein eisernes Band um Lederers Brust.

»Hast du das ernst gemeint?«, fragte er, als sie zu Vronis Hof einbogen. »Dass du mich umbringen würdest?«

Sie begegnete seinem fragenden Blick eiskalt. »Wir sehen uns morgen früh.«

Lederer stieg aus.

Der MINI raste mit Vollgas vom Hof, Kies spritzte gegen Lederers Beine. Er hatte sie herausgefordert und für einen Moment ihr wahres Gesicht gesehen.

Seine Erfahrung sagte ihm, dass Vroni das Potenzial zu einer Mörderin hatte. Nicht aus Leidenschaft, sondern aus kühler Berechnung. Als Auftragskillerin.

Ihre Rücklichter waren zwischen den Bäumen noch nicht

ganz verschwunden, als er sich in seinen Mercedes schwang und ihr folgte.
Lederer musste großen Abstand halten, um auf der menschenleeren Landstraße unbemerkt zu bleiben. Das Ortsschild von Straubing leuchtete in seinem Scheinwerferlicht auf.
Er ahnte, wohin die Reise ging, und er wurde nicht enttäuscht.
Vroni hielt vor einer alleinstehenden Villa, die Lederer nur zu gut aus seinen Ermittlungen kannte. Gutsohns Villa.
Offenbar hatte er seine Tochter erwartet. Überall brannte Licht.
Vroni drückte den Daumen auf den Fingerabdrucksensor und verschwand kurz darauf im Inneren.
Lederer stieg aus seinem Wagen, schlich um das Grundstück herum, um eine Beobachtungsposition zu finden.
Er folgte den Silhouetten von Vater und Tochter durch das Gebäude zu einem Zimmer, in dessen Mitte Lederer einen weißen Flügel erkannte.
Vroni und Gutsohn setzten sich auf eine L-förmige Couchlandschaft. Sie sprachen miteinander.
Lederer hätte seinen rechten Arm dafür gegeben, lauschen zu können. Doch der umlaufende Zaun war mit einer Alarmanlage gesichert.
Er machte mehrere Fotos mit seinem Handy. Es war der Beweis, dass Gutsohn und seine Tochter zueinander Kontakt hatten und ihr mysteriöses Verschwinden in den Bergen nur vorgetäuscht worden war. Niemand würde jemals auf die Idee kommen, in einer Mordsache eine für tot Erklärte zu verdächtigen. Lederer musste Gutsohn zugestehen, dass diese Idee brillant war.
Gutsohn überreichte Vroni einen braunen Briefumschlag.

Sie öffnete ihn nicht, sondern legte ihn neben sich auf die Couch.

Vater und Tochter gönnten sich eine Flasche Rotwein, bevor sich Vroni zu ihrem Auto aufmachte.

Sie fuhr nicht nach Hause, sondern zu einer Autowerkstatt für Porsche, Ferrari und andere Nobelmarken im Gewerbegebiet. Es brannte Licht.

Der MINI hielt. Vroni stieg aus, den Briefumschlag in der Hand.

Der Besitzer der Werkstatt, ein unförmiger Typ mit Walrossbart, gekleidet in einen Designertrainingsanzug, kam durch die Eisentür ins Freie. Ein kalbsgroßer Dobermann begleitete ihn folgsam.

Das Walross begrüßte Vroni, bat sie mit einer einladenden Handbewegung ins Innere. Seine Rolex blitzte im Licht auf. Lederer war sich sicher, dass diese Uhr, im Gegensatz zu seiner, echt war. Die Eisentür schloss sich, der Dobermann stand davor Wache.

Lederer blieb nichts anderes übrig, als in seinem Wagen sitzen zu bleiben, wollte er nicht entdeckt werden.

Es dauerte nicht lange, und die Tür öffnete sich wieder.

Der Mann schob einen Karren heraus, auf dem vier weiße Plastikkanister standen.

Vroni half ihm, zwei in den Kofferraum des MINI zu verstauen, die anderen beiden kamen auf die Rückbank.

Zum Abschied schüttelten sie sich die Hände, der Dobermann bekam eine kleine Streicheleinheit.

Vroni schien nun all ihre Geschäfte erledigt zu haben, denn sie folgte der Landstraße zu ihrem Hof.

Lederer nahm zehn Kilometer vor dem Ziel eine Abzweigung, um über eine Nebenstraße vor ihr zurück zu sein.

Mit höchster Konzentration steuerte er seinen Mercedes

über den schmalen Weg, der nicht breiter als ein Fahrradweg war. Gegenverkehr wäre jetzt tödlich gewesen. Damit rechnete er aber um diese Uhrzeit nicht.
Tatsächlich schlitterte er, zwei Minuten bevor sie eintraf, auf Vronis Hof.
Er rannte ins Schlafzimmer, schlüpfte aus seiner Kleidung und stellte sich schlafend, als sie hereinkam.
Vroni bemühte sich, leise zu sein, um ihn nicht aufzuwecken. Nachdem sie sich ausgezogen hatte, legte sie sich nackt neben ihn und spielte mit seinen Haaren.
Lederer tat so, als würde er davon nichts mitbekommen. Er zuckte nur unwirsch mit den Schultern und rollte sich weg von ihr an die Bettkante.
Vroni ließ es gut sein und kuschelte sich an ihn. Lederer fiel es schwer, den Schlafenden zu spielen, ihre Wärme fachte seine Begierde an, doch er ermahnte sich, seine Rolle zu Ende zu spielen. Die ersten Vögel begannen bereits zu trillern, als er endlich einschlief.
Vier Stunden später weckte ihn sein Biorhythmus.
Vroni schlief so tief, dass er unbemerkt aus dem Bett schlüpfen konnte. Beim Hinausschleichen knarzte eine Diele, und sie brummte und blinzelte. Er kehrte ans Bett zurück, küsste sie.
»Ich muss zur Arbeit«, sagte er.
»Kommst du wieder?«
»Natürlich.«
Sie verabschiedeten sich mit einem innigen Kuss.
Lederer ließ den Mercedes links liegen. Er begab sich zum Carport.
Der Kofferraum des MINI war abgeschlossen. Das Dach und die Fenster zu.
Lederer linste hinein. Die Kanister auf der Rückbank waren

nicht beschriftet oder gekennzeichnet. Die Verschlüsse waren versiegelt. Nichts deutete auf den Inhalt hin.
Lederer rief Gisela auf der Dienststelle an. Er gab ihr die Adresse der Autowerkstatt durch. Sie sollte eruieren, wer der Besitzer war, und sich bei den Nachbarn umhören.
»Wo bist du denn?«, fragte Gisela.
Richie, Erwin und Schorsch spitzten die Ohren.
»Auf einem Gestüt«, sagte Lederer.
Gisela seufzte. Er hörte es. »Rein beruflich«, fügte er hinzu.
»Natürlich. Rein beruflich.« Gisela steckte ihr Handy ein und setzte sich an den Computer, um die Adresse zu überprüfen.
»Warum fährt denn der Straubinger nicht selber?«, fragte Richie.
»Der ist anderweitig beschäftigt«, sagte Gisela und überflog das Suchergebnis.
Bei dem Werkstattbesitzer handelte es sich um einen Tschechen, der die Werkstatt seit über zwanzig Jahren führte. Er hatte einen Eintrag wegen mehrfacher Geschwindigkeitsüberschreitung, ansonsten war er ein unbeschriebenes Blatt.
»Kann ich heim?«, fragte Richie und zog ein leidendes Gesicht.
»Was ist denn?«, erkundigte sich Gisela.
Sie riss den Zettel mit der Adresse ab, reichte ihn Schorsch.
Richie legte sich die flache Hand auf den Bauch. »Ich glaub, ich hab gestern was Falsches gegessen.«
»Dann leg dich hin und kurier dich aus«, sagte Gisela.
Richie nahm seine Jacke und verschwand.
Gisela wandte sich an Schorsch und Erwin und bat sie, sich vor Ort umzuschauen und umzuhören. Aber so unauffällig wie möglich.

»Sowieso«, sagte Schorsch.
»Kann der nicht allein fahren?«, fragte Erwin. »Ich hab noch so viel zu tun.«
»Was denn?« Gisela schaute Erwin abwartend an.
»Ich muss noch Protokolle schreiben.« Richtig dringend klang das nicht.
»Das kannst später auch noch«, sagte Gisela. »Da läuft dir nichts davon.«
Murrend folgte Erwin Schorsch hinaus.
Gisela selbst wollte noch einmal alles Menschenmögliche versuchen, eine verwertbare Aussage von Franz Kramer zu bekommen.
Schweren Herzens wollte sie dazu den Umweg über Maria Kramer gehen. Es würde hässlich werden.

»Kannst du das noch mal sagen?«, fragte die Metzgerin, nachdem Gisela ihr von den Abenteuerausflügen ihres Mannes erzählt hatte.
Gisela setzte gerade zu einer Wiederholung an, als Franz Kramer dazwischengrätschte. »Die spinnt doch komplett.«
Ein eisiger Blick seiner Frau brachte ihn zum Schweigen.
Das Glöckchen an der Tür bimmelte, der Pfarrer betrat die Metzgerei. Franz Kramer begrüßte ihn mit einem strahlenden Lächeln.
Gleichzeitig war er so angespannt, dass Gisela Angst hatte, er würde mit dem Hackebeil auf sie losgehen, sollte sie ihm den Rücken zuwenden.
Maria Kramer nickte Gisela zu, ihr zu folgen. Sie führte sie zur Kühlkammer, wo sie ungestört reden konnten.
Gisela schilderte der Metzgerin ihre bisherigen Ermittlungsschritte und die dürftige Beweislage. Sie machte ihr

klar, wie wichtig es wäre, eine unterschriebene Aussage über den Ablauf der Immobiliengeschäfte zu bekommen.
Maria Kramer wollte wissen, was der Sexshop in Straubing und der Fetischclub in Dingolfing damit zu tun hätten.
Gisela erzählte ihr von Vroni und der Verbindung zu Gutsohn, der all die Morde in Auftrag gegeben zu haben schien.
Die Metzgerin schwieg nachdenklich.
Gisela hatte eigentlich gedacht, dass sie vor Wut und Enttäuschung rasen und ihren Mann zwingen würde, eine Aussage zu Protokoll zu geben.
Maria Kramer war eine aufrechte Frau, die ihr Leben lang immer an die Wahrheit und die Kraft der Gemeinschaft geglaubt hatte. Man durfte gerne über andere herziehen und sich den Mund zerreißen, aber lügen und der Gerechtigkeit nicht zum Sieg verhelfen war für sie eine Sünde.
»Und am Samstag hat er eine Verabredung in diesem Club?«, fragte Maria Kramer nach einer schier endlosen Minute, in der sich die Kälte bereits unter Giselas Uniform schlich. »Er fährt nicht allein«, fügte Maria Kramer nachdenklich hinzu.
»Wie?«
»Mit einem Minibus.«
»Nein«, sagte Gisela, »ich mein, wie meinst du das?«
»Mir hat er erzählt, dass er übers Wochenende mit seinen Schafkopffreunden zu einem Turnier nach Passau fährt.«
Gisela musste diese Information erst einmal verdauen.
»Dieser Drecksack«, sagte die Metzgerin. Die Erkenntnis, dass ihr Mann sie hintergangen hatte, schien angekommen zu sein.
Sie stürmte aus dem Kühlraum. Gisela hinterher.
Franz Kramer packte für einen Hundebesitzer zwei Kilo Pansen ein, als seine Frau auf ihn zuschoss.

»Du verdammte Drecksau«, schrie sie. Ihr Gesicht war zornesrot. »Wieso lügst du mich an?«
Der Metzger zog den Kopf ein.
Der Hundebesitzer trat einen Schritt von der Theke zurück. Vor dem Laden begann sein Rottweiler zu bellen. Maria Kramers Geschrei war bis nach draußen zu hören.
»Mir ist es wurscht, wenn du mir nicht alles erzählst, aber mich anlügen ...« Ihr fehlten die Worte. »Du hast keinen Respekt mehr vor mir.«
»So ein Schmarrn«, wehrte sich Franz Kramer. »Und überhaupt, wo hab ich gelogen?«
»Du fährst gar nicht zum Schafkopfen nach Passau.« Ihr wütender Blick ließ Franz Kramer schrumpfen. »Du fährst mit deinen Fickkumpanen in ein Puff.«
Für einen Moment herrschte eine bleierne Stille. Gisela überlegte, wie sie die Wogen glätten könnte.
»Das ist kein Puff«, sagte der Metzger schließlich.
»Es ist mir scheißegal, was es ist«, tobte sie, »du bist für mich erledigt.«
»Was meinst du damit?«
»Dass ich dich nicht mehr sehen will.«
Franz Kramer starrte sie sprachlos an.
»Maria«, begann Gisela.
Die Metzgerin hob die Hand. Sie wollte nichts hören, ihr Entschluss stand fest. »Du bedienst den Herrn jetzt noch, und dann verschwindest du.«
»Wie genau meinst du das?«
Franz Kramer klang total verunsichert.
»Du packst deine Sachen und ziehst aus.« Mit der Härte in Maria Kramers Stimme hätte man Marmor schneiden können.
»Ich ...«

Mehr brachte Franz Kramer nicht heraus. Er wusste, wann er verloren hatte.
Ein vernichtender Blick zu Gisela, die er für diesen Schlamassel verantwortlich machte, dann wandte er sich wieder dem Hundebesitzer zu. »Darf's sonst noch was sein?«
Der Mann schüttelte den Kopf. Er bezahlte und verzog sich schleunigst aus dem Gefahrenbereich.
Franz Kramer verließ kurz nach ihm die Metzgerei. Gisela eilte ihm hinterher.
»Franz, wart!«, rief sie.
Der Metzger reagierte nicht.
Gisela holte ihn ein. »Ich muss mit dir reden.«
»Du hast genug geredet«, zischte er. »Ich will nichts mehr hören.«
»Ich muss wissen, wer die anderen sind, die am Samstag mit dir zum Panthero gefahren wären.«
»Was heißt wären?«, sagte er. »Ich werde auf jeden Fall fahren, und ich werd so richtig die Sau rauslassen. Jetzt, wo die Maria mich rausgeschmissen hat.«
Er stapfte weiter die Hauptstraße runter.
Gisela zog die Liste mit den Namen aus ihrer Jackentasche, hielt sie Franz Kramer vors Gesicht. »Sind die das?«
Der Metzger wischte Giselas Hand beiseite.
Gisela ließ sich nicht abwimmeln. Sie stellte sich ihm in den Weg, hielt ihm das Blatt erneut vor die Nase. »Sind das die Männer, mit denen du am Samstag ins Panthero fahren willst?«
Franz Kramer überflog die Namen. »Ja. Und jetzt lass mich in Ruhe.« Er drängte sich an ihr vorbei.
»Fahr nicht, Franz«, rief sie ihm hinterher. »Die Sache stinkt.«
Der Metzger hörte nicht.

Gisela rief Lederer an. Der war mit seinem Mercedes in der Nähe von Giselas Hof.
Sie erzählte ihm von den zwanzig Männern, die von Vroni in den Club eingeladen worden waren. Sie befürchtete Schlimmes, wusste aber nicht, was sie tun sollte. Es schien ihr ein Ding der Unmöglichkeit zu sein, alle Adressen abzuklappern, um die Männer zu warnen, ohne einen konkreten Verdacht zu haben.
Lederer meinte, sie solle sich erst einmal beruhigen, er wolle das mit ihr nicht am Telefon besprechen. In zehn Minuten sei er bei ihr zu Hause.
Gisela war nicht nur wegen der ungreifbaren Bedrohung aufgewühlt, sondern weil sie sich am Ehe-Aus der Kramers schuldig fühlte. Doch das sagte sie Lederer nicht. So etwas konnte sie nur Ludwig anvertrauen.

Gisela und Lederer kamen zeitgleich am Hof an. Dort warteten ein Streifenwagen und ein Zivilfahrzeug aus Straubing.
Die zwei Zivilbeamten waren Kollegen Lederers. Sie begrüßten sich höflich. Der eine überreichte Lederer einen Durchsuchungsbeschluss. Er las die Begründung.
»Ihr sucht die Mordwaffe bei mir?« Lederer war perplex.
Gisela entriss ihm den Schrieb, um den Vorwurf mit eigenen Augen lesen zu können. Durchsuchungsziel war Lederers Zimmer in Giselas Haus, Anlass die Ermordung Metzingers, und es gab den Verdacht, dass Lederer die Mordwaffe in eben jenem Zimmer versteckt hielt.
All das schien wie ein merkwürdiger Traum. Weder Gisela noch Lederer hatten etwas gegen das Betreten des Zimmers.

Der Traum verwandelte sich in ein surreales Gemälde von Dalí, als die Zivilbeamten eine 38er in einer der Schubladen des Bauernschranks fanden.
Vor Giselas Augen schienen alle Umrisse des Zimmers und der Anwesenden zu zerfließen.
Lederer war ebenso überrascht wie sie. Er leistete keinen Widerstand, als er wegen Mordverdachts vorläufig festgenommen wurde.
Gisela begleitete ihn hinaus zum Streifenwagen, in den er verfrachtet wurde.
Die beiden Polizeifahrzeuge fuhren rückwärts vom Hof, und wenige Sekunden später waren auch schon die Motorengeräusche verschwunden.
Die einsetzende Stille verstärkte bei Gisela den Eindruck der Unwirklichkeit. Wie in Trance tappte sie in die Küche und kippte sich zwei Schnäpse hinter die Binde.
Als Ludwig nach Hause kam, hatte sie ihm einiges über ihren ereignisreichen Tag zu berichten.
Sie waren beide davon überzeugt, dass Lederer niemals der Mörder Metzingers war. Die Waffe musste ihm untergeschoben worden sein.
Gisela hatte sofort Vroni im Verdacht. War es ihre Methode, Lederer aus dem Weg zu räumen?
Aber wie war sie ins Haus gekommen?
Zu viele Fragen blieben ungeklärt.
Ein Anruf von Erwin lenkte sie ab. Er und Schorsch hatten die Werkstatt unter die Lupe genommen und mit Nachbarn geredet, was man von Tomcic, dem Besitzer, so hielt.
Alle hatten nur Gutes über ihn zu berichten. Er war freundlich, hilfsbereit und engagierte sich in der Nachbarschaftshilfe.
Er hatte zwei Kinder, die im Fußballverein spielten, und

eine Frau, die als Physiotherapeutin arbeitete. Mit ihr war er seit zehn Jahren verheiratet, und niemand hatte auch nur jemals einen Streit zwischen den beiden erlebt.
Es klang zu schön, um wahr zu sein.
Schorsch mischte sich ins Gespräch ein. Er hatte die Absicht, Tomcic zu beschatten.
Erwin schnitt ihm genervt das Wort ab. Es gäbe überhaupt keinen Grund, einen unbescholtenen Bürger zu überwachen.
Gisela hörte sich den Streit über das Telefon eine Zeitlang an, bevor sie eine Entscheidung traf. Sie sollten beide zurückkommen, Widerspruch war sinnlos.
Gisela hatte genug von dem Fall, sie fühlte sich machtlos und streckte die Waffen. Von jetzt an würde in Niedernussdorf wieder Dienst nach Vorschrift geschoben werden. Alles, was nicht in ihrem Zuständigkeitsbereich lag, überließ sie den Straubingern.
Sie beorderte die beiden Polizisten zu einer Abschlussbesprechung in den Wilden Bock.
Erwin sollte Richie Bescheid geben, Treffpunkt war zwanzig Uhr. Gisela verspürte den Drang nach Lärm und Ablenkung. Und nach ein oder zwei Maß Bier, um die Vorstellung, dass Franz Kramer am Samstag möglicherweise in sein Verderben rannte, wegzuspülen.
Die Besprechung im Wirtshaus dauerte genau eine Minute, in der Gisela von der Festnahme Lederers berichtete und dass sie nicht mehr in den Mordfällen ermitteln würden. So schwer es ihr auch fiel, potenziellen weiteren Opfern nicht helfen zu können. Aber sie war am Ende mit ihrem Latein.
Richie freute sich so sehr, dass er seinen Maßkrug erhob und auf eine ruhige Zukunft anstoßen wollte.

Schorsch konnte nicht glauben, dass Lederer etwas mit den Morden zu tun hatte. Er bat Gisela noch einmal inständig, Tomcic überwachen zu dürfen.
Bei der Erwähnung des Namens sank Richies Laune sofort in den Keller, wie Gisela bemerkte.
Während Schorsch ausführte, nur Kriminelle hielten sich einen Dobermann, normale Leute hätten einen Schäferhund oder einen Dackel, behielt sie ihren Mitarbeiter im Auge.
»Was ist?«, fragte sie Richie schließlich.
»Wie? Was soll sein?«
Richies Blick flackerte.
»Weil du plötzlich so ruhig bist«, sagte Gisela. »Grad noch hast dich über den Abschuss vom Lederer gefreut, und jetzt ziehst so ein Gesicht.«
Richie zuckte mit den Achseln. »Mei, allein freuen macht halt keinen Spaß.«
»Und was ist mit dem Tomcic?«, fragte Gisela.
Richie wich ihrem prüfenden Blick aus.
»Kaufst bei dem dein Hasch?«, scherzte Erwin.
»Depp«, fuhr Richie seinen Freund an.
»Hoho, immer langsam, gell«, sagte Erwin. »Noch `n Spruch, Kieferbruch.«
Es wäre nicht das erste Mal, dass eine unbedachte Bemerkung seiner Freunde eine Keilerei ausgelöst hätte. Erwin war schnell beleidigt. Er besaß wegen seiner untersetzten Körpergröße einen Minderwertigkeitskomplex, der ihn schon in der Schule zu einem Raufbold gemacht hatte.
»Dann red du nicht so blöd daher«, sagte Richie.
»Mein Gott«, sagte Erwin, »verstehst du keinen Spaß mehr?«
»Ich dachte, wir feiern«, sagte Richie. Er sah einen nach

dem anderen an. »Stattdessen hackt ihr alle nur auf mir rum.«
Gisela runzelte die Stirn. Es war nicht Richies Art, sich wegen einer Nichtigkeit so aufzuregen. Schon öfter war er wegen seines Haschischkonsums von Erwin und Schorsch aufgezogen worden. Und immer hatte er nur darüber gelacht oder gar nichts erwidert.
Das hier war anders. Außerdem stimmte sie die Tatsache nachdenklich, dass er die Verhaftung Lederers feiern wollte. Sollte er …?
»Du kennst den Tomcic, stimmt's?«, fragte sie.
»Fängst du jetzt auch noch damit an?« Richie wurde ernsthaft sauer.
Gisela war auf der richtigen Spur. »Ja oder nein?«, fragte sie.
»Ja«, raunzte Richie. »Und? Hast was dagegen?«
»So kannst du doch mit der Gisela nicht reden«, sagte Schorsch. Er war verwundert und empört, wie sich Richie im Ton vergriff.
»Woher?«, fragte Gisela. »Hast du mal dein Moped zum Richten hingebracht?«
»Was soll denn das?«, fragte Richie. »Hab ich irgendwas angestellt?«
»Du hast bei dem die Knarre besorgt«, sagte Erwin. Seine Stimme klang, als träume er. »Du hast das echt getan.« Sein Gesichtsausdruck war reine Ungläubigkeit.
»Was hat er getan?«, fragte Gisela Erwin.
»Sagst du es ihr?«, fragte Erwin Richie. »Oder soll ich?«
Richie verbrannte Erwins Gesicht mit seinem Blick. Dann holte er tief Luft und wandte sich Gisela zu.
»Der Tomcic hat mir eine 38er besorgt.«
Gisela war, als hätte ihr jemand mit einem Hammer auf

den Kopf geschlagen. Richies Gesicht verschwamm vor ihren Augen. »Ich hab sie ihm untergeschoben«, sagte er. Mit reuigem Gesicht nahm er einen großen Schluck Bier.
Gisela fehlten die Worte. Sie schaute Erwin an. »Und du hast das gewusst?«
»Ich hab gedacht, der macht nur einen Scherz«, verteidigte er sich.
»Ich auch«, ließ sich Schorsch vernehmen. Er versteckte sich wie ein schuldbewusstes Kind hinter Erwin.
Gisela war fassungslos. Einen Moment lang herrschte Leere in ihrem Kopf. »Du rufst da sofort an und klärst das auf.«
»Aber dann bin ich dran.« Richie war schockiert.
»Ja, und das gehört dir auch nicht anders«, sagte sie.
Richies Mund klappte zu.
»Die schmeißen den raus«, sagte Erwin. Er war ebenso fassungslos wie Richie.
»Er hat Scheiße gebaut«, sagte Gisela, »und wer Scheiße baut, muss die Konsequenzen tragen.«
»Das kannst du doch nicht machen«, sagte Erwin.
»Ich muss es sogar machen.«
Ihre Wut hatte sich in Enttäuschung verwandelt. Nie hätte sie einem ihrer Mitarbeiter so eine niederträchtige Tat zugetraut. »Wohin soll das führen, wenn nicht einmal wir mehr für die Wahrheit einstehen?«
Sie schaute in die Runde, ihr Blick blieb an Richie hängen. Der starrte in seinen Maßkrug.
»Morgen früh rufst du dort an, sonst mach ich das.«
Gisela erhob sich und verließ ohne ein weiteres Wort das Wirtshaus. Die drei Polizisten blieben wie begossene Pudel zurück.
An der frischen Luft blieb Gisela erst einmal stehen und atmete ein paarmal tief durch. Sie konnte noch immer

nicht glauben, was sie eben gehört hatte. Richie hatte sich auf das Niveau eines Kriminellen heruntergelassen. Das war unverzeihlich.
Eines Kriminellen.
Das Wort hallte nach. Tomcic war ein Krimineller. Er war nicht der Nette aus der Nachbarschaft, er hatte eine Seite, die niemand kannte. Das musste sie sich zunutze machen.
Sie kehrte in den Wilden Bock zurück und schnappte sich Richie. Er sollte Tomcic aushorchen, welche Verbindung er zu Vroni hatte. Vielleicht hatte sie die Mordwaffe von ihm.
Richie wand sich.
Gisela machte ihm jedoch klar, dass das die einzige Möglichkeit der Wiedergutmachung war. Dann konnte er später behaupten, der Waffenkauf habe der Kontaktaufnahme gedient, um Hinweise auf Vroni zu bekommen.
Richie hatte keine Wahl, Gisela forderte es von ihm ein. Und zwar sofort.
»Und was soll ich dem jetzt sagen?«, fragte Richie.
»Dass du ihn treffen musst.«
»Wegen was denn?«
»Dass du noch eine Pistole brauchst«, schlug Schorsch vor.
»Oder ein bisschen Hasch«, sagte Erwin.
»Haha«, sagte Richie.
»Fällt dir was ein?«, fragte Gisela ihn.
Richie schaute auf seine Uhr. »Na ja, um diese Zeit gönnt er sich immer einen Absacker. Ich könnt ja fragen, ob ich vorbeikommen kann.«
»Auf einen Absacker?« Gisela runzelte die Stirn.
»Ja, wir trinken öfters einen zusammen.«
»Wie lang kennst du den eigentlich schon?«

»Bestimmt schon zehn Jahre. Ich hab ihn im Puff in Tschechien kennengelernt«, sagte Richie. »Da hab ich ihn mit seiner jetzigen Frau zusammengebracht.«
»Im Puff?«, fragte Schorsch.
»Ja. Sie war meine Stammhure.« Er seufzte in Erinnerung an sie. »Die Lila.«
»Also«, riss ihn Gisela aus seinen Träumen, »du fährst jetzt zu ihm und kommst erst wieder, wenn du was rausgefunden hast.«
Gehorsam rief Richie bei Tomcic an. Der freute sich, mit Richie hatte er immer viel Spaß und nie Stress gehabt. Richie jammerte, dass ihm langweilig sei, und der Tscheche lud ihn spontan zu sich ein.

Zwei Kasten Bier später lagen sich Richie und Tomcic in den Armen und sangen Kinderlieder. Sie versuchten, leise zu sein, aber im Rausch war die Selbstwahrnehmung stark getrübt.
Lila schmiss die beiden Männer schließlich raus, weil sie und die Kinder ihren Schlaf brauchten.
Der Dobermann begleitete Tomcic und Richie. Sie drehten eine Runde am Uferweg der Donau.
»Kannst du mir noch mal helfen?«, fragte Richie.
»Solange du bezahlst, immer«, sagte Tomcic und legte den Arm um Richies Schultern.
»Ich hatte schon lang keine Frau mehr«, sagte Richie. »Ich brauch was Deftiges.«
»Was Deftiges? Wieso fährst du nicht rüber? Da gibt's so was in allen Geschmacksrichtungen.«
Richie schüttelte den Kopf. »Ich möchte eine große, blonde deutsche Frau.«

Tomcic schaute ihn unter trägen Augenlidern hervor schief an. »Wozu?«
»Ich hab dir noch nie sagen müssen, wozu ich etwas brauche«, sagte Richie. Er hob den Zeigefinger. »Noch etwas, sie muss gefährlich sein. Kennst du da jemanden?«
»Wie gesagt, wenn du zahlen kannst.«
»Logisch«, sagte Richie. »Was ist das für eine Pussy?«
»Die versteht aber gar keinen Spaß«, sagte Tomcic.
»Inwiefern?«
Tomcic ließ seinen Zeigefinger an der Schläfe kreisen, um anzudeuten, dass sie verrückt wäre.
Richie grinste. »Und woher weißt du das?«, fragte er.
»Weil ich schon oft genug Geschäfte mit ihr gemacht habe. Ich weiß, wie die tickt.«
»Was für Geschäfte denn?«
Richie bemühte sich um eine lallende Stimme, denn er war nicht betrunken. Er hatte höchstens zwölf Halbe intus, während Tomcic das Doppelte getrunken haben musste.
»Was für Geschäfte wohl?« Der Tscheche lachte.
»Ich will Referenzen«, sagte Richie. »Also, spuck's aus.«
Tomcic brachte seinen Mund nahe an Richies Ohr. »Sie spielt gerne mit dem Feuer.«
Richie schaute Tomcic fragend an.
»Ich hab ihr weißen Phosphor besorgt«, sagte der Tscheche.
»Für was?«
Der Tscheche grinste breit.
»Was?«, fragte Richie.
»Nichts«, sagte Tomcic und haute Richie auf den Rücken.
»Ich kann sie dir ja vorstellen, aber so was wie dich isst sie zum Frühstück.«
Richie tat beleidigt. Er streckte die Brust raus. »Du hast ja gar keine Ahnung, was für ein Tier in mir steckt.«

Er fauchte wie ein Tiger. Beide mussten lachen.
»Na ja, vielleicht hast du recht«, sagte Richie, »ist wohl eine Nummer zu groß für mich.«
Tomcic packte Richie fest am Genick, drückte seinen Oberkörper nach unten. »Was wird das, hm?«
Richie war so überrascht von der Attacke, dass er sich nicht zur Wehr setzte.
»Erst laberst du mich voll, und dann ziehst du einfach so den Schwanz ein«, sagte Tomcic und verstärkte den Druck.
Der Dobermann baute sich knurrend und mit gefletschten Zähnen vor Richie auf. Der spürte, wie sein Magen sich verknotete.
»Ich mag dich echt gern, Alter«, fuhr Tomcic fort, »aber wenn du mich verarschen willst, reiß ich dir den Kopf ab.«
»Chill mal«, quetschte Richie heraus. »Ich hab doch nur gefragt.«
»Du bist Bulle, du fragst nicht nur so.«
»Wenn ich zu dir kommen, bin ich kein Bulle, okay? Das war alles privat.«
»Nein.«
Tomcic zwang Richie auf die Knie. »Sie hat mich gewarnt. Sie hat gesagt, jemand wird kommen und sich nach ihr erkundigen.«
Richie blieb die Luft weg. Er schaute jetzt in die schwarzen Höllenaugen des Dobermanns und roch die Verwesung aus seinem Schlund.
»Ich werd ihr sagen, dass du bei mir warst«, sagte Tomcic, der überhaupt nicht mehr betrunken wirkte. Er vertrug anscheinend mehr, als Richie gedacht hatte. »Ich geb ihr deine Adresse, dann wird sie dich sicher besuchen.«
»Hör auf mit dem Scheiß«, sagte Richie, dem die Angst bis in die Kehle stieg und sie mit kalten Fingern zudrückte.

»Tut mir leid«, sagte Tomcic, »sie hat dafür bezahlt.«
Er wandte sich an den Hund, deutete auf Richie. »Watch.«
Der Dobermann stieß ein bestätigendes Knurren aus, fixierte Richie wie seinen Mitternachtssnack.
Tomcic ließ Richie los, holte sein Handy aus der Gesäßtasche und ging einen Schritt zur Seite. Er flippte sich durch das Adressbuch.
Richie starrte dem Dobermann ins hässliche Gesicht. Das Zahnfleisch war rosa, durchsetzt mit dunklen Flecken. Speichel tropfte von den Lefzen.
Richie wollte noch nicht sterben. Er hatte noch nicht mal seine Midlifecrisis gehabt. Schätzungsweise sollte es in zwei, drei Jahren so weit sein.
Er hörte die Tastentöne von Tomcics Handy, als der Vronis Nummer suchte. Oder sie sogar anrief.
Der Dobermann beugte sich vor, die feuchte Schnauze ruckte und zuckte beim Schnuppern. Das Raubtier sog den Geruch seiner Beute ein.
Richie ballte die Fäuste.
Er hörte ein letztes Piepsen des Handys, dann das Freizeichen. Er wollte noch nicht sterben, und wenn, dann nicht ohne Gegenwehr.
Er holte aus, verpasste dem Dobermann erst mit der einen Faust links, dann mit der anderen Faust rechts einen Haken in die Fresse.
Speichel spritzte, als der Kopf des Hundes herumflog. Der Dobermann jaulte auf.
Richie sprang auf, wirbelte zu Tomcic herum, der ihn fassungslos anstarrte. Er hörte, wie sich eine Frauenstimme am anderen Ende des Telefons meldete.
Tomcic hatte keine Chance zu antworten, Richie schlug

ihm das Handy aus der Hand, kickte es mit einem perfekten Schuss in die Donau.
Der Tscheche fasste sich schneller als sein Hund, der sich mit einer Pfote immer wieder über die Schnauze wischte und nieste.
Tomcic packte Richie, bevor der das Weite suchen konnte. Er schlang seine Arme von hinten um ihn, drückte zu. »Kill!«, schrie er seinem Hund zu. »Kill!«
Der Dobermann fuhr herum, bellte und sprang auf Richie zu. Der drängte aus Panik rückwärts und brachte Tomcic aus dem Gleichgewicht.
Die beiden Männer fielen, der Dobermann flog über sie hinweg.
Tomcic musste Richie loslassen, um seinen Sturz abzufangen. Der Dobermann landete, wirbelte herum, um die nächste Attacke zu starten.
Richie nahm die Beine in die Hand, startete durch. Er rannte auf die Donau zu, die einzige Möglichkeit, dem Monster zu entkommen.
Er sprang vom Ufer ab, klatschte ins dunkle, kalte Wasser.
Der Hund bellte, lief am Ufer entlang, während Richie von der Strömung mitgerissen wurde.
Die Donau umschloss Richie wie eine Mutter ihr Kind. Er ließ sich treiben, überschlug, wie lange es dauern würde, bis er in der Nähe von Niedernussdorf an Land gehen konnte.
Er war mit seinen Berechnungen noch nicht fertig, als er bemerkte, dass das Gekläffe aufgehört hatte. Er schaute zum Ufer.
Der Dobermann war im Wasser und paddelte auf ihn zu.
Tomcic lief auf dem Uferweg nebenher. Er schrie etwas, das Richie nicht hören konnte. Der Hund anscheinend sehr

wohl. Richie vermutete, dass es das Wörtchen »Kill« war. Ihn trennten nur noch wenige Meter von einem Angriff.
Richie legte sich längs ins Wasser und begann zu schwimmen. Mit Müh und Not hatte er als Kind Brustschwimmen gelernt. Kraulen hatte er immer als überflüssige Überanstrengung angesehen. Schließlich kam man mit Brustschwimmen auch vorwärts.
Nur nicht schnell genug, wenn eine Killermaschine hinter einem her war. Er konnte ihr Hecheln nahe hinter sich hören. Richie ging in einen improvisierten Kraulstil über.
Die Panik verlieh ihm Schmerzunempfindlichkeit. Er spürte weder seine stechende Lunge noch das bleierne Ziehen in Arm- und Beinmuskeln. Das Bild, wie ihn der Dobermann packen und in die Tiefe ziehen würde, trieb ihn zu Höchstleistungen an.
Es reichte dann doch nicht. Ein erster Schnapper berührte seinen Knöchel. Die Zähne des Dobermanns verfingen sich in seinem Schuh, zogen ihn vom Fuß.
Richie quiekte erschrocken auf. Er sah über die Schulter zurück.
Der Dobermann setzte zum nächsten Angriff an. Dem könnte er vielleicht entgehen, dem danach auch noch, aber spätestens beim dritten würde es um ihn geschehen sein.
Richie stoppte und tauchte.
Er plagte sich gegen die Strömung ab, musste nach wenigen Sekunden hoch, weil er zu ersticken drohte.
Er poppte auf. Und schaute auf das Hinterteil des Dobermanns.
Der Hund spürte Richies Blick, er drehte sich, paddelte auf ihn zu.
Richie wurde ganz ruhig.
Eine Flucht war sinnlos, der Dobermann war ausdauernder

als er. Als er in das aufgerissene Maul schaute, tauchte Richie erneut.
Er drehte sich auf den Rücken, erkannte im trüben Wasser die Beine des Hundes. Richie packte die Hinterläufe, zog den Hund nach unten.
Der Dobermann wehrte sich mit aller Kraft, doch unter Wasser war Richie im Vorteil. Er legte die Beine um den Hals des Hundes, überkreuzte sie und drückte zu.
Der Hund wand sich wie ein gefangener Fisch, doch Richie war entschlossen, das Vieh umzubringen. Sein Überlebensinstinkt hatte die Kontrolle übernommen.
Die Nadeln in seiner Lunge stachen immer stärker, sein Sichtfeld wurde dunkler. Ihm ging die Luft aus. Die Ohnmacht hüllte ihn in eine schwarze Decke.
Alles verschwand in absoluter Dunkelheit.
Richie spürte etwas Hartes auf seiner Brust.
Er hustete, um sich von dem Druck zu befreien. Er öffnete die Augen. Kies. Er war an Land gespült worden.
Richie hustete noch einmal, allmählich gewann er sein Körpergefühl zurück. Alles schmerzte, besonders die Lunge. Er rollte sich auf den Rücken. Die Sterne schauten auf ihn herab.
Richie atmete tief ein und aus. Sein Atem rasselte. Das bedeutete, er lebte.
Er kicherte.
Tomcic.
Der Gedanke an den Tschechen erstickte seine Freude.
Richie richtete sich auf, schaute sich um. Dunkelheit umgab ihn, die Bäume am Ufer waren nicht mehr als dunkle Schatten. Nichts bewegte sich. Weder Mensch noch Hund.
Richie war in Sicherheit.
Klatschnass, aber überglücklich, schlurfte Richie weg von

der Donau. In der Nähe des Flusses musste er auf eine Straße stoßen.
Er behielt recht. Er folgte der Landstraße flussabwärts. Das war die Richtung nach Niedernussdorf. Er freute sich auf sein Dorf und seine Wohnung wie ein Kind auf Weihnachten. Es gab nichts Schöneres auf dieser Welt.

Gisela hatte bis frühmorgens auf eine Nachricht von Richie gewartet. Das Telefon blieb stumm. Sie wählte seine Nummer. Die Mailbox antwortete.
Ernsthafte Sorgen trieben sie zu seiner Wohnung. Sie hoffte, dass er wohlauf von seinem Ausflug zurückgekommen war und nur vergessen hatte, sie zu benachrichtigen.
Auf ihr Klingeln öffnete niemand.
Gisela drückte den Klingelknopf der Hausmeisterwohnung. Sie wusste, dass Herr Fabrick Schlüssel für alle Wohnungen hatte. Die Mieter vertrauten ihm blind.
Herr Fabrick sperrte Richies Wohnung auf. Sie lag im Halbdunkel, die Vorhänge hielten die Morgensonne draußen. Gisela huschte durch den Gang, warf einen Blick ins Wohnzimmer, in die Küche, am Schluss ins Schlafzimmer.
Richie lag nackt auf dem Bett und schlief.
Gisela näherte sich ihm erleichtert. Sie rüttelte ihn sanft an der Schulter.
»Richie«, wisperte sie. »Richie. Ich bin's, die Gisela.«
Richie kam langsam zu sich. Er blinzelte Gisela an, stöhnte auf.
»Hab ich einen Brand«, krächzte er.
»Ich mach dir einen Kaffee«, sagte Gisela.
Sie bedankte sich bei Herrn Fabrick für seine Hilfe, danach kochte sie einen Kaffee, der Tote aufgeweckt hätte.

Richie hüllte sich in seine Bettdecke und berichtete Gisela von der letzten Nacht.
»Hat er gesagt, was sie mit dem Phosphor will?«
Richie schüttelte den Kopf.
»Ich dachte, er ist ein Freund von dir«, sagte Gisela, »und dann will er dich umbringen.«
»Weil sie ihn bezahlt hat. Geld steht für ihn immer an erster Stelle.«
»Zieh dich an, wir fahren nach Straubing.«
Richie hob seine Tasse. »Darf ich wenigstens noch austrinken?«
»Im Auto. Wir dürfen keine Zeit verlieren. Dieser Tomcic hat Vroni bestimmt schon gewarnt.«
»Du meinst, die will mich umbringen?«
»Im Moment halt ich alles für möglich.«
Richie mühte sich aus dem Bett, schlüpfte extra langsam in seine Dienstklamotten. Alles war recht, um die Fahrt zur Mordkommission zu verzögern. Dort würde nur Ärger auf ihn warten, egal, welche Ausrede er benutzte.
Aber Gisela machte ihm Beine, schnappte sich seine Jacke und trieb ihn aus der Wohnung hinunter auf die Straße.

Lederer saß in einer Zelle. Er hatte die ganze Nacht kein Auge zugetan, trotzdem war er nicht müde.
Die Vorkommnisse der letzten Tage waren ihm durch den Kopf gegeistert, und er hatte sich am frühen Morgen eingestehen müssen, dass er sich von seinen Emotionen hatte leiten lassen.
Sein Leben lang, nein, eigentlich mit Beginn seiner Ausbildung als Polizeischüler, hatte er seinen Verstand über alles andere gestellt.

Sein Lehrmeister und Mentor hatte ihm immer wieder eingetrichtert, wie wichtig es war, Indizien und Hinweise emotionslos zu betrachten und sie wie Puzzlestücke zu behandeln. Je mehr man davon besaß, umso deutlicher würde das Gesamtbild werden.
Die Kollegin, in die er sich später verliebt hatte, war in diesen Belangen eine schlechte Ermittlerin gewesen. Sie konnte nicht vorurteilsfrei auf eine Sachlage schauen und einen Schritt zurücktreten. Sie war Polizistin mit Leib und Seele, ihr Herz stand immer an erster Stelle. Das wurde ihr letztendlich zum Verhängnis. Sie brannte aus und nahm sich das Leben.
Lederer hatte um sie getrauert und sich geschworen, nie wie sie zu werden. Sein Instinkt und sein Verstand waren seine schärfsten Waffen, und die Erfolge hatten ihm bisher recht gegeben.
Seit Vroni war das anders.
Auch wenn er sich dagegen sträubte, bei ihr setzte sein Verstand aus, und – was vielleicht das Überraschendste war – er hatte keine Angst mehr davor. Er hatte keine Angst mehr, sich lächerlich zu machen, er hatte keine Angst mehr, die Kontrolle zu verlieren, er hatte keine Angst mehr, der Gerechtigkeit nicht zum Sieg zu verhelfen.
Es gab keine Gerechtigkeit im Leben, es gab nur den eigenen Weg, den man gehen musste.
Es war die Konsequenz, dem eigenen Ich gegen alle Widerstände zu folgen, die er an Vroni bewunderte. Er selbst verabscheute sich dafür, dass er nicht so kompromisslos war.
In ihrer Gegenwart hatte er gespürt, wozu er fähig war, und er war mehr als nur ein Polizist, der sein Bestes gab, er war ein Mensch, der Gefühle hatte, die irreal waren.
All diese Gedanken hatte er sich nur machen können, weil

er eine Nacht lang die Zeit dafür gehabt hatte. Flucht und Ausflüchte waren in der Zelle nicht möglich.
Lederer fühlte sich wie ein anderer Mensch.
So kam es, dass er Richie dankte, als er dem Chef der Mordkommission die Wahrheit über die untergeschobene Waffe beichtete. Er folgte Giselas Ratschlag, es als Undercoveraktion darzustellen.
Lederer setzte sich dafür ein, dass gegen Richie keine Ermittlungen eingeleitet wurden. Keiner der Beteiligten hatte ein Interesse daran, den Staatsanwalt in einer Angelegenheit zu aktivieren, die sich bereits erledigt hatte, ohne dass jemandem Schaden zugefügt worden wäre.
Allerdings bat sich Lederers Chef aus, dass ihm alle Details der Ermittlungen dargelegt wurden.
Als Gisela die Sprache auf Tomcic und den Phosphor brachte, ahnte Lederer, wozu die Chemikalie benutzt werden sollte.
Weißer Phosphor entzündete sich bei Kontakt mit Sauerstoff und war mit herkömmlichen Mitteln nicht zu löschen. Der Inhalt der Kanister in Vronis MINI schien jedoch flüssig zu sein, was darauf schließen ließ, dass der Phosphor mit Kohlenstoffdisulfid gemischt worden war. Es galt allgemein als Brandbombe.
»Und was will sie damit?«, fragte Gisela.
»Etwas in Brand setzen, Frau Kollegin«, sagte der Chef. Ein spöttischer Zug umspielte seine Mundwinkel.
»Das ist eine durchaus berechtigte Frage«, sprang Lederer Gisela bei. »Wie will sie diese Brandbombe einsetzen? Es scheint sich um fast vierzig Liter zu handeln, darum gehe ich davon aus, dass sie zur Herstellung mehrerer Brandsätze dienen werden.« Er hörte sich nüchtern dozieren, hatte jedoch gleichzeitig das Bild von Vroni und lodernden Flam-

men im Kopf. Er spürte die Hitze des Feuers körperlich. »Wir müssen das verhindern.«

Gisela merkte, was Lederer vorhatte. Er wollte Vroni schützen. »Und dann?«, sagte sie. »Wir haben bisher nichts in der Hand gegen sie, wenn wir einen Brandanschlag verhindern, bringt uns das keinen Schritt vorwärts.«

Lederer warf Gisela einen erstaunten Blick zu. »Willst du sie gewähren lassen?«

»Ich will sie beschatten lassen und im richtigen Moment zugreifen.«

Lederers Chef hob beide Hände. »Frau Kollegin, Ihr Engagement in Ehren, aber so arbeiten wir nicht. Wir gefährden nicht das Leben der Zivilbevölkerung, um eine mutmaßliche Mörderin zu stellen.«

»Sie glauben ihm doch eh nicht«, sagte Gisela und deutete auf Lederer. »Vor einigen Tagen noch wurde er zu uns strafversetzt, und jetzt spielen Sie auf seiner Linie? Was hat sich denn geändert, dass Sie ihm das mit Gutsohn glauben?«

»Gutsohn spielt für mich in dem Fall keine Rolle«, erwiderte Lederers Chef. »Es geht alleine um diese Vroni, ob sie nun die leibliche Tochter ist oder nicht. Offenbar plant sie einen Brandanschlag, und das nehme ich sehr ernst.«

Er wandte sich Lederer zu. »Sie kümmern sich darum.« Er hob warnend den Zeigefinger. »Das heißt aber noch lange nicht, dass die Ermittlungen gegen Sie eingestellt werden. Die Anzeige Gutsohns gegen Sie hat immer noch Bestand.«

»Hält er wirklich daran fest?«, fragte Lederer. Er war perplex über Gutsohns Unverfrorenheit.

»Ja. Er will Ihren Kopf, und der Staatsanwalt scheint geneigt, den Foltervorwürfen mit aller Härte nachzugehen.«

Der Chef beugte sich vor. »Die beiden kennen sich aus dem Verein zur Pflege des Tiergartens.«

»Was machst du jetzt?«, wollte Gisela wissen, als sie mit Richie Lederer zum Auto begleitete.
»Ich werd mit ihr reden«, sagte Lederer.
Gisela entfuhr ein Lacher. »Und sie wird auf dich hören.«
»Wie und über was ich mit ihr rede, muss ich dir gegenüber nicht darlegen.«
Lederer spürte Giselas Sarkasmus. Sie wusste, was er Vroni gegenüber empfand. Aber er hatte nicht vor, Vroni entkommen zu lassen. Er wollte nur verhindern, dass sie noch mehr Schuld auf sich lud.
»Mach, was du willst«, sagte Gisela, »aber erwarte nicht, dass ich hinter dir aufräum.«
Lederer bedankte sich zum Abschied bei Richie für dessen Aufrichtigkeit.
Richie meinte, er solle sich bei Gisela bedanken, sie habe ihn gedrängt, die Wahrheit zu sagen.
»Danke«, sagte Lederer und streckte Gisela die Hand entgegen.
Sie nahm sie, hielt sie fest, schaute ihm fest in die Augen. »Passt schon.«
Nach einer Weile ließ sie seine Hand los und stieg mit Richie in den Streifenwagen.
Lederer schaute dem Auto nach, bis es aus seinem Blickfeld verschwunden war. Ihn rührte Giselas Sorge, dass er einen Fehler machen könnte. Das hatte er nicht vor.

Lederer fuhr zu Vronis Hof. Als Erstes fiel ihm auf, dass der MINI nicht unter dem Carport stand. Im Haus war Vroni nicht.
Lederer suchte den Stall auf, wo die Pferdepflegerin die Hufe eines Schimmels auskratzte.
»Wo ist denn die Vroni?«, fragte er.
Die junge Frau hob den Kopf, strich sich die Haarsträhnen aus dem Gesicht. »Sie wollte ein paar Tage verreisen.«
»Davon hat sie mir gar nichts erzählt.«
»Sie entscheidet so was total spontan.«
»Wissen Sie, wo sie hingefahren ist?«, fragte Lederer.
Die Pferdepflegerin schüttelte den Kopf.
»Hat sie eine Nachricht für mich hinterlassen?«
»Nein.«
Lederer starrte die junge Frau ratlos an.
»Sie sollten sie vergessen«, sagte sie.
»Was?«
»Sie hat gesagt, Sie beide hätten keine Zukunft.«
Lederers Schnauzer zuckte.
»Tut mir leid«, sagte die Pferdepflegerin und kümmerte sich wieder um die Hufe.
Unschlüssig stand Lederer in dem Stall und schaute ihr bei der Arbeit zu.
»Wollen Sie ihr helfen?«, fragte er schließlich.
»Wie meinen Sie das?«
»Vroni ist im Begriff, eine kriminelle Handlung zu begehen«, sagte Lederer. »Sie können verhindern, dass sie für den Rest ihres Lebens ins Gefängnis muss.«
Die Augen der Pferdepflegerin funkelten unsicher. Sie wusste nicht, was Lederer meinte. Sie hatte keine Ahnung, dass Vroni eine Mörderin war oder sein könnte. Das las Lederer aus ihrem Gesicht.

»Was soll ich tun?«, fragte sie.
»Beantworten Sie mir ein paar Fragen.«
Die Pferdepflegerin versorgte den Schimmel, danach setzte sie sich mit Lederer auf die Terrasse.
Ihn interessierte, ob sie jemals mitbekommen hatte, dass Gutsohn Vroni irgendwelche Aufträge erteilt habe, ob sie Metzinger, Meyer oder Meyerbeer kannte und ob sie wusste, wie Vroni ihr Geld verdiente.
Lederer erfuhr nichts, was er nicht schon wusste. Die Pferdepflegerin hatte keine Ahnung, wer Vroni wirklich war.
»Hatten Sie beide mal eine Beziehung?«, fragte er am Ende.
»Fragen Sie das beruflich oder privat?« Die Pferdepflegerin lächelte.
»Würde das die Antwort ändern?«
»Nein. Es interessiert mich nur.«
Lederer zögerte einen Moment. »Privat.«
»Ja.« Sie schaute ihn offen an. »Und wir hatten nicht, wir haben immer noch.«
Lederers Herz setzte einen Schlag lang aus.
»Eifersüchtig?«, fragte die Pferdepflegerin.
»Eher enttäuscht«, erwiderte Lederer.
»Vroni ist nicht wie andere. Sie hat ihre eigenen Regeln.«
»Sind Sie eifersüchtig?«, fragte er.
Die junge Frau zuckte mit den Achseln. »Ich weiß nicht. Manchmal. Aber wenn sie dann zu mir kommt und mich in die Arme nimmt, hab ich das Gefühl, ich bin der einzige Mensch in ihrem Leben, auch wenn ich weiß, dass es nicht so ist. Sie kann das. Es ist wie Magie. Man vergisst alles, was war, und genießt nur den Moment.«
Lederer verstand sie nur zu gut. »Sie lieben sie.«
»Genau wie Sie.«
Beide lächelten.

»Darum sollten Sie mir unbedingt sagen, wo sie ist. Ich möchte sie nicht verlieren. Und Sie auch nicht, denke ich.«
»Wenn ich es wüsste, würde ich es tun.«
»Nehmen Sie sich einen Augenblick und überlegen Sie. Wo könnte sie sein?«
Lederers Blick war auf die junge Frau gerichtet, die beim Nachdenken die Augenbrauen zusammenzog. Sie schüttelte den Kopf. »Tut mir leid.«
Lederer musste wohl oder übel akzeptieren, dass sie ihm nicht weiterhelfen konnte. Er erhob sich. »Sollte Ihnen doch noch was einfallen, rufen Sie mich bitte an.«
Er reichte ihr seine Visitenkarte.
»Was genau hat sie getan, dass Sie sie suchen?«, fragte sie.
»Dazu darf ich Ihnen leider nichts sagen.«
»Geben Sie mir Bescheid, wenn Sie sie vor mir finden?«
Lederer versprach es. Ihr dankbares Lächeln wirkte bedrückt.
Es gab nur einen Weg, Vroni ausfindig zu machen. Lederer musste am Samstag in den Club.

Denselben Gedanken hatte Gisela. Auch wenn sie so tat, als interessiere sie der Fall nicht mehr, war sie doch entschlossen, Vroni festzunehmen, wenn Lederer es schon nicht tat.
»Du weißt doch gar nicht, ob er ihr helfen will, abzuhauen«, sagte Ludwig, als sie am Abend gemütlich zusammensaßen.
»Du glaubst doch selber nicht, dass der sein Liebchen ans Messer liefert.«
»Der Lederer vergisst nicht, dass er vorrangig Polizist ist«, sagte Ludwig.
»Die hat ihm den Kopf verdreht.«

»Ich will aber nicht, dass du ihm da reinpfuschst.«

»Willst du, dass eine Mörderin davonkommt?«, fragte Gisela.

»Ich will nicht, dass dir was passiert.« Sein Blick war voller Besorgnis.

Gisela registrierte das jetzt erst. Zuvor war sie viel zu aufgebracht wegen Lederer und seines Vorgehens gewesen, um das zu bemerken.

Sie strich Ludwig über die Haare. »Was soll mir denn passieren? Ich nehm meine drei Männer mit, dann haut das schon hin.«

»Nach dem, was du mir alles über diese Vroni erzählt hast, glaub ich das nicht.« Ludwig zog Gisela näher an sich heran. »Lass das den Lederer machen. Vertrau ihm.«

Gisela schaute ihm tief in die Augen. Sie küsste ihn. »Du bist der Einzige, dem ich vertrau.«

Ludwig seufzte. »Dann komm ich mit.«

»Nein, tust du nicht.«

»Willst du mich dran hindern?«

»Ja«, sagte sie, »das ist ein Polizeieinsatz, da hast du nichts verloren.«

»Ich kann ja auch so in den Club gehen.«

»Kannst du nicht. Das ist eine geschlossene Gesellschaft. Steht so auf der Homepage.« Sie runzelte die Stirn.

»Was?«, fragte Ludwig.

»Am Samstag werden nur die zwanzig Männer in dem Club sein«, sagte Gisela und spann den Gedanken weiter. Die Erkenntnis überfiel sie wie eine kalte Dusche. »Wenn sie alle verbliebenen Mitwisser auf einen Schlag erledigen will, dann dort.«

Sie sprang auf, griff sich das Handy. »Die wird den Club niederbrennen.«

Sie wählte Lederers Nummer.
»Meinst du nicht, dass du da etwas übertreibst?«, fragte Ludwig.
»Es passt alles zusammen«, sagte sie. Sie brach die Wahl ab, schüttelte den Kopf. »Der Lederer darf davon nichts wissen. Ich will nicht, dass der noch mehr Schwierigkeiten kriegt.«
»Jetzt spinn nicht rum«, polterte Ludwig. »Dann ruf wenigstens bei der Mordkommission an, damit die da ein paar Männer hinschicken.«
»Das werden die nicht tun«, sagte Gisela, »die Ermittlungen gegen Vroni haben nichts mit den Ermittlungen in den anderen Mordfällen zu tun.«
»Probier's wenigstens.«
Ludwig beharrte auf dem Anruf, und Gisela tat ihm den Gefallen.
Sie wurde zum Chef der Mordkommission durchgestellt, der genau das sagte, was sie nicht erwartet hatte. Er wollte der Bereitschaftspolizei Bescheid geben, damit am Samstagabend zehn Einsatzkräfte vor Ort wären, um im Ernstfall einzugreifen. Die Polizisten würden sich im Hintergrund halten, bis Gisela das Kommando gäbe.
Gisela legte auf und sah das zufriedene Grinsen in Ludwigs Gesicht.
»Siehst«, sagte er, »nicht alle sind solche Arschlöcher, wie du manchmal glaubst.«
»Spielst du auf den Lederer an?«, fragte sie.
Ludwig tat überrascht, als wäre er nie im Leben auf diese Vermutung gekommen. Gisela musste grinsen.
Lederer ließ sich nicht auf Giselas Hof oder in Niedernussdorf blicken. Er war wie vom Erdboden verschluckt. Gisela nutzte die Zeit bis Samstag, um ihre Männer auf den Einsatz in Dingolfing vorzubereiten.

Erwin und Richie sollten den Notausgang im Auge behalten, sie würde mit Schorsch den Haupteingang überwachen. Sobald Vroni und die Männer in dem Club wären, würden sie zuschlagen.
Gisela und Schorsch würden sich Zutritt verschaffen und mit den zehn Einsatzkräften alle Anwesenden festnehmen. Vorläufig zur Feststellung der Personalien. Sobald die Brandbomben entdeckt sein würden, könnte die Begründung für Vronis Festnahme auf versuchten Mord ausgeweitet werden.
»Und wir bleiben an der Hintertür stehen?«, fragte Erwin. »Das ist ja was für Volldeppen.«
»Nein, ist es nicht«, sagte Gisela. »Es ist absolut wichtig, dass durch den Notausgang keiner abhaut. Am besten, ihr blockiert die Tür vollständig, so dass die gar keiner öffnen kann.«
»Ich find schon, dass das ein Idiotenjob ist«, sagte Richie. »Also eher was fürn Schorsch.«
»Wieso?«, sagte Schorsch. »Ist doch perfekt für euch zwei. Zum Türzuhalten muss man den Kopf nicht einschalten. Das könnt sogar ihr.«
»Und du bleibst schön an Muttis Hand, wenn ihr in den Club reingeht«, giftete Erwin.
»Ich darf wenigstens rein«, sagte Schorsch und versenkte Erwin mit einem triumphierenden Blick.
»Vielleicht warst du ja vorher schon mal drin«, sagte Richie. »Wie der Papi, so der Sohnemann.«
Gisela hörte Schorschs Zähne knirschen.
»Alles gut. Wir lachen dann gemeinsam am Sonntag. Jetzt ist erst mal Dienst nach Vorschrift«, sagte sie.
Sie nickte Erwin und Richie zu. »Ihr fahrt Streife, und du«, sie wandte sich an Schorsch, »du hältst hier die Stellung.«

»Da muss man auch den Kopf nicht einschalten«, sagte Erwin und verließ mit Richie die Dienststelle.

»Du musst mir nicht immer so helfen«, beschwerte sich Schorsch bei Gisela.

»Ich weiß«, sagte sie, »aber bei euch geht's echt nicht anders.«

»Würd's schon, aber dazu müsstest du dich raushalten.«

Gisela sah Schorsch überrascht an. Der wich ihrem Blick aus, zuckte mit den Achseln. »Wir sind doch keine kleinen Jungs mehr.«

»Du hast recht«, sagte sie. »Aber ihr seid halt wie meine eigenen Kinder. Da fällt's einem schwer, sich rauszuhalten.«

»Weißt«, sagte Schorsch, »ich hab schon so eine Mutter, da musst du nicht auch noch so sein.«

Die Tage bis zum Samstag waren die ereignislosesten in der Geschichte Niedernussdorfs. Nicht einmal nach dem Kegelabend am Freitag gab es eine Schlägerei, ein Novum. Es war, als würde der ganze Ort Rücksicht auf die örtliche Polizei nehmen, die vor dem Einsatz nervlich und körperlich angespannt war.

Gisela wunderte sich bis zum Schluss, wohin Lederer verschwunden war. Sie hatte alle Möglichkeiten durchgespielt, eine jedoch ausgeklammert. Sie wollte sie nicht wahrhaben.

»Glaubst du, die hat den Lederer umgebracht?«, fragte Gisela Ludwig, als sie sich am Samstagabend fertig machte.

»Möglich«, sagte er und half ihr in die Uniformjacke.

»Ich hätt doch seinem Chef Bescheid geben sollen.«

»Der Lederer hat dich schützen wollen, weil er das Ganze für zu gefährlich hielt«, sagte Ludwig. »Wenn er dafür ins Gras hat beißen müssen, dann ist das jetzt so.«
»Was bist denn so brummig?« Gisela schaute ihm prüfend ins Gesicht.
»Du weißt, was ich von der Aktion halte, also frag nicht so scheinheilig.«
Gisela umarmte Ludwig. »Ich hab dich lieb.«
»Ich dich auch.« Er küsste sie. »Ich wart auf dich.«
»Kann aber später werden.«
»Mir wurscht.«
Trotz seiner Brummigkeit drückte er Gisela an sich und wünschte ihr Glück für den Einsatz.
Gisela holte Erwin und Richie mit dem Streifenwagen ab, sie trafen sich mit den Bereitschaftspolizisten um achtzehn Uhr in der Nähe des Clubs.
Es gab eine kurze Einsatzbesprechung, jeder wurde über den Club und dessen Innenleben informiert.
Gisela bekam ein Walkie-Talkie, und erst auf ihr Kommando hin würden die Polizisten den Club stürmen.
Alle Mann bezogen die ihnen zugeteilten Positionen.
Um zwanzig Uhr rollte der Kombi von Heidi und ihrem glatzköpfigen Partner auf den Parkplatz. Sie sperrten den Club auf, ein Schild *Geschlossene Gesellschaft* wurde vor dem Eingang aufgestellt.
Wenig später leuchteten die LED-Bänder an der Fassade bunt auf und wechselten fortlaufend die Farbe.
Der Parkplatz war bis auf den Kombi leer.
Gisela hockte hinter einem Telekomkasten. Sie hatte sich einen aufklappbaren Campinghocker mitgebracht, auf dem sie nicht ruhig sitzen konnte. Sie hatte Hummeln im Hintern und hoffte, dass es bald losging.

Erwin und Richie hatten es sich hinter einem Gebüsch in der Nähe des Notausgangs gemütlich gemacht.
Die Bereitschaftspolizisten warteten in ihrem Mannschaftsbus einhundert Meter weiter auf ihren Einsatz. Sie nutzten einen abgestellten Güterzug, der normalerweise fabrikneue BMWs transportierte, als Deckung.
Ein Motorengeräusch ließ Gisela aufhorchen. Sie duckte sich hinter ihrem Versteck.
Der Minibus mit den geladenen zwanzig Männern bog auf den Parkplatz ein und hielt. Die Truppe stieg aus und marschierte plaudernd und lachend auf den Eingang des Clubs zu.
Franz Kramer war unter den Ersten, die die Tür erreichten. Nach dem Klingeln wurden sie eingelassen.
Schorsch tauchte wenig später auf. Er hoppelte über den Parkplatz, sah sich suchend um.
Gisela stieß einen Pfiff aus und zeigte sich. Schorsch eilte zu ihr hinter den Telekomkasten.
Außer Atem erstattete er Bericht. Er war dem Bus in einigem Abstand gefolgt, hatte dabei nach Vroni Ausschau gehalten. Von ihr war nichts zu sehen gewesen.
»Hier«, sagte er und reichte Gisela einen Flyer. Es war das Programm des heutigen Abends. »Um zweiundzwanzig Uhr gibt's eine Show, um dreiundzwanzig Uhr eine Tombola mit Fetischpreisen, und um vierundzwanzig Uhr wird ein 50-Liter-Bierfass angezapft. Die feiern Fünfjähriges. Hab ich aus dem Internet ausgedruckt.«
Gisela besah sich den Flyer.
Schwarze Schrift auf rotem Hintergrund. Alles eher schlicht gehalten. Niemand würde es für eine Einladung in den Tod halten.
War es denn überhaupt eine?

Gisela beschlichen erste Zweifel. Vielleicht war alles wirklich nur eine harmlose Show.

Schorsch räusperte sich. »Soll ich woanders hin?«, fragte er. Aufgrund seiner Körperfülle passte Schorsch nicht komplett hinter den Telekomkasten.

»Schmarrn«, sagte sie. »Es ist eh fast dunkel, da sieht keiner was, wenn ein bisschen was übersteht.«

Sie rutschte an den Rand ihres Campingstuhls. »Da, komm her, setz dich.«

Schorsch senkte seinen Hintern auf das Aluminiumrohr, das durch den Bezug lief. Es knarzte hässlich. Es war unbequemer, als auf dem Teer zu sitzen, aber er wollte Gisela nicht widersprechen und harrte auf der Kante aus.

Es wurde dunkel, die Peitschenlaternen leuchteten auf. Außer dem fernen Autobahnverkehr und den Zikaden war nichts zu hören.

Gisela sah auf ihre Uhr. Halb zehn. Wenn die Show pünktlich starten sollte, müsste Vroni demnächst auftauchen.

Die Warterei zehrte an ihren Nerven.

Ihr Handy vibrierte.

Gisela fingerte es aus ihrer Jackentasche. Lederers Name leuchtete auf dem Display auf.

»Ja?«, flüsterte sie in das Telefon.

»Bist du vor dem Club?«, hörte sie Lederer.

»Woher weißt du das?«, fragte Gisela verdattert.

»Weil die liebe Vroni in ihrem Auto auf einer Anhöhe steht und mit einem Infrarotfernglas den Club beobachtet. Und ich möchte dich nur warnen, ihr auch nur den kleinsten Hinweis zu geben, dass du dort bist.«

Gisela schaute sich instinktiv um, obwohl sie bei diesen Lichtverhältnissen nichts sehen konnte, das weiter als zehn Meter weg war.

»Ich hab mich versteckt«, sagte Gisela.
»Bist du alleine?«, fragte Lederer.
»Nein«, sagte Gisela, »es sind noch dreizehn andere da.«
Sie hörte Lederer am anderen Ende seufzen.
»Meinst du, sie hat uns gesehen?«, fragte Gisela.
»Ich denke nicht«, sagte Lederer, »sie wirkt jedenfalls nicht beunruhigt.«
»Wo bist du eigentlich?«, fragte Gisela.
»Ich beobachte sie von einer anderen Anhöhe aus.«
»Wo warst du denn die letzten Tage?«
»Sie kommt«, hörte sie Lederer sagen.

Nach fünf Minuten erreichte Vroni den Club. Sie klingelte und wurde mit großem Hallo begrüßt.
Lederer trat aus dem Dunkel. Gisela zeigte sich, pfiff leise und winkte ihn zu sich.
»Wo sind die anderen?«, fragte Lederer mit einem Blick auf Schorsch.
»Gut versteckt«, sagte Gisela. »Wo hast du dich in letzter Zeit rumgetrieben?«
»Ich hab vor Gutsohns Haus auf der Lauer gelegen, bis Vroni irgendwann auftauchte. Ich hatte gehofft, sie würde ihn vor heute noch mal besuchen. Zu Recht. Ab dann hab ich sie nicht mehr aus den Augen gelassen.« Gisela ersparte sich weitere Fragen.
»Sollen wir reingehen?«
»Sie hat nichts dabei, was auf die Brandbomben hindeutet«, sagte Lederer.
»Weil sie die schon vorher in dem Club deponiert hat«, sagte Gisela.
Lederer sah sie abschätzend an.

»Jede Minute, die wir warten, gibt ihr die Zeit, zuzuschlagen.«

Lederer atmete tief durch, nickte. »Aber ich bleib hier. Ich möchte ihr nicht gegenübertreten. Nicht jetzt, bei so einer Aktion.«

Gisela akzeptierte seine Entscheidung. Sie gab über Walkie-Talkie den Einsatzbefehl.

Wie Dämonen materialisierten sich die Einsatzpolizisten aus der Dunkelheit und bauten sich links und rechts des Eingangs auf.

Gisela klingelte und lächelte in die Überwachungskamera, die sie von oben herab anschaute.

Die Tür wurde geöffnet, Heidi stand vor Gisela und schenkte ihr einen verwunderten Blick.

»Heute leider nur auf Einladung«, sagte sie.

»Haben wir«, sagte Gisela und hielt ihr ihren Polizeiausweis unter die Nase. »Es ist Gefahr im Verzug, und wir haben das Recht, Ihr Lokal zu durchsuchen. Es ist in Ihrem eigenen Interesse.«

Heidi trat einen Schritt zur Seite. Die Einsatztruppe stürmte die Bude. Gisela folgte den Männern. Ihre Augen gewöhnten sich schnell an das Halbdunkel.

Die aufgeregten Stimmen der Gäste drangen laut an ihr Ohr. Im Barbereich hielten fünf Polizisten acht Männer in Schach, während sie sich die Ausweise zeigen ließen. Die anderen fünf Polizisten waren ausgeschwärmt, um den Rest der Ausflügler aufzuspüren.

Franz Kramer sah Gisela nicht.

Sie schlug den Weg zum Keller ein. Eine Schimpfkanonade flog ihr entgegen, als sie die Treppe hinuntermarschierte.

»Sie haben gar nicht das Recht, mich irgendwas zu fragen. Das ist ein freies Land.«

Es war Franz Kramer, der so schimpfte. Er stand mit drei anderen Männern im Flur vor dem Raum mit den Folterinstrumenten.
»Franz«, sagte Gisela. »Du wirst nicht drumrumkommen, dich auszuweisen. Wenn du das nicht machst, nehmen die Herren dich mit aufs Revier, um deine Identität festzustellen.«
»Aha, du steckst also dahinter«, sagte der Metzger, »hätt ich mir eigentlich denken können. Dir reicht's nicht, nur meine Ehe kaputt zu machen, du musst auch noch meine Privatsphäre in den Dreck ziehen.«
»Mir ist das egal, was du hier machst. Es interessiert mich, ehrlich gesagt, einen Scheißdreck. Wir nehmen deine Personalien auf, falls es zu einer Gerichtsverhandlung kommt, bei der du dann als Zeuge geladen wirst.«
»Ich und Zeuge?«
Franz Kramer schaute Gisela und die Polizisten fragend an. »Um was geht's hier denn eigentlich?«
»Das erfährst du noch früh genug«, sagte Gisela und machte eine auffordernde Bewegung mit der Hand. »Und jetzt den Ausweis, aber flott.«
Franz Kramer zog mit finsterer Miene seinen Geldbeutel aus der Gesäßtasche und zog seinen Führerschein heraus. »Was anderes hab ich nicht dabei.«
Gisela warf einen Blick in den Folterraum.
Ein Polizist nahm die Daten eines halbnackten Mannes auf, ein zweiter studierte Vronis Personalausweis.
Gisela und Vroni wechselten einen langen Blick. Gisela schien ein Glitzern des Triumphes und ein überhebliches Lächeln wahrzunehmen. Doch das flackernde Licht der Kerzen in dem düsteren Raum mochte ihr auch einen Streich gespielt haben.

Nach einer guten Stunde waren die Personalien aller Anwesenden aufgenommen worden, die Polizisten suchten das gesamte Lokal nach den Kanistern mit der Phosphormischung ab. Mit leeren Händen kehrten sie zu Gisela zurück.
»Das gibt's doch nicht«, sagte Gisela. »Habt ihr überall geschaut?«
»Überall«, sagte Erwin, »und ich mein, das ist ja so viel Zeug, das versteckt man nicht in irgendeiner Schublade.«
»Kann ich Ihnen behilflich sein?«, fragte Vroni und trat auf Gisela zu.
»Ich denke nicht«, sagte Gisela und zwang sich zu einem höflichen Lächeln.
»Heißt das, wir können jetzt weiterfeiern?«, schrie Franz Kramer von der Bar herüber.
Gisela presste die Lippen zusammen, gab sich dann einen Ruck. »Es tut mir leid, dass wir Ihren Abend auf so unangenehme Weise unterbrochen haben, bisweilen lässt sich das jedoch nicht vermeiden. Wir wünschen Ihnen noch angenehme Unterhaltung, und kommen Sie sicher nach Hause.«
Damit verabschiedete Gisela sich und trat mit der Polizeitruppe unter dem Beifall der Anwesenden den Rückzug an.
Vor dem Club stieß sie einen wütenden Fluch aus. Der Gruppenführer der Bereitschaftspolizisten kam mit einem Handy auf Gisela zu.
»Straubing«, sagte er und drückte Gisela den Apparat in die Hand.
Am anderen Ende der Leitung war der Chef der Mordkommission. Gisela musste ihm gestehen, dass der Einsatz ein Schuss in den Ofen gewesen war. Sie machte sich auf eine

Gardinenpredigt gefasst, die ihren Schädel zum Brummen bringen würde.
»Wir sprechen uns«, war alles, was sie hörte, dann wurde die Verbindung getrennt.
Scheiße. Scheiße, Scheiße, Scheiße.
Lederer sagte nichts, als er Giselas Gesicht sah. Sie sprang in ihren Streifenwagen und fuhr los.
Erwin, Richie und Schorsch blieben mit belemmerten Gesichtern zurück. Lederer nahm die drei mit nach Niedernussdorf.
Ludwig war erleichtert, als Gisela nach Hause kam. Ohne auf seine Begrüßung einzugehen, strebte sie schnurstracks auf den Kühlschrank zu und nahm sich ein Weißbier heraus.
Erst als sie diese Flasche geleert und sich der zweiten zugewandt hatte, holte sich auch Ludwig eine und setzte sich zu ihr an den Küchentisch. Schweigend tranken die beiden.
»Ich wollt doch nur, dass nichts passiert«, sagte sie schließlich.
»Es ist nichts passiert«, sagte Ludwig. »Also passt's doch.«
»Und ich wollt diese Mörderin aus dem Verkehr ziehen«, sagte sie, Zornesfalten zogen sich wie Ackerfurchen quer über ihre Stirn.
»Die mutmaßliche Mörderin«, verbesserte Ludwig sie.
»Fang du jetzt bloß nicht mit der Erbsenzählerei an, sonst passiert ein Unglück, das sag ich dir.«
Es war schlimmer als gedacht.
Ludwig schwieg, trank einen letzten Schluck Weißbier, bevor er das Glas zur Spüle brachte, um es sauber zu machen.
»Du verstehst das nicht«, sagte Gisela. Sie sah Ludwig entschuldigend an.
»Ich muss das auch nicht verstehen«, sagte Ludwig. »Ich

kann nicht mehr tun als da sein, wenn's dir so dreckig geht wie jetzt.«
Es war, als hätte eine Bö die dunklen Wolken weggeblasen und nur noch den Geruch von Regen zurückgelassen.
Es klopfte.
Ludwig ließ Lederer ein. Er bekam ein Weißbier und setzte sich an den Tisch.
»Was willst du hier?«, motzte Gisela Lederer an.
»Deine Fragen beantworten.« Lederer wirkte ruhig.
»Ich hab keine Fragen.«
»Du wolltest wissen, wo ich die letzten Tage war«, sagte Lederer. »Ich hab dir nicht alles erzählt.«
»Es interessiert mich nicht mehr«, entgegnete Gisela. »Ich hab mit alldem nichts mehr zu tun.«
Lederer lächelte. »Belüg dich nicht. Du kannst das alles nicht beiseiteschieben. Der Typ bist du nicht.«
»Da hat er recht«, sagte Ludwig.
»Natürlich hat er recht«, sagte Gisela.
»Hier drin«, sie klopfte sich auf die Brust, »da beschäftigt es mich weiter. Aber beruflich ist der Fall für mich abgeschlossen. Wir werden Vroni nie kriegen.«
»Früher oder später wird sie einen Fehler machen und sich verraten«, sagte Lederer.
»Und bis sie das macht, kuschelst du mit ihr oder was?«
Giselas Blick war mit jedem Satz finsterer geworden. Sie fühlte sich machtlos, und Lederers Ruhe verstärkte dieses Gefühl noch. Er schien ganz zufrieden mit dem Ergebnis zu sein.
»Sie will mich nicht mehr in ihrer Nähe haben«, sagte Lederer.
»Liebt sie dich denn nicht mehr?« Gisela schlug einen gehässigen Ton an, den sie an sich selbst verabscheute. Um

nicht noch mehr Porzellan zu zerschlagen, nahm sie einen tiefen Schluck Weißbier.

»Doch«, sagte Lederer, »jedenfalls hat sie das gesagt.«

»Wann?«, fragte Ludwig, der neugierig zugehört hatte.

»Als sie von ihrem Vater weggefahren ist«, sagte Lederer. »Ich bin ihr gefolgt, und als sie sich bei Burger King eine Kleinigkeit gekauft hat, habe ich mich zu ihr gesetzt.« Er drehte sein Weißbierglas zwischen den Händen. »Eigentlich wollte ich das nicht, aber ich musste mit ihr reden. Ich wollte Klarheit haben, wie du es so schön nanntest.«

»Und die hast du jetzt?«, fragte Gisela. Sie war milder gestimmt, jetzt, da Lederer sich öffnete.

Der Hauptkommissar nickte. »Sie war überrascht, dass ich so plötzlich auftauchte. Ich hab ihr erklärt, wieso.«

Gisela stockte der Atem. »Hast du ihr etwa erzählt, wieso du hinter ihr her bist?«

Lederer nickte.

Gisela fluchte.

»Ich konnte nicht anders«, sagte Lederer. »Mir war in dem Moment nur wichtig zu hören, was sie für mich empfand.«

Gisela stöhnte auf.

»Also, ich versteh das«, schaltete sich Ludwig ein und bedachte Gisela mit einem vorwurfsvollen Blick. »Wenn's dir den Kopf verdreht hat, dann bist auch unvernünftig. War das bei dir nicht auch so, als wir uns kennengelernt haben?«

Gisela hob abwehrend die Hand. »Das gehört wirklich nicht hierher.«

»Ich wollt dich bloß daran erinnern«, sagte Ludwig.

Lederer wandte sich Ludwig zu. »Sie können es mir ja bei Gelegenheit mal erzählen.«

»Damit sie mir den Kopf abreißt?« Ludwig schüttelte den Kopf. »Tut mir leid, aber da verlangen Sie zu viel von mir.«

»Es geht hier auch nicht um mich«, sagte Gisela und schaute Lederer fragend an. »Was hat sie gesagt?«
»Sie hat verstanden, dass ich Polizist bin und meine Arbeit tun muss. Sie hat beteuert, dass sie nichts mit irgendwelchen Morden zu tun hat.«
»Natürlich nicht«, sagte Gisela. »Wir haben auch so viele andere Verdächtige.«
»Das hab ich ihr auch gesagt«, sagte Lederer. »Zwar nicht mit diesem Sarkasmus, aber deutlich genug.«
Lederer machte eine kleine Pause, als wäre das Folgende etwas Schmutziges. »Sie hat gemeint, wenn ich das denke, hätte unsere Beziehung keine Zukunft. Obwohl sie mich liebt.« Er spülte den Nachgeschmack des letzten Satzes mit seinem Weißbier hinunter, orderte bei Ludwig ein weiteres.
»Sie hatte Tränen in den Augen, als sie das sagte.«
»Echte?«, fragte Gisela.
»Wieso zweifelst du daran, dass sie mich lieben könnte?«
»Weil sie eine Mörderin ist.«
»Sie ist ein Mensch mit Gefühlen wie du und ich.«
»Also, wie ich bestimmt nicht«, sagte Gisela. »Und auch nicht wie du. Stell sie nicht auf eine Stufe mit dir.«
Sie sagte es eindringlich, als wollte sie Lederer aus einem Alptraum aufwecken.
»Keine Angst«, sagte er, »ich weiß, wozu sie fähig ist. Trotzdem hab ich unter ihrer Kälte ein kleines Kind entdeckt, das verletzlich und liebesbedürftig ist.«
»Das sind wir doch alle«, sagte Ludwig. »Aber wir bringen keine Menschen um. Die hat schon noch gewaltige andere Defizite.«
»Ich weiß.«
Lederers Ruhe war Gisela unheimlich. Kein einziges Mal

war er emotional geworden, fast war es so, als würde er einen Polizeibericht schreiben. Nur seine Augen zeigten, wie schwer es ihm fiel, darüber zu reden.
»Sie hat mich dann gebeten, sitzen zu bleiben«, fuhr Lederer fort. »Ich hab gesagt, das könnte ich nicht. Es sei meine Aufgabe, sie zu beschatten, um weitere Morde zu verhindern oder sie auf frischer Tat zu ertappen.«
»Das hast du nicht gesagt«, entfuhr es Gisela.
»Doch.« Lederer zuckte mit den Achseln. »Es hätte doch nichts mehr gebracht zu lügen.«
»Respekt«, sagte Ludwig.
Gisela starrte ihren Verlobten entsetzt an.
»Das war gegen alle Vorschriften«, sagte sie. »Eine Tatverdächtige über laufende Ermittlungen zu informieren und sie dann auch noch zu warnen, eine weitere Straftat zu begehen, das ist keine Sonderleistung, sondern absolute Blödheit.«
»Ich hab ihm Respekt gezollt«, sagte Ludwig, »weil er seinem Gefühl gefolgt ist und nicht euren Vorschriften.«
Er wandte sich Lederer zu, hob sein Glas. »Ich bin der Ludwig.«
Lederer prostete ihm zu. »Karl.«
Die beiden Männer tranken.
Gisela fühlte sich so, als hätte ihr jemand mit einem Brett an die Stirn gehauen.
»Magst du noch eins?«, fragte Ludwig und zeigte auf Giselas leeres Glas. Sie schüttelte den Kopf.
»Und dann bist du ihr nachgefahren?«, fragte sie Lederer ansatzlos.
Er nickte.
»Und warum bist du jetzt nicht bei ihr?«, fragte sie. »Ist für dich die Gefahr vorbei?«

»Ich hab drei Männer der Bereitschaftspolizei abgezogen, die sind an ihr dran«, sagte Lederer.
»Du überlässt das anderen?« Gisela rutschte eine Augenbraue hoch. »Einfachen Polizisten? Das sind ja mal Neuigkeiten.«
»Ich wollte mit dir reden, das war mir in dem Moment wichtiger. Ich hab gemerkt, dass du sauer auf mich warst.«
»Ich war nicht sauer auf dich, ich war sauer, dass unser Einsatz nichts gebracht hat.«
»Unterbewusst denkst du aber, dass ich daran schuld bin«, sagte Lederer.
»Du weißt über mein Unterbewusstsein gar nichts«, pflaumte sie ihn an.
»Oha«, sagte Ludwig und grinste.
»Was?«, fuhr Gisela ihn an.
»Treffer«, sagte Ludwig. »Magst nicht doch noch ein Weißbier? Das würde das Feuer löschen.«
»Du solltest eigentlich wissen, dass ich noch lange nicht brenn, sondern dass ich nur vor mich hin glühe.« Sie brach ab. Ihr wurde schwindlig.
»Das Bier«, sagte sie leise zu sich selbst.
»Also doch?«, fragte Ludwig.
Gisela schaute auf die Uhr. Halb zwölf. Sie sprang auf.
»Die Brandbomben sind im Bier«, sagte sie. »Du musst deinen Leuten Bescheid geben, dass sie die Männer aus dem Club holen!«
Lederer und Ludwig starrten Gisela an, als hätte die den Verstand verloren. Der Eindruck verstärkte sich noch, als sie Lederer von seinem Stuhl hochzerrte. »Jetzt mach schon, ruf sie an.«
»Was redest du denn?«, stotterte Lederer.
»Der Phosphor ist in dem Bierfass«, sagte Gisela. »Sobald es

angezapft und der Hahn geöffnet wird, kommt er mit Sauerstoff in Verbindung.«
Lederers Gesichtsfarbe wechselte von rosig zu weiß.
Er fummelte sein Handy hervor. Er wählte, wartete. Es hieß, der Teilnehmer wäre vorübergehend nicht erreichbar, er solle eine Nachricht hinterlassen.
»Ich muss hin«, sagte er und jagte aus der Küche.
Gisela rannte hinterher.
»Wo willst du denn hin?«, fragte Ludwig.
»Meinst du, ich kann hierbleiben?«
Sie verschwand nach draußen. Ludwig fluchte, trank sein Weißbier aus und folgte Gisela.
Sie hatte keine Chance, ihn zum Bleiben zu überreden. Diesmal würde er an ihrer Seite sein.
Lederers Männer waren offensichtlich nicht fähig, ans Handy zu gehen, was in Ludwig die Befürchtung nährte, dass Vroni sich der Polizisten entledigt hatte.
Gisela holte das Letzte aus ihrem kleinen Fiat heraus, um an Lederers Stoßstange zu bleiben.
Kurz nach Mitternacht erreichten sie Dingolfing, und je näher sie dem Gewerbegebiet kamen, desto heller wurde es am Horizont. Rauch stieg in die Höhe.
Der Mercedes und der Fiat schlitterten auf den Parkplatz, auf dem nur noch der Minibus und der Kombi standen. Das Clubgebäude stand in Flammen.
Lederer, Gisela und Ludwig sprangen aus den Autos, rannten auf den Eingang zu, aus dessen Türspalt der Rauch ins Freie drang.
Das Türblatt zitterte unter den Schlägen, die von innen getan wurden. Sie hörten Hilferufe.
Lederer packte den Türgriff, zog und zerrte daran. Es war abgeschlossen.

Gisela und Ludwig stürmten zum Notausgang. Auch der war verschlossen.
Ludwig trat mehrmals kräftig gegen die Tür, doch die war zu massiv.
Gisela verständigte die Feuerwehr.
Lederer umrundete den Club auf der Suche nach einem Fenster. Es gab einige, alle waren vergittert.
Lederer erkannte hinter den getönten Scheiben die Flammen, die das gesamte Innere erfasst zu haben schienen.
Verzweifelt suchte er nach einer Möglichkeit, den Eingeschlossenen einen Weg ins Freie zu bieten.
Dasselbe taten Gisela und Ludwig. Sie trafen an der Rückseite des Clubs mit Lederer zusammen.
Dort gab es einen kleinen Garten mit zwei alten Eichen. Eine stand nah an dem Gebäude, die Äste hingen über das Flachdach.
»Räuberleiter«, sagte Ludwig zu Lederer und stellte sich unter die Eiche.
Lederer verschränkte die Hände, bot Ludwig den Tritt an, damit der sich auf den ersten Ast schwingen konnte. Von hier erklomm er den Ast, der zum Dach hinüberführte.
Dort entdeckte Ludwig zwei Lichtkuppeln. Sie waren aus milchigem Glas.
Er trat wie ein Verrückter darauf ein, aber das Fenster war äußerst stabil.
Lederer tauchte an Ludwigs Seite auf. Er schob ihn beiseite, zog seinen Revolver und zielte auf die Lichtkuppel.
»Und was, wenn jemand genau darunter steht?«, fragte Ludwig.
»Ich habe einen Winkel gewählt, der dafür sorgt, dass die Kugel in der Wand stecken bleibt und niemanden gefährdet.«

Ludwig musterte Lederer skeptisch. Der hielt sich nicht länger mit einer weiteren Erklärung auf.
Er zielte flach auf das Fenster, drückte ab.
Der Knall ließ Gisela zusammenzucken. »Alles okay?«, rief sie hinauf.
»Alles gut«, schrie Ludwig zurück.
Die Kuppel war zersplittert. Lederer wickelte seine Jacke um den Arm, fegte die Splitter weg, die noch gefährlich spitz im Rahmen steckten. Rauch drang aus der Öffnung.
»Hallo?«, rief Ludwig nach unten. »Hört mich jemand?«
Undeutliche Rufe und Husten drang zu den beiden Männern hinauf. Der Rauch stank ätzend und brannte in der Lunge. Lederer und Ludwig zogen ihre Hemden hoch, so dass Mund und Nase bedeckt waren.
»Ich geh rein«, sagte Lederer.
Er schob sich durch die Lichtkuppel, hielt sich dabei am Rand fest. Seine Beine baumelten im Leeren. Er konnte wegen des Rauchs nicht sehen, wie weit es nach unten ging oder was ihn dort erwartete.
Er ließ los, den Oberkörper angespannt, die Hüfte locker, die Knie gebeugt.
Der Aufprall auf dem Boden kam überraschend schnell.
Lederer rollte sich ab, knallte gegen eine Wand.
Die Schreie waren nun lauter, aber immer noch undeutlich, das Knistern von Feuer überlagerte alles. Der Rauch brannte in den Augen.
Ein Schatten landete neben Lederer. Ludwig.
Die beiden Männer tasteten die Wände ab, Lederer fand die Tür. Er öffnete sie und stand vor einer Hitzewand. Flammen fingerten nach seiner Kleidung.
»Wohin?«, hörte er Ludwig neben sich rufen.
Lederer versuchte, sich die Örtlichkeit in Erinnerung zu ru-

fen. Als er damals im ersten Stock gewesen war, hatte er die Umgebung automatisch wahrgenommen, aber nicht bewusst abgespeichert.
Trotz des Feuers fokussierte er sich einen Moment und grub in seinem Unterbewusstsein nach den Bildern.
»Links«, entschied er schließlich. »Dort müsste die Treppe nach unten führen.«
Ohne zu zögern stürmte Ludwig vor. Er musste schnell sein, wollte er nicht, dass die Flammen seine Kleidung in Brand setzten.
Lederer folgte ihm. Nach wenigen Schritten erreichten sie die Treppe.
»Es sind etwa zehn, elf Stufen«, schrie Lederer. »Unten ist der Barbereich. Wenn man sich nach rechts wendet, kommt man zum Ausgang.«
»Okay«, sagte Ludwig und starrte in die Flammen, die die Wände links und rechts der Steintreppe in eine Feuerschleuse verwandelt hatten. Wenn Lederer sich täuschte und sie die Orientierung verloren, waren sie geliefert.
»Dann los.«
Ludwig spurtete die Treppe hinunter. Er spürte, wie seine Haare angesengt wurden.
Es waren zehn Stufen. Im Barbereich stand alles lichterloh in Flammen, die Hitze war unerträglich.
Er stolperte über einen schwarzen Klumpen. Undeutlich erkannte Ludwig einen Menschen, der komplett verbrannt war. Und daneben noch einen.
Ludwig zwang sich, die Toten zu ignorieren, wandte sich nach rechts, rannte blindlings durch den Rauch und das Feuer ins Unbekannte.
Er verfing sich in dem brennenden Vorhang, der den Barbereich vom Eingang trennte.

Mit einer wilden Handbewegung befreite er sich aus der tödlichen Umarmung und erreichte die Tür.
Dort war wenig Rauch, und es empfingen ihn fünf hysterische Männer, die sich an der Tür die Hände blutig geschlagen hatten.
Ludwig bekam einen Stoß von hinten. Lederer war auf ihn aufgelaufen. Sein rechter Ärmel brannte.
Ludwig erstickte die Flammen mit seiner Jacke. Er sah, dass Lederers Schnauzer merkwürdig gestutzt war und sich die Haarenden schwärzlich kräuselten. Sein Gesicht war mit einem Schweißfilm bedeckt, die Augen gerötet von dem Rauch. Ludwig war sich sicher, dass er selbst auch kein schöneres Bild bot.
Lederer drängte sich zwischen den Männern zur Tür durch. Sie klammerten sich an ihn wie an den Heiland.
Ludwig drückte sie zurück.
Lederer zog seine Waffe, schoss auf den Türspalt, wo sich das Schloss befand. Er leerte sein ganzes Magazin in der Hoffnung, den Mechanismus so weit zerstören zu können, dass man die Tür öffnen konnte. Leider war dem nicht so.
»Geht von der Tür weg«, hörte er Gisela von draußen schreien.
Lederer fragte nicht nach, was sie vorhatte. Er und die Männer drückten sich an die Seite, immer darauf bedacht, den Flammen nicht zu nahe zu kommen.
Es dauerte eine gefühlte Ewigkeit, bis sie ein brummendes Geräusch von draußen hörten, das schnell näher kam.
Mit einem ohrenbetäubenden Krachen wurden die Tür und Teile der Wand eingerissen.
Giselas Wagen zeichnete sich im aufwirbelnden Dreck ab. Sie hatte ihn mit dem Heck voran in die Tür gefahren und ein Loch in die Mauer gerissen.

Als Gisela den Wagen wieder zurücksetzte, lösten sich Betonbrocken und plumpsten zu Boden.
Die Männer eilten ins Freie.
Die Nachtluft war wie eine Erlösung.
Ludwig und Lederer saugten die Kühle in ihre Lungen ein. Die Hitze flüchtete aus ihren Körpern. In der Ferne hörten sie die Martinshörner der heranrückenden Feuerwehr.
»Seid ihr alle?«, fragte Lederer die Männer, die heulend und jammernd herumstanden oder sich auf den Boden gesetzt hatten. Niemand hörte Lederer zu.
»Ob ihr alle seid, die noch am Leben sind?«, brüllte Lederer.
Die Männer starrten ihn mit großen Augen an.
Einer wischte sich die Tränen aus dem Gesicht, deutete vage auf den brennenden Club. »Ein paar sind in den Keller.«
Er brach ab, heulte wieder.
Die Luft, die durch die offene Tür in das Gebäude eindringen konnte, hatte das Feuer weiter angefacht. Der Türrahmen des Eingangs brannte bereits.
Es wäre lebensgefährlich gewesen, hineinzugehen, um mögliche weitere Überlebende zu suchen. Sie konnten nur hoffen und beten.
Lederer spürte jede Faser seines Körpers. Die Anspannung ließ nach, das Adrenalin verflüchtigte sich, und der Schmerz verschaffte sich Aufmerksamkeit. Ihm wurde schwindelig, er musste sich setzen.
Gisela kam herangeschossen. Erleichtert fiel sie Ludwig in die Arme. Sie hielten sich noch fest umarmt, als die Feuerwehrautos auf den Parkplatz walzten. Dahinter folgten ein Krankenwagen, ein Notarzt und zwei Streifenwagen.
Gisela, Lederer und Ludwig konnten jetzt nichts weiter

tun, als zuzusehen, wie die Einsatzkräfte den Brand bekämpften und der Arzt und die Sanitäter sich um die Männer kümmerten.
Zwei Feuerwehrleute brachen mit einer Axt den Notausgang auf. Drei Männer taumelten ins Freie, sackten zusammen. Unter ihnen war Franz Kramer, der sich am Rande der Bewusstlosigkeit befand. Er hatte schwere Brandverletzungen an den Händen und im Gesicht. Die Haut schälte sich in rötlich-schwarzen Lagen ab, von den spärlichen Haaren waren nur noch Stoppel übrig.
Der Großeinsatz dauerte fünf Stunden. Bei Sonnenaufgang war das Feuer gelöscht, die inzwischen eingetroffenen Spezialisten konnten den Tatort begutachten.
Acht Männer waren gerettet worden.
Im Barbereich fand man zehn Leichen, in den Gängen weitere vier. Die Anzahl sprach dafür, dass die Betreiber ebenfalls im Feuer umgekommen waren. Sie hatten von Vronis Plan offensichtlich nichts gewusst.
Lederer stakste irgendwann davon. Gisela eilte ihm hinterher.
»Wo willst du denn hin?«, fragte sie.
»Ich hatte drei Männern den Auftrag gegeben, auf Vroni aufzupassen. Die müssen hier irgendwo sein.«
Sein Blick flackerte, die Stimme zitterte. Er hatte seine Hände zu Fäusten geballt. Er bemühte sich um Kontrolle.
Gisela begleitete ihn auf der Suche.
Bald wurden sie fündig. Die drei Bereitschaftspolizisten lagen in einem Gebüsch hinter dem Telekomkasten, der Gisela als Versteck gedient hatte. Sie waren durch Schüsse in den Kopf getötet worden.
Gisela wurde schlecht beim Anblick der aufgeplatzten Schädel.

Sie entfernte sich schnell, um der Übelkeit Herr zu werden. Ludwig fing sie auf, als sie taumelte.
Lederer stand wie angewurzelt vor den drei Erschossenen. Vroni musste schnell gewesen sein, nichts deutete darauf hin, dass auch nur einer die Waffe gezogen hatte, um sich zu wehren.
Die Morgensonne verlieh der Szene einen makabren goldenen Filter, als wolle sie dem Grauen das Entsetzen nehmen.
Er hatte sie unterschätzt. Er hatte gedacht, seine Liebe hätte an ihre Menschlichkeit gerührt. Jetzt musste er einsehen, dass sie ihr Ziel ohne Skrupel umgesetzt hatte. Sein Verstand wurde allmählich wieder klar. Wenn Vroni erfuhr, dass acht Männer überlebt hatten, würde sie diese früher oder später auszuschalten versuchen.
Lederer holte wie ferngesteuert sein Handy heraus. Es funktionierte nicht mehr. Das Gehäuse war an manchen Stellen geschmolzen.
Lederer bat Gisela, den Chef der Mordkommission anzurufen. Er solle für Polizeischutz für die Überlebenden sorgen. Die Antwort von Lederers Chef war niederschmetternd. Erst einmal wolle er die Umstände dieser Katastrophe und die Verwicklung Lederers und Giselas darin erfahren. Ein Polizeischutz für die acht Männer stehe wegen Personalmangels nicht zur Debatte.
Er beorderte Lederer und Gisela augenblicklich nach Straubing, um dem Staatsanwalt Rede und Antwort zu stehen.
»Scheiße«, sagte Gisela, »das war's jetzt, oder?«
Lederer antwortete nicht.
Ludwig streichelte Gisela tröstend über den Rücken. Ihm fiel nichts ein, was er hätte sagen können. Gisela liebte ih-

ren Job, und sollte sie ihn verlieren, wäre jeglicher Trost wirkungslos.

»Du fährst auf jeden Fall dorthin und erzählst, dass das alles mein Plan war«, sagte Lederer. »Dich trifft weder die Schuld am Tod der drei Polizisten noch an dem Brand. Du hast alles Menschenmögliche getan, um die Katastrophe zu verhindern.«

Seine Stimme klang brüchig.

»Fährst du nicht mit?«, fragte Gisela.

Lederer schüttelte den Kopf.

»Was machst du dann?«

Lederer zeigte ein dünnes Lächeln. »Es ist besser, wenn du das nicht weißt.«

»Das sind so Sätze, wo ich echt Bedenken krieg.«

»Du bist eine gute Polizistin«, sagte Lederer, »alles andere sollte dir egal sein.«

Er umarmte Gisela. Sie war überrascht über diese intime Geste.

»Adieu«, sagte er.

Es klang fremd aus seinem Mund, passte gar nicht zu dem Lederer, den Gisela in den letzten Jahren kennengelernt hatte.

»Sehen wir uns wieder?« Das Gefühl, dass Lederer endgültig Abschied nahm, zwang sie zu dieser Frage.

»Bestimmt«, sagte er. Er schüttelte Ludwig die Hand. »Danke für alles.«

»Passt schon«, sagte Ludwig.

Lederer stakste davon, in die Morgensonne hinein. Mit der versengten Kleidung, den vom Ruß durchsetzten Haaren und den hängenden Schultern wirkte er wie ein einsamer Cowboy aus der Endzeit, der seinem letzten Duell entgegenschritt.

Lederer saß eine Stunde lang in seinem Mercedes und spielte seinen Plan gedanklich immer und immer wieder durch. Er würde eine Grenze überschreiten müssen, die für ihn bisher tabu gewesen war. Er würde das Gesetz brechen. Aber er sah keine andere Möglichkeit, diese Angelegenheit zu lösen.
Er drehte den Zündschlüssel, der Motor vibrierte bis in seine Eingeweide. Er machte sich auf den Weg, Vroni endgültig das Handwerk zu legen.

Gutsohn schob den vollen Einkaufswagen über den halbleeren Parkplatz des Lidls zu seinem Maserati. Italienische Spezialitäten waren diese Woche im Sonderangebot, und er hatte für über zweihundert Euro zugeschlagen. Normalerweise hätte er vierhundert bezahlt. So eine Ersparnis freute ihn immer den ganzen Tag, und es gab nichts, was seine Laune beeinträchtigen konnte. Selbst heftiger Regen, wie er im Augenblick herunterkam, trübte den inneren Sonnenschein keinen Augenblick lang.
Heute Abend würde er ein italienisches Menü zaubern, das jedem Sternekoch zur Ehre gereichen würde.
Gutsohn öffnete das Garagentor per Fernbedienung und steuerte seine Edelkarosse vorsichtig in die großzügige Garage, die Platz für vier Autos bot.
Er stieg aus, während das Tor automatisch wieder heruntерglitt.
»Darf ich Ihnen helfen?«
Gutsohn schaute auf. Lederer schlüpfte in die Garage. Im Halbdunkel wirkte er zuerst wie ein abgerissener Penner.
»Ah, Herr Hauptkommissar«, sagte Gutsohn. »Sie wissen schon, dass Sie gerade unerlaubt mein Grundstück betreten.«

Er wandte sich dem Kofferraum zu, um seine Einkaufstüten herauszuholen.
»Das ist noch das kleinste Übel.« Lederers Stimme war kalt.
Gutsohn blickte ihn über die Schulter an. Der Hauptkommissar hielt seine Waffe auf Gutsohn gerichtet.
Der kleingewachsene Mann richtete sich auf. »Wollen Sie unbedingt noch mehr Schwierigkeiten, als Sie bereits haben?«
»Lassen Sie uns reingehen. In einer Garage zu plaudern, finde ich nicht sehr gemütlich.«
Lederer öffnete hilfsbereit die Verbindungstür zum Haus, Gutsohn schleppte seine beiden Einkaufstüten, während Lederer ihn mit der Waffe im Anschlag begleitete.
»Bleiben Sie zum Essen?«, fragte Gutsohn.
»Gerne«, sagte Lederer. »Und es wäre schön, wenn Sie Ihre Tochter dazu einladen könnten.«
Gutsohn lud die Tüten in der offenen Küche ab, die aus schwarzem Marmor und viel Edelstahl bestand.
Lederer hasste sie vom ersten Moment an. Er liebte Holz.
»Ich befürchte, das wird nicht möglich sein«, sagte Gutsohn, »sie ist im Ausland.«
»Dann warten wir mit dem Essen eben so lange, bis sie da ist.«
»Ich kann Ihnen gerne eine andere weibliche Tischnachbarin anbieten«, sagte Gutsohn und verstaute die Einkäufe.
»Ich habe mit Vroni etwas zu besprechen«, sagte Lederer.
Gutsohn lächelte. »Der Name gefällt Ihnen anscheinend.«
»Ja. Er ist mir vertrauter als Josephine.«
»Sie hat mir alles über Sie erzählt«, sagte Gutsohn.
Er zog eine Schublade auf. Lederer machte eine warnende Geste mit seinem Revolver.

Gutsohn fasste langsam mit zwei Fingern hinein und holt einen Korkenzieher heraus.
»Auch ein Gläschen Roten?«, fragte er.
Lederer schüttelte den Kopf. »Ich bin kein Gesellschaftstrinker.«
Gutsohn holte eine Rotweinflasche aus dem Weinkühlschrank.
»Aber Sie trinken. Immerhin.«
Mit einem leisen Ploppen entkorkte Gutsohn die Flasche und füllte den Wein in eine Karaffe um.
»Und während Sie den Wein jetzt atmen lassen, rufen Sie Ihre Tochter an«, sagte Lederer.
Gutsohn schaute Lederer herausfordernd an. »Und wenn nicht?«
Lederer drückte ab. Die Karaffe wurde in tausend Scherben zersprengt.
Gutsohn war zusammengezuckt. Sein Blick war ungläubig.
»Wissen Sie, ich hab nicht vor, nach unserem Gespräch in den Dienst zurückzukehren«, sagte Lederer. »Das hier ist meine Abschiedsvorstellung.«
Gutsohn sammelte sich. Zornesröte verfärbte sein Gesicht. »Ich denke, es reicht. Verschwinden Sie sofort, oder Sie werden es wirklich bereuen.«
Lederer drückte erneut den Abzug. Die Kugel schlug neben Gutsohn in den Kühlschrank ein.
»Ich gehe, sobald ich mit Vroni gesprochen habe«, sagte Lederer.
Er hatte den Eindruck, dass Gutsohn gleich platzen würde. Er wirkte aufgeplustert, sein Gesicht war ungesund violett, die Augen traten flammend hervor. »Ich warne Sie zum letzten Mal.«

/arne Sie zum letzten Mal.« Lederer richtete
: direkt auf Gutsohn. »Ich werd Sie nicht um-
:s wird nur etwas weh tun. Sie wissen ja bereits,
.n schrecklichen Mitteln ich greife, wenn ich mich
mandem unterhalten will.«

ohn presste die Zähne aufeinander, dass Lederer es
ırschen hörte. Die beiden Männer starrten sich an, als
wären ihre Blicke tödliche Waffen.

Schließlich setzte Gutsohn sich in Bewegung, durchquerte die Küche, um aus dem Wohnzimmer das schnurlose Telefon zu holen.

»Schalten Sie auf Lautsprecher, wenn ich bitten darf«, sagte Lederer.

Gutsohn drückte eine Taste, das Freizeichen dröhnte in Lederers Ohren.

»Ja?«

Es war Vronis Stimme am anderen Ende.

»Kannst du vorbeikommen?«, fragte Gutsohn.

»Wann?«

»So schnell wie möglich.«

»Soll ich was mitbringen?«

»Was zum Knabbern.«

»Okay, mach ich. Bis später.«

»Bis später.«

Es klickte.

Gutsohn stellte das Telefon zurück in die Basis.

»Etwas dagegen, wenn ich mir jetzt noch einen Wein aufmache?«, fragte er Lederer mit spöttischem Blick. Er hatte sich wieder unter Kontrolle.

Das gefiel Lederer gar nicht. Er vermutete, dass das Telefongespräch einen verschlüsselten Hinweis enthalten hatte, dass eben nicht alles in Ordnung war im Hause Gutsohn.

Das Knabberzeug würden bestimmt keine Chips sein, mutmaßte er.
»Warum haben Sie all die Menschen umbringen lassen?«, fragte Lederer.
»Sie haben sich da in eine fixe Idee verrannt«, sagte Gutsohn und füllte Rotwein in ein Glas. »Ich habe niemanden ermorden lassen.«
Er stellte das Glas auf den Wohnzimmertisch, an dem zwölf Leute Platz fanden.
»Das BKA ermittelt gegen Sie.«
Stille.
»Zusammengereimte Phantasien«, sagte Gutsohn schließlich, »sonst wäre ich ja wohl schon längst festgenommen worden.« Er legte den Kopf leicht schief. »Wieso sind Sie so hartnäckig hinter mir her?«
»Kommen Sie mir nicht mit Gegenfragen«, sagte Lederer und setzte sich auf die Couch.
Gutsohn setzte sich ans andere Ende der Couch, lehnte sich an, legte einen Arm auf die Rückenlehne. Er wirkte vollkommen entspannt. »Meine Tochter meint, Sie seien zu weich für Ihren Job.«
Lederer spannte sich unwillkürlich an. »Was man von ihr nicht behaupten kann.«
Gutsohn seufzte. »Sie beide hätten nie und nimmer zusammengepasst.«
Nachdem Gutsohn seinen Rotwein ausreichend belüftet hatte, genoss er in Lederers Gegenwart den edlen Tropfen, als würde er mit einem alten Freund zusammensitzen. Er war sich sicher, dass die unangenehme Situation mit Vronis Eintreffen bereinigt werden würde.
Lederer spürte eine nervöse Unruhe. Es war keine Angst, es erinnerte ihn an das Gefühl, das er empfunden hatte, als

er sich mit seiner Jugendliebe zum ersten Mal verabredete. Er war aufgeregt, wie sie auf ihn reagieren würde.

Die Türklingel riss Lederer aus seinen Gedanken.

Gutsohn erhob sich. Lederer hielt sich hinter ihm und nutzte ihn als Schutzschild.

Vroni trug einen Ledermantel, ihre Hände steckten in den Taschen. Sie blickte über Gutsohns Schulter überrascht in Lederers Gesicht.

»Ah, schön, dass du so schnell da sein konntest, Liebes«, begrüßte Gutsohn Vroni.

Sie rührte sich nicht. Ihre Hände blieben in den Manteltaschen.

»Was soll das?«, fragte sie ihren Vater.

»Er wollte unbedingt mit dir reden.«

»Aber ich nicht mit ihm«, sagte sie und wollte sich umdrehen.

Lederer präsentierte ihr seine Waffe, die er auf Gutsohn gerichtet hielt. »Nur fünf Minuten«, sagte er.

Vronis Blick schwenkte von dem Revolver zu Lederers Gesicht. »Das würdest du nicht wagen.«

»Das hab ich auch gemeint«, sagte Gutsohn, »aber ich befürchte, der Herr Hauptkommissar ist am Ende seiner Weisheit angelangt, und da ist ein Mensch zu allem fähig.«

Gutsohn bemühte sich um eine ruhige Stimme, das leise Flehen darin entlarvte jedoch, dass er Angst hatte.

Vroni gab sich einen Ruck. Sie trat ein, ihre Hände blieben in den Manteltaschen.

»Willst du nicht deinen Mantel ausziehen?«, fragte Lederer, als sie vor den beiden Männern her zum Wohnzimmer stöckelte.

»Wegen fünf Minuten lohnt sich das nicht«, erwiderte sie.

In der Mitte des Zimmers blieb sie stehen, drehte sich zu Lederer um. Ihre Augenfarbe schien sich verändert zu haben. Das Blau war einem Grau gewichen.
»Holst du mir was zu trinken, Paps? Ohne Alkohol.«
»Gerne.«
Gutsohn huschte zum Kühlschrank und nahm einen Tetrapak Orangensaft heraus. Lederer hielt seinen Revolver auf Vroni gerichtet, beobachtete Gutsohn aus den Augenwinkeln. Der schenkte ein Glas voll.
»Was willst du?«, fragte Vroni Lederer.
»Du wolltest heute Nacht zwanzig Menschen umbringen«, begann Lederer, »zu deinem großen Pech haben acht überlebt. Und ich weiß, dass du nicht eher Ruhe geben wirst, bis diese acht auch tot sind.«
Gutsohn reichte Vroni das Glas.
»Setz dich«, sagte Vroni zu ihrem Vater.
Gutsohn gehorchte.
Sie und Lederer standen sich wie bei einem Duell gegenüber. Vroni trank das Glas in einem Schluck leer. Sie schnalzte mit der Zunge, schloss die Augen.
Und warf das Glas ansatzlos Lederer zu.
Der fing es instinktiv auf, sein Revolver zeigte für einen Moment nicht mehr auf Vroni.
Als Lederer wieder aufschaute, steckten ihre Hände nicht mehr in den Manteltaschen. Zwei Pistolen zielten auf ihn.
»Das ist mein Mädchen«, sagte Gutsohn lächelnd. Er lehnte sich zurück, als sähe er fern.
Lederer ließ seine Waffe sinken. Er schaute Vroni unbewegt in die grauen Augen. Kühl erwiderte sie den Blick.
»Wieso bist du hier?«, fragte sie.
»Red nicht lange, Liebes«, sagte Gutsohn, »das bringt nur Probleme mit sich.«

Vroni ignorierte ihren Vater. »Warum wolltest du mit mir reden?«
»Ich will, dass du mit mir kommst«, sagte Lederer.
»Du hast nichts gegen mich in der Hand, niemand von euch. Ihr könnt mich also nur anklagen, wenn ich ein Geständnis ablege, und das werde ich nicht tun.«
»Ich will, dass du mit mir kommst«, sagte Lederer und betonte das vorletzte Wort, um verständlich zu machen, was er meinte.
Das Grau verwandelte sich zurück in Blau. Zumindest schien es Lederer so.
»Hör endlich auf zu reden«, sagte Gutsohn. »Drück ab.«
»Gerade haben Sie sich der Anstiftung zum Mord schuldig gemacht«, sagte Lederer in Gutsohns Richtung, ohne seinen Blick von Vroni zu nehmen.
»Das ist mir scheißegal«, sagte Gutsohn, »wem wollen Sie das noch erzählen?«
»Könntest du dich jetzt bitte raushalten«, sagte Vroni zu ihrem Vater. Ihre Augen waren weiter wachsam auf Lederer gerichtet. »Das hier geht dich nichts an.«
Gutsohn klappte verdattert den Mund zu. Er sank in sich zusammen.
»Ich mein es ernst«, sagte Lederer.
»Du würdest mich gehen lassen, obwohl du glaubst, ich bin eine Mörderin?«
»Ich hab mit den Ermittlungen in deinem Fall nichts zu tun«, sagte Lederer. »Wenn die Kollegen Beweise haben, dass du für die Morde verantwortlich bist, kann ich nichts dagegen tun.«
Vroni musterte Lederers Gesicht.
»So ein Bullshit«, knurrte Gutsohn. »Niemand hat auch nur das Fitzelchen eines Hinweises.«

»Hat er recht?«, fragte Vroni ihren Vater.
»Nein. Sonst wärst du schon längst festgenommen worden«, sagte Gutsohn.
Ihre Pistolen senkten sich keinen Millimeter, geschweige denn, dass sie sie wegsteckte und Lederer in die Arme fiel.
»Ich hab dir schon einmal gesagt, dass ich dich liebe, und daran hat sich nichts geändert«, sagte er.
»Wie kannst du jemanden wie mich lieben?«
Lederer zuckte mit den Achseln. »Ich weiß es nicht.« Er schluckte hart, sein Mund wurde trocken. »Und du?«
»Was meinst du?«
»Liebst du mich?«
Die plötzliche Stille hatte etwas Einengendes. Die gesamte Luft schien aus dem Haus gesaugt worden zu sein. Lederer spürte ein eisernes Band, das sich um seine Brust legte und ihn einschnürte.
Vronis blaue Augen flackerten.
»Ich weiß es nicht«, kam es kratzig über ihre Lippen. Sie klang, als hätte sie eine starke Erkältung. »Ich weiß nicht, wie sich Liebe anfühlt.«
Gutsohn sprang von der Couch auf. »Herrgott noch mal, Jo, hast du alles vergessen, was ich dir beigebracht habe?«
Sie schüttelte den Kopf. Zum ersten Mal nahm sie ihre Augen von Lederer und schaute ihren Vater an. »Nein, ich habe nichts von dem vergessen.«
Gutsohn deutete mit beiden Händen auf Lederer. »Würdest du diesem Trauerspiel dann bitte ein Ende machen?«
»Ich kann nicht«, flüsterte sie. Tränen traten ihr in die Augen.
»Frag dich einfach, wen du mehr liebst«, sagte Gutsohn. »Ihn oder mich.«
Vroni starrte ihren Vater an, als hätte sie seine Worte nicht gehört.

»Ich hab dich alleine aufgezogen«, fuhr Gutsohn fort, »ich hab dich gelehrt, dass du niemandem auf dieser Welt vertrauen kannst, niemandem – außer deiner Familie. Und deine Familie bin ich.«
Gutsohns Zeigefinger schoss anklagend auf Lederer zu. »Er ist und bleibt Polizist, und er tut gerade alles, damit du aufgibst. Bist du denn komplett blind geworden?«
»Was, wenn es stimmt?«, fragte sie Gutsohn. »Was, wenn er mich wirklich liebt?«
Sie wirkte wie ein verunsichertes Mädchen, das Halt und Führung bei seinem Vater suchte. Das war eine Vroni, die Lederer nicht kannte.
»Selbst wenn es stimmt, was denkst du, wie lange eure Beziehung halten würde?«, sagte Gutsohn. »Ihr seid zu verschieden. In allen Belangen. Eure Liebe ist von Anfang an zum Scheitern verurteilt.«
Vroni weinte lautlos. Sie schaute Lederer an. Ihre Pistolen waren immer noch auf ihn gerichtet.
»Dein Vater hat sicher recht«, sagte Lederer, »wenn er sagt, wir wären zu verschieden. Aber er behält nur dann recht, wenn du unserer Liebe keine Chance gibst.«
Gutsohn starrte Lederer voller Hass an. »Sie wissen gar nichts von ihr, gar nichts.«
Er tippte sich auf die Brust. »Ich bin stark geworden, weil ich der Welt den Stinkefinger gezeigt habe. Ich hab mich auf niemand anderen verlassen als auf mich selbst. Und ich musste das erst lernen, ich hab immer wieder eins auf die Schnauze bekommen, bis ich es kapiert hatte. Jeder ist alleine auf dieser Welt, von dem Tag an, an dem du in dieses Leben geschissen wirst, bis zu dem Tag, an dem sie Erde auf dich schütten.«
»Das dachte ich auch«, sagte Lederer, »bis ich Ihre Tochter

kennengelernt habe.« Er wandte sich Vroni zu. »Ich schwöre dir, es ist kein Trick von mir. Gib uns eine Chance.«
»Wenn du das tust«, sagte Gutsohn zu ihr, »bringst du nicht nur dich ins Gefängnis, sondern auch mich. Dann ist heute der letzte Tag, an dem wir zusammen sein werden. Willst du das? Ich nicht.«
Vroni zog die Oberlippe ein. Sie schaute Lederer an. »Warum sollte ich dir vertrauen?«
»Das kann ich dir nicht sagen. Das kannst nur du selbst beantworten.«
Vroni atmete tief durch, senkte ihre Waffen, steckte sie in ihre Manteltaschen.
»Das kannst du jetzt nicht machen«, sagte Gutsohn.
»Wann dann?«, fragte sie.
Gutsohn hatte keine Antwort.
»Ich liebe dich, Papa«, sagte Vroni.
»Ich hab dich gewarnt«, sagte Gutsohn.
Lederer nahm Vronis Hand. Sie fühlte sich heiß an, als er sie fest umschloss. Er spürte, wie sie seinen Griff erwiderte. Es war, als würden sie einen Pakt schließen, den niemand brechen konnte.
Gemeinsam verließen sie Gutsohns Haus.
Lederer lenkte den Mercedes aus Straubing hinaus auf die Landstraße, die zur Autobahn führte. Vroni sprach kein Wort, ihre Hand lag die ganze Zeit in Lederers. Irgendwann lehnte sie den Kopf zurück, schloss die Augen und war sofort eingeschlafen. Sie hatte so viel Schlaf nachzuholen.
Lederer fuhr zu dem Wald, in dem der Bauwagen stand. Er betrachtete die schlafende Schönheit und fragte sich, ob es richtig war, was er tat. Er kam zu dem Schluss, dass ihm keine andere Wahl blieb.

Er weckte sie mit einem Kuss und bat sie, mit ihm zum Bauwagen zu gehen.
Sie fragte ihn, wieso.
Er lächelte nur. Sie lächelte zurück und stieg aus.
Auf dem Weg zum Bauwagen starrte Lederer die ganze Zeit nur auf ihren Hinterkopf. Er fixierte die Stelle, bei der er sicher sein konnte, dass sie tot sein würde, bevor sie den Knall hörte.
In der Nähe des Bauwagens zog er dann seine Waffe.

Richie hörte den Wagen als Erster. Er sah aus dem Fenster und sah Lederer aus dem Mercedes aussteigen und auf die Dienststelle zuschreiten.
»Der Straubinger ist da«, rief er zu Giselas Büro hinüber.
Erwin schaute von seinem Sudoku auf. »Der traut sich ja was.«
Gisela kam aus ihrem Zimmer und empfing Lederer mit finsterer Miene.
»Ich bleib nicht lange«, sagte Lederer. »Ich wollte mich nur verabschieden.«
Gisela glotzte ihn an. »Du machst Witze, oder?«
»Nein«, sagte Lederer.
»Ich hab mich heut Morgen von deinem Chef eine halbe Stunde anscheißen lassen müssen, dass ich dich nicht mitgebracht hab«, sagte sie. »Er wollt mir einfach nicht glauben, dass ich nicht weiß, wo du bist. Er hat sogar gedroht, mich wegen Strafvereitelung anzuzeigen, wenn ich weiter auf stur schalte. Irgendwann hat's mir gereicht, und ich hab zurückgeschrien.«
»Und jetzt ermittelt die Staatsanwaltschaft wegen Verdunklung, Beleidigung und Strafvereitelung gegen die Chefin«,

sagte Richie und baute sich vor Lederer auf. »Alles nur wegen Ihnen.«
Lederer zog aus der Innentasche seines Sakkos einen Briefumschlag. »Das wird alles geraderücken.« Er reichte Gisela den Brief. »Was immer passiert ist, geht auf meine Kappe.«
Gisela warf den Brief auf den Schreibtisch. »Das wirst du dem Staatsanwalt schön selber sagen.«
»Ich bin heut Nachmittag nicht mehr in Deutschland.«
Die drei Niedernussdorfer Polizisten schauten, als hätte ihnen jemand ein Brett vor den Kopf geknallt. Ein dickes Brett.
»Ich komm auch nicht mehr zurück«, fuhr er fort.
»Sie hauen ab?«, fragte Erwin. Er stand auf, stellte sich neben Gisela. Die drei standen wie eine Gewitterwand vor Lederer.
»Die werden dich auf die Fahndungsliste setzen«, sagte Gisela. Sie hoffte immer noch, dass sie sich verhört hatte und das Ganze ein Irrtum war.
»Ich weiß«, sagte Lederer. »Mach's gut, Gisela.«
Er streckte die Hand aus. Gisela fehlte jegliche Kraft, auch nur den kleinen Finger zu rühren.
Dafür gerieten Richie und Erwin in Bewegung. Der eine packte die Hand, drehte sie Lederer auf den Rücken, der andere griff sich den zweiten Arm des Straubingers und versuchte, ihm Handschellen anzulegen.
Lederer wehrte sich nach Leibeskräften.
Die drei Männer gingen zu Boden, und ihre Gliedmaßen verschlangen sich zu einem einzigen Knäuel.
Gisela starrte eine Zeitlang auf die Kämpfenden, als wäre sie im Zoo und würde durch eine Glasscheibe raufenden Schimpansen zusehen.
»Schluss!«, brüllte sie schließlich. »Hört auf.«

Keiner nahm sie wahr. Gisela packte Richie am Kragen und zerrte ihn von Lederers Rücken.
Sie nahm alle Kraft zusammen und schleuderte ihn in Richtung Schrank, in dem Büromaterial gelagert wurde. Er prallte hart dagegen, schrie auf vor Schmerzen.
Erwin war der Nächste, der Giselas Zorn zu spüren bekam. Ihn von dem Straubinger zu trennen war nicht so leicht. Er hatte sich bereits mit den Handschellen an Lederer gekettet.
»Ihr hört jetzt auf! Sofort!«
Lederer stellte seine Kampfhandlungen ein, Erwin trat noch nach.
Gisela ohrfeigte ihn. Der Knall wirkte wie ein Gefrierschock auf die Männer. Mit großen Augen schauten sie Gisela an, die wie eine Furie vor ihnen stand.
»Ich hab die Schnauze voll, endgültig«, schrie sie, »von euch allen. Wir sind die Polizei, Himmelarsch, wenn wir uns schon nicht benehmen können, wie sollen wir das von den anderen erwarten.«
Ihre Atmung beruhigte sich allmählich, als sie merkte, dass ihr Ausbruch für Ruhe gesorgt hatte.
»Es ist seine Entscheidung«, sagte sie und deutete auf Lederer. »Wenn er abhauen will, soll er abhauen. Ich werd ihn nicht daran hindern.« Sie schaute Lederer offen an. »Ich hätt zwar nicht gedacht, dass er so feige sein würde, aber wir alle wissen, dass er nichts Kriminelles getan hat, wofür man ihn festnehmen müsste. Weder hat er einen Mord begangen, noch ist er für den Brand verantwortlich.« Sie schaute ihre beiden Mitarbeiter an. »Vor allem gibt es keinen Haftbefehl gegen ihn. Er kann tun und lassen, was er will. Haben wir uns verstanden?«
Erwin und Richie senkten ihre Blicke, nickten.

»Mach die Handschellen auf«, wies sie Erwin an.
Der fummelte den kleinen Schlüssel aus seiner Hosentasche und schloss auf.
Gisela streckte Lederer die Hand entgegen. »Ich hoff, du weißt, was du tust.«
»Danke«, sagte Lederer und drückte Giselas Hand. Er hielt sie einen Moment länger. Gisela schien es, als wolle er noch etwas sagen. Stattdessen schaute er auf den Ring an seiner linken Hand.
Er schenkte Gisela ein letztes Lächeln und verließ die Dienststelle. Das Geräusch der ins Schloss fallenden Tür brachte Gisela in die Realität zurück. Sie ging in ihr Büro und schloss die Tür. Erwin und Richie schauten sich ratlos an.
»Trotzdem ein Depp«, sagte Richie.
»Und was für einer«, bestätigte Erwin. Damit war die Sache erledigt.
Der Nachmittag mit dem Staatsanwalt verlief schneller und erfreulicher als erwartet.
Gisela überreichte ihm gleich zu Beginn des Treffens Lederers Brief. Er überflog die Zeilen, reichte sie an den Chef der Mordkommission weiter.
Es handelte sich um Lederers Eingeständnis, für alle Handlungen in und um Niedernussdorf verantwortlich zu sein. Er gab an, Gisela und ihre Männer für seine Zwecke instrumentalisiert und durch Vortäuschung falscher Tatsachen deren Mithilfe für seine eigenen Zwecke missbraucht zu haben.
Der Brief sprach die gesamte Dienststelle von jeglicher Mitschuld an Lederers Ermittlungen im Falle Gutsohn frei. Am Ende des Briefes hatte Lederer ordentlich mit Datum und Namen unterzeichnet.

Der Staatsanwalt teilte Gisela mit, dass die Echtheit des Schreibens noch überprüft werden müsse, bis auf weiteres würden die Ermittlungen gegen die Dienststelle Niedernussdorf eingestellt.
Gisela hatte nur noch die Frage zu beantworten, ob sie wisse, wo sich Hauptkommissar Lederer aufhalte, dann durfte sie gehen.
Ihr Weg führte sie zum Krankenhaus nach Grünharding, wohin die überlebenden Männer zur ersten Untersuchung gebracht worden waren.
Alle, bis auf Franz Kramer, waren bereits entlassen worden. Der Metzger lag mit seinen schweren Verbrennungen auf der Intensivstation.
Gisela durfte ihn nicht besuchen, es waren nur zwei Besucher gleichzeitig erlaubt, und im Moment waren Schorsch und Maria bei ihm.
Gisela saß auf einem weißen Plastikstuhl im Vorraum zur Intensivstation.
Sie war allein. Lederer ging ihr durch den Kopf. Sie hatte das Gefühl, nur die halbe Wahrheit von ihm erfahren zu haben. Etwas hatte er verschwiegen.
Gisela gestand jedem Menschen Geheimnisse zu, deshalb hatte sie nicht gefragt, warum er flüchten wollte. Sie hatte gehofft, er würde es ihr freiwillig sagen, doch als nichts gekommen war, war der Fall für sie erledigt gewesen.
Normalerweise war sie gut darin, eine Schublade zuzumachen und eine Episode in ihrem Leben als abgeschlossen anzusehen.
Doch bei Lederer war es anders. Sein Verhalten hatte ein nagendes Gefühl in ihrem Magen zurückgelassen, das sie noch eine Zeitlang verfolgen würde. Es war wie eine böse Vorahnung, die sich im Dunkeln verborgen hielt, die je-

doch leise Geräusche von sich gab, als würden Mäuse nachts über den Dachboden huschen.
Schorsch kam durch die Trenntür in den Vorraum. Er hatte rotgeweinte Augen.
Gisela erhob sich. »Und?«
Schorsch zwang sich zu einem Lächeln. »Passt schon.«
»Gott sei Dank.«
Gisela umarmte ihren Mitarbeiter.
Schorsch schluchzte.
Er erzählte, dass die Ärzte seinem Vater gute Überlebenschancen einräumten, dass er einige Hauttransplantationen vor sich habe und dass Maria sich seine Hilfe in der Metzgerei wünschte.
Schorsch redete und redete, er schüttete sein Herz aus und erleichterte seine Seele.
Gisela hörte ihm aufmerksam zu.
Und Lederer verschwand allmählich aus ihren Gedanken.

Danksagung

Ich habe die letzten Jahre die Chance bekommen, meine Lieblingspolizisten in immer neue Abenteuer zu schicken. Dafür bin ich sehr dankbar, insbesondere meinem Verlag Droemer Knaur, personalisiert durch Andrea Hartmann, meine Lektorin. Sie ist eine der ersten Anlaufstellen für Feedback, und sie scheut nicht davor zurück, auf Gutes und Schlechtes hinzuweisen.

Im Hintergrund sorgt eine Redakteurin für den Fluss der Geschichte und weist auf Lücken oder offene Fragen hin. In meinem Fall sind das Maria Hochsieder und Regine Weisbrod. Beide sind auf unschlagbare Weise unaufgeregt wachsam und geben mir das Gefühl, in guten Händen zu sein.

Wenn es um Inspiration und Transpiration geht, möchte ich meiner Frau und meiner Tochter danken, die die gnadenlosesten Kritiker sind, die man sich als Autor nur wünschen kann. Man entwickelt sich nur weiter, wenn man offen und lernbereit ist und Menschen hat, die einem das immer wieder klarmachen.

Zum Schluss bin ich einfach dankbar für das Bedürfnis, Geschichten erzählen zu wollen, und die Möglichkeit, sie erzählen zu können. Und last, not least danke ich den Lesern, die diese Geschichten in ihren Köpfen Realität werden lassen.

Christian Limmer

Saubär

Kriminalroman

Der ausgebrannte Kombi des Saubauern Hias stellt Polizeihauptmeisterin Gisela Wegmeyer und ihr Team vor ein Rätsel: Sechs bis zur Unkenntlichkeit verkohlte Leichen und ein auffälliger Duft nach Schweinsripperl – ist der Saubauer samt Schweinen nach einem Unfall in diesem Wrack verbrannt? Oder hat ihn ein bärengroßes Zwitterwesen auf dem Gewissen, wie die Dorfbewohner munkeln? Die Mordkommission Straubing droht Verstärkung an, natürlich in Gestalt von Hauptkommissar Lederer, seines Zeichens der schönste Polizist Niederbayerns …

»Nirgends passieren so herrliche Morde wie in der Provinz.«
Münchner Merkur

DROEMER

Su Turhan

Kruzitürken

Ein neuer Fall für Kommissar Pascha

»Bauchtanz, blondgefärbte Möchtegern-Orientalinnen, nein danke, das ist nichts für mich«, sagt sich Kommissar Pascha. Selbst dann nicht, wenn Sohn Aydin bei einer internationalen Bauchtanzshow in der Band spielt. Doch dann wird eine der Tänzerinnen ermordet. Erschlagen und stranguliert in der Duschkabine des Etablissements. Das in der Türkei geborene Mordopfer besitzt die deutsche Staatsbürgerschaft. Ein Fall für Kommissar Pascha und sein bayerisch-türkisches Team, Kompetenzgerangel inbegriffen ...

»Völkerverständigung auf die humoristische Art.«
SZ extra

»Schön bissig und hübsch inkorrekt.«
taz

KNAUR